Regina Wall

Chefin küssen verboten!

Über das Buch

Wenn sie nur nicht seine Chefin wäre!
Eine prickelnde Liebesgeschichte voll amüsanter Zwischenfälle und Stolpersteine.

Wer ist diese faszinierende Frau, die ihm in einer Kneipe über die Füße stolpert? Und warum berühren ihre verschmitzt blitzenden Augen sein Herz, wie es bisher noch keine Frau geschafft hat? Steffen Thies ist hin und weg von Marie mit ihren vorwitzigen, braunen Locken und dem unglaublichen Allgemeinwissen, das beständig seinen Verstand herausfordert. Er weiß nur eins: Er muss ihr unbedingt näher kommen – und verliert sich in ihren heißen Küssen im Hinterhof der Bar.
Alles hätte so perfekt sein können – bis er ihr am Montagmorgen auf der Arbeit gegenübersteht und sie sich als seine neue Chefin entpuppt. *Mist verdammter!*
Während sich Marie noch in der Firma beweisen muss, schleichen die beiden vorsichtig wie Katz und Maus umeinander, weil keiner den ersten Schritt wagen darf. Zu folgenschwer wären die Konsequenzen, wenn sie ihrer Leidenschaft freien Lauf lassen würden. Denn: Die Firmenpolitik verbietet Techtelmechtel unter Mitarbeitern! Doch das andauernde erotische Knistern zwischen ihnen zu ignorieren fällt Steffen zunehmend schwerer, besonders weil in Maries Blick immer zum falschen Zeitpunkt dieser begehrliche Hunger aufflackert und seine Sinne lockt … Und dann stellt das Schicksal sie beide noch mehr auf die Probe und zwingt sie, auch im privaten Bereich Zeit miteinander zu verbringen. Dass Marie von der Knopfheimer Herzlichkeit vereinnahmt wird und die dort wohnenden Eishockeyspieler dabei ordentlich mitmischen, macht die Lage auch nicht einfacher …

Über die Autorin

Regina Wall liebt es schon von klein auf, sich in der Welt der Bücher zu verlieren. Deshalb machte sie ihr Hobby zum Beruf und studierte Bibliothekswesen. Als sich 2004 eine Idee zu einer Geschichte hartnäckig in ihrem Kopf festsetzte, war der Grundstein zu ihrer 1. Liebeskomödie gelegt.

Amazon-Leserstimme

„Wiederum ist es der Autorin gelungen, mich in die Story so hineinzuziehen, dass ich immerwährend wissen wollte, wie es mit den Figuren weitergeht. Keines ihrer Bücher ähnelt dem anderen!“ (Tammy)

Bisher von Regina Wall erschienen:

- ***Elementarteilchen küssen besser***
- ***Sommersprossen zum Dessert***
- Die *Pitbulls* – heiß auf Eis!
  Band 1: ***Auf die Plätze, Kuss – und Tor!***
  Band 2: ***Heiße Küsse eisgekühlt***
  Band 3: ***Chefin küssen verboten!***

Bei Amazon als E-Book und Taschenbuch erhältlich.
*** Weitere Romane in Vorbereitung ***

Regina Wall

Chefin *küssen* verboten!

Roman

Michael J. Franklin

1. Auflage

Published by Michael J. Franklin, Hügelsheim

Umschlaggestaltung: Regina Wall
Bildelemente von www.pixabay.com/

ISBN 978-3-941101-28-9

Kapitel 1

Marie betrachtete das beleuchtete Schild der Bar, vor der sie stand. Der Name schien ihr an diesem ungewöhnlich warmen Abend Anfang September wie ein Wink des Schicksals - denn das war die Bedeutung des Wortes *Kismet*.

Dreizehn Jahre lang hatte sie nur für ihren Beruf gelebt, hatte gearbeitet wie ein Tier und wertvolle internationale Erfahrungen gesammelt - und war glücklich dabei gewesen, da Erfolg sie glücklich machte.

Ihr wurde jetzt noch schwindlig, wenn sie daran dachte, wie schnell sie die Karriereleiter hochgepurzelt war. Hätten die Tage nicht nur vierundzwanzig Stunden gehabt, hätte sie es vermutlich sogar in der halben Zeit geschafft. Dementsprechend verkümmert war ihr Privatleben in all den Jahren gewesen.

Seit gestern war sie wegen einer neuen Arbeitsstelle nun wieder in Deutschland und merkte erst jetzt, wie sehr sie ihre Heimatstadt Mannheim vermisst hatte. An diesem Samstagmorgen hatte sie bei ihren Erledigungen eine alte Schulfreundin getroffen - und sich spontan verabredet. Sie würde den gemeinsamen Abend in vollen Zügen genießen - bevor am Montag die vielfältigen Herausforderungen des neuen Jobs ihre ungeteilte Aufmerksamkeit erforderten.

Sie hatte es bisher nicht zugeben wollen, aber sie hatte einen Punkt erreicht, an dem sie ihr Leben verändern sollte - musste. Jetzt mit zweiunddreißig Jahren merkte Marie, dass das Glück im Leben nicht immer nur aus einem lukrativen Projekt bestehen durfte.

„Hey, wartest du auf eine persönliche Einladung des höllisch gut aussehenden Barkeepers oder warum gehst du nicht hinein?"

Marie drehte sich zu ihrer Freundin Anne um und drückte sie zur Begrüßung an sich. „Nein, ich philosophiere nur ein bisschen über mein Leben und wie es weitergehen soll."

Anne hakte sich bei ihr unter und raunte ihr ins Ohr: „Du denkst zu viel. Lebe stattdessen!" Mit diesen Worten zog sie Marie durch die Eingangstür in die gut besuchte Bar.

Schon nach kurzer Zeit war Marie klar, dass die Bedienung ziemlich überlastet war. „Ich hole uns was zu trinken, das geht schneller", meinte sie und ließ ihren Blick über die voll besetzten Tische schweifen. „In der Zwischenzeit kannst du nach zwei freien Plätzen Ausschau halten. Was willst du?"

Anne überlegte kurz und nannte den Namen eines Cocktails.

Marie schob sich durch die eng stehenden Gäste bis zur Theke und versuchte, die Aufmerksamkeit des Barkeepers auf sich zu ziehen. Anne hatte recht gehabt ... Er war ein Mann, dem viele Frauen einen zweiten Blick zuwerfen würden: dunkles Haar, helle Augen mit schwarzen Wimpern, scharfkantige Wangenknochen, gut gebauter Oberkörper unter einem eng anliegenden Shirt. Außerdem hatte er ganz offensichtlich das Talent, die weiblichen Gäste mit Worten zu umgarnen, bis sie geschmeichelt lächelten.

Als er zwischendurch einen kurzen Blick in ihre Richtung warf, gab sie ihm ein Zeichen, woraufhin er mit einem kleinen Lächeln zu ihr kam und sich wegen des Lärmpegels halb über die dunkle Theke beugte. „Hallo Schönheit, du bist heute zum ersten Mal hier, kann das sein?" Er zwinkerte ihr zu. „Womit darf ich dich verwöhnen?"

Marie zog leicht amüsiert die Augenbrauen hoch. *O-kaaay*, das war jetzt ungewohnt. Erstens war sie schon mal keine Schönheit. Gar nicht. Und zweitens war sie im letzten Jahrzehnt definitiv zu wenig ausgegangen und hatte viel zu selten Komplimente bekommen, als dass sie souverän mit einem solchen Womanizer umgehen konnte. Aber auf den Kopf gefallen war sie schließlich nicht. Und um eine Antwort verlegen normalerweise auch nicht. Sie würde einfach ein bisschen üben. „Eine blutige Maria und einmal Körperertüchtigung am Strand, bitte", stellte sie den Barkeeper lachend auf die Probe.

„Eine *Bloody Mary* und einmal *Sex on the Beach*. Kommt sofort, Süße", versprach er mit einem verheißungsvollen Lächeln.

Zur Bestätigung hob sie den Daumen und nickte ihm grinsend zu. Sie beobachtete fasziniert, wie er mit Flaschen hantierte, einen Schuss hiervon und einen Schuss davon in den Shaker gab. Wie gekonnt er das köstliche Getränk mit Eiswürfeln durchschüttelte und in ein passendes Glas gab. Dann eine Orangenscheibe an den Rand des einen geklemmt und eine Selleriestange ins andere gesteckt – und schon standen die Cocktails vor Marie auf der Theke.

Während sie zahlte, flirtete der Barkeeper noch ein wenig mit ihr und sagte etwas charmant Doppeldeutiges, das sie zum Lachen brachte. Als sie sich zum Gehen abwandte, gab sie eine passende Retourkutsche von sich und zwinkerte dem Mann hinter dem Tresen zu, nur um sich zu ihrer spontanen Antwort zu beglückwünschen. Im selben Moment … stieß sie gegen etwas Hartes und spürte, wie die *Bloody Mary* im hohen Bogen aus dem Glas schwappte.

Eiskalt!!

Steffen schnappte nach Luft und merkte, wie sich die Flüssigkeit über sein neues T-Shirt verteilte und unangenehm kalt von seiner Brust den Bauch hinunter zielgerichtet zum Bund seiner Hose lief.

Erschrocken drehte er den Kopf und blickte auf eine Frau, die ihn nicht minder erschrocken mit großen dunklen Augen anstarrte und ihren Mund zu einem atemlosen „O" geformt hatte.

„Oh Gott, tut mir leid! Ich habe dich nicht gesehen!", begann sie zeitgleich mit seiner Entschuldigung: „Sorry, ich hab' nicht aufgepasst!"

Wie abgesprochen blickten beide nach unten auf ihre T-Shirts.

„Oh Mann, was für eine Sauerei", meinte er trocken.

„Ich musste mich ja unbedingt für eine *Bloody Mary* entscheiden." Die Frau betrachtete ihr enges weißes Oberteil mit Carmen-Ausschnitt und sein helles T-Shirt. „Jetzt denken die Leute bestimmt, …"

„… wir kommen direkt von einem Kettensägenmassaker …", führte Steffen ihren Gedankengang weiter.

„… aus einem Splatterfilm", setzte die dunkelhaarige Frau noch einen drauf.

Amüsiert blickte Steffen auf und begegnete ihrem Blick, in dem mehr als ein kleiner Schalk funkelte. Beide begannen spontan zu lachen. Jetzt erst bemerkte er, dass er immer noch ihre Oberarme umfasst hielt, weil sie beim Zusammenstoß ins Wanken geraten und fast gestürzt wäre. Vorsichtig ließ er sie los und zog mit den Fingerspitzen den klebenden Stoff von seiner Brust. „Whaaa …"

Als Steffen einen Blick auf ihr rot getränktes Oberteil warf, merkte er, wie prompt ihre Knospen auf das eiskalte Getränk reagiert hatten. Schnell suchten seine Augen nach einem anderen – unverfänglicheren – Teil ihres Körpers, um sie nicht in Verlegenheit zu bringen.

Dabei bemerkte er, wie ein Tropfen Tomatensaft an ihrer Halsschlagader hinunterlief. „Du hast da etwas …“ Steffen deutete bei sich auf die betreffende Stelle. Da sie in beiden Händen ein Glas hielt, nahm er ihr das volle ab.

Sie strich über den Hals, schaute auf ihre Hand und lachte. „Wie ein Blutstropfen nach einem Vampirbiss.“ Ihr breites Lächeln ließ ihr hübsches Gesicht aufstrahlen und wirkte äußerst ansteckend. Dann leckte sie über die Finger.

Er grinste ebenfalls und stellte fest, dass er ihren Humor mochte. Nicht jede Frau hätte so locker reagiert, wenn sie nach einem Zusammenstoß mit einem fremden Mann derart besudelt ausgesehen hätte wie sie jetzt.

Sie war fast so groß wie er mit seinen eins achtzig. Seelenvolle dunkelbraune Augen strahlten ihn aus einem Gesicht mit angedeuteten Wangenknochen an, aus dem ihre vielen nackenlangen, dunklen Locken nach hinten gestrichen waren. Ihre schmale Nase war leicht gebogen und verlieh ihren Zügen einen aristokratischen Hauch. Sie passte sich mit den schön geschwungenen Lippen wunderbar in ihr Gesicht ein.

„Darf ich dir ein neues Getränk besorgen?“, bot er an.

„Nein, nein, das war meine Schuld. Ich war beim Umdrehen noch zu sehr vom Barkeeper abgelenkt, um auf meine Mitmenschen zu achten.“

„Ja, Viktor ist bei allen Frauen sehr beliebt.“ Steffen bat den Barmann pantomimisch, eine weitere *Bloody Mary* zu mixen. „Magst du dich zu mir und meinem Kumpel setzen?“

„Gern, wenn ihr noch einen zweiten Platz habt. Meine Freundin und ich sind gerade erst gekommen.“ Sie winkte einer blonden Frau zu und griff nach ihrer neuen *Bloody Mary* zusammen mit einem Stapel Servietten, den Viktor mit auf den Tresen gelegt hatte.

Steffen bahnte für sie drei einen Weg durch die eng stehenden Gäste bis hin zu seinem Tisch.

Sein Freund Maximilian zog beim Anblick des blutroten Flecks auf seinem Shirt überrascht die Augenbrauen hoch. „Bist du auf dem kurzen Weg zur Theke in eine Messerstecherei geraten?“

„Nein“, grinste Steffen, „aber ich hatte eine sehr unterhaltsame Kollision, infolge der ich uns Gesellschaft mitgebracht habe.“ Er trat zur Seite, dass Maximilian sein Gefolge begrüßen konnte.

Dieser lachte auf, als sein Blick auf das vollgekleckerte Oberteil von Steffens Begleitung fiel. „Ihr zwei macht echt keine halben

Sachen, kann das sein?"

Die Frau grinste. „Das war nicht schwer. Du weißt sicher, was Heimito von Doderer gesagt hat? *Ganze Sachen sind immer einfach. Nur die halben Sachen sind kompliziert.*"

„Heimito wer?", fragte Maximilian verdutzt.

„Heimito von Doderer, ein österreichischer Schriftsteller", erklärte Steffen, woraufhin er einen anerkennenden Blick aus diesen dunklen Augen auf sich spürte.

„Und du bist wer, dass du solche Sachen weißt?" Maximilian blinzelte die Frau verwundert an. „Bei Steffen bin ich das ja schon gewohnt, dass der auf alles eine Antwort hat. Aber eine Frau wie dich habe ich noch nie getroffen …"

„Ich heiße Marie. Und das ist meine Freundin Anne." Die andere Frau gesellte sich zu ihnen an den Tisch und nickte Steffen und Maximilian freundlich zu. Sie war etwas kleiner als Marie und hatte schulterlange blonde Haare, blaue Augen und eine Stupsnase.

Doch Steffen nahm sie kaum wahr, seit er gehört hatte, wie seine Kollisionspartnerin hieß. Marie … ein weicher femininer Name, der bemerkenswert gut zu den seidigen dunklen Locken und den schokoladenbraunen Augen passte. Ein Name, so leicht wie eine französische Liebeskomödie.

Steffen spürte, wie sein Herz einen Zahn zulegte.

Mann, war das peinlich!

Marie hätte sich am liebsten ganz gezielt in den Hintern getreten, wenn das anatomisch möglich gewesen wäre. Peinlichkeiten im Restaurant waren nicht gerade ihre stummen Wegbegleiter, aber sie hatte in ihrem Leben schon genügend davon erlebt, um ihnen mit Gelassenheit zu begegnen - denn eine andere Alternative kam für sie nicht infrage. Immerhin schien ihr Leidensgefährte ziemlich sympathisch zu sein und auch fähig, den Zwischenfall mit einem Scherz auf den Lippen hinzunehmen. Vorsichtig warf sie ihm einen kurzen Blick aus dem Augenwinkel zu, während sie wirkungslos mit einer Serviette auf ihrem völlig bekleckerten T-Shirt herumtupfte und sich mit seinem Freund unterhielt.

Der stellte sich gerade vor: „Ich heiße Maximilian und das ist Steffen."

Steffen - der Gekrönte. So, so.

Er trug seine dichten, blonden Haare mit Scheitel in einem gepflegten Schnitt auf Nackenlänge - und sie schimmerten durch die spotmäßige Beleuchtung in der Bar wie eine goldene Krone.

Sehr passend.

Außerdem hatte er ein gut geschnittenes, aufgeschlossenes Gesicht, das so wirkte, als könne man es schnell zum Lächeln bringen.

Äußerst anziehend.

Steffen erzählte gerade, dass er Maximilian vom Tennis-Club kenne, und Anne erklärte, dass sie mit Marie zusammen zur Schule gegangen sei und sie am Morgen nach vielen Jahren in der Mannheimer Innenstadt getroffen und zu diesem Abend überredet habe.

Dann wandte sich Steffen an Marie und meinte mit einem warmen Blick auf ihr T-Shirt: „Ich glaube, das bringt alles nichts. Ich befürchte, wir haben keine andere Wahl, als die Situation mit Gleichmut und Humor zu nehmen. Schließlich können wir unsere Oberteile nicht ausziehen, um Aufmerksamkeit zu vermeiden. Das führt eher zum Gegenteil."

Marie zog ihren Ausschnitt nach vorne und schaute rein: „Yepp, das würde tatsächlich nichts bringen. Mein BH ist auch komplett eingesaut."

Steffens Lächeln vertiefte sich. „Ein Gutes hat die Sache: Ich habe dadurch eine charmante Bekanntschaft gemacht."

„Vielleicht charmant, aber definitiv blutüberströmt." Marie gab es auf und warf die Serviette auf den Tisch.

Steffen ertappte sich, wie er Marie beobachtete, während sie sich mit ihrer Freundin und Maximilian unterhielt. Wie warm ihre mokkabraunen Augen strahlten - und diese weichen Locken ... am liebsten hätte er seine Finger tief darin vergraben.

Dann stutzte er, weil er den Namen seiner Mannheimer Schule gehört hatte. „Ich habe dort auch Abi gemacht. In welchem Jahrgang warst du?" Als sie es ihm mitteilte, nickte er verstehend. Sie war ein Jahr jünger als er und die Schule sechszügig, was hieß viele, viele Schüler, die nichts miteinander zu tun hatten. Außerdem hatte er als Jugendlicher seine Gründe gehabt, bei Mädchen etwas auf Abstand zu gehen. Sein Selbstwertgefühl, was das hübsche Geschlecht betraf, hatte sich erst entwickeln müssen.

„Und ihr zwei spielt Tennis?", fragte ihn Marie.

„Ja, dort haben wir uns mit Mitte zwanzig kennengelernt und sind seither über diesen schönen englischen Sport verbunden."

„Du weißt, aus welchem Land das Tennisspiel ursprünglich stammt, oder?"

Steffen überlegte kurz. „Ich weiß sicher, dass in der zweiten Hälfte des 19. Jahrhunderts in Großbritannien das moderne Rasentennis erfunden wurde. Das Spiel selbst gibt es aber schon deutlich länger." Er blickte Marie nachdenklich an. „Gefühlsmäßig würde ich mich auch für England und spätes Mittelalter entscheiden. Richtig?"

Marie schüttelte den Kopf. „Mittelalter ja. Doch die Ursprünge lagen im 13. Jahrhundert, als nordfranzösische Mönche einander einen Ball mit der flachen Hand zuspielten. Deshalb damals der Name *Jeu de Paume*. *Paume* wie Handfläche."

Steffen hörte fasziniert zu und nahm am Rande wahr, wie Marie die Hände an die Tischkante legte, sich leicht vorbeugte und lebhaft weitererzählte: „Das Spiel verbreitete sich schnell unter Bürgern und Adligen, von Frankreich bis England und Schottland. Und trotz moralischer Bedenken vonseiten des Klerus und des Adels wurden in Flandern im Jahr 1405 die ersten Tennis-Clubs gegründet."

„Wow, das ist interessant. Spielst du auch Tennis, dass du dich so auskennst?", fragte Steffen.

Marie lachte. „Nein, gar nicht. Aber bei mir bleibt eine Menge Wissen einfach hängen, wenn ich es höre."

„Sie war bereits in der Schule so", schaltete sich Anne mit einer wegwerfenden Handbewegung ein. „Schon damals hat sie *Wer wird Millionär?* und solche Sendungen angeschaut und bis zum Erbrechen *Trivial Pursuit* gespielt."

„Nein!!" Steffen setzte sich überrascht auf und starrte Marie an.

„Doch", zuckte sie mit den Schultern, weil sie seine Überraschung scheinbar nicht deuten konnte.

Als ob es schlimm wäre, viel zu wissen!

„So ging es mir auch", strahlte Steffen sie an. „Wenn ich nachmittags nach den Hausaufgaben ruhige Phasen hatte, bin ich vor dem Fernseher gesessen und habe begeistert mitgeraten."

„Das war bei mir auch so", lächelte Marie zustimmend.

„Echt?!", freute sich Steffen über diese gemeinsame Vorliebe. Sie nickte und er vergaß völlig, dass noch zwei andere Leute mit am

Tisch saßen. „Am liebsten waren mir die Fremdwörter, die ich versuchte, aus dem Lateinischen oder Griechischen abzuleiten. Oder Phobien. Es ist irre, welche Arten von Ängsten es gibt." Er grinste. „Zum Beispiel Peladophobie – die Angst vor Kahlköpfigen."

Die anderen lachten und Marie steuerte postwendend eine weitere bei: „Dromophobie. Die Angst, eine befahrene Straße zu überqueren."

Maximilian schüttelte den Kopf. „Was es nicht alles gibt …"

Dann warf Steffen noch eine in die Runde: „Automysophobie."

„Die Angst, schmutzig zu sein oder schlecht zu riechen", kam es prompt von Marie. „Scotophobie."

„Die Angst vor Dunkelheit, nicht zu verwechseln mit Scopophobie …"

„… der Angst, gesehen oder angestarrt zu werden", ergänzte Marie seinen Gedankengang und blickte ihn mit freudestrahlenden Augen an.

Steffen fiel auf, wie warmherzig und lebendig ihr Gesicht wirkte und wie vergnügt ihre Locken hüpften, wenn sie so begeistert von etwas erzählte. Das wollte er gern noch ein bisschen länger genießen. „Myxophobie?"

„Angst vor Schleim. Leukophobie?"

„Die Angst vor der Farbe Weiß. Sesquipedalophobie?"

„Die Angst vor langen Wörtern", schloss Marie fast schon ein bisschen atemlos vor Begeisterung.

Steffen grinste ebenso enthusiastisch und merkte nur am Rande, wie Maximilians und Annes Köpfe ihrem Schlagabtausch wie einem Ball beim Tennismatch hin und her folgten, worauf Anne nur halblaut: „Unglaublich!" murmelte.

Schließlich kam Steffen zum Höhepunkt seiner Aufzählung: „Und dann gibt es eine Phobie, von der ich mal gelesen habe, aber immer noch nicht weiß, ob sie im medizinischen Bereich wirklich existiert." Er stieß Maximilian den Ellenbogen in die Rippen und deutete auf dessen halb volles Bierglas. „Ich glaube, du leidest an Cenosillicaphobie, weil du immer den ganzen Abend am selben Bier nuckelst."

Maximilian runzelte die Stirn und blickte Steffen an.

Marie lachte als einzige und klärte Steffens Freund auf: „Cenosillicaphobie ist die Angst vor einem leeren Bierglas."

Anne lachte nun ebenfalls. Maximilian jedoch schüttelte nur den

Kopf. „Ich sag' nur: Steffen aus Absurdistan. Ich bin ja froh, dass er diese Anwandlung nur selten hat."

„Nur, wenn ich jemanden habe, mit dem ich mich verbal messen kann."

Maximilian zwinkerte Marie zu und schmunzelte: „Und mit dir hat er eine gleichwertige Partnerin gefunden."

Steffen suchte Maries strahlenden Blick und dachte: *Ja, da hat er vollkommen recht. Marie ist wirklich etwas Besonderes.*

Kapitel 2

Marie spürte, wie ihre Wangen warm wurden, was in der schummrigen Barbeleuchtung glücklicherweise nicht weiter auffiel. Steffen saß ihr immer noch breit grinsend gegenüber und sie bemerkte ein Kribbeln tief in ihrem Bauch, wo schon sehr, sehr lange kein Kribbeln mehr gewesen war.

Was sagte das über sie und ihr Leben aus, wenn ein kurzer Wortwechsel zu Phobien solche Gefühle in ihr hervorrief? Oder lag es an Steffens offenherzig strahlendem Lächeln, mit dem er sicher fast jede Frau für sich einnahm? Oder an seinen warmen hellbraunen Augen, deren Fältchen in den Augenwinkeln verrieten, dass er viel und gern lächelte? Oder an seinen intellektuellen Interessen, die anscheinend auf derselben Welle wie Maries schwammen?

Sie erwiderte Steffens Lächeln und merkte, wie seins noch an Intensität gewann.

Whoa!

Im Bruchteil einer Sekunde hatte es dieser Mann geschafft, sich von einer kulinarischen Versuchung zu einem Herzensbrecher zu verwandeln. Sie hätte nicht gedacht, dass eine Steigerung seiner Attraktivität noch möglich wäre.

Vorsichtig nippte sie an ihrer *Bloody Mary*, um sich nicht zu verschlucken. Das brauchte sie nach der Aktion mit den T-Shirts nicht auch noch. Immerhin schien ihres in der warmen Luft der Bar schon fast getrocknet zu sein.

Anne schüttelte nur ungläubig den Kopf. „Also ganz ehrlich … ihr zwei gehört entweder beide in die Klapse … oder solltet euch ein Hotelzimmer nehmen, wie bei euch die Funken fliegen."

„Ganz meine Meinung", bestätigte Maximilian und prostete Anne zu.

Marie verdrehte nur die Augen und merkte, wie Steffen trocken auflachte und verlegen auf sein Glas blickte, mit dem seine Finger spielten.

Interessant!

Sooo selbstsicher in Bezug auf Frauen schien Steffen nicht zu sein, was ihm auf Maries Sympathieskala auf Anhieb einige Punkte mehr einbrachte.

Dann hob er kurz den Blick und beugte sich zu ihr vor: „Es ist schon übel, wenn man mit Freunden geschlagen ist, die meinen, die Weisheit mit Esslöffeln gefressen zu haben, nicht?"

Sie grinste als Antwort und meinte: „Dann hoffen wir mal, dass ihnen die Weisheit im Rachen stecken bleibt und sie mundtot macht."

„Genau", erwiderte Steffen und lehnte sich zufrieden zurück.

Der Abend gestaltete sich, wie Steffen fand, überaus angenehm. Sie unterhielten sich zu viert über Gott und die Welt, lachten über unnützes Wissen wie, dass es in Frankreich verboten sei, einem Schwein den Namen Napoleon zu geben, und verbündeten sich pärchenweise gegeneinander, als es ums Thema Fruchteis ging: Anne und Maximilian waren der Meinung, dass Zitroneneis eine erfrischende Alternative an heißen Tagen sei. Marie und Steffen hingegen waren sich absolut und unumstößlich einig, dass Zitroneneis bei einem Eisbecher *nie* in die engere Wahl kommen würde – egal bei welchem Wetter. Als sie sich wegen ihrer einhelligen Ablehnung überrascht anblickten, hob Steffen die Hand und Marie klatschte grinsend ab.

Steffen hatte sich schon lange nicht mehr so amüsiert … und das lag eindeutig an dieser faszinierenden Frau ihm gegenüber. Deshalb konnte er es nicht lassen und fragte mit Blick zu Marie in die Runde: „Und weiß jemand, wer das Spaghetti-Eis erfunden hat – und wann und wo?"

Marie klatschte mit der flachen Hand auf die Tischplatte, dass Anne und Maximilian zusammenzuckten. „Dario Fontanella-Gregori, 1969 in Mannheim."

Steffen begann zu grinsen. Diese Frau war doch unglaublich!

„Er erfand das Spaghetti-Eis als Jugendlicher in der Eisdiele seines Vaters", ergänzte Marie und fügte mit einem Augenzwinkern an: „Das sollte man als gebürtiger Mannheimer unbedingt wissen."

Steffen nickte ihr anerkennend zu und freute sich über die leichte Röte, die ihre Wangen überzog.

Als sie alle wieder etwas zu trinken brauchten, wollte Steffen schon aufstehen. Doch Maximilian hielt ihn zurück. „Ich mache das. Sonst ruft noch jemand wegen deines besudelten T-Shirts den Notarzt."

Steffen blickte an sich herab und meinte: „Das hatte ich total vergessen. Danke. Ich nehme ein Wasser. Ich muss noch fahren." Außerdem wollte er Maries Gesellschaft ganz ungetrübt genießen. Deshalb freute er sich, als sie ebenfalls ein Getränk ohne Alkohol bestellte.

Als Maximilian kurz darauf zurückkehrte, veränderte sich die Sitz- und Gesprächskonstellation. Steffens Freund unterhielt sich angeregt mit Anne, während Marie Steffen davon erzählte, wie froh sie sei, wieder in Mannheim zu leben, weil sie hier aufgewachsen sei. Ganz besonders freue sie sich auf die Eishockeyspiele der *Adler*, deren Saison nun beginne.

Steffen runzelte überrascht die Stirn. „Oh, du bist ein Fan?"

Marie nickte. „Ich habe als Jugendliche selbst Eishockey gespielt und auch in den Jahren danach."

„Oh mein Gott", stöhnte Steffen und vergrub theatralisch sein Gesicht in den Händen, „noch so eine Besessene!!"

„Du magst Eishockey wohl nicht?", frotzelte Marie.

„Das kann man so nicht sagen. Mein Leben ist bestimmt von Eishockey, obwohl ich es selbst nicht spiele. Als Kind war ich schlicht und ergreifend zu unsportlich und auf Schlittschuhen zu tollpatschig. Aber wenn man in einem kleinen Ort wie Knopfheim aufwächst, der die größte Eishockeyspieler- und Fan-Dichte von ganz Deutschland hat, prägt das einfach."

„Oh, du gehörst zu *den* Verrückten!" Sie grinste bis zum Anschlag. „Von Knopfheim habe ich in meiner Jugend natürlich so einiges gehört. Aber ich muss sagen, dass ich eure Loyalität immer sehr bewundert habe. Ihr feuert jede Mannheimer Mannschaft und insbesondere eure Leute an, egal, wie alt sie sind, in welcher Liga sie spielen oder ob sie nur als Hobbymannschaft aufs Eis gehen."

„Da hast du recht. Die Knopfheimer haben zwar alle einen Schuss, was Eishockey angeht – und da schließe ich mich als passionierten Zuschauer mit ein –, aber sie stehen hinter ihren Spielern, egal in welchem Team." Dann betrachtete er Marie. „Auf welcher Position hast du gespielt?"

„Ich war im Sturm."

„Mit wie viel Jahren hast du begonnen?"

„Mit fünf."

„Und warum? Was war deine Motivation für einen so nichtmädchenhaften Sport?" Bei der zweiten Frage hatte er das Gefühl, ein Schatten würde über ihre ausdrucksstarken Augen fallen. Doch vermutlich lag das nur am Licht in der Bar.

Sie schüttelte den Kopf. „Du solltest mich fragen, warum ich weitergespielt und mich durchgebissen habe."

„Und?"

„So schnell und körperbetont der Sport auch ist – wenn man mal Blut geleckt hat, kommt man sein Leben lang nicht mehr davon los."

Steffen grinste. „Das kenne ich irgendwoher. Und?" Er zog fragend seine Augenbrauen nach oben. „Hast du noch alle deine Zähne?"

Sie lachte und warf dabei den Kopf in den Nacken, dass Steffen ihren schlanken Hals bewundern konnte. Dann strahlte sie ihn an und ließ ihre ebenmäßigen Beißerchen funkeln. „Klar. Bei den Frauen schützt ja ein Gitter das ganze Gesicht."

„Auch damit können Unfälle passieren."

Sie nickte zustimmend. „Da hast du natürlich recht."

„Hast du vor, wieder zu spielen, wenn du jetzt hier wohnst? Unsere Eishockey-Ladys können immer Verstärkung gebrauchen."

„Mal schauen. Ich muss mich erst einleben, dann sehen wir weiter."

„Wer weiß ... Vielleicht treffen wir uns ja als Zuschauer bei einem Spiel der *Pitbulls*. Da gehe ich öfter mal hin, auch wenn sie ‚nur'", er zeichnete Gänsefüßchen in die Luft, „in der Regionalliga Südwest aufgestellt sind."

Marie lachte. „Klar gehst du da hin, das Team besteht ja aus mindestens fünfzig Prozent Knopfheimer Bürgern."

„Stimmt genau", grinste er. Dann legte er den Kopf schief und blickte sie abschätzend an. „Wenn du mal Eishockey gespielt hast, hast du sicher eine fantastische Koordination und kannst gut tanzen, oder?"

Marie zog einen Flunsch. „Na ja, allein in der Disco geht, aber einen Tanzkurs habe ich nie gemacht." Sie deutete auf eine Ecke der Bar, in der sich einige Paare zur Musik bewegten. „Das war mir als Jugendliche zu wenig handfest. Da habe ich mich lieber in Zweikämpfe bei unseren Eishockeyspielen gestürzt. Immerhin hat mir mein Onkel damals Walzer beigebracht, damit ich nicht ganz so ahnungslos durch die Welt laufe."

Überrascht stellte Steffen fest: „Irgendwie haben wir einige Dinge gemeinsam: Interessiert an unnützem Wissen, Zitroneneis sehr abgeneigt, nicht auf den Mund gefallen, eishockeyverrückt und des Tanzens nicht mächtig. Ich habe nämlich auch nie einen Tanzkurs gemacht – wobei eine gute Freundin die klare Meinung vertritt, dass das bei mir rausgeschmissenes Geld wäre. Ich bin kein guter Tänzer, obwohl ich es gern tue. Beim Singen ist das genauso. Ich kann keinen Ton halten, vergreife mich ständig in der Tonart, beglücke meine Dusche aber täglich mit den aktuellen Popsongs."

Als Marie schallend zu lachen begann, spürte Steffen ein warmes Ziehen in der Brust, das ihn innerlich lächeln ließ.

Während er noch in ihrem strahlenden Blick versank, schoss ihm ein interessanter Gedanke durch den Kopf: *Das ist das Happy End. Eine tolle Frau, die einem unter die Haut geht – was will man mehr?*

Die Zeit raste nur so dahin – und Marie fühlte sich ganz schwindelig. Maximilian besorgte die dritte Runde Getränke, die diesmal allerdings Steffen bezahlte. Schon ziemlich zu Beginn des Abends hatte sich Marie geschworen, nach ihrer *Bloody Mary* nichts Alkoholisches mehr zu trinken, weil sie gemerkt hatte, wie gefährlich Steffen für sie war. Er verstand, wie sie tickte – und sie spürte, wie empfänglich sie für seinen augenzwinkernden Humor war.

Anne schien sich mit Maximilian gut zu verstehen, wobei Marie gar keine Zeit hatte, darauf zu achten. Zu sehr war sie von Steffen abgelenkt, auch wenn sie ihn nicht direkt anblickte, sondern zur Abwechslung mal versuchte, Maximilian zuzuhören.

Steffen wirkte nach außen hin lässig. Doch wann immer sie in seine warmen Augen blickte, spürte sie die Stärke, die in ihm steckte. Er hatte eine Präsenz, die ihren ganzen Körper und jede Zelle darin in Alarmbereitschaft versetzte – und zum Brennen brachte. Und das lag nicht nur an seinem Lächeln …

Verflixt, sie kannte diesen Mann doch gar nicht … und bemerkte dennoch eine tiefe Verbundenheit, die fast beängstigend war.

Annes Bemerkung vom frühen Abend kam ihr in den Sinn: *Du denkst zu viel. Lebe stattdessen!*

Innerlich schüttelte sie den Kopf. Sie hatte nicht vor, sich gleich am zweiten Abend zurück in Deutschland in ein Abenteuer zu stürzen. Mann-o-Mann, dass sie überhaupt an so etwas dachte, ließ tief blicken, was ihr Intimleben der letzten Jahre anging …

Als Maximilian zum Höhepunkt seiner Erzählung kam, schweifte ihr Blick unauffällig über den Tisch. Ihre Augen blieben an Steffens Händen hängen. Sie ruhten entspannt neben seinem Glas. Er hatte lange Finger und Unterarme, die aber doch kräftig vom Tennisspielen waren. Alles an Steffen wirkte schlank und drahtig.

Außerdem konnten nicht viele Männer längere Haare tragen, ohne ungepflegt oder nach Hippie auszusehen. Steffen war genau der Typ Mann, dessen halblanger Schnitt seiner Gesichtsform schmeichelte und gut zum dezenten Bartschatten passte. Dieser schimmerte metallisch golden im Licht der Bar und reizte ihre Fingerspitzen, zart drüberzustreichen.

Mit den teuren, gut geschnittenen Markenklamotten wirkte er fast wie einer Werbeanzeige entsprungen: sportlich lässig und leger. Ein Mann, der wusste, wer er war, und zielorientiert seinen Weg beschritt – egal, was andere von ihm dachten.

Sie merkte, dass sie bei ihrer unauffälligen Betrachtung unbewusst die Luft angehalten hatte. Deshalb versuchte sie, den Atem so unbemerkt wie möglich loszuwerden. Kurz schloss sie die Augen und spürte – *O-oh, nicht gut!* –, wie sie von einer heißen Welle überrollt wurde und lang unbeachtete Stellen ihres Körpers zu prickeln begannen.

Da Maximilians Anekdote gerade endete und Anne und Steffen lachten, lächelte sie ebenfalls und blickte auf, damit niemand etwas von ihren höchst verwirrenden Gefühlen bemerkte.

Maximilian konnte echt Geschichten erzählen, dachte Steffen. Anne schien es jedenfalls zu gefallen. Auch Marie lächelte breit und nickte zustimmend, als ihre Freundin etwas erwiderte.

Dann erhob sich sein Freund und forderte Anne zum Tanzen auf. Steffens Augen wanderten wie automatisch zu Marie.

Als diese ihm daraufhin einen kurzen Blick zuwarf und ihn dabei ertappte, wie er sie betrachtete und wie ein Idiot vor sich hin grinste, musste er lachen. „Tut mir leid, dass ich starre. Ich muss dich immer wieder anschauen. So eine Frau wie du ist mir noch nie über den Weg gelaufen."

Eine überrascht zuckende Augenbraue in ihrer fragenden Miene war die einzige Bewegung, die eine Erklärung forderte.

Marie hatte elegant geschwungene Brauen, die ihre dichten schwarzen Wimpern betonten. Ihre weichen Lippen waren nicht ganz geschlossen und hatten die Farbe von Himbeeren angenommen, wodurch sie mit dem großen roten Fleck vorne auf ihrem T-Shirt harmonierten. Und ihre anmutigen Schlüsselbeine … er musste feststellen, dass er bei einer Frau noch nie auf diesen Körperteil geachtet hatte.

„Willst du mich ernsthaft einfach so hängenlassen? Echt jetzt?!" Marie schüttelte leicht den Kopf, dass ihre dunklen Locken ein wenig in Bewegung gerieten. „Du sagst zu mir, eine Frau wie ich wäre dir noch nie über den Weg gelaufen … und dann bist du still und starrst mich an, als ob mir ein zweiter Kopf gewachsen wäre?"

Steffens Blick schnellte wieder hoch, um ihren fragenden Augen zu begegnen. „Tut mir leid", lachte er verlegen. „Ich habe nur noch nie eine Frau getroffen, die mein Hobby mit mir teilt und sich Wissensgefechte mit mir liefern kann …", er strich eine lange Haarsträhne hinter sein Ohr, „… und dann noch so hübsch aussieht."

Nun war es an Marie, verlegen dreinzublicken, was sie tunlichst überspielte. „Wow, so was hat noch keiner beim ersten Treffen zu mir gesagt. Du weißt sicher, dass Mark Twain mal behauptet hat, er könne von einem guten Kompliment zwei Monate lang leben. Meine nächsten Monate sind also gerettet."

Steffen lächelte und strich erneut eine seiner goldblonden Strähnen hinters Ohr. Tat er das, wenn er verlegen war? Das wäre echt süß!

Dann erwiderte er: „Da fällt mir ein Zitat von Oscar Wilde ein: *Komplimente sind wie Parfüm. Sie dürfen duften, aber nie aufdringlich werden.* Ich hoffe, meins gehört nicht zur letzten Kategorie."

Marie schüttelte den Kopf und versank in Steffens haselnussbraunen Augen, die sie nun ernst und ein klein wenig besorgt anblickten. Und dann ritt sie ein sorgloses kleines Teufelchen, das sie etwas sagen ließ, was sie sonst nie im Leben bei einem ersten

Treffen zu einem Mann gesagt hätte: „Victor Hugo hat gemeint: *Ein Kompliment ist ein Kuss durch einen Schleier.*"

Als Steffens Augen nach diesen Worten ein Stockwerk tiefer zu ihrem Mund rutschten, wurde ihr bewusst, wie intim ein einfacher Blick sein konnte. Seine Augen schienen zu glühen, während sie sich auf ihren Lippen festbrannten, dass es ihr eine Gänsehaut über den Rücken jagte. Das Knistern zwischen ihnen beiden sprengte alle gesellschaftlichen Normen.

„Ist das eine Einladung?", fragte Steffen mit rauer Stimme und suchte ihren Blick.

Sie atmete zitternd ein und hob die Hand, um endlich ihrem Bedürfnis nachzugeben und eine von Steffens seidigen Haarsträhnen hinter sein Ohr zu streichen. Sie glitt wie flüssiges Gold durch ihre Finger.

So weich …

Und dann befanden sie sich wie in einem magischen Moment der Stille – trotz Lärmpegels in der Bar. Maries Inneres schien unter Steffens Blick dahinzuschmelzen.

Er umfasste ihre erhobene Hand und drehte den Kopf, um ihr einen Kuss auf die Handfläche zu hauchen. Mit heiserer Stimme fragte er: „Sollen wir ein bisschen frische Luft schnappen?"

Sie nickte nur, weil sie kein Wort herausbrachte, so gefangen war sie von seinem Blick. Er zog sie hoch und dirigierte sie Richtung Toiletten, wo ein Ausgang in den schlecht beleuchteten Hinterhof der Kneipe führte. Erfrischende und doch warme Spätsommerluft empfing sie unter einem leuchtenden Sternenhimmel.

Marie hatte jedoch keinen Sinn für die Schönheit des Universums. Kaum war die Hintertür ins Schloss gefallen, wandte sie sich Steffen zu, der gleichzeitig seine freie Hand in ihren Nacken legte und mit seinem Mund ihre Lippen suchte.

Lebe!, hallte Annes Aufforderung in ihrem Kopf wider. Und sie gab sich wider besseres Wissen Steffens Kuss hin, der sie explosionsartig in Flammen aufgehen und lichterloh brennen ließ.

Steffen hatte das Gefühl, den Boden unter den Füßen zu verlieren.

Als seine Lippen auf Maries trafen, wurde mit einem Schlag jede seiner Zellen überflutet von Leidenschaft und brennender Hitze. Ihr Mund war so weich und süß und gleichzeitig so hungrig, dass er die Augen schloss und sich ihren Bedürfnissen hingab, die seinen in nichts nachzustehen schienen.

Er hatte sich dieses immer intensiver werdende, elektrisierende Prickeln zwischen ihnen also doch nicht eingebildet. Sie wollte ihn.

Und er wollte sie.

Besitzergreifend schob sie die Finger in sein langes Haar, was ihn wohlig erschaudern ließ. Eine seiner Hände umfasste ihren festen Po in diesen herrlich engen Jeans und drückte ihr Becken an seinen Schoß. Ein kehliges Aufstöhnen entfuhr seinem Mund, der immer noch intensiv mit ihren Lippen beschäftigt war. Dass sie dabei ebenfalls genussvoll seufzte, gefiel ihm mehr, als er hätte sagen können.

Seine andere Hand wanderte von ihrem Nacken zu ihrem weichen, üppigen Haar und vergrub sich darin, wie er es schon den ganzen Abend hatte tun wollen. Er hätte sich für Stunden im Labyrinth ihrer Locken verlieren können.

Doch er spürte, dass sie andere Bedürfnisse hatte ...

Er strich über ihren durchgebogenen Rücken, während er sich einen Weg zu ihrem Hals küsste. Ihr rascher werdender Atem war dabei Musik in seinen Ohren und ließ ihn an ihrer Haut lächeln. Dann überraschte sie ihn damit, dass sie ein Bein anhob und es über seine Hüfte legte - und ihm nahekam. So unglaublich nahe ...

Diese wundervolle Frau, die er nicht kannte, die ihm aber so vertraut schien, setzte ihn immer wieder in Erstaunen.

Hilfsbereit stützte er ihre Kniekehle mit einer Hand und drückte sie rückwärts an die Hauswand.

Mit der anderen fuhr er zu einer ihrer Brüste, deren feste Knospe er durch ihr T-Shirt sanft reizte, bis sie ein hilfloses Keuchen von sich gab und ihr Becken erneut an seinem Schoß rieb - was sein Gehirn schlagartig in Hormonbrei verwandelte.

Er begann, sie noch leidenschaftlicher zu küssen. Ihre mehr als erfreute Reaktion schürte sein Verlangen, dass ihm fast die Luft wegblieb.

Wie hatte sich dieser Abend nur so rasch in diese Richtung entwickeln können? Steffen wusste es nicht. Er hatte einen solch überwältigenden Gefühlsansturm nämlich noch nie erlebt. Deshalb hatte er auch keine Ahnung, wie die ganze Sache weiterginge.

Doch, verdammt, er würde jede Sekunde davon genießen.

Mann-o-Mann-o-Mann!!

Marie wusste nicht mehr, wie ihr geschah. Sie fühlte sich so lebendig wie noch nie.

In ihrem Rücken spürte sie die harte Wand und an ihrer Brust Steffens festen Oberkörper, der sie aufrecht hielt. Gleichzeitig seine Finger, die ihre Brustspitze so verwöhnten, dass ihr heiße Blitze zwischen die Schenkel fuhren. Verzweifelt rieb sie sich an seinem Schoß und stöhnte leise in seinen Mund, als sie feststellte, wie wenig effektiv das war. Ihr Unterleib glich einem Flächenbrand, den man mit Benzin zu löschen versuchte.

Steffens Lippen waren weich und gleichzeitig in einem Maße fordernd, wie sie es brauchte. Seine Zunge fantasievoll und talentiert, dass sie sich einfach fallenlassen konnte. Zudem kratzte sein Bartschatten leicht über ihr Kinn und den Hals, als sich sein Mund wieder auf Wanderschaft zu ihrem Ausschnitt machte.

Ihr Innerstes erbebte.

Sie war nie der spontane Typ gewesen. Doch das, was sie hier mit Steffen tat, fühlte sich absolut richtig an - auch wenn es mehr als impulsiv und fast schon waghalsig war.

Sie strich über seinen Rücken nach unten und ließ ihre Hände unter sein T-Shirt wandern. Seine Muskulatur war steinhart, so kontrolliert hielt er sie in Position.

Dann drehte er sie nach rechts und schob sie ein bisschen nach hinten, bis ihre Kniekehlen an etwas stießen. Ohne den Kuss zu unterbrechen, legte er sie sanft auf eine Metallplatte, stützte sich auf die Ellenbogen und saugte an ihrem Hals, bis sie vor Wonne leise schnurrte. Als sie eine Hand seitlich ausstreckte, spürte sie, dass sie auf der Motorhaube eines parkenden Autos lag.

Alles war ihr recht. Hauptsache, sie konnte mehr von Steffens Größe und Steffens Härte spüren. Voll Verlangen umschlangen ihre Beine sein Becken, um ihm noch näher zu sein.

Sie stand vor den Toren des Himmels und verlangte flehentlich um Einlass …

Maries lange Beine um seinen Hüften machten ihn richtig heiß. Ihr Hunger war bei Weitem nicht gestillt, das spürte er an ihren Küssen und den nachdrücklichen Bewegungen ihres Beckens.

Mann, er musste aufpassen, dass er nicht gleich hier und jetzt in seiner Hose kam!

Wieder rieb er sich an ihrem heißen Schoß, gab einen leisen kehligen Laut von sich und strich dabei ihr T-Shirt samt BH nach oben, um sie auf den flachen Bauch und anschließend auf ihre Brüste zu küssen.

Mmh, sie schmeckte nach Tomaten und Tabasco und süßer Erregung.

Sie hatte bildschöne Brüste, die genau in der richtigen Größe im dämmrigen Licht der Hofbeleuchtung weißlich schimmerten. Ihre hoch angesetzten Knospen waren klein und etwas dunkler und passten perfekt unter seine Zunge, mit der er Marie noch lauter zum Seufzen brachte.

Oh, wie er dieses Geräusch liebte …

Erneut neckte er die feste Spitze, rieb sich dabei an ihrem Schoß und überlegte, wie sie reagieren würde, wenn er ihren Jeansknopf öffnete und seine Hand langsam zwischen ihre feuchten Locken schob, um …

Ein dumpfer Knall ließ ihn den Kopf hochreißen und aufkeuchen.

Marie hatte sich ebenso erschreckt, weil der Schlag die Motorhaube hatte vibrieren lassen.

Doch als sich Steffens vor Lust verhangene Augen scharf gestellt hatten, entdeckte er auf dem Autodach etwas, das ihn auflachen ließ.

Marie reckte den Kopf und fragte keuchend: „Was war das?!“ Dabei zog sie zu seinem Leidwesen ihren BH mitsamt T-Shirt herunter.

Steffen deutete zum Dach und half ihr, sich aufzusetzen.

„Eine Katze?!“, rief Marie ungläubig.

Steffen lachte leise und legte einen Arm um Marie, weil er den Kontakt zu ihr nicht unterbrechen wollte. „Ich würde sagen, ein dicker fetter Kater, der Garfield Konkurrenz machen könnte und höchstwahrscheinlich noch nie etwas von der anmutigen Eleganz seiner Spezies gehört hat. Vermutlich ist er von der Grundstücksmauer aufs Autodach gesprungen.“

Marie atmete tief durch und kuschelte sich an seine Halsbeuge. Oh Mann, wie er das genoss! Wie selbstverständlich legte er noch den zweiten Arm um ihren Oberkörper und hielt sie fest.

„Ich habe so einen Schreck bekommen“, begann sie. „Ich dachte schon, der Autobesitzer steht mit einem Messer vor uns und zieht uns zur Rechenschaft, weil wir sein Auto mit unserer Leidenschaft in Brand gesetzt haben."

Steffen grinste leicht. „Ja, ich war wirklich kurz davor." Dann streichelte er über ihren Kopf und wickelte eine ihrer lockigen Strähnen um seinen Finger. Dabei murmelte er: „Das war wunderschön. Und ich muss dir gestehen, dass ich so etwas noch nie gemacht habe."

Sie schmunzelte. „Du meinst, eine flüchtige Bekanntschaft gleich am ersten Abend auf die Motorhaube eines …", sie blickte über die Schulter, „… Ford Mustangs zu legen und unter freiem Himmel zu vernaschen?"

Er lachte leise. „Ja, genau das. Ich fasse es noch immer nicht, dass ich das tatsächlich gemacht habe. Ich hoffe, es war alles in deinem Sinne."

„Oh ja … das hast du hoffentlich gemerkt." Sie blickte mit einem kecken Augenaufschlag zu ihm hoch und er senkte seine Lippen zu einem sanften gefühlvollen Kuss, der ihr die Schuhe ausziehen sollte. Ihr genussvolles Seufzen bestätigte ihn darin, sein Ziel zu hundert Prozent erreicht zu haben.

„Marie, hör zu. So wundervoll dieser Augenblick auch war, bis wir gestört wurden … ich möchte es richtig machen. Ich mag dich sehr und will dich besser kennenlernen. So jemand wie du ist mir nämlich noch nie über den Weg gelaufen. Und ich will auf keinen Fall, dass wir nach einer schnellen Nummer auf einer Motorhaube mit falschen Versprechungen auseinandergehen und uns nie wiedersehen. Davon abgesehen, dass ich auch nichts zum Schutz bei mir habe." Er schüttelte fassungslos den Kopf. „Und du kannst mir glauben, dass ich nie vorsätzlich Kondome einpacke, wenn ich am Wochenende ausgehe. Ich möchte eine Frau erst kennenlernen, bevor ich mit ihr schlafe."

Sie blickte zu ihm auf und strich sanft über seine kratzige Wange. „So geht es mir eigentlich auch."

„Ich weiß nicht, was mich dazu gebracht hat, so schnell so weit zu gehen." Er lächelte auf sie hinab. „Aber ich schätze, es lag am Charisma und der überwältigenden Intelligenz dieser bezaubernden und absolut hinreißenden Frau mit dunklen Locken." Als sie schmunzelte, warf er einen kurzen Blick auf seine Armbanduhr, auf der es bereits nach Mitternacht war, und fuhr fort: „Was denkst du, sollen wir uns heute Nachmittag zu einem Stück Kuchen im

Café Oberle am Friedrichsplatz treffen? Dann könnten wir danach auf der Rheinpromenade spazieren gehen und hätten alle Zeit der Welt zum Kennenlernen."

„Das hört sich großartig an." Sie streckte ihren Rücken durch und gab ihm einen süßen Kuss, den er aus ganz selbstsüchtigen Gründen ausdehnte, bis sie kaum vernehmbar schnurrte. Ein kleines selbstgefälliges Lächeln schlich sich auf seine Lippen. Wie er es doch liebte, Marie diese leisen Laute zu entlocken! Denn bei jedem von ihnen geriet sein Herz kurz ins Stocken, nur um danach noch ein bisschen schneller weiterzuschlagen.

Marie war einfach umwerfend. Er wusste nicht, wie er ohne sie den Rest der Nacht überstehen sollte.

Kapitel 3

Sie war echt sauer.

Und enttäuscht. Und verletzt.

Verdammt noch mal!

Am Montagmorgen stieg Marie nach einer unruhigen Nacht aus der Dusche des Hotelzimmers, in dem sie übergangsweise wohnte, und begann, sich trocken zu rubbeln.

Steffen war nicht gekommen.

Sie war wie eine Idiotin fast zwei Stunden im Café gesessen und hatte versucht, die mitleidigen Blicke der Bedienung zu ignorieren und jede erdenkliche Entschuldigung dafür zu finden, dass Steffen sich verspätete. Auf ihrem Handy hatte er sich nämlich auch nicht gemeldet, obwohl sie in der Nacht noch ihre Nummern ausgetauscht und er mit seelenvollem Blick versichert hatte, wie sehr er sich auf ein Wiedersehen freute.

Alles gelogen.

Was für eine Enttäuschung! Zumal Steffen einen so ehrlichen und aufrichtigen Eindruck auf sie gemacht hatte.

Marie stieß ein frustriertes Schnauben aus.

Und dann das ganze Geschwätz, er wolle es richtig machen und sie erst besser kennenlernen. Vermutlich hatte er es sich bei der heftigen Knutscherei anders überlegt und einen Vorwand gebraucht, um sich elegant aus der Affäre zu ziehen. Obwohl …

Welcher Mann, der so hart wie Steffen gewesen war, würde freiwillig aufhören? Er hätte sie auch einfach ohne Kondom vögeln können. Sie musste sich zu ihrer Schande eingestehen, dass ihr das in der heiß brennenden Leidenschaft gar nicht aufgefallen wäre.

Marie schüttelte ungläubig den Kopf.

Sie war doch sonst immer die Vernünftige, Kopfgesteuerte, Intelligente.

Besonnene.

Von Letzterem war in jener Nacht jedenfalls nicht viel bei ihr zu finden gewesen. Nicht mal ein Fünkchen.

Teufel noch eins, sie war wirklich jenseits von Gut und Böse gewesen. So weit hatte sie noch kein Mann jemals gebracht. Bisher war ihr Sexleben – wenn mal vorhanden – gut, befriedigend, solide gewesen.

Bei Steffen waren ihre vernachlässigten Hormone jedoch wie eine halb verhungerte Raubkatze aus dem Käfig ausgebrochen und hatten sich gierig auf ihn gestürzt. Nicht, dass es ihm nicht gefallen hätte … ihre Leidenschaft hatte heißer als das Fegefeuer gebrannt.

Und dann dieser Absturz …

Zweimal hatte sie während des Wartens versucht, ihn anzurufen, doch es war jedes Mal nur die Mailbox rangegangen. Noch mal würde sie es garantiert nicht versuchen. Er konnte ihr echt den Buckel runterrutschen.

Glückwunsch, Marie! Deine Zeit in Deutschland hat ja schon mal so richtig *gut angefangen!*

Sie hoffte, ihre neue Arbeitsstelle würde besser starten. Da befand sie sich immerhin auf wohlbekanntem Terrain und wusste um ihre wertvolle internationale Erfahrung, weswegen sie auch die Stelle bekommen hatte.

Marie kämmte fahrig durch ihr Haar und rief sich zur Ordnung. Heute war ihr erster Tag und sie musste, wenn schon nicht ausgeschlafen, so doch wenigstens geschäftsmäßig und konzentriert auftreten.

Nachdem sie ihre Unterwäsche übergestreift hatte, ging sie mit forschen Schritten zum Kleiderschrank und zog einen Hosenanzug mit Bluse heraus.

Der Tag konnte kommen. Steffen war Geschichte. Jetzt lag nur noch ihre Arbeit vor ihr.

Wie in den letzten Jahren auch.

Punkt acht betrat Marie das Vorzimmer von Udo Winter, einem von zwei Chefs des mittelständischen Familienunternehmens. Das Erste, was ihr in dem freundlich eingerichteten Raum auffiel, war eine hochschwangere Sekretärin an einem luftig gestalteten, L-förmigen Schreibtisch, die konzentriert in Unterlagen blätterte. Ihr dunkles Haar war zu einem kunstvollen Dutt gedreht und ihr geschmackvolles Umstandskleid passend für das Vorzimmer der Chefetage.

Als Marie grüßte, blickte sie auf und begann zu strahlen. Marie schätzte sie auf Mitte dreißig. Dann erhob sich die Sekretärin etwas ungelenk und kam zur Begrüßung um den Tisch herum. „Sie müssen Marietta Berg sein." Sie streckte ihr die Hand hin. „Ich bin Annelie Herrmann und freue mich sehr, Sie kennenzulernen. Wir sind nach Herrn Jankowskis krankheitsbedingtem Ausfall alle sehr, sehr froh, jemanden mit Ihrer Qualifikation so kurzfristig gewonnen zu haben." Sie ließ Maries Hand wieder los und drückte sie sich stattdessen ins Kreuz. „Herr Winter ist im Moment noch im Haus unterwegs. Möchten Sie vielleicht etwas trinken? Einen Kaffee oder Wasser? Oder etwas anderes?"

Marie überlegte. „Ein Wasser, bitte." Kaffee hatte sie beim Frühstück im Hotel bereits genug getrunken, um nach den beiden kurzen Nächten und dem Jetlag überhaupt ein Auge aufzubekommen.

„Gern", erwiderte die Sekretärin und holte eine kleine Flasche und ein Glas aus dem Schrank. „Ich darf sicher schon verraten, dass sich ihr Büro hier auf dieser Ebene ein paar Türen weiter befindet. Ihre Sekretärin Frau Schneider ist mit einer Verbindungstür gleich im Raum daneben und den Schlüssel für Ihren Geschäftswagen bekommen Sie auch von ihr. Unsere Kantine liegt im Erdgeschoss, aber da werden Sie sicherlich noch herumgeführt. Habe ich jetzt auf die Schnelle einen wichtigen Punkt vergessen?" Dann klatschte sie kurz in die Hände, weil ihr etwas einfiel. „Die Toiletten! Für mich im Moment ein stündliches Thema, das nicht ignoriert werden kann." Sie schenkte Marie ein sympathisches Lächeln, das diese spontan erwiderte. „Sie befinden sich geschickterweise schräg gegenüber Ihres Büros. Und wenn Sie irgendetwas, egal was, brauchen, sprechen Sie doch bitte Frau Schneider oder mich an. Wir helfen Ihnen sehr gern weiter."

Mann, die mussten ja wirklich außerordentlich froh sein, dass Marie hier so kurzfristig aushelfen konnte!

Dann blickte sie auf Frau Herrmanns unglaublich runden Bauch und fragte: „Ihr Erstes?“

Die Sekretärin lachte nur und machte eine wegwerfende Handbewegung, während sie ihr Kreuz weiterhin stützte. „Das Dritte. Deshalb sehe ich jetzt in der dreißigsten Woche schon aus wie ein Walross. Bei jeder Schwangerschaft ist der Bauch immer früher noch runder geworden. Und da war es auch egal, dass zwischen meiner zweiten und dritten fast acht Jahre lagen. In vierzehn Tagen kommt meine Stellvertreterin, damit ich sie einarbeiten kann.“

Frau Herrmann setzte sich wieder schnaufend auf ihren Schreibtischstuhl und begann, Unterlagen zu Stapel zusammenzulegen und mit Büroklammern zu fixieren, während sie Marie von den Verwaltungsabläufen und Zuständigkeitsbereichen in der Firma erzählte. Als sie eine unvorsichtige Bewegung machte, wischte sie etwas vom Tisch, dem sie mit finsterem Blick nachschaute. „So ein Mist. Jetzt habe ich die volle Dose mit Büroklammern runterfallen lassen.“

Als sie sich anschickte, auf die Knie zu gehen, hielt Marie sie auf. „Nein, warten Sie. Das kann ich für Sie übernehmen. In Ihrem Zustand sollten Sie nicht auf Knien herumrutschen.“ Sie eilte zum Schreibtisch, dessen Fußteil nach vorne hin offen war, und kroch hinein. Die Klammern hatten sich schön verteilt, doch Marie konnte sie leicht mit der Handfläche zusammenschieben und in die Dose zurücklegen.

Als nach einem kurzen Klopfen die Tür zum Vorraum aufging, eine tiefe geschäftsmäßige Stimme meinte: „Frau Herrmann, ich habe jetzt den Sachv…“ und mitten im Satz abbrach, wusste Marie, dass sie mit ihrer unvorteilhaften Position keinen guten ersten Eindruck hinterließ.

Steffen stand in der Tür und blickte überrascht auf einen sehr adretten, runden Po, der sich ihm in einer dunklen Stoffhose entgegenreckte. Die Füße steckten in eleganten Pumps.

Die Fremde unter Frau Herrmanns Schreibtisch schien in ihrer Position wie erstarrt zu sein. Das wäre Steffen aber auch nicht anders ergangen, wenn man ihn in einer solch delikaten Situation erwischt hätte. Was sie dort unten wohl zu suchen hatte?

Er räusperte sich und wurde prompt mit einem breiten Lächeln von Frau Herrmann begrüßt. „Hallo Herr Thies. Herr Winter ist noch nicht da, aber Sie können gern warten. Frau Berg hilft mir gerade mit den Büroklammern, die ich Schussel habe auf den Boden fallen lassen."

Aha, Frau Berg war also da. Ihre Retterin in der Not. Die kurzfristig eingeflogene Spezialistin, mit der er zusammenarbeiten sollte, nachdem sein direkter Vorgesetzter einen schweren Schlaganfall erlitten hatte – gerade in einer wichtigen Phase der Einführung einer neuen Produktlinie auf dem US-amerikanischen Markt.

Frau Berg brachte laut Lebenslauf ideale Voraussetzungen für diesen Job mit: Ausbildung zur Mechatronikerin mit angeschlossenem Studium. Berufliche Erfahrung in einem deutschen und amerikanischen Unternehmen für Elektrowerkzeuge – dort als stellvertretende Vertriebsleiterin für Nord- und Südamerika. Fließende Englisch- und Spanischkenntnisse.

Da war er mal gespannt.

Während Frau Berg noch rückwärts unter dem Schreibtisch hervorkrabbelte, musste Steffen innerlich grinsen. Einen hübschen Po hatte sie ja schon mal. Wie es mit ihrem Fachwissen aussah, würde sich noch zeigen.

Als sie sich dann mit hochrotem Kopf erhob und zu ihm umdrehte, …

… traf ihn fast der Schlag.

Marietta Berg, die Feuerwehr spielende Karrierefrau, die Amazone im Kampf gegen den drohenden Untergang des neuen Produkts – war seine Marie. Seine Marie, die er zwei Tage zuvor kennengelernt und geküsst hatte, als gäbe es kein Morgen. Von der er gedacht hatte, er würde sie nie wiedersehen.

Und jetzt war sie seine Chefin.

Ihrem ersten Gesichtsausdruck nach zu urteilen war sie ebenso schockiert wie er. Doch er bemerkte, dass sich ihre Miene schnell verschloss, sobald sie ihn erkannte. Das konnte er ihr auch nicht übel nehmen nach dem, was er sich am gestrigen Tag geleistet hatte.

Dennoch war er Profi genug, um sich nicht allzu viel anmerken zu lassen. Deshalb streckte er Marie die Hand entgegen und meinte: „Ich bin Steffen Thies und werde als Produktmanager in den nächsten Monaten sehr eng mit Ihnen zusammenarbeiten."

Uuuh, das hatte jetzt nach ihrem Erlebnis von Samstagnacht etwas zu doppeldeutig geklungen. Er räusperte sich und warf einen kurzen Blick zu Frau Herrmann, die sich aber schon wieder mit ihren Schriftstücken beschäftigte. „Ich nehme an, Sie warten auf Herrn Winter?"

Marie nickte. „Genau."

„Ich denke, er wird gleich kommen. Frau Herrmann, hier sind noch die angeforderten Unterlagen. Der Chef weiß Bescheid." Mit diesen Worten überreichte er ihr eine schwarze Mappe. Dann wandte er sich an Marie, die mittlerweile eine absolut professionelle und fast schon nüchterne Miene zur Schau trug - ganz anders als das lebhafte Gesicht, das ihm von der Bar noch so gut in Erinnerung geblieben war. „Ich habe gleich einen Termin mit der Entwicklungschefin. Danach hätte ich aber Zeit, Sie herumzuführen, den Mitarbeitern vorzustellen und Ihnen alles zu zeigen."

Bei Steffens Anblick war ihr ein eisiger Blitz durchs Gehirn geschossen, das sich jetzt wie gefrostet anfühlte.

Mit allem hätte sie am ersten Tag gerechnet: feindselig eingestellte Mitarbeiter, Kompetenzgerangel, Akzeptanzprobleme. Aber doch nicht, dass sie *dem* Mann gegenüberstand, der für die heißeste Nacht ihres Lebens - ganz ohne Sex - verantwortlich war und der sie gleich am darauffolgenden Tag eiskalt hatte sitzen lassen!

Immerhin schien auch er mehr als überrascht über diese Laune des Schicksals gewesen zu sein, da über sein Gesicht viele widersprüchliche Gefühle gehuscht waren, bevor er sie hinter einer routiniert sachlichen Miene hatte verstecken können.

Als Steffen bereits das Büro verlassen hatte, stand sie immer noch stumm und fassungslos da und blickte auf die geschlossene Tür.

„Herr Thies ist ein sehr netter Kollege", begann Frau Herrmann, „der Ihnen die Eingewöhnungszeit sicher äußerst angenehm machen wird ..."

Frau Herrmann hatte ja keine Ahnung, *wie* angenehm der Willkommensgruß im Hinterhof der Bar bereits gewesen war! Mit aller aufzubringenden Disziplin zimmerte sich Marie ein freundliches Lächeln ins Gesicht und drehte sich zur Sekretärin um.

„Außerdem hat er schon jahrelang mit Ihrem Vorgänger zusammengearbeitet und ist bestens vertraut mit der neuen Produktlinie und ihrer Entstehung."

Bestens vertraut war Steffen auch mit ihrem Körper - nachdem er auf der Motorhaube des Mustangs ihre Brustspitzen so gekonnt mit seinem Mund gereizt hatte, dass sie allein davon fast einen Orgasmus bekommen hätte.

Sie bekam heftiges Herzklopfen, wenn sie nur daran dachte.

Dann fiel ihr noch etwas anderes ein. Die Firma Winter war eine sehr konservative Firma, was intime Beziehungen unter den Mitarbeitern anging. Das konnte ja heiter werden - nicht, dass sie mit Steffen etwas anfangen würde. Schließlich war sie seine Vorgesetzte. Außerdem hatte der Reinfall am Sonntag ja gezeigt, dass er eh nichts von ihr wollte.

Um sich abzulenken und wieder ihre Fassung zurückzugewinnen, ging sie zu dem kleinen Beistelltisch, nahm einen Schluck aus ihrem Glas und fragte: „Wie geht es Herrn Jankowski denn mittlerweile?"

In dem Moment kam Herr Winter in Anzug und Krawatte schwungvoll durch die Tür und begrüßte sie sehr herzlich, um sie dann in sein Büro zu führen.

So schnell wie heute hatte Steffen einen Termin bei der Entwicklungschefin noch nie hinter sich gebracht.

Er wollte sehen, ob Herr Winter bereits mit der Vorstellungsrunde begonnen hatte und er sich den beiden anschließen konnte. Es war für Marie sicherlich anstrengend, so viele neue Mitarbeiter kennenzulernen und sich die Namen zusammen mit den betreffenden Tätigkeitsfeldern merken zu müssen. Mit Steffen hatte sie wenigstens ein bekanntes Gesicht um sich - obwohl er nicht sicher war, ob sie sich tatsächlich freute, ihm so schnell wieder zu begegnen. Erst musste er vermutlich das mit dem verunglückten Treffen am Sonntag klären.

Gerade als er auf dem Weg zu Frau Herrmann war, um sie zu fragen, wo er Herrn Winter mit Frau Berg finden könne, traten die beiden aus dem Vorzimmer des zweiten Firmenchefs Helmut Winter.

Aha! Dann hatten sie vermutlich bereits Maries Sekretärin begrüßt und waren einfach zwei Zimmer weitergegangen.

Steffen nickte seinem Chef kurz zu und fragte, ob er sich ihnen anschließen dürfe. Herr Winter befürwortete diese Idee - bei Marie war er sich nicht so sicher. Sie setzte zwar ein freundliches Gesicht auf, doch er merkte, dass sie seinen Blick nicht so offen erwiderte wie noch am Samstag, als zwischen ihnen alles in Ordnung gewesen war.

„Ich denke, wir sollten mit Frau Berg heute eine kleinere Kennenlernrunde drehen. Wie sehen Sie das, Herr Thies? Frau Metzger – unsere Entwicklungschefin“, wandte er sich erklärend an Marie, „Herr Arens von der Produktion und die anderen Abteilungsleiter. Das dürfte fürs Erste reichen.“ Herr Winter lächelte Marie zu. „Danach können Sie sich in Ihrem Büro einrichten. Ich hole Sie dann um zwölf Uhr zum Mittagessen ab und zeige Ihnen unsere Kantine im Erdgeschoss.“

Marie nickte lächelnd.

Während sie den Flur entlanggingen und Herr Winter Marie einige Räumlichkeiten zeigte und firmeninterne Abläufe erklärte, betrachtete Steffen seine neue Vorgesetzte. Ihr Hosenanzug wirkte sehr förmlich, gar nicht figurbetont oder sexy. Damit gab sie ein klares Statement ab, dass sie an nichts anderem als an Geschäftlichem interessiert war. Er fand es zudem überaus angenehm, dass sie kaum geschminkt war. Ihre dichten Wimpern mit den ausdrucksstarken Augen benötigten keine zusätzliche Betonung. Nur ihre Lippen schimmerten in einem hellen warmen Braunton, der gut zu ihrer gesunden Gesichtsfarbe passte. Und ihre Haare … darüber brauchte er keinen Gedanken zu verlieren. Er wusste, wie weich sich die lockigen Strähnen um seine Finger geschmiegt – und ihn bezaubert hatten.

Scheiße verdammt! Warum nur musste sie sich als seine Chefin entpuppen?!

Kapitel 4

Marie war sich Steffens Anwesenheit mehr als bewusst.

Die Kennenlernrunde wäre für sie deutlich entspannter verlaufen, wäre er nicht mit dabei gewesen. Sie wusste jedoch, dass sie unbedingt über die Nacht in der Bar reden und die Dinge klären sollten. Grenzen abstecken mussten. Dennoch lächelte sie freundlich, gab Mitarbeitern die Hand und wechselte ein paar Worte mit den Leuten, die ihnen über den Weg liefen.

Sie hatte ein gutes Gedächtnis für Namen und Gesichter und merkte sich beides in Zusammenhang mit dem jeweiligen Aufgabengebiet mit Eselsbrücken, die sie während ihrer Zeit in den

USA für sich perfektioniert hatte.

Die Angestellten, die sie kennenlernte, schienen durch die Bank hinweg freundlich zu sein, hießen sie willkommen und dankten ihr dafür, dass sie so schnell hatte einspringen können. Allerdings wusste sie, dass sich das schlagartig ändern konnte, sobald mit Marie ein neuer Wind durch die Firma wehte. Immerhin begegneten die Mitarbeiter ihrem Firmenchef mit Respekt und schienen Steffen als Bindeglied zwischen Produktentwicklung und Management zu akzeptieren. Das würde ihr die Arbeit enorm erleichtern.

Sie warf einen kurzen Seitenblick auf Steffen, der gerade ein paar Worte mit dem Verantwortlichen für die Produktion wechselte. Er sah gut aus in seinem dunklen Anzug und dem hellblauen Hemd, das seine goldblonden Haare erstrahlen ließ. Die Krawatte in verschiedenen Blautönen passte hervorragend dazu. Er hätte perfekt auf das Titelblatt von *GQ* gepasst: Der smarte Geschäftsmann, der seine Firma mit sicherer Hand und vertrauenswürdigem Lächeln zum Erfolg führt.

Ein Lächeln, dem Marie innerhalb kürzester Zeit verfallen war. Sie spürte, wie ihr bei der Erinnerung eine Hitzewelle durch den Körper jagte.

Dann gingen sie wieder zu den Fahrstühlen und landeten schlussendlich in Maries Büro. Ah, das war vielleicht die Gelegenheit, unter vier Augen mit Steffen zu sprechen, dachte sie.

„Wir haben ja im Vorfeld bereits über die wichtigsten fachlichen Punkte gesprochen", begann Herr Winter, als sie zu dritt vor ihrem Schreibtisch standen. Dann deutete er auf die Aktenschränke. „Sie können sich jetzt mit Herrn Jankowskis Unterlagen vertraut machen und sich so einen tieferen Einblick verschaffen. Wenn Sie Fragen haben sollten oder noch andere Informationen benötigen, kann Sie Ihre Sekretärin, Frau Schneider, jederzeit an den zuständigen Mitarbeiter verweisen."

Als Marie einen Schrank öffnete und sauber beschriftete Ordnerrücken entdeckte, nickte sie zufrieden. Damit konnte sie arbeiten.

„Ich würde Sie dann in", Herr Winter warf einen Blick auf seine Armbanduhr, „knapp zwei Stunden zum Mittagessen abholen."

„Gern." Marie lächelte ihren neuen Chef an.

Dann wandte sich dieser Steffen zu und meinte: „Wir müssten noch ein paar Dinge besprechen. In der Marketingabteilung ist zudem eine Frage aufgekommen, die Sie noch heute mit Herrn

Grell klären sollten."

Als sich Herr Winter verabschiedete, merkte Marie Steffen an, dass er am liebsten noch etwas gesagt hätte. Doch sein Chef stand schon in der Tür und wartete auf ihn.

„Ich werde versuchen, später noch mal reinzuschauen, Frau Berg, falls sich bei Ihnen heute Fragen auftun, bei deren Klärung ich helfen kann."

„Ja, vielen Dank, Herr Thies. Bis dann", erwiderte Marie und wartete, bis die Bürotür leise ins Schloss fiel. Sie ging um den breiten Schreibtisch herum, ließ sich mit Herzklopfen auf den Bürostuhl fallen und atmete tief durch.

Der Anfang war geschafft. Und bis auf die Überraschung mit Steffen war es gut gelaufen. Zufrieden blickte sie sich in ihrem neuen Büro um. Eine Besprechungsecke mit Tisch und drei Stühlen. Daneben befanden sich ein halbhoher Schrank und ein großer Fernseher auf einem Rollgestell als Beamer-Ersatz für Bespre chungen – und eine gut gepflegte Grünpflanze stand neben zwei unauffälligen Aktenschränken vor dem breiten Fenster.

Das war also ihr neues Reich.

Während Steffen mit seinem Chef zu dessen Büro ging, fluchte er innerlich. Das war so nicht geplant gewesen. Dass er gleich mit dem Marketingchef etwas besprechen sollte, passte ihm überhaupt nicht. Für einen Mann war Herr Grell nämlich richtiggehend geschwätzig. Das würde ein langer Termin werden, da dieser sich nicht auf einen relevanten Punkt begrenzen konnte.

Im Büro bat Steffens Chef ihn, die Tür zu schließen. Dann bot er ihm einen Platz vor dem Schreibtisch an und setzte sich selbst dahinter. „Herr Thies, ich wollte noch etwas mit Ihnen besprechen." Er räusperte sich. „Dass viel davon abhängt, dass Frau Berg sich schnell bei uns einlebt und mit allen nötigen Informationen zu der geplanten Produkteinführung versorgt wird, brauche ich sicher nicht zu betonen."

Steffen nickte zustimmend. „Ich werde ihr jederzeit für alle Fragen zur Verfügung stehen. Ich wollte Frau Berg später eh noch wegen eines Termins ansprechen, bei dem ich ihr einen ersten groben Abriss gebe."

„Sehr schön, Herr Thies. Anders hätte ich das von Ihnen auch nicht erwartet." Sein Chef strich sich nachdenklich über die beginnende Halbglatze, die von kurz rasierten, grau melierten Haaren umrandet war. „Meinem Bruder und mir ist es sehr wichtig, dass Frau Berg sich nach ihrer langen Zeit in Nordamerika nicht nur schnell in einer deutschen Firma einlebt, sondern auch speziell in Mannheim, weil sie hier aufgewachsen ist – und wir zu Recht hoffen, sie langfristig binden zu können. Vielleicht könnten Sie ihr dabei etwas helfen?" Herr Winter schaute ihn mit arglosem Blick aus seinen hellblauen Augen an.

Steffens Atem stockte. Nein, Herr Winter konnte nicht wissen, was am Samstagabend vorgefallen war. Unmöglich.

„Sie meinen … was genau?", fragte er vorsichtig.

„Na ja", sein Chef lehnte sich locker im Stuhl zurück und blickte sinnierend an die Decke, „Sie wissen schon …"

Nein, weiß ich nicht. Ich weiß nur, was ich *gern tun würde, mit dem* du *mit Sicherheit nicht einverstanden wärst, Chef,* dachte Steffen trocken.

„… so was wie, ihr zu helfen, wenn Sie Fragen wegen Restaurants oder kulturellen Einrichtungen hat. Oder wo man Möbel kaufen kann, weil ihr demnächst hoffentlich von dem von uns beauftragten Makler eine passende Mietwohnung angeboten wird. Im Moment wohnt sie nämlich noch in einem Hotel. Oder wann die *Adler* spielen, wenn sie die sehen will, und wo man am besten Karten bekommt." Dann blickte er Steffen wieder direkt an. „Sie müssen ihr nicht gerade jeden Wunsch von den Augen ablesen, aber es wäre schön, wenn Sie für Frau Berg da sind, wenn sie Hilfe braucht."

Das würde ich unglaublich gern, Chef, das kannst du mir glauben.

Steffen räusperte sich unauffällig und nickte knapp. „Sie können sich auf mich verlassen, Herr Winter."

Sein Chef lächelte breit und meinte: „Ich wusste doch, dass wir auf Sie zählen dürfen!" Dann wurde er wieder ernst. „Außerdem möchte ich Ihnen auch im Namen meines Bruders noch einmal versichern, wie wichtig Ihr Know-how für unsere Firma ist und dass wir Sie nicht einfach übergangen haben, als wir Frau Berg für Herrn Jankowskis Stelle ausgewählt haben. Ich kann mir vorstellen, dass Sie gern auf diese Position aufgerückt wären …"

Da konnte Steffen nicht widersprechen. Anfangs war er ziemlich sauer gewesen, als er noch dachte, ihm würde firmenintern ein anderer Mitarbeiter vorgezogen werden.

„... doch dann hätten wir auf die Schnelle niemand wirklich Geeigneten für Ihre Position gehabt, der vor allem so viel Wissen und Erfahrung mit unseren Produkten mitbringt. Und um einen Fremden einzuarbeiten, bleibt uns keine Zeit, wenn wir wie geplant im nächsten Jahr die Produktlinie starten wollen. Außerdem bringt Frau Berg noch zusätzlich ihre Kenntnis als stellvertretende Vertriebsleiterin mit und kennt den US-amerikanischen Markt für Elektrowerkzeuge wie ihre Westentasche. Das war für uns der Hauptgrund, sie abzuwerben. Zu unserem Glück hat sie unser Angebot angenommen." Er lächelte zufrieden. „Ich denke, Sie beide sind ein exzellentes Team, um das Projekt durch die entscheidende Phase bis ans Ziel zu bringen. Oder was für einen Eindruck haben Sie, Herr Thies?"

Nun musste er aufpassen, dass Herr Thies, der Projektmanager, aus ihm sprach und nicht Steffen, der letzten Samstag einer rehäugigen Frau mit *Trivial-Pursuit*-Wissen verfallen war. „Wenn ich ehrlich sein soll, kann ich das Fachliche erst nach der Einführung beurteilen. Dann sehe ich, was sie dazu beitragen kann. Aber ich bin mir sicher, dass sie die besten Qualifikationen mitbringt bei dem, was sie in den USA schon geleistet hat."

„Nun gut. Sie können mir ja gelegentlich berichten." Herr Winter war anscheinend immer noch nicht fertig. „Mein Bruder und ich haben über Sie und Ihren unschätzbaren Wert bei diesem Projekt gesprochen. Wir möchten Ihnen deshalb eine Gehaltserhöhung anbieten – sozusagen als Entschädigung dafür, dass Sie nicht befördert wurden. Was sagen Sie dazu?"

Jetzt war Steffen sprachlos. „Äh, ... Vielen Dank, Herr Winter. Ihr Angebot nehme ich sehr gern an."

Sein Chef nickte mit einem kleinen Lächeln. „Und nun wollte ich noch eine geschäftliche Angelegenheit mit Ihnen besprechen, bevor Sie zu Ihrem Termin in der Marketingabteilung gehen ..."

Als Steffen schlussendlich nachmittags um Viertel vor vier in seinem Büro ankam, atmete er tief durch und nahm einen Schluck aus einer Wasserflasche. Er hoffte, Marie würde jetzt etwas Zeit für ihn haben. Er beließ sein Sakko über der Lehne seines Schreibtischstuhls, wie er das bei jedem Gesprächstermin mit einem Kollegen machen würde, strich sich durch sein Haar und machte sich mit leisem Herzklopfen auf zu Maries Büro, das eine Etage höher lag.

Als er an Frau Schneiders offene Tür klopfte, blickte die Sekretärin lächelnd auf. „Hallo Herr Thies, wie kann ich Ihnen helfen?"

Er deutete auf die verschlossene Verbindungstür zu Maries Büro. „Meinen Sie, sie hätte ein paar Minuten für mich? Wir wollten noch etwas besprechen."

„Ich glaube schon, aber ich frage mal nach." Sie erhob sich und meinte mit gedämpfter Stimme: „Ich habe einen sehr angenehmen Eindruck von Frau Berg. Ich freue mich, dass sich die Chefs für sie entschieden haben." Sie zwinkerte ihm durch ihre randlose Brille zu und klopfte an Maries Tür.

Frau Schneider war Mitte fünfzig und bereits seit über einem Jahrzehnt Herrn Jankowskis Sekretärin gewesen. Wenn sie eine solch positive Meinung von Marie hatte, musste es wohl stimmen. Nach ihren Worten spürte Steffen eine seltsame Mischung aus Überraschung, Freude, Zufriedenheit und Stolz.

Mmh.

„Herr Thies fragt, ob Sie etwas Zeit für ihn hätten."

„Ja, natürlich. Er soll reinkommen", klang es aus dem Zimmer. „Würden Sie bitte keine Anrufe durchstellen? Ich melde mich, wenn wir alles besprochen haben."

Frau Schneider nickte lächelnd und trat zur Seite, damit Steffen das Büro betreten konnte.

Dann stand er da, während sich die Tür leise hinter ihm schloss – und sie waren allein. Marie saß an ihrem Schreibtisch, den Blazer über der Rückenlehne eines der Besprechungsstühle gehängt. Ihre cremefarbene Seidenbluse mit Schalkragen schmiegte sich um ihre Schultern, verdeckte aber ihre weichen femininen Rundungen darunter. Auf der Nase ruhte eine dunkel gerandete Lesebrille, die sie schnell abzog und zwischen den Fingern behielt.

„Setz dich doch", bot sie ihm mit einer kleinen Handbewegung an.

Als er ihr gegenübersaß und ihrem steten Blick begegnete, lächelte er zurückhaltend und meinte: „So, du bist also meine neue Chefin. Wenn wir das am Samstag nur gewusst hätten."

Sie zuckte kurz mit den Schultern. „Nun, es dürfte für uns kein Problem werden. So groß war dein Interesse ja nicht. Schließlich bist du gestern nicht zu unserem Treffen gekommen ..."

„Das möchte ich dir bitte erklären. Da sind ein paar Dinge ganz unglücklich zusammengekommen." Er stützte die Unterarme auf seine Oberschenkel und beugte sich leicht vor. „Ich habe mich sehr auf unser Treffen gefreut, das musst du mir glauben. Als ich mich fertigmachte, musste ich noch mal ins Bad und legte das Handy auf die Ablage vor dem Spiegel. Durch eine dumme Handbewegung wischte ich es nach links, sodass es zielgerichtet im Klo landete. Du hättest mich fluchen hören sollen." Er schüttelte ungläubig den Kopf. „Als ich es rausfischte, ging natürlich gar nichts mehr. Aber ich beruhigte mich, dass ich dich ja sowieso gleich sehen würde. Gerade, als ich aus der Tür wollte, rief meine Mutter auf meiner Festnetznummer an und teilte mir ganz aufgeregt mit, dass mein Vater vermutlich einen Herzinfarkt habe. Der Notarzt sei unterwegs."

Steffen merkte, wie Maries Blick von distanziert zu betroffen wechselte. „Oh, das tut mir sehr leid. Wie geht es ihm? Ich hoffe, die Ärzte sind rechtzeitig gekommen?"

Er nickte und meinte: „Es war zum Glück nur ein leichter Infarkt. Er ist noch im Krankenhaus. Weil meine Mutter gestern aber so aufgeregt klang, musste ich natürlich zu ihr", nahm er den Erzählfaden wieder auf. „Von Maximilian konnte ich Annes Telefonnummer nicht in Erfahrung bringen, um dich zu erreichen, weil nur seine Mailbox dranging. Ich weiß auch gar nicht, ob er die überhaupt hat. Er hat nämlich bis jetzt noch nicht zurückgerufen. Vielleicht ist ihm sein Handy ja auch ins Klo gefallen." Er grinste kurz. „Ist auch egal. Im Krankenhaus jedenfalls hat es dann eine ganze Weile gedauert, bis wir alles geklärt hatten und wussten, wie es meinem Vater ging. Außerdem mussten wir noch meinem Bruder Bescheid geben, der sich gerade auf einer längeren Geschäftsreise befindet. Danach habe ich versucht, die Telefonnummer des Cafés herauszubekommen. Die haben mir dann mitgeteilt, dass die junge Dame, die lange allein gewartet habe, bereits gegangen sei. Ich will die Flüche, die ich in dem Moment ausgestoßen habe, in deiner Gegenwart nicht wiederholen." Stumm blickte er sie an und merkte, dass ihr sachlicher Blick weicher geworden war. „Es tut mir wirklich sehr leid. Kannst du mir verzeihen?"

Marie nickte. „Das war in der Tat höhere Gewalt. Es war allerdings auch ziemlich beschissen, zwei Stunden im Café zu sitzen und mich zu fragen, ob dir etwas passiert ist oder du mich nur eiskalt hast sitzenlassen. Bei dir ist nämlich immer nur die Mailbox drangegangen."

„Ich war echt verzweifelt. Ich dachte wirklich, das war's. Diese unglaubliche Frau sehe ich nie wieder, weil mein Handy komplett im Eimer ist, Maximilian Annes Nummer nicht hat und deine somit unwiederbringlich verloren ist. Ich bin davon ausgegangen, dass du dich nach diesem Tiefschlag im Café nicht mehr bei mir gemeldet hättest."

„Da gehst du richtig davon aus", meinte Marie mit einem kleinen Lächeln.

Steffen schüttelte verwundert den Kopf. „Und dann stehst du heute Morgen vor mir." Er lachte leise. „Tja, ich würde dich gern zum Essen einladen, um die Panne von gestern wieder gutzumachen. Doch die Situation ist jetzt eine andere, oder?"

Sie nickte bedauernd.

„Du weißt, dass hier in der Firma Beziehungen unter Kollegen sozusagen verboten, auf jeden Fall aber nicht gern gesehen sind? Die Firma hatte früher mal extreme Probleme mit einem Pärchen, das nach der Trennung so nachtragend und intrigant gewesen war, dass fast ein wichtiger Deal geplatzt wäre."

„Ja, habe ich mitbekommen." Sie legte ihren hübschen Lockenkopf schräg. „Außerdem bin ich deine Vorgesetzte. Da geht schon allein aus ethischen Gründen nichts."

Steffen nickte. „Dann werden wir uns aufs Berufliche konzentrieren. Wir machen aber baldmöglichst einen Termin aus, damit du weißt, wo wir mit unserem Projekt stehen und wo eventuell noch Probleme bis zur Produkteinführung auftauchen könnten. Es wäre jammerschade, wenn wir in den USA im Akku-Bereich keinen Fuß in die Tür bekommen und dadurch wichtige Marktanteile verschenken würden."

„Hättest du morgen Zeit für eine Einführung? Ich habe Frau Schneider gebeten, mir den Vormittag freizuhalten, bis ich mit dir gesprochen habe."

Steffen überlegte kurz und nickte dann. „Ja, das müsste klappen. Ich habe nur einen Termin, den ich aber verschieben kann. Es ist mir wichtiger, dass du so schnell wie möglich einen Überblick bekommst. Wir können uns gern auch den ganzen Tag Zeit nehmen, wenn du willst. Mittags kann uns entweder Frau Schneider ein paar Sandwiches organisieren oder wir gehen in die Kantine."

Marie nickte und strich sich eine Locke aus der Stirn. „Wir werden sehen. Ich ackere heute noch einige Unterlagen durch, damit ich morgen weiß, wovon du sprichst, aber auch weiß, welche Fragen ich stellen muss."

Steffen grinste. „Effektiv zu kommunizieren bedeutet, die richtigen Fragen zu stellen. Muss ich jetzt Angst haben, dass du meine Kompetenz auf die Probe stellst?"

Nun hörte er Marie zum ersten Mal lachen, seit sie sich am Morgen so überraschend gegenübergestanden waren – und dieser wunderbare Laut fuhr in sein Herz wie ein heißer Blitz. Dann war die Sache von Sonntag wohl verziehen, dachte er.

„Allenfalls ein bisschen." Wie schon in der Bar entdeckte er ein spitzbübisches Funkeln in ihren Augen – das sie herrlich lebhaft wirken ließ. „Vielleicht weißt du, was der Marketing- und Verkaufsmanager Doktor Fritz Rinnhofer mal gesagt hat: *Kompetenz ist das Recht, Macht legal auszuüben.*" Sie lächelte immer noch. „So, wie sich dein Lebenslauf liest, und wenn ich Herrn Winters Lobgesang auf dich höre, denke ich, dass du dieses Recht zu Recht besitzt." Unvermittelt musste sie gähnen. „Tut mir leid. Die Zeitverschiebung steckt mir in den Knochen – und auch das Wochenende. Ich könnte problemlos die nächsten zehn Stunden in der Horizontalen verbringen ..." Sie verstummte – und Steffen verbat sich die Vorstellung, was er Schönes in der Lage mit Marie anstellen könnte.

Er räusperte sich. „Deshalb solltest du heute nicht mehr so lange arbeiten", gab er zu bedenken und erhob sich widerstrebend. Er wäre am liebsten noch länger bei ihr am Tisch sitzen geblieben. „Bis morgen dann. Um wie viel Uhr?"

„Halb neun?" Sie sah ihn fragend an.

Er nickte lächelnd.

Kapitel 5

Marie war auf ihr Treffen mit Steffen bestens vorbereitet – hoffte sie zumindest. Obwohl sie in ihrem Leben bereits an unzähligen Besprechungen teilgenommen – und viele davon geleitet – hatte, war sie heute Morgen irgendwie nervös.

Das lag aber nicht an Steffen und ihrem Erlebnis in der Bar.

Nein. So erfahren war Marie schon, dass sie gedanklich auf Distanz gehen konnte, um sich voll auf die Materie zu konzentrieren.

Es musste daran liegen, dass ihr ein gelungener Start in dieser

Firma sehr wichtig war – ganz besonders, weil sie hier eine Sonderstellung einnahm und als Erste-Hilfe-Paket für diese Krisensituation engagiert worden war.

Ja, das musste es wohl sein. Marie wollte ihren guten Ruf untermauern.

Sie hatte am Abend zuvor bis acht Uhr die restlichen Unterlagen durchgesehen, ihre handschriftlichen Notizen und Fragen in einer langen Liste im Computer sortiert und für das Treffen ausgedruckt. Wenn sie sich das so durchschaute, würde das Einiges an Arbeit geben. Marie hoffte, Steffen hatte Geduld. Sie war eine hartnäckige Chefin, die alles ganz genau wissen wollte, um die Fäden, die bei ihr zusammenliefen, richtig lenken zu können. Das war etwas, das sie an ihrem Beruf wirklich liebte.

Marie stand auf und ging erneut an den Besprechungstisch, um die beiden Gläser und die angebotenen Getränkefläschchen zu kontrollieren. Ein Stapel Unterlagen lag auf einem Beistelltisch, den Frau Schneider an diesem Morgen noch für sie organisiert hatte. Außerdem gab es zwei Schreibblöcke und vier Kugelschreiber – falls einer mal den Geist aufgab. Sie hatte ihre Sekretärin auch schon gebeten, ihr alle Anrufe und Anfragen vom Hals zu halten, und …

Ungeduldig wedelte Marie mit dem Revers ihres Blazers und strich mit der Hand über ihren Nacken bis hoch in die Haare. Irgendwie war es ziemlich warm im Raum. Mit zweiunddreißig begannen noch keine Hitzewallungen oder doch? Sie schüttelte den Kopf und trat an die großen Fenster, um eines zu öffnen. Ihren Blazer würde sie lieber anbehalten. Sie wollte bei der Begrüßung nicht zu locker auftreten, schließlich war sie Steffens Vorgesetzte. Er müsste gleich kommen … Marie blickte kurz auf die Uhr … in zwei Minuten.

Als es in der Sekunde klopfte, machte ihr Herz einen kleinen Hüpfer und sie eilte hinter den Schreibtisch, um sich niederzulassen. „Herein."

Frau Schneider öffnete die Tür und trat zur Seite. „Herr Thies ist da."

Als Steffen ihr Büro betrat, hatte sie das Gefühl, jede einzelne ihrer Zellen würde die Luft anhalten. Sein frisch gewaschenes Haar war locker nach hinten gestrichen und reichte bis zum Kragen seines Sakkos. Das strahlende Blond lag im deutlichen Kontrast zu seinem anthrazitfarbenen Anzug. Und sein umwerfendes Lächeln war nicht von dieser Welt.

Reiß dich mal zusammen!, schalt sie sich innerlich und stand auf, um ihn zu begrüßen. „Herr Thies, schön, dass Sie es sich heute einrichten konnten."

„Guten Morgen, Frau Berg. Wo darf ich mich hinsetzen?" Er blickte kurz durch den Raum.

„Ich denke, wir setzen uns an den Besprechungstisch."

Steffen nickte. „Ich würde meinen Laptop an den Fernseher anschließen, um Ihnen das eine oder andere zeigen zu können." Er trat an den Tisch und legte etwas ab.

Natürlich war Marie damit einverstanden. Ihr war gar nicht aufgefallen, dass er ein Notebook und eine Mappe unter dem Arm trug. Das ließ tief blicken.

Sie schaute kurz zur geschlossenen Tür. Aha, ihre Sekretärin war bereits hinausgegangen. Jetzt konnte sie wieder zum vertraulichen Du wechseln. „Nimm doch bitte Platz. Wenn du einen Kaffee haben möchtest, sage ich Frau Schneider Bescheid."

„Nein danke, sie hat mich vorhin schon gefragt. Wasser reicht völlig." Er öffnete sein Sakko, als wolle er es ausziehen. „Darf ich?"

„Ja, natürlich. Gern." *Mmmmh, das* Gern *hättest du dir auch sparen können*, wies sich Marie zurecht. Dann zog sie ebenfalls ihren Blazer aus – so hatten ihre überkochenden Hormone wenigstens die Chance, etwas abzukühlen – und setzte sich. „Womit möchtest du beginnen?"

„Ich gebe dir vielleicht erst einmal einen groben Überblick über unsere Ziele, die beteiligten Personen und Abteilungen. Wer wofür zuständig ist. Und dann können wir in die Tiefe gehen und du kannst deine geschätzten achthundertvierundsechzig Fragen stellen", meinte er mit einem kleinen Grinsen und nickte hin zu ihrer Liste, die er ganz offensichtlich schon entdeckt hatte.

Als sie zustimmte, begann er mit seinen Ausführungen: „Also, wie du sicher weißt, geht es darum, unsere Werkzeugmaschinen, die in den USA mit Druckluft verkauft werden, als alternative Produktlinie nun auch mit Akku anzubieten. Derselbe Akku passend zu allen Geräten, damit man diesen einfach tauschen kann. Einige wenige Firmen stecken in verschiedenen Stufen der Produktionsentstehung. Eine – nämlich dein ehemaliger Arbeitgeber – hat schon einzelne Produkte auf den Markt gebracht. Wir wollen im nächsten Jahr zu Beginn des Weihnachtsgeschäfts ebenfalls in dem Bereich etwas anbieten – sozusagen als Ergänzung zu unserer Druckluft betriebenen Produktlinie. Da wir die ja bereits in den USA produzieren, können wir durch eine Anpassung der Produktionsabläufe Bedarfsschwankungen bei den Bestellungen flexibel bedienen."

Dann präsentierte er seine vorbereiteten Informationen und entführte sie in die ihr so vertraute Welt von Produktdetails und Testreihen mit Prototypen, Marktanalysen und Werbestrategien.

Marie liebte ihre Arbeit. Liebte es, die unterschiedlichen Bereiche aufeinander abzustimmen, um sie erfolgreich unter einen Hut zu bringen. Sobald Steffen mit der groben Einführung begonnen hatte, hatte ihr Gehirn auf Arbeitsmodus geschaltet. Da konnte Steffen neben ihr noch so gut aussehen und noch so gut duften, sie war komplett auf die Zahlen und Fakten fokussiert.

Wie sie feststellte, hatte er sich auf dieses Gespräch äußerst gewissenhaft vorbereitet. Überdies konnte er sehr gut erklären und sich dabei auf das absolut Wesentliche konzentrieren. Nur wenn sie zwischendurch Fragen stellte, ging er etwas mehr in die Tiefe, um ihren Wissensdurst zu stillen. Ihre Notizen würden ihr später helfen, bestimmte Bereiche mithilfe von Herrn Jankowskis Unterlagen noch einmal gezielter nachzuarbeiten.

Zudem freute es sie sehr, dass Steffen wirklich gut organisiert war und mit einem sachkundigen Blick für die verschiedenen Teilgebiete alles im Griff zu haben schien. Für eine produktive Zusammenarbeit war es eminent wichtig, einen zuverlässigen und qualifizierten Mitstreiter zu haben.

Als sie das erste Mal auf die Uhr an der Wand blickte, war es bereits nach halb eins. Da Steffen gerade am Ende seiner Ausführung zu den Testreihen mit den Prototypen angelangt war, lehnte sich Marie zurück und atmete durch. „Wow, das war jetzt sehr intensiv …" *Mist.* Warum musste sie in Steffens Gegenwart immer Wörter benutzen, die er doppeldeutig auffassen konnte?! „Ich meine, du hast dich wirklich gut vorbereitet und mir in wenig Zeit viel erklärt. Danke."

Steffen lächelte zufrieden. „Gern."

„Wie sieht es bei dir aus? Hast du Hunger? Brauchst du Bewegung?" Herrje, sie wollte nicht wissen, wie er das jetzt schon wieder verstehen würde … „Also ich meine, willst du in die Kantine gehen oder lieber die Pause mit mir hier im Büro verbringen?“ Sie blinzelte und schüttelte den Kopf. Das wurde ja immer besser. Sie stellte sich doch sonst nicht so blöd an …

Als sie Steffen einen ultrakurzen Blick zuwarf, merkte sie, wie er verzweifelt um Fassung rang und sich nur schwer ein Lachen verbeißen konnte.

„Tut mir leid“, stöhnte sie und bedeckte ihr Gesicht mit den Händen. „Ich weiß auch nicht, was mit mir los ist.“

Wenn Steffen nicht seine Hand vor den Mund geschlagen hätte, hätte er lauthals herausgelacht. So erstickte er jedoch seinen Lachanfall bürotauglich und zwinkerte Marie aus amüsiert blitzenden Augen entgegen, dass sie auch nicht mehr an sich halten konnte.

„Das war total unprofessionell, tut mir leid“, entschuldigte sie sich noch mal, als sie sich wieder einigermaßen im Griff hatte. „Mein Gehirn ist irgendwie blockiert von den ganzen technischen Details, dass ich die Tragweite mancher Worte nicht einschätzen kann, bevor sie meinen Mund verlassen.“

„Mach dir keinen Kopf“, beruhigte Steffen sie und legte seine Hand kurz auf ihren Unterarm, dass sie seine Wärme intensiv durch den langen Ärmel der Bluse spürte. „Ist alles gut.“ Dann räusperte er sich und meinte mit fast schon wieder ernsthafter Stimme: „Ich würde lieber hier im Büro bleiben, Frau Berg, und Ihre Sekretärin darum bitten, Sandwiches vom italienischen Restaurant nebenan zu holen. Die sind nämlich sehr lecker - und für einen Espresso danach haben wir ja die Kaffeemaschine im Vorzimmer.“

Marie gluckste wieder. „Espresso danach … du bist auch nicht besser als ich.“

Dann machte sie den Fehler, abermals Steffens haselnussbraunen Blick zu suchen. Denn das lausbübische Funkeln, das sie erneut mit ihren Worten geweckt hatte, wirkte so anziehend auf ihr Gemüt. Und wieder konnte sie nicht anders. Wie auf Kommando lachten sie beide los, doch diesmal etwas leiser.

Was würde Frau Schneider sonst denken?

Steffen schob seinen Stuhl zurück und stand auf. „Ich gehe mal raus und bestelle die Sandwiches, bevor das hier noch Ausmaße annimmt, die keiner von uns kontrollieren kann.“ Er grinste. „Du bist keine Vegetarierin, oder? Denn dann könnte ich dir das Sandwich mit Parmaschinken, Tomaten und Rucola sehr empfehlen.“

„Das hört sich gut an", nickte Marie und blickte Steffen hinterher, wie er hemdsärmelig zur Tür und raus ins Vorzimmer ging.

Schnell wandte sie den Blick ab und rief sich zur Ordnung, weil es sich einfach nicht ziemte, diesen wirklich knackigen Hintern in seiner gut geschnittenen Hose anzustarren - wenn der Hintern in die Hose eines Angestellten gehörte und sie dessen Vorgesetzte war.

Nachdem Frau Schneider das Mittagessen telefonisch bestellt hatte und zum Abholen gegangen war, drehte sich Steffen zur geschlossenen Bürotür um. Jetzt gab es nur noch Marie und ihn.

Ihre doppeldeutigen Versprecher vorhin waren ausgesprochen amüsant und ihre Verlegenheit sehr süß gewesen.

Doch es würde nichts Ungehöriges passieren.

Er verstand die Notwendigkeit, zwischen Chefin und Angestelltem eine deutliche Grenze zu ziehen. Sonst konnte das firmenpolitisch gegen einen verwendet werden und den Verdacht auf Vorzugsbehandlung entstehen lassen. Diese Grenze hatten sie jedoch schon am letzten Samstag überschritten und konnten mit ihrer geschäftlichen Beziehung nun leider nicht mehr bei null anfangen. Sie mussten einfach versuchen, so professionell wie möglich miteinander umzugehen und sich sachlich zu unterhalten.

Umso netter war deshalb ein solcher sehr privater Exkurs wie gerade eben.

Steffen grinste, richtete seine Krawatte und strich sich durchs Haar. Dann erst betrat er Maries Büro. Sie stand am offenen Fenster, die Hände in den Hosentaschen ihrer Stoffhose, und atmete gerade tief durch. Als sie ihm den Kopf zuwandte, bewunderte er nicht zum ersten Mal ihren schlanken Hals mit den unzähligen seidigen Locken am Hinterkopf. Die längeren, welligen Ponysträhnen fielen in einem Seitenscheitel bis zu ihrem Kiefer und umrahmten ihr hübsches Gesicht mit dem energischen, kleinen Kinn. Das dezente Lächeln, das sie ihm schenkte, ließ zu allem Überfluss seine Knie weich werden.

„Frau Schneider ist unterwegs", verkündete er und ging zum Besprechungstisch. „Möchtest du Wasser zum Essen oder etwas anderes?" Er begann, Unterlagen zusammenzulegen und Platz fürs Mittagessen zu machen.

„Nein, Wasser ist okay." Sie wandte sich zur Tür. „Ich besorge mal zwei Teller."

Als er ihr hinterherblickte, dachte er, dass sie sich schnell in die Materie eingearbeitet haben würde. Sie hatte am Vormittag bei der Einführung jedes seiner Worte wie ein trockener Schwamm aufgesaugt, gedankliche Querverbindungen zu ihren beruflichen Kenntnissen und Erfahrungen gezogen und für sich ausgewertet. Das hatte er nicht nur an ihren intelligenten und absolut gerechtfertigten Fragen gemerkt, sondern auch an fachlichen Informationen in Bezug auf den amerikanischen Markt, die sie durch ihre jahrelange Berufserfahrung erlangt und mit ihm geteilt hatte.

So waren sie beide schlauer geworden.

Dass sie dann noch beim Lesen kleingeschriebener Texte oder Diagramme ihre Lesebrille aufgesetzt hatte, hatte ihm gefallen. Der Kontrast zwischen der streng wirkenden, kantigen Brille und ihrem wilden Lockenkopf war unwiderstehlich gewesen.

Als sie schlussendlich ihre Sandwiches vor sich hatten, beobachtete Steffen, wie Marie mit Genuss ihren ersten Bissen nahm.

„Mmh, das war eine sehr gute Empfehlung", meinte sie, nachdem sie runtergeschluckt und kurz über ihre rosigen Lippen geleckt hatte. „Ist die Pizza beim Italiener genauso lecker?"

Lecker war für Steffen im Moment etwas ganz anderes. Er zwang sich, seinen Blick nicht zu ihrem Mund rutschen zu lassen. „Ja, weil er sie in einem Steinofen bäckt."

Gerade als sie wieder abbeißen wollte, stockte sie und deutete auf sein unangetastetes Sandwich. „Du isst nichts?"

Er lachte. „Doch, doch. Aber ich war zu sehr davon abgelenkt, wie gut dir dein erster Bissen geschmeckt hat."

Marie bekam rosige Wangen. „Er war ja auch wirklich fein", rechtfertigte sie sich. Nach dem nächsten fragte sie: „Wie geht es deinem Vater?"

Steffen wischte sich den Mund mit einer Serviette ab. „Ganz gut, er ist schon ziemlich stabil. Die Ärzte sind zurzeit am Untersuchen, wie das Herz versorgt ist und wie durchgängig die Gefäße sind. Außerdem wird die Herztätigkeit permanent beobachtet."

„Gehst du ihn heute noch besuchen?"

„Ja, ich wollte nach der Arbeit vorbeifahren."

Marie nickte. „Dann schauen wir, dass wir bis spätestens fünf fertig sind."

„Danke." Steffen stellte ihre beiden leeren Teller aufeinander und lächelte ihr verschmitzt zu. „Und jetzt noch einen Espresso danach?"

Als Steffen das Krankenhauszimmer seines Vaters betrat, bemerkte er einen Infusionsständer und Kabel, mit denen dieser an diverse Geräte angeschlossen dalag. Neben dem Bett saß seine Mutter auf einem Stuhl und hielt die Hand ihres Mannes. Das Nachbarbett war nicht belegt.

„Hallo Papa", begrüßte Steffen ihn und gab ihm einen Kuss auf die Wange. „Du hast heute im Vergleich zu Sonntag ja richtig Farbe im Gesicht. Bieten die hier auf der Station etwa auch Solarium an?"

Dieser winkte mit einem schwachen Grinsen ab und murmelte: „Schön, dass du da bist, mein Junge."

Seine Mutter erhob sich und drückte Steffen zur Begrüßung an ihre weichen Rundungen. „Gut, dass du so früh kommst. Dein Papa hat noch nicht so viel Kraft für späten Besuch."

„Meine neue Chefin hat mich heute rechtzeitig heimgeschickt, weil ich ihr erzählt habe, dass ich dich besuchen möchte." Er zog sich ebenfalls einen Stuhl heran und setzte sich, nachdem er sein Sakko abgelegt und die Krawatte ausgezogen hatte. „Sie hat gefragt, wie es dir geht. Ich soll dir unbekannterweise gute Besserung ausrichten."

„Das ist aber nett von ihr", freute sich seine Mutter und rückte die Brille in ihrem rundlichen Gesicht zurecht. „Und wie ist sie so? Ist sie so fachkundig, wie deine Chefs es sich erhofft haben?"

„Ja, das kann ich ohne Neid zugeben. Sie ist genau die richtige Besetzung für diesen Job. Wir sind heute den ganzen Tag zu zweit zusammengesessen und ich habe ihr alle nötigen Informationen zukommen lassen, um ihr die Einarbeitung zu erleichtern - und habe dabei auch noch viel von ihr gelernt."

„Uh", seine Mutter runzelte leicht die Stirn, „das hört sich aber ein bisschen nach Besserwisserin an."

Steffen schüttelte lächelnd den Kopf. „Nein, gar nicht. Sie hat als stellvertretende Vertriebsleiterin für Nord- und Südamerika Erfahrungen gemacht, die ich nie machen konnte. Von daher ergänzt sich unser Wissen sehr gut."

„Und wie alt ist sie, dass sie schon so viel Qualifikation vorweisen kann?", fragte seine Mutter neugierig. „Mitte-Ende vierzig?"

Steffen schüttelte den Kopf und musste lächeln. „Sie ist ein Jahr jünger als ich." Und gerade als seine Mutter Luft holte, um nachzuhaken, ergänzte er: „Ja, und sie sieht mit ihrem dunklen Lockenkopf ziemlich hübsch aus. Aber sie tritt in der Firma sehr geschäftsmäßig auf und spielt nicht die Weibchen-Karte aus."

Seine Mutter winkte fast schon beleidigt ab. „Was du immer denkst, was ich fragen will ..."

Er zog überrascht eine Augenbraue hoch. „Wolltest du etwa nicht wissen, wie sie aussieht? Gib's zu, die Frage lag dir auf der Zunge."

Seine Mutter brummte nur etwas Unverständliches und drückte die Hand ihres Mannes an ihren wogenden Busen. „Unser Junge denkt, ich will ihn verkuppeln, stell dir das mal vor." Sie schüttelte ihren Kopf und schaffte es tatsächlich, ein kleines bisschen entrüstet zu klingen.

Sein Vater lächelte nur wissend und sagte nichts dazu.

Steffen grinste ebenfalls und begann aufzuzählen: „Josie, Ilka und Blanca. Und dann sogar noch Mischas Schwester, die ich seit meiner frühesten Kindheit kenne." Mikhail Petrow, der bei den *Pitbulls* spielte, hatte während Steffens Kindheit im Nachbarhaus gewohnt. Seine Eltern lebten immer noch dort, Mischa und seine Schwester waren seit Längerem ausgezogen.

„Aber Nina kennst du doch auch seit deiner Kindheit", folgerte seine Mutter messerscharf und blickte ihn ganz unschuldig an.

„Ja, und es ist nie etwas aus uns geworden. Sie ist seit dem Kindergarten meine beste Freundin und wir sind wie Bruder und Schwester füreinander. Das ist keine gute Grundlage für eine Beziehung, wenn das die einzige ist. Liebe und Leidenschaft entwickeln sich nicht plötzlich, nur weil man sich seit fast dreißig Jahren kennt. Außerdem hat sie seit Kurzem endlich einen Freund, der wirklich zu ihr passt."

„Ja?!" Seine Mutter setzte sich ruckartig auf und blickte ihn erwartungsvoll an. „Wer ist es?"

Steffen musste über ihre Begeisterung schmunzeln. „Ist der Knopfheimer Tratsch etwa noch nicht bis zu dir durchgedrungen? Sie ist vor Kurzem mit Kai Messner zusammengekommen, in den sie schon verliebt ist, seit sie ein Teenager war."

„Das ist aber auch ein gut aussehender Junge", nickte seine Mutter anerkennend.

Gut aussehend war bei Kai so untertrieben, als würde man behaupten, George Clooney sei auch ein ganz hübsches Bübchen. Kai war der absolute Frauenliebling in ganz Knopfheim – obwohl er auch eine sehr verantwortungsbewusste Seite an sich hatte, die nicht viele kannten.

„Und er kann begnadet gut Eishockey spielen", warf sein Vater noch etwas kraftlos ein. „Das passt wirklich zu Nina."

„Da kann ich dir nur recht geben", stimmte Steffen ihm zu. „Nina hatte das mit Kai zwar verdrängt, nachdem es damals nach dem Abi einen Riesenstreit zwischen den beiden gegeben hatte. Aber in diesem Sommer kam alles nach vierzehn Jahren wieder an die Oberfläche, als sie gezwungenermaßen eine Woche lang zusammen eine Musikfreizeit für Jugendliche leiten mussten. Da hat's gebrizzelt und geknallt, das kann ich euch sagen."

„Das freut mich so für sie! Nina ist so ein liebes Mädchen", schniefte seine Mutter.

Ein liebes Mädchen, aber auch eine rotzfreche Göre, die sich manchmal nichts sagen ließ. Außerdem war sie als Kind – geschult durch ihre älteren und Eishockey spielenden Zwillingsbrüder – nicht vor Handgreiflichkeiten zurückgeschreckt, wenn sie jemanden beschützen wollte. Steffen hatte mehr als einmal von Ninas ausgeprägtem Beschützerinstinkt und ihrer unerschütterlichen Loyalität profitiert – obwohl sie schon immer deutlich kleiner als er gewesen war.

Er legte eine Hand auf die Schulter seiner Mutter, bis sie ihre Fassung wiedererlangt hatte.

„Ach, seit dein Papa am Sonntag so plötzlich zusammengeklappt ist, bin ich noch ganz aus den Fugen. Mir kommen bei jeder schönen und schlimmen Begebenheit die Tränen." Sie zog ein Taschentuch hervor und schnäuzte lautstark. „Weißt du, ich möchte nur dein Bestes. Und du bist so ein hübscher, starker und zufriedener junger Mann geworden … da macht man sich als Mutter schon so seine Gedanken, wenn du mit dreiunddreißig noch so einsam bist. Dein Bruder hat wenigstens eine Freundin."

„Ich bin nicht einsam, sondern wählerisch", erwiderte Steffen. „Ich habe einfach schon früh gemerkt, dass man sich außerhalb der Familie nur auf wenige Menschen wirklich verlassen kann – wie zum Beispiel auf Nina. Und bei Beziehungen ist das eben manchmal auch so. Die Frauen nehmen mein Äußeres wahr, welchen

Beruf ich ausübe und welchen Wagen ich fahre. Dadurch haben sie einen verfälschten ersten Eindruck. Selbst wenn ich ihnen erzähle, wie ich früher als Kind war und wie mich das geprägt hat, nehmen manche das nicht ernst und sehen nur den erfolgsverwöhnten Geschäftsmann in mir."

Bei seiner letzten Freundin war das nämlich so gewesen. Die hatte er noch nicht mal seinen Eltern vorgestellt, weil schon nach relativ kurzer Zeit für ihn klar war, dass sie nicht der Mensch war, auf den er sich einlassen wollte. Zu Beginn hatte sich Steffen von Helenas offenkundiger Bewunderung geschmeichelt gefühlt und sich vom unzweifelhaften Sex-Appeal dieser erfolgreichen Geschäftsfrau verführen – und ja, auch ein bisschen blenden – lassen. Denn Helena hatte eine besondere Art gehabt, Männern weiszumachen, sie sei die eine, die sie schon immer hatten haben wollen. Sie wusste genau, wie sie ihre feminine Seite beim männlichen Geschlecht einsetzen musste, um ihre beruflichen wie auch privaten Ziele zu erreichen – ganz im Gegensatz zu Marie, die so etwas nicht nötig hatte.

Zudem hatte es sich gezeigt, dass Helena oberflächlicher war, als er vermutet hatte, und zu rastlos und aufgedreht, als er es ertragen konnte. Steffen war bodenständig, tief verwurzelt in Knopfheim und glücklich mit dem, was er hatte. Sie dagegen jettete im Außendienst durch ganz Deutschland und war nie wirklich mit etwas zufrieden. Zudem hatte sie eine unterschwellig berechnende Art an sich, die Steffen störte. Nach sechs Wochen hatte er sich von ihr getrennt.

„Ach, mein Jungchen", schniefte seine Mutter, der wieder Tränen der Rührung in die Augen gestiegen waren. Dann umfasste sie seine Hand und drückte sie fest. „Du bist so vernünftig. Ich bin so stolz auf dich."

Es war in Steffens Kindheit nie ein Problem gewesen, dass seine Eltern nicht stolz auf ihn gewesen wären oder es ihm nicht gesagt hätten. Als erstgeborener Sohn warmherziger und behütender Eltern war er gehegt und geliebt worden. Doch er hatte sich irgendwann auf die Hinterbeine gestellt und sich konsequent abgenabelt, um selbstständig zu werden.

Da seine Eltern ihn und seinen Bruder im Bewusstsein erzogen hatten, dass man mit einer positiven Einstellung alles erreichen konnte, waren Steffens Wissbegierde und seine schulischen Erfolge genau der Weg, das zu erlangen - auch wenn er einige Probleme im sozialen Miteinander mit manchen Mitschülern gehabt hatte. Das hatte sich zum Glück als Jugendlicher gebessert. Doch gerade in der Grundschule in Knopfheim war Nina - so klein und zierlich sie schon immer war - sein Fels in der Brandung gewesen, seine Burgmauer gegen feindliche Pfeile voll giftiger Beleidigungen. Für diese Loyalität würde er ihr sein Leben lang dankbar sein.

Kapitel 6

Ihr Nacken brachte sie noch um!

Marie schloss bewusst die Augen und dehnte ihre Nackenmuskulatur, die vom vielen Sitzen und Arbeiten ganz steif geworden war.

Es war schon wieder Abend. Frau Schneider hatte sich bereits zwei Stunden zuvor verabschiedet, nachdem Marie ihr fast hatte befehlen müssen heimzugehen. Sie war eine sehr gute Sekretärin, das konnte Marie schon jetzt sagen. Denn sie kannte die Firma in- und auswendig, wusste, wer wofür zuständig war und wo man bestimmte Daten fand, die in Herrn Jankowskis übersichtlich abgelegten Unterlagen fehlten.

Marie hatte den ganzen Tag die umfassenden Informationen durchgearbeitet, die Steffen ihr am Tag zuvor gegeben hatte. Nun hatte sie wenigstens das Gefühl, so viel Ahnung von der Materie zu haben, dass sie sich bereits am nächsten Tag mit den Bereichsleitern für ein kurzes Kennenlernen und Besprechen des aktuellen Projektstands treffen konnte. Die Termine hatte Frau Schneider noch für sie vereinbart, bevor sie heimgegangen war.

Es war schon interessant. Jahrelang hatte Marie die Firma Winter im Auge behalten - aus persönlichem Interesse, aber auch als Konkurrenzunternehmen zu ihrer US-amerikanischen Firma. Jetzt in so kurzer Zeit bis zu den Ellenbogen in Firmen-Interna zu stecken, war eine intensive Erfahrung für sie.

Marie ließ ihren Blick über den großen Schreibtisch schweifen, auf dem sie alle durchgearbeiteten Unterlagen nach Bereichen und Themen sortiert hatte. Ihre Liste mit Fragen hatte sie bei ihrem Gespräch mit Steffen schon deutlich abarbeiten können. Ein paar

Punkte waren weiterhin offen oder hinzugekommen, die sich aber in den nächsten Tagen auch noch klären würden.

Nun könnte sie alles so liegen lassen, überlegte sie, und heimgehen. Das würde ihr jedoch gegen den Strich gehen, weil am kommenden Morgen gleich um neun Uhr der erste Termin angesetzt war.

Also …

Sie würde sich im Vorzimmer noch einen Kaffee rauslassen und dann die Stapel thematisch in separaten Ordnern abheften, damit sie schnellen Zugriff darauf hatte, wenn sie etwas zusätzlich zu ihren elektronischen Informationen benötigte. Und dann konnte sie zufrieden ins Hotel fahren.

Genauso würde sie es machen!

Im Sekretariat öffnete sie alle Schränke, um nach leeren Ordnern zu suchen, die sie benutzen konnte. Doch sie fand keine.

Dumm! Dumm! Dumm!

Sie hätte daran denken sollen, Frau Schneider danach zu fragen, bevor diese gegangen war. Nun musste sie bis zum nächsten Morgen eben eine andere Lösung finden.

Als sie sich mit der Tasse zum Kaffee-Vollautomaten umwandte, wunderte sie sich, dass die Schale mit dem Tresterbehälter fehlte.

O-ha.

Frau Schneider hatte die Maschine bereits für den nächsten Tag gereinigt und ausgeschaltet.

Mmh.

Nun erinnerte sie sich, dass sie Marie wegen eines Kaffees angesprochen hatte. Doch Marie war so in ihre Arbeit vertieft gewesen und unter Strom gestanden, dass sie nicht noch zusätzlich einen Koffeinschub gebraucht hatte.

Jetzt nach zwanzig Uhr allerdings schon.

Eine Etage tiefer gab es eine Kaffeeküche, die nicht in einem Vorzimmer stand. Vielleicht war da noch was zu holen.

Unten angekommen bemerkte sie, dass überall Licht brannte. Hoffnungsvoll betrat sie den Aufenthaltsraum und hätte vor Erleichterung fast aufgestöhnt, als sie die Kaffeemaschine betriebsbereit vorfand. Sie stellte ihre Tasse an die vorgesehene Stelle und wählte die gewünschte Füllmenge. Das Mahlen der Bohnen war wie Musik in ihren Ohren.

Als der Kaffee schwarz, heiß und aromatisch duftend in ihre

Tasse lief, fragte jemand hinter ihr: „Auch so ein Koffein-Junkie wie ich?"

Sie drehte sich lächelnd um und meinte: „Hallo Herr Thies. Noch so spät am Arbeiten? Das ist ja vorbildlich - oder auf Dauer sehr ungesund, je nachdem wie man's nimmt."

„Der Produktionschef ist heute Nachmittag auf mich zugekommen, weil etwas nicht ganz so funktioniert hat, wie er es gern gehabt hätte. Da war ich gerade dran." Sein warmherziges Lächeln vertrieb schlagartig ihre Müdigkeit. „Ich nehme an, du willst dich in den nächsten Tagen mit den Bereichsleitern zum Kennenlernen zusammensetzen?"

„Morgen", bestätigte Marie und griff nach ihrer Tasse.

„Ach deshalb", verstand Steffen nun.

„Übrigens wollte ich dir noch mal für deine gut strukturierte Einführung danken. Ich habe das alles heute mithilfe von Herrn Jankowskis Unterlagen vertieft und mich sofort gut zurechtgefunden." Sie nahm einen vorsichtigen Schluck von ihrem heißen Hallo-wach-Gebräu und blickte den Gang entlang. „Ist sonst niemand mehr hier?"

„Nein, ich bin der Letzte. Und ich bin mit dem, was ich zu erledigen hatte, tatsächlich gerade fertig geworden. Und dann hat die Kaffeemaschine begonnen, einen Höllenlärm zu veranstalten, und ich wollte nachsehen, wer außer mir noch so spät im Geschäft ist."

Marie blickte Steffen hoffnungsvoll an. „Du weißt nicht zufällig, wo Frau Schneider leere Ordner aufbewahrt? Ich möchte die Unterlagen, die ich heute für mich sortiert habe, abheften, damit ich morgen während der Termine - wenn nötig - schnell darauf zugreifen kann."

Steffen überlegte kurz und schob dabei seine Hände in die Hosentaschen. „Hast du in dem einen Schrank auf dem Flur nachgeschaut?"

„Äh ... nein. Nur im Sekretariat."

„Wenn du einen Moment warten kannst, fahre ich meinen Rechner herunter und komme mit dir hoch. Dann kann ich es dir zeigen."

Marie packte das schlechte Gewissen. „Ich will dich aber nicht von deinem wohlverdienten Feierabend abhalten. Du hast ja eh schon so lange gearbeitet."

„Kein Problem", lächelte Steffen ihr zu, verschwand in einem

Büro und kam zwei Minuten später mit Jackett und Aktentasche heraus. Er schloss sein Zimmer ab und löschte überall das Licht, bevor er mit ihr zum beleuchteten Treppenhaus ging. „Die Farbe ist egal?"

Marie blickte Steffen irritiert an. „Welche Farbe?"

„Die Farbe der Ordner", erklärte er, während sie die Treppen zum nächsten Stockwerk erklommen.

„Ja, erst mal schon. Wir schauen einfach, was im Schrank vorhanden ist."

Der Schrank war abgeschlossen. So, wie Marie befürchtet hatte.

„Hast du einen Schlüssel dafür bekommen?", fragte Steffen.

Sie blickte ihn ratlos an.

Er sah sich im Sekretariat um. „Oder liegt einer in deiner Schreibtischschublade? Der von Frau Schneider ist sicherlich irgendwo eingeschlossen."

Marie schaute bei sich nach. „Könnte es der sein?" Als sie ihn probierte, entriegelte das Schloss und die Tür schwang auf. „Volltreffer!"

Vor ihnen standen viele leere Ordner - zum Teil ineinandergeschoben, um Platz zu sparen - in vier verschiedenen Farben und zwei unterschiedlichen Breiten. Marie griff sich ein paar, wobei ihr Steffen beim Tragen half.

„Oh, ich bin so froh, dass ich das heute Abend noch in aller Ruhe erledigen kann und die Unterlagen nicht morgen vor dem ersten Termin unter Zeitdruck abheften muss." Sie legte die Ordner auf den Besprechungstisch und blickte auf ihre sortierten Unterlagen.

Steffen, der neben ihr zum Stehen kam, pfiff leise durch die Zähne. „Das nenne ich Effizienz. Ich nehme an, du hast alle Informationen, die ich dir gestern gegeben habe, mit denen in Herrn Jankowskis Unterlagen abgeglichen und klassifiziert."

„Richtig." Marie freute sich insgeheim über Steffens Lob. Etwas unheimlich war ihr, dass er ihre Gedankengänge beim Sortieren so genau nachvollziehen konnte.

„Alles klar, wie kann ich helfen?" Steffen begann, seine Ärmel hochzukrempeln.

Überrascht blickte Marie ihn an. „Du musst mir nicht helfen. Du bist sicher froh, wenn du endlich gemütlich auf deiner Couch sitzt und die Füße hochlegen kannst."

„Weißt du, eine gemütliche Couch wird manchmal überbewertet – und ein Abendessen allein vor dem Fernseher auch. Es wartet niemand zuhause auf mich. Keine Frau, keine Kinder und keine Katze." Er zuckte mit den Schultern. „Da bleibe ich doch lieber in deiner Gesellschaft, die ich übrigens deutlich mehr genieße als die meiner Fernbedienung – auch wenn mich vermutlich einige Männer um die volle Entscheidungsfreiheit über das Fernsehprogramm beneiden würden."

Bei Steffens Worten lachte Marie leise und schlug ihm spielerisch mit der Faust gegen den Oberarm. „Wie du willst. Und danke schon mal für deine Hilfe."

Steffen stand da, die Hände in die Taille gestützt, und grinste zufrieden, als ob dieser Abend voller Arbeit gleichwertig mit zwei Tagen Sonderurlaub wäre. Sein weißes Hemd mit dem korrekten Krawattenknoten bildete einen interessanten Kontrast zu den leger hochgekrempelten Ärmeln. Auf seinen nackten Unterarmen, die gleichzeitig schlank und stark wirkten und vom Sommer noch leicht gebräunt waren, schimmerten feine blonde Härchen dezent im Bürolicht.

Marie musste ihre Augen von ihm losreißen. Es stand ihr nicht zu, einen Angestellten derart anzugaffen – auch wenn sie sich gerade bemüht hatte, es unauffällig zu tun. Deshalb senkte sie schnell ihren Blick und lenkte sich ab, indem sie die Ordner nach Farben sortiert aufeinanderstapelte.

Hatte Steffen sich getäuscht oder hatten Maries Augen kurz einen hungrigen Ausdruck angenommen? Das wäre mehr als schmeichelhaft für ihn – und würde sein Gefühl, das ihn seit Anfang der Woche immer wieder überfiel, widerspiegeln.

Doch darauf durfte er nicht hoffen – auch wenn die deutsche Sozialpädagogin Helga Schäferling mal gesagt hatte, die Tiefen der Seele spiegelten sich im Glanze der Augen.

„Ich möchte alles nach Bereichen sortiert abheften, also nach Produktion, Entwicklung, Marketing und so weiter. Innerhalb der Abteilung nach Themen gegliedert." Sie blickte erschrocken hoch. „Mist, hast du zufällig Trennblätter im Schrank gesehen?"

Steffen nickte. „Ich glaube, da lagen ein paar im untersten Regal." Er ging auf den Flur und kam mit einem ganzen Stapel zurück.

„Klasse, vielen Dank!"

„Wenn du mir sagst, welchen Bereich du gerade brauchst, kann ich ihn dir geben. Du hast ja alles sehr übersichtlich mit Klebezetteln gekennzeichnet."

Marie nickte und schien sich über seine lobenden Worte zu freuen, da sie sich mit einem kleinen Lächeln eine Haarsträhne hinters Ohr schob.

Mann, war das süß!

Nachdem sie sich mit einem Locher bewaffnet hatte, konnte es losgehen. Sie arbeiteten einvernehmlich Hand in Hand, bis nichts mehr übrig war.

Als Marie den letzten Ordnerrücken beschriftet hatte, lehnte sie sich seufzend im Stuhl zurück und spielte mit dem Kragen ihrer rauchblauen Bluse, die ihre dunklen Augen geheimnisvoll tief wirken ließ. „Vielen Dank für deine helfende Hand. Ohne dich hätte ich sicher eine halbe Stunde länger gebraucht - und nicht so viel Spaß gehabt."

Sie betrachtete die Reihe von Ordnern, die auf dem halbhohen Schrank nebeneinanderstanden, während er ungestört in Maries Anblick versank. Sie war eine starke Frau, was sich nicht nur in ihrer Körper-, sondern auch Geisteshaltung ausdrückte. Ihr Profil glich der griechischen Büste einer wunderschönen Göttin. Und allein ihre Gegenwart schien die Luft im Raum aufzusaugen.

Steffen spürte, wie sich in seinem Gehirn ein Vakuum bildete.

„Hast du eigentlich dein Handy retten können?", fragte sie unvermittelt.

„Mmh?" Ihre Frage riss ihn aus seinen Gedanken, die sich wieder mal um die überwältigende Weichheit ihrer Locken drehten.

„Weil es doch ins Klo gefallen ist."

„Ja. Nach zwei Tagen Trockenzeit hat es tatsächlich wieder funktioniert. Gott sei Dank." Steffen schmunzelte.

Marie nickte zufrieden und fragte: „Geht es deinem Vater besser? Warst du gestern noch rechtzeitig bei ihm, bevor er abends geschlafen hat?"

„Ja", erwiderte er, „war ich. Meine Mutter lässt dir übrigens sehr herzlich danken, dass ich so früh gehen durfte. Mein Vater ist abends noch nicht wirklich fit für späten Besuch."

Erschrocken blickte Marie auf die Uhr. „Oh, dann bin ich schuld, dass du ihn heute nicht mehr besuchen kannst!"

„Nein, nein", beruhigte er sie und lehnte sich entspannt mit seiner Rückseite gegen den halbhohen Schrank. „Ich hätte wegen der Arbeit eh nicht mehr vorbeischauen können. Ich habe meiner Mutter schon Bescheid gesagt. Er ist um sieben meist ziemlich erledigt und schläft eine Runde. Ich besuche ihn morgen früh vor der Arbeit. Die werden im Krankenhaus eh in aller Herrgottsfrühe aufgeweckt. Dann reicht mir das noch gut."

Marie atmete erleichtert durch.

„Ich soll dir von meinem Vater übrigens noch Danke für die Besserungswünsche sagen. Er hat sich sehr gefreut."

„Gern." Sie machte eine kurze Pause. „Deine Eltern leben auch in Knopfheim?"

„Ja, schon immer. Ich bin irgendwie auch nicht von dem Ort losgekommen. Ich habe zwar eine eigene Wohnung, doch Knopfheim kann wie eine Klette sein: Wenn man da aufgewachsen ist, lässt er einen nicht so leicht gehen. Aber ich will es auch gar nicht, weil ich mich da sehr wohlfühle." Er grinste und verschränkte die Arme locker vor der Brust. „Weißt du, die Eishockeyverrückten können äußerst unterhaltsam sein. Da braucht man gar kein Fernsehprogramm mehr. Und wenn man mal einen Abend im *Bully* verbracht hat oder in unserem Supermarkt einkaufen gewesen ist, benötigt man auch kein Ortsblättchen, weil man dann über den aktuellen Klatsch und Tratsch genauestens informiert ist – nicht, dass immer alles stimmt, was in Knopfheim so geredet wird. Es ist aber höchst amüsant."

„Was ist das *Bully*? Hat das was mit Eishockey zu tun?"

„Oh ja, das hat es." Steffen lachte auf. „Das *Bully* ist die Stammkneipe der ortsansässigen *Pitbulls*-Spieler und ebenso der Eishockey-Ladys – falls du mal wegen Eishockeyspielen Kontakt knüpfen möchtest. Manche kommen gelegentlich auch von anderen Orten dorthin, weil sich ein Fan in den Räumlichkeiten einfach wohlfühlen *muss*." Steffen blickte Marie an, die gemütlich mit übereinandergeschlagenen Beinen auf dem Schreibtischstuhl saß und ihm interessiert zuhörte.

Mmh … sie hatte herrlich lange Beine. Mit aller Gewalt verbannte er die überaus verlockende Erinnerung aus dem Gehirn, wie sie sich um seine Hüften angefühlt hatten. Erst dann erzählte er weiter: „Gloria, die Besitzerin – ich glaube schon in dritter Generation – pflegt die Tradition, an den Wänden besonderes Eishockeyzubehör wie Trophäen aufzuhängen. Schläger, Pucks, Trikots, Helme, Teamfotos … alles hat eine Bedeutung, die auf kleinen Schildern darunter festgehalten ist. Deshalb heißt das *Bully* auch inoffiziell *Hall of Glory* in Anlehnung an die *Hall of Fame* – nur eben mit der Anspielung auf die Besitzerin."

Marie schmunzelte. „Gute Idee."

„Außerdem", erzählte Steffen weiter und genoss die entspannte und sehr private Atmosphäre zwischen ihm und Marie, „werden ständig auf dem großen Flachbildschirm hinter der Theke aufgenommene Spiele der *Pitbulls* in Endlosschleife gezeigt – oder Live-Spiele der Profis, wenn die gerade im Sportfernsehen laufen. Und wehe, jemand schaltet aus Versehen mal auf ein Fußballspiel um, dann gibt es von allen Seiten böse Blicke und beleidigende Sprüche. Die haben alle echt einen Knall."

„Aber du fühlst dich dort sichtlich wohl, wie ich deinen Worten und deinem Tonfall entnehmen kann?", neckte ihn Marie und sah mit ihrem kleinen Lächeln bezaubernd aus, dass Steffen schlucken musste.

„Ja, schon. Mischa, einer der aktuellen Spieler der *Pitbulls*, war früher mein Nachbar. Durch ihn hatte ich dann als Nicht-Eishockeyspieler einen Fuß in der Tür und konnte als Jugendlicher einige der Spieler besser kennenlernen. Und natürlich durch meine beste Freundin Nina, die zwei Eishockey spielende, ältere Brüder hat. Mann, die Frau wollte ich nicht als Trainerin haben. Die würde die Jungs ordentlich übers Eis scheuchen und Kommandos brüllen, bis denen die Ohren klingeln." Er grinste breit.

„Deine beste Freundin?" Marie blickte ihn nur mit leicht gerunzelter Stirn an.

Deshalb erklärte er: „Ja, ich weiß, das sagt schon viel über mich aus: Mein bester Kumpel ist eine Frau!" Er lachte trocken. „Und *beste Freundin* hört sich bei einem Mann auch noch irgendwie schwul an. Bin ich absolut nicht, das kannst du mir glauben … ich meine, nicht, dass ich etwas gegen Schwule hätte …" Steffen begann, sich unwohl zu fühlen, weil er merkte, dass er sich in Worte verstrickte, die in dieser Kombination ein falsches Bild auf ihn warfen. Dann kam ihm ein Gedanke. „Scheiße, weißt du eigentlich, dass unser Chef schwul ist? Ich meine Udo Winter. Ich wollte dir das noch sagen, falls mal allgemein das Thema zur Sprache kommt. Nur, dass du nichts formulierst, das missverstanden werden könnte."

„Keine Sorge, ich weiß Bescheid."

„Ach so?", fragte Steffen überrascht. Dann meinte er erklärend: „Na ja, also, ich wollte dir das nur sagen. Ich habe das Gefühl, er geht ziemlich locker damit um. Er lebt es in der Firma jetzt nicht voll aus, aber er hat seinen Partner auch schon mal zu firmeninternen Weihnachtsfeiern mitgebracht und so. Ist ein sehr netter, ruhiger Mann. Herr Winter ist ja eher der offene, herzliche Typ. Aber sein Partner war mir trotzdem sympathisch."

Herrschaftszeiten, er kam ins Labern!

Er bemerkte, dass Marie ihn einfach mit ruhigem Blick anstarrte. Dann schloss er die Augen und stöhnte: „Hagel und Granaten, ich kann jetzt sagen, was ich will, und es wird nur noch schlimmer, oder?"

In dem Moment fing sie lauthals an zu lachen.

Steffen blickte überrascht auf und atmete erleichtert aus. Er hatte schon gedacht, er hätte es sich bei ihr mit seinem Gestotter über Schwule und beste Freundinnen verdorben und sie würde ihn entweder für homophob oder doch für schwul halten.

Marie grinste immer noch - und schien sich königlich zu amüsieren. „Sorry, die Versuchung war zu groß, dich ein bisschen leiden zu lassen."

Steffen brummte etwas Unverständliches.

Dann waren sie beide ruhig und blickten sich einfach nur an. Es war eine zufriedene Stille, die sich wie ein warmer Ton ausbreitete und Steffens Körper ins Schwingen brachte, bis er das Kribbeln sogar in den Zehenspitzen spürte. Marie hatte ein kleines, hinreißendes Lächeln auf ihren Lippen, das ihn mehr rührte, als es Worte ihrerseits getan hätten.

Schön.

„Hast du eigentlich Nina von uns erzählt? Ich meine von letztem Samstag", unterbrach Marie die Stille.

Entsetzt blickte Steffen sie an. „Mit Sicherheit nicht! Da hätte ich ja gar keine Ruhe mehr. Nina kann Geheimnisse bewahren, das ist es nicht. Aber mir gegenüber würde sie die Situation von allen Seiten beleuchten, umfassend analysieren und endlos durchkauen." Er schüttelte sich.

Marie schmunzelte. „Ich glaube, ich würde mir Knopfheim gern mal anschauen. Scheint ein netter Ort zu sein."

Steffen schnaubte nur kurz auf. „Wart's nur ab, bis du mal Mittelpunkt eines peinlichen Gerüchts bist, das sich zu schwindelig machenden Unwahrheiten aufbauscht, die du nie mehr aus der Welt bekommst. Dann vergeht dir das Lachen."

„Gibt es auch ein solches Gerücht über dich?"

Er blickte sie mit gerunzelter Stirn an und überlegte. „Ich weiß nicht, ob ich dir das erzählen will, weil du meine Chefin bist. Du könntest ein falsches Bild von mir bekommen."

Mit einem Nicken akzeptierte sie seine Erklärung.

Dann wollte Steffen wissen: „Wie hast du dich nach drei Tagen eingelebt? Und welchen Eindruck hast du von der Firma?"

„Am Anfang ist es immer stressig, bis man sich in die Materie eingearbeitet hat. Aber es gefällt mir sehr gut. Ich bin gespannt, wie die Gespräche morgen laufen. Je nachdem müsste ich dich noch ein paar Mal bemühen wegen Fragen, die bei mir aufkommen."

„Jederzeit", erwiderte er ernst und meinte es absolut ehrlich.

„Danke. Ich werde dich jetzt nicht fragen, ob alle Mitarbeiter tatsächlich so nett und kooperativ sind, wie sie bei meiner Begrüßung am ersten Tag den Anschein gemacht haben. Denn ich möchte dich nicht in die Lage bringen, über Kollegen schlecht zu reden – oder aus Loyalität zu den anderen mir gegenüber zu lügen. Ich werde das selbst herausfinden. Eine Bitte hätte ich nur." Sie blickte ihm fest in die Augen. „Falls wirklich irgendetwas komplett schief läuft – ob wegen eines Missverständnisses oder schlechter Kommunikation –, melde dich bitte bei mir. Ich möchte solche Sachen so schnell wie möglich ausgeräumt haben."

Steffen nickte zustimmend. „Alles klar." Dann blickte er auf die Uhr. „Ich möchte jetzt nicht ungemütlich erscheinen, aber ich vermute, du bist schon seit fast vierzehn Stunden hier im Büro. Ich begleite dich zu deinem Wagen, damit du heimfahren kannst und genug Schlaf abbekommst. Einverstanden? Morgen erwartet dich wieder ein anstrengender Tag."

Sie salutierte nachlässig und meinte mit einem Grinsen: „Ja, *Chef.*"

Kapitel 7

Steffen war auf dem Weg von der Kantine zurück zu seinem Büro. Es war Freitag und Maries erste Woche fast vorüber. Ihre Gespräche mit den Bereichsleitern am Tag zuvor seien gut gelaufen, hatte sie ihm zwischen Tür und Angel erzählt. Dann hatte sie ihn noch zwischendurch kurz wegen einiger Details angesprochen. Ansonsten hatten sie sich fast nicht gesehen.

Deshalb freute es ihn umso mehr, als ihm Marie auf der Treppe leichtfüßig entgegenkam. Doch bevor sie auch nur ein Wort wechseln konnten, entdeckte sie ihren Chef, der zu ihr aufschloss und ihre Aufmerksamkeit auf sich lenkte. „Frau Berg, kann ich Sie kurz sprechen?"

Marie nickte. „Ja natürlich, Herr Winter."

Steffen stutzte.

Herr Winter und Frau Berg …

Irgendetwas kam ihm an diesem Wortwechsel bekannt vor, er wusste nur nicht, was. Sein Chef und Marie hatten ja schließlich keine erinnerungswürdigen Informationen ausgetauscht. Dennoch kratzte etwas an Steffens Erinnerung …

Er schüttelte den Kopf und wandte sich unverrichteter Dinge ab, während die anderen beiden etwas besprachen. Manchmal hatte er das Gefühl, er müsse an seiner Zurechnungsfähigkeit zweifeln, wenn er in Maries Gesellschaft war.

Als Steffen in den Gang zu seinem Büro einbog, sah er die Sekretärin aus der Entwicklungsabteilung vor seiner verschlossenen Tür stehen. Gerade als sie sich abwenden wollte, entdeckte sie ihn.

„Hallo Herr Thies", begann sie erleichtert. „Ich soll Ihnen das von Frau Metzger geben, damit Sie es sich noch vor dem Wochenende anschauen können."

Steffen schloss die Tür auf und bat die Mitarbeiterin herein. Er warf einen kurzen Blick in den Bericht und runzelte leicht die Stirn. „Hat das was mit dem Gespräch zwischen Frau Berg und Frau Metzger vom Donnerstag zu tun?"

„Ja, Frau Metzger hat ein paar Dinge zusammengestellt, die die beiden beim Kennenlerngespräch vereinbart haben. Ich kann Ihnen im Vertrauen sagen, Frau Metzger war nicht glücklich. Jahrelang läuft mit Herrn Jankowski alles glatt. Sie liegen auf einer Wellenlänge und kommunizieren in derselben Sprache. Dann kommt so eine Neue, die meint, sie weiß alles besser, und hat abgehobene Ansprüche, die uns nur Arbeit machen." Sie gab einen missbilligenden Ton von sich und rückte ihre goldgeränderte Brille zurecht. „Und wenn ich mir überlege, welchen Wirbel die Chefs um sie veranstalten!" Steffen merkte, wie Frau Metzgers Sekretärin in Fahrt kam. „So schnell, wie die Neue ihre Zelte in den USA abgebrochen hat, muss sie ja mit so allerhand hergelockt worden sein. Dann müssen natürlich noch alle ihre Sachen von den USA hergeschifft werden und Frau Schneider - und sogar Frau Herrmann in ihrem hochschwangeren Zustand!", sie stach empört mit ihrem spitzen Zeigefinger in die Luft, „springen seit zehn Tagen im Dreieck, um der Dame alles recht zu machen!" Zufrieden mit ihrer Argumentation schnaubte sie kurz auf und blickte Steffen siegessicher - und etwas atemlos - an.

„Aber Sie wissen auch, dass es ohne Frau Berg mit dem ganzen Projekt sehr schwierig geworden wäre", begann er mit ruhiger Stimme. Bei einer Frau, die wie ein Schnellkochtopf unter Druck stand, musste er diplomatisch vorgehen, das wusste er aus Erfahrung.

„Na ja, das hätte ja auch Frau Metzger übernehmen können. Die kennt die Firma immerhin viel besser und hat ebenso Vertriebserfahrung wie Frau Berg."

Na, dachte Steffen, das würde er jetzt aber stark bezweifeln, dass diese Erfahrung wirklich gleichwertig war.

„Oder die Chefs hätten auch Sie befördern können", ergänzte sie noch ihren Gedanken, damit der nicht ganz so unhöflich rüberkam, weil sie den Produktmanager bei der Beförderungsrelevanz *hinter* die Entwicklungschefin gestellt hatte.

„Dann hätten wir für meine Stelle niemanden gehabt oder jemanden von außerhalb suchen müssen", gab Steffen zu bedenken, um die Wogen etwas zu glätten. „Da ist es schon besser, dass die Chefs so schnell Frau Berg rekrutieren konnten, weil sie genau *den* Markt wie ihre Westentasche kennt, den wir bedienen sollen."

Frau Metzgers Sekretärin schien absolut nicht überzeugt zu sein, wie er an ihrem verkniffenen Mund ablesen konnte.

„Und manchmal ist es auch hilfreich, wenn ein frischer Wind durch die Firma weht und jemand von außerhalb die Sachlage - aus einer neuen Perspektive sozusagen - betrachtet. Stichwort: Neue Besen kehren gut."

„Ja, genau das befürchtet Frau Metzger."

Und sie scheinbar ebenso, dachte Steffen.

„Die Neue wird uns noch alles durcheinanderbringen und dann können wir den termingerechten Start der Produktlinie in den Wind schießen."

„Das wird schon", beruhigte er die aufgebrachte Mitarbeiterin. „Sagen Sie Frau Metzger, ich werde mir ihren Bericht jetzt gleich ansehen und dann an Frau Berg weiterleiten."

Das schien sie wenigstens ein wenig zu besänftigen, als sie sich zum Gehen wandte.

Nachdem er die Unterlagen durchgesehen hatte, machte er sich auf zu Maries Büro. Als sie ihn mit einem warmherzigen Lächeln begrüßte, vergaß er fast, weshalb er an ihre Bürotür geklopft hatte.

Dann riss er sich jedoch zusammen und übergab ihr Frau Metzgers Bericht. „Von einer etwas angesäuerten Entwicklungschefin."

Marie blickte mit gerunzelter Stirn kurz hinein. „Alles klar, das werde ich mir gleich noch ansehen. Frau Metzger scheint mir ein bisschen empfindlich zu sein. Sie als Verantwortliche für die Entwicklung muss mir Rede und Antwort stehen können, wenn ich Fragen habe. Und ich *hatte* Fragen, weil ich so viel wie möglich über die Produkte und deren Entwicklungsverlauf wissen muss. Als ich nachgehakt habe, welche alternativen Lösungsmöglichkeiten für aufgetretene Probleme sie in Betracht gezogen hätte, habe ich richtig gemerkt, wie es unter ihrer Oberfläche gebrodelt hat." Ungläubig schüttelte sie den Kopf. „In ihrer Gehaltsklasse muss sie da aber durch. Mit dieser Einstellung hätte sie in meiner alten Firma echt ein Problem gehabt. Da wurde alles noch kritischer durchleuchtet."

Das konnte sich Steffen lebhaft vorstellen. „Wie war sonst deine erste Woche?"

„Gut, denke ich. Ich nehme mir vermutlich ein paar Berichte übers Wochenende mit, weiß aber nicht, ob ich dazu komme. Ich treffe mich am Samstag mit einem Makler und schaue mir zwei Wohnungen an, die ich von seiner Auswahl ausgesucht habe. Beide haben nur den Nachteil, dass sie nicht gleich beziehbar wären." Sie seufzte. „Ich werde sehen. Zur Not muss ich eben noch etwas länger im Hotel wohnen."

Am Samstagvormittag hatte sich Marie mit dem Immobilienmakler wegen der Wohnungen getroffen. Dass beide wegen Ausstattung und anderer Punkte nicht in Betracht kamen, war für Marie erst klar, als sie sich in den Häusern selbst befand. Immerhin war sie flexibel, was die Größe und Lage anging. Ihr neues Zuhause sollte nur nicht zu weit von ihrer Firma entfernt sein und ein separates Arbeitszimmer besitzen. Doch der Immobilienmakler hatte ihr bedauernd erklärt, dass der Mannheimer Wohnungsmarkt im Moment sehr schwierig sei – ganz besonders auch, wenn es um kurzfristige Bezugsmöglichkeiten ginge.

Nachdem sie sich von ihm verabschiedet hatte, war sie bei ihrem Onkel und seiner Frau zum Kaffee verabredet, die ebenfalls Maries Großvater eingeladen hatten. Ein kleines Familientreffen, das ihr zeigte, dass sich in den Jahren ihres Auslandsaufenthalts nicht viel verändert hatte: Ihr Großvater war stur wie eh und je und wollte trotz seines hohen Alters immer noch alle Fäden in der Hand halten. Sein Sohn, Maries Onkel, war die herrische Art gewohnt und parierte einige bissige Kommentare mit routinierter Gelassenheit. Und ihre Tante ließ die beiden einfach machen und verwöhnte Marie mit ihrem Lieblingskuchen bei zwangloser Plauderei.

Marie hatte jede Minute im Kreise ihrer Familie genossen.

Nun war sie mit ihrer silbergrauen E-Klasse, die ihr die Firma Winter zur Verfügung gestellt hatte, unterwegs zu ihrem Hotel. Ihr Heimweg führte sie an der SAP-Arena vorbei, weshalb viele Erinnerungen aus ihrer Kindheit auf sie einstürmten, als sie voller Eifer und Ehrgeiz dem Puck auf dem Eis nachgejagt war.

Eishockey war ein wichtiger Teil ihres Lebens gewesen, der sie geprägt hatte. Für Marie symbolisierte dieser Sport Freiheit – Freiheit von den Sorgen des Alltags. Nie würde sie zudem die Kameradschaft in ihrem Team vergessen, die Loyalität und den Zusammenhalt.

Nach Manfred Hinrichs Ausspruch, dass Ehrgeiz der Keilriemen des Erfolgs sei, war sie beim Eishockey eine unter vielen gewesen, die hart an sich und ihrer Leistung gearbeitet hatte. Doch was erwartete man, wenn man in Mannheim aufwuchs – einer Stadt, die bereits auf eine so lange Eishockey-Tradition zurückblicken konnte?

Ganz anders in der Schule, wo sie durch ihren Intellekt und ihre Zielstrebigkeit meist die Rolle einer Außenseiterin eingenommen hatte. Nur Anne war ihr eine gute Freundin gewesen, die ihre Schrullen mit einem Lächeln ertragen hatte.

Erst jetzt merkte Marie, dass sie die Abfahrt zur SAP-Arena genommen hatte und zum Parkplatz unterwegs war. Ihr Unterbewusstsein hatte für sie entschieden. Ihr fiel ein, dass Steffen kurz vom heutigen ersten Heimspiel der *Pitbulls* erzählt hatte, das in der Nebenhalle ausgetragen wurde. Sie warf einen kurzen Blick auf die Uhr. Es war schon kurz nach acht. Auch wenn sie das erste Drittel bereits verpasst hatte, würde sie sich dieses Spiel anschauen. Nach dem frustrierenden Erlebnis mit dem Immobilienmakler wollte sie es sich gönnen.

Als sie die Nebenhalle der SAP-Arena betrat, hatte das zweite Drittel gerade begonnen. Sie kaufte sich eine Portion Pommes und eine Cola und stellte sich ziemlich weit oben ans Ende einer Zuschauerreihe. Die ältere Frau neben ihr trug ein Vereinstrikot mit einer farblich passenden Schildmütze und nickte ihr freundlich zu.

Das Spiel war in vollem Gange. Es stand, wie Marie nach einem Blick auf die Anzeigetafel feststellte, zwei zu eins für die *Pitbulls*.

Gerade preschte ein Mannheimer Spieler mit einem Gegner an den Fersen aufs Stuttgarter Tor zu, den Puck sicher am Schlägerblatt. Schnell umrundeten beide das Netz, der Pitbull gab jedoch die Hartgummischeibe an einen Mitspieler ab, der schräg vor dem Tor stand und sie in einer Direktabnahme im Kasten versenken wollte. Doch der gegnerische Torhüter war ziemlich auf Zack und konnte den Angriff abwehren.

Ein leises Prickeln breitete sich über Maries Rücken aus.

Sie merkte auf einmal, wie sehr ihr Eishockey fehlte. Dieses mühelose Dahingleiten auf dem spiegelglatten Element. Sich elegant in die Kurven zu legen und nachdrücklich vom Eis abzustoßen, wenn man zu einer Angriffskombination beschleunigte. Das Brennen der Oberschenkel beim Spurt aufs gegnerische Tor. Und das ganze verdammte körperbetonte und so überaus kraftvolle Agieren auf dem Eis – auch wenn es beim Frauen-Eishockey offiziell keine Checks gab.

Sie seufzte und ließ den Blick über die Zuschauer wandern. Fast alle trugen die Farben ihrer Mannschaft. Die Altersspannweite war enorm. Es gab viele Frauen und Männer im mittleren Alter, aber auch sehr betagte Zuschauer und eine Menge Kinder, die in kleinen Trikots durch die Gänge rannten oder begeistert Fähnchen in den Teamfarben schwenkten. Im seitlichen vorderen Bereich standen die Hardcore-Fans, die mit zwei ehrgeizigen Trommlern und rhythmischen Sprechchören die Spieler anfeuerten.

Marie liebte diese aufgeheizte, pulsierende Atmosphäre bei Eishockeyspielen, die jedoch stets friedlich verliefen.

Dann wurde ihre Aufmerksamkeit erneut vom Geschehen auf dem Eis gefesselt: Ein Pitbull wurde hart gegen die Bande gecheckt, dass Marie meinte, seine Plomben wie Sektkorken aus den Zähnen knallen zu hören. Dabei reichte der Schwung aus, um ihn hochzudrücken, sodass er auf der Oberkante der Umrandung fast einen Meter entlangrutschte – bevor er wenig elegant den gegnerischen Spielern auf der Auswechselbank rücklings auf den Schoß fiel. Die Zuschauer hatten offensichtlich ihren Spaß, denn sie johlten laut, lachten und klatschten. Marie grinste breit. Solche unbeabsichtigten Slapstick-Einlagen hielten das Publikum bei Laune.

Doch schon kurz darauf hätte man die atemlose Spannung in der Halle in Scheiben schneiden können, denn vor dem Tor der *Pitbulls* gab es eine Runde Ringelpiez mit Anfassen und somit ein ordentliches Handgemenge: Unter den Spielern beider Teams schien der Puck ein Eigenleben entwickelt zu haben und von einem Schlägerblatt zum nächsten zu springen, von einer behandschuhten Hand zum nächsten Schlittschuh. Zwischendurch gab es immer wieder vereinzelte verzweifelte Schussversuche der Gegner – doch der Mannheimer Torwart stand unüberwindbar wie die Berliner Mauer. Die Atmosphäre in der Halle schien zum Zerreißen gespannt.

Auch Marie, die solche Spielsituationen zu Genüge kannte, konnte nicht fassen, was da passierte. Erst einige Herzschläge später lag der Handschuh des Mannheimer Torwarts auf dem Puck und der Schiedsrichter pfiff das Spiel ab. Alle in der Halle stießen ein erleichtertes Stöhnen aus. Marie ließ ebenfalls die angehaltene Luft entweichen. Eine solch unkontrollierbare Situation war für den Goalie immer die Hölle. Das wusste sie noch aus ihrer Zeit als Spielerin.

Die ältere Frau neben ihr schien ziemlich aufgebracht. Aus ihren lauten, aber sehr zutreffenden Kommentaren bezüglich Verteidigungsspieler und fehlender Zuordnung entnahm Marie, dass sie wirklich Ahnung hatte.

Dann entdeckte Marie in der Zuschauermenge vor ihr einen blonden Haarschopf mit nackenlangen Haaren, der sie an Steffen erinnerte. Der groß gewachsene Mann stand einige Reihen weiter unten und hatte seinen Kopf einer kleineren Frau zugewandt. Diese schien ziemlich erbost zu sein, denn sie zeigte aufs Eis, wo gerade ein Spieler der *Pitbulls* von einem Gegner erneut hart angegangen wurde. Als der blonde Mann seinen Kopf in den Nacken legte und lauthals lachte, erkannte Marie ihn.

Es war tatsächlich Steffen.

In ihrem Bauch begann es zu prickeln, als ob sie zu viele Brausebonbons genascht hätte – und gleichzeitig wurde ihr warm ums Herz. Steffen war ein toller Mann. Er sah nicht nur fantastisch aus, sondern beeindruckte Marie auch durch seinen Intellekt, seine ausgeglichene Persönlichkeit und dieses offene Lächeln – bei dem sie sich die ganze Woche über hatte bemühen müssen, nicht ins Schwärmen zu geraten.

Dann setzte Maries Herzschlag kurz aus, als sie beobachtete, wie Steffen seinen langen Arm um die kleinere Frau legte und sie fest an sich drückte. Nicht nur das … Er gab ihr auch einen Kuss auf die Schläfe und ließ den Arm um ihren Schultern liegen. Als diese sich umdrehte und nachdrücklich auf Steffen einredete, konnte Marie ihr lebhaftes und sehr hübsches Gesicht sehen. Dabei zeigte sie immer wieder in Richtung Eis und machte das internationale Handzeichen für Ellenbogencheck. Steffen nickte und schien sie mit Worten zu beruhigen. Dann lehnte sich die Frau etwas gegen ihn und legte ihren Arm eng um seine Taille.

Ein komisches Gefühl breitete sich in Maries Magen aus, das sie nicht benennen wollte.

Seltsam berührt blickte sie weg und versuchte, wieder dem Spielgeschehen zu folgen. Ein Spieler mit dem Namen Kowalczyk sauste wie Speedy Gonzales auf Crack auf das Stuttgarter Tor zu und absolvierte mit einem Spieler namens Messner eine herrliche Kombination, bei der sie zwei Gegner umspielten. Am Ende veräppelten sie den Goalie, indem Kowalczyk vor dem Tor so tat, als würde er in die linke Ecke zielen. Stattdessen spielte er den Puck seinem Mitspieler Messner zu, der auf der rechten Seite wartete und die Hartgummischeibe in die leere Ecke versenkte.

Wunderschön!

Die Zuschauer rissen die Arme hoch und hüpften und schrien, dass die Halle vor Begeisterung zu vibrieren schien. Marie ließ sich mitreißen, klatschte in die Hände und johlte. Die ältere Frau neben ihr drehte sich strahlend zu ihr herum und drückte Marie an ihre Brust. „Unsere Jungs sind einfach die Besten!", rief sie. „Und Ben und Kai ein Traumpaar!"

Marie lachte. „Sind die zufällig aus Knopfheim?"

„Ja, klar!", meinte die Frau stolz. „Knopfheim bringt für die *Pitbulls* die besten Spieler hervor. In der Mannschaft sind etwas mehr als die Hälfte aus Knopfheim."

„Und Sie kommen vermutlich auch von dort", schmunzelte Marie über deren Patriotismus.

Die Frau nickte mit einem breiten Lächeln. „Ich bin Helga Bergmann, Rafaels Mutter." Sie deutete auf den Mannheimer Goalie. „Wir können uns gern duzen. Das machen wir so unter uns Eishockey-Fans." Sie zeigte auf die junge Frau neben sich und stellte sie vor: „Das ist Fiona. Sie ist die Verlobte von Ben Kowalczyk, der die Vorlage zum Tor gemacht hat."

Marie nickte der dunkelhaarigen Schönheit lächelnd zu und meinte: „Ich bin Marie. Ich wohne erst seit Kurzem wieder in Mannheim, nachdem ich längere Zeit im Ausland war."

„Ah, das gefällt mir", lachte Helga. „Kaum zuhause, schon bei einem Spiel der *Pitbulls*."

Dann ging die Partie weiter und Marie wurde von der leichtfüßigen Dynamik der Mannheimer Spieler mitgerissen. Selbst dieser Hulk-Hogan-Verschnitt mit Namen Gökhan besaß eine Geschmeidigkeit, die man ihm bei seiner Größe und Körpermasse nie zugetraut hätte. Wenn man die Bewegungsdynamik betrachtete, war das schon wirklich frappierend. Doch Beweglichkeit und Flexibilität waren Fähigkeiten, die einen guten Spieler auszeichneten.

Marie merkte zudem schnell, dass Tempo, Wucht und Kreativität Merkmale waren, die die Mannschaft der *Pitbulls* charakterisierten. Es war absolut offensichtlich, dass die Spieler über den Sommer hinweg nicht auf der faulen Haut gelegen waren, sondern sich fit gehalten und an ihrer Stocktechnik gearbeitet hatten.

Obwohl sie es nicht wollte, rutschte ihr Blick hin und wieder ein paar Reihen tiefer und wurde von Steffens blondem Hinterkopf angezogen. Er und die Frau neben ihm schienen sehr vertraut miteinander zu sein. Man merkte ihnen an, dass sie sich gut kannten und sich wie selbstverständlich berührten.

Marie stellte fest, dass ihre Gedanken sich ungefragt selbstständig machten. Diese Frau war nicht Steffens Freundin, oder? Er hätte sicher nicht so mit Marie im Hinterhof der Kneipe herumgeknutscht, wenn er eine Freundin hätte. Oder? *Oder?!*

Marie konnte die Situation nicht einschätzen.

Dann fiel ihr ein, wie Steffen von seiner besten Freundin Nina erzählt hatte.

Mmh …

Die körperliche Vertrautheit war dennoch irritierend für Marie. Deshalb drehte sie sich zu Helga Bergmann um und fragte: „Ist diese Frau dort neben Steffen eigentlich Nina?"

Die ältere Frau blickte in Richtung ihres Zeigefingers und meinte: „Ja, das ist Nina. Sie …"

In dem Moment gab es einen Konter durch einen Stuttgarter Spieler, der mit ausladenden Schritten und weit schwingenden Armen auf den Goalie der *Pitbulls* zuschoss. Helga schrie empört auf und griff nach Maries Arm. „Wo stecken denn unsere Verteidiger?!"

Marie hielt den Atem an, da die *Pitbulls* von diesem Gegenangriff ziemlich überrascht schienen. Die beiden Verteidiger hatten sichtlich Mühe, zurück ins eigene Drittel zu kommen, um den Angreifer zu neutralisieren. Dieser gab dann aus dem Lauf heraus einen Schuss ab - nur wenige Meter vor Rafael, der das Tor mit seinem Leben zu verteidigen schien.

Während der Stuttgarter Spieler abdrehte und am Tor vorbeifuhr, blickte Marie hektisch hinter den Goalie ins Netz, doch sie konnte keine schwarze Scheibe entdecken. Rafael stand immer noch reglos da - mit zusammengepressten Knien tief auf dem Eis. Als er sich nach dem Abpfiff wieder bewegte, sah Marie, wie er den Puck aufs Eis gleiten ließ.

Puh, er hatte ihn tatsächlich gefangen! Es war so schnell gegangen, dass sie gar nicht hatte sehen können, wo genau die Hartgummischeibe hingeflogen war.

Wieder ließ Marie ihren Blick nachdenklich zu Steffen und Nina wandern, um deren Reaktion zu beobachten. Nina schien eine sehr temperamentvolle und leidenschaftliche Frau zu sein, wie sie während des Spiels mitfieberte. Marie spürte einen Stich im Magen und wandte den Blick ab. Sie hatte keine Rechte auf Steffen. Nur weil sie einmal mit ihm herumgeknutscht hatte, hieß das nicht, dass sie fest zusammen waren. Außerdem war sie seine Vorgesetzte und sollte deshalb sowieso Distanz wahren. Das Projekt der Firma Winter war zu wichtig und die Konsequenzen zu folgenreich, als dass Marie sich auf eine Affäre mit einem Angestellten einlassen und diese dann in den Sand setzen durfte.

Wenn sie doch nur nicht mit Anne in diese Bar gegangen wäre! Eine Bar, die mit ihrem schicksalsträchtigen Namen tatsächlich Maries Leben beeinflusst hatte. Nur deshalb hatte sie Steffen als Privatperson kennengelernt und entdeckt, wie viel sie gemeinsam hatten, was Wissensdrang und Humor anging. Nur deshalb war sie irgendwie seinem charmanten, offenherzigen und einnehmenden Wesen verfallen – und nur deshalb hatte sie sich in dieses Dilemma zwischen Herzenswunsch und beruflicher Verpflichtung gebracht.

Was für eine verfahrene Situation.

Sie musste schauen, dass alles zwischen ihnen streng geschäftlich blieb. Wenn ihr Herz nur nicht jedes Mal bei seinem Anblick ins Stocken geraten und sein Lächeln ihr den Atem rauben würde.

Mist!

Kapitel 8

Seinem Vater ging es mittlerweile besser, er war am heutigen Montag aus dem Krankenhaus entlassen worden – und Steffen nun nach der Arbeit unterwegs zu seinem Elternhaus in Knopfheim.

Das letzte Wochenende war entspannt verlaufen. Er hatte sich zum Tennisspielen mit Maximilian getroffen, war mit Nina beim Heimspiel der *Pitbulls* gewesen und hatte am Sonntag einfach nur gefaulenzt … und an Marie gedacht.

Ihre erste Arbeitswoche hatte sie reibungslos hinter sich gebracht und sich in diesen fünf Tagen bereits intensiv in die Materie eingearbeitet.

Auch was ihr gemeinsames Erlebnis in der Bar anging, hatten sie das beide gut gemeistert. Es würde sich zeigen, wie sie weiterhin kollegiale Distanz wahren konnten.

Steffen fand das phasenweise *echt* schwierig. Manchmal waren sie in ihren fachlichen Gesprächen absolut sachbezogen und ohne

Emotionen. Und dann gab es Situationen, die ihn innerlich völlig umhauten, wenn Marie beispielsweise geistesabwesend mit einer vorwitzigen Haarsträhne spielte oder ihre Unterlippe gedankenverloren zwischen die Zähne zog. Diese kleinen Gewohnheiten bewirkten bei ihm ein leises Kribbeln im Kreuzbeinbereich, das sich die Wirbelsäule entlangbewegte und mit einem heißen Prickeln im Nacken ankam. Und dann musste er aufpassen, dass er den gedanklichen Anschluss an das Gespräch nicht verlor …

Kurz darauf parkte Steffen vor dem Haus seiner Eltern und stieg aus. Er war sehr froh, dass sein Vater den leichten Infarkt so gut überstanden hatte. Es war kein zweiter gefolgt. Nun sollte er sein Leben etwas umstellen, wobei ihn Steffens Mutter sicher mit Rat und Tat unterstützen würde. Wie schon einmal bei ihm selbst, als Steffen im Alter von zehn Jahren essenstechnisch etwas verändern wollte. Musste.

Als seine Mutter die Haustür öffnete, zog sie ihn zur Begrüßung an sich. Da sie deutlich kleiner war, musste sich Steffen herunterbeugen.

„Ach, ich bin so erleichtert, dass dein Papa wieder zuhause ist. Schön, dass du heute so früh vorbeikommen kannst." Sie ließ ihn los. „Er liegt auf der Couch im Wohnzimmer."

„Na, wie geht's dir, Papa?", fragte Steffen, als er in den gemütlichen Wohnraum seiner Eltern trat und seinem Vater einen Kuss auf die Wange drückte. Er sah schon viel kräftiger aus als noch eine Woche zuvor.

„Ich bin zufrieden. Jetzt, wo du da bist, geht es mir noch besser", meinte er mit einem Schmunzeln. „Dein Bruder hat vorhin auch schon angerufen."

„Wie geht's ihm? Es ist schon wieder ein paar Tage her, seit ich mit ihm telefoniert habe."

„Gut. Er ist aber ganz dankbar, wenn er demnächst wieder von seiner Geschäftsreise zuhause ist. Ich bin froh, dass er sie wegen mir nicht abbrechen musste."

„Paps, du bist wichtiger als jede geschäftliche Angelegenheit. Und wenn dein Zustand ein bisschen kritischer gewesen wäre, hätte er sich sofort in den nächsten Zug gesetzt."

„Magst du etwas essen?", fragte seine Mutter. „Ich habe für Papa was Leichtes gemacht."

„Gern", erwiderte Steffen.

Als er einen Teller mit gedünstetem Fisch, Brokkoli und Salzkartoffeln vor sich stehen hatte, erzählte seine Mutter von den Umstellungen, die sie beide vor sich hatten – und Steffen musste innerlich schmunzeln, wie engagiert sie wieder einmal an dieser so wichtigen Sache dran war.

Nach einer Weile veränderten sich die Gesprächsthemen, bis seine Mutter ihn fragte: „Und was macht deine hübsche Chefin?" Dabei gab sie sich ganz unbeteiligt, nur um innezuhalten und Steffens gerunzelte Stirn mit den Worten zu kommentieren: „*Du* warst es, der gesagt hat, dass sie hübsch aussieht."

„Ja, klar. Und *du* hast das ja überhaupt nicht wissen wollen", zog er seine Mutter auf.

Ihr anschließendes verschmitztes Lächeln führte Steffen vor Augen, warum sich sein Vater vor so langer Zeit in sie verliebt hatte.

„Sie hat sich in der Firma schon gut eingelebt", berichtete er. „Am Wochenende hat sie sich zwei Wohnungen angeschaut, weil sie noch im Hotel wohnt. Sie hatte ja vor einigen Jahren alle Zelte abgebrochen, als sie zum Arbeiten in die USA gezogen war."

„Sie sucht eine Wohnung?", wurde seine Mutter aufmerksam und setzte sich in ihrem Sessel aufrecht hin. Dann warf sie einen Blick zu ihrem Mann.

„Wieso?", erkundigte sich Steffen misstrauisch.

„Na ja", begann sie und spielte gedankenverloren mit einem Anhänger, der an einer langen Kette auf ihren vollen Brüsten ruhte. „Du weißt vermutlich, dass Gerda Schulz hier aus der Nachbarschaft vor acht Jahren ins Pflegeheim gekommen ist. Sie hatte doch schon so schlimm Alzheimer und konnte nicht mehr allein für sich sorgen. Ihre Enkelin Hannah ist dann irgendwann in ihr Haus eingezogen und hat alles renoviert. Wir haben damals noch alle gedacht, dass sie keinen Mann mehr findet. Sie war ja auch nicht mehr die Jüngste mit ihren achtunddreißig Jahren ..."

Steffen merkte, wie er ungeduldig wurde und eine dementsprechende Handbewegung machte. Seine Mutter kam manchmal vom Hundertstel zum Tausendstel und nie auf den Punkt.

„Ja, ja", wiegelte sie ab. „Jedenfalls hat Hannah dann vor zwei Jahren tatsächlich einen sehr netten Kinderarzt kennengelernt und ist ziemlich bald zu ihm ans andere Ende von Mannheim gezogen, weil er dort auch die Praxis hat. Mittlerweile sind sie verlobt und es ist klar, dass Hannah das Häuschen ihrer Großmutter nicht mehr braucht. Sie würde es gern vermieten, hätte aber am liebsten einen zuverlässigen Mieter mit persönlicher Empfehlung." Sie lehnte sich leicht vor und meinte mit ernstem Gesicht: „Du weißt, wie schwer so was heutzutage zu bekommen ist. In Knopfheim habe ich mich schon umgehört, habe aber von niemandem erfahren, der im Moment ein Häuschen in der Größe brauchen kann." Sie fuhr sich unbewusst durch die Haare und brachte ihre kurze Frisur in Unordnung. „Ich weiß nur nicht, ob es den Ansprüchen deiner Chefin genügt."

Steffen saß ziemlich sprachlos da. Manchmal war es doch so einfach und die Lösung fiel einem sozusagen in den Schoß. Doch war das wirklich eine gute Lösung? Für Marie? Für ihn?

Das Haus, von dem seine Mutter sprach, lag neben dem der Petrows. Und Mischas Eltern waren die Nachbarn von Steffens Eltern. Marie würde folglich irgendwie um ein paar Ecken seine Nachbarin werden.

Immer noch saß er nachdenklich da und überlegte.

„Ist alles in Ordnung, Steffen?", fragte seine Mutter besorgt.

„Mh?" Er blickte auf. „Ja, alles gut. Du weißt nicht zufällig, wie hoch die Miete ist und wann sie es beziehen könnte?"

„Ich weiß nur, dass Gerdas Enkelin fast alles ausgeräumt hat. Bis zum Wochenende ist das Haus sicher leer."

Bis zum Wochenende.

Das war ja fast schon gruselig. Wollte das Schicksal Steffen damit etwas mitteilen?

„Also ...", überlegte Steffen. „Ich denke, meine Chefin wäre sicher froh, wenn sie nicht noch zwei Monate im Hotel wohnen müsste. Aber ich muss mir das Haus erst anschauen, bevor ich sie anrufe. Weißt du, ob Hannah drüben ist?"

Seine Mutter nickte. „Ja, sie wollte heute Abend den Rest fürs Abholen vorbereiten."

Steffen erhob sich. „Dann gehe ich mal kurz rüber."

Das Haus war wirklich eine Option. Hannah begrüßte Steffen erfreut und führte ihn durchs Haus. Dann nannte sie ihm den Mietpreis, der mehr als fair war.

Nachdem er sich von ihr verabschiedet hatte, stand er draußen in der beginnenden Dämmerung auf dem Gehweg und blickte die Straße entlang, in der er aufgewachsen war. Marie würde – wenn ihr das Häuschen tatsächlich gefiele – in einer angenehmen Nachbarschaft wohnen und schnell Anschluss finden. Das war der Vorteil von Knopfheim als Wohnort. Unangenehm würde es für sie und auch für ihn werden, falls irgendetwas zwischen ihnen schief liefe. Dann wäre Knopfheim ein zu kleiner Ort, um sich aus dem Weg zu gehen.

Definitiv.

Doch das musste er riskieren. Er wusste einfach, dass sich Marie hier wohlfühlen würde – gerade auch, weil sein Heimatort so eishockeybegeistert war.

Er zog sein Handy aus der Hosentasche.

Nach dem dritten Klingeln meldete sie sich und er hörte am weichen Klang ihrer Stimme, dass sie auf dem Display gesehen hatte, wer der Anrufer war. Er verbot sich die hoffnungsvollen Gedanken, die ein warmes Gefühl in seinem Bauch erzeugten.

„Hallo Marie."

„Hi Steffen. Ist etwas passiert, dass du anrufst?"

„Nein, nein", beruhigte er sie. „Es tut mir leid, dass ich deinen Feierabend störe ..."

„Nein, kein Problem, ich bin noch im Büro und wollte gerade gehen."

Er schwieg kurz und spottete dann gutmütig: „Du solltest das nicht zur Gewohnheit werden lassen ..."

„Nein, mach' ich nicht. Ist nur jetzt am Anfang viel, in das ich mich einlesen muss." Nun machte sie auch eine kurze Pause. „Warum hast du angerufen?"

„Ach so, ja ... Falls dir am Samstag die Wohnungen vom Makler nicht gefallen haben, wollte ich dir nur erzählen, dass in der Nachbarschaft meiner Eltern ein kleines Haus einen neuen Mieter sucht. Ich habe gerade mit der Besitzerin gesprochen. Du könntest schon am Wochenende rein. Es ist in einem guten Zustand, nur streichen müsste man. Die Heizung ist vor fünf Jahren erneuert worden – und eine Einbauküche ist auch drin."

„Wow", gab Marie überrascht von sich und er konnte ihren erstaunten Gesichtsausdruck förmlich sehen. „Das wäre natürlich gigantisch, wenn das tatsächlich das ist, was ich brauche. Die zwei Wohnungen, die ich mir angeschaut habe, waren nicht wirklich geeignet. Wie viele Zimmer hat es denn? Eigentlich reichen mir ja Wohn- und Schlafzimmer und ein Raum zum Arbeiten."

„Das Haus hat im Erdgeschoss ein größeres Wohnzimmer mit offenem Essbereich und Küche. Außerdem noch ein Gäste-WC und eine kleine Abstellkammer. Oben befinden sich drei Zimmer mit Dachschrägen und sichtbaren Holzbalken. Sieht sehr hübsch aus."

Marie überlegte. „Und was soll es kosten?"

Steffen nannte ihr die Wohnfläche und den Mietpreis.

„O-kaaay … das ist weniger, als ich erwartet habe", erwiderte sie überrascht, „und noch im Bereich meiner Preisvorstellung. Wenn ich dafür ein frei stehendes Häuschen statt eines Schicki-Micki-Appartments mit schnöseligen Nachbarn bekomme, würde mir das noch besser gefallen. Wann könnte ich es mir anschauen?"

„Hannah ist heute bis gegen zehn im Haus." Er blickte auf die Uhr. „Wenn du jetzt vom Büro losfährst, wärst du in zwanzig Minuten da. Die kurze Fahrtzeit zur Arbeit wäre ein zusätzlicher Vorteil, der für Knopfheim als Wohnort spricht."

„Ich bin gleich da. Gibst du mir die Adresse?"

Als Marie vor dem Häuschen anhielt, entdeckte sie Steffen, der in der Dämmerung auf sie wartete. Nach dem Aussteigen nickte sie ihm zu und nahm das kleine Haus in Augenschein. Es war weiß gestrichen und hatte Kassettenfenster, durch die goldenes Licht strahlte und die von tannengrünen Fensterläden gerahmt waren. Eine Weinrebe rankte sich über zwei Fenster bis zur Haustür und ließ das Häuschen einladend und gemütlich wirken. Der Vorgarten war schlicht gehalten, dafür stand eine braune Holzbank vor einem größeren Rosenbusch.

Es war wunderschön.

Marie merkte, wie es in ihrer Brust warm wurde. Dieses Haus hatte nicht nur eine Geschichte, sondern auch Charakter. Wenn das Innere dem Äußeren entsprach, würde sie sich darin sehr wohlfühlen, das spürte sie.

Steffen trat auf sie zu und meinte: „Ich wollte noch sagen: Die Zimmer im ersten Stock sind nicht riesig. Aber du könntest sie gut als Schlaf- und Arbeitszimmer nehmen und den dritten Raum", nun huschte ein Schmunzeln über seine Lippen, „für deine Trophäensammlung, sozusagen deine private *Hall of Fame*. Die Eishockey-Pokale und Auszeichnungen aus deiner Jugend hast du sicher noch in einer Kiste zuhause bei deinen Eltern stehen, oder?"

Marie schüttelte den Kopf. „Nein, die hat mein Onkel im Keller eingelagert. Meine Eltern sind beide schon lange tot."

Steffen blickte sie erschüttert an. „Oh, das tut mir furchtbar leid."

„Nein, ist schon gut", beruhigte sie ihn. Sie bedauerte, ihm diese Information so vor den Latz geknallt zu haben. „Meinen Vater habe ich nicht lange gekannt, weil er uns verlassen hat, als ich fast sieben war. Er ist mit der nüchtern-sachlichen Art meiner Mutter auf Dauer nicht klargekommen und hat sich eine warmherzigere Frau gesucht. Als er zwei Jahre später an einer Krankheit starb, hat meine Mutter das als gerechte Strafe Gottes angesehen, obwohl sie eigentlich nie gläubig gewesen war." Sie zuckte kurz mit den Schultern. „Sie selbst starb bei einem Flugzeugabsturz, als sie in Südamerika auf Geschäftsreise war. Da war ich fünfzehn und habe von da an bei meinem Onkel und seiner Frau gelebt, die selbst keine Kinder haben konnten."

Weil Steffen immer noch ziemlich betroffen wirkte, legte sie ihre Hand an seinen Arm und meinte: „Es ist wirklich alles in Ordnung. Manchmal vermisse ich meine Mutter natürlich, auch wenn sie mit ihrer ehrgeizigen, strikten Art sehr anstrengend sein konnte. Mein Onkel und seine Frau waren da viel herzlicher und waren mir damals eine große Stütze." Marie zog ihre Hand weg von Steffens gefährlicher Wärme, die so angenehm durch den Baumwollstoff seines Hemdes strahlte. „Die beiden habe ich auch schon vor zwei Tagen besucht, nachdem ich so lange im Ausland war."

„Es tut mir trotzdem leid, dass das so gedankenlos und flapsig rübergekommen ist."

„Du hast es ja nicht wissen können." Marie schenkte ihm ein kleines Lächeln. „Komm, lass uns das Haus anschauen."

Steffen hätte sich in den Hintern treten können. Wollte er schon mal einen lockeren Spruch bringen, tappte er voll ins Fettnäpfchen und erinnerte Marie an ihre toten Eltern.

Gut gemacht, Steffen! So etwas hebt die Stimmung!

Am liebsten hätte er Marie an sich gezogen und sie die Trauer über diesen Schicksalsschlag vergessen lassen. Doch sie schien seinen Trost gar nicht zu brauchen.

Mmh. Wie es aussah, war sie eine taffe Frau.

Marie wurde herzlich von Hannah begrüßt. Es dauerte keine zehn Minuten, bis die beiden Frauen bei der Hausbesichtigung über alles Mögliche plauderten, einschließlich der eventuell anstehenden Renovierungsmaßnahmen. Steffen spürte, wie Marie immer mehr aufblühte und sich für das Haus erwärmte. Ihrem Gesicht war deutlich abzulesen, wie ihr Gehirn bereits Möbel von einer Ecke in die andere schob und eine To-do-Liste für die nächsten Wochen anfertigte. Schon als sie aus dem Auto gestiegen war und das Haus mit einem verzückten Blick angesehen hatte, hatte Steffen gewusst, dass sie es nehmen würde.

Er hielt sich die ganze Zeit zurück, hörte dem Gespräch mit Interesse zu und ergänzte manche von Hannahs Informationen mit ein paar Punkten, die ihm wichtig schienen – zum Beispiel, dass Knopfheim eine sehr gute Internetanbindung besaß, was unerlässlich für Maries Arbeit war.

Nach einer Stunde war alles klar und Hannah meinte bei der Verabschiedung: „Natürlich dürfen Sie schon am Samstag ins Haus. Den Vertrag lege ich in die Küche und lasse die Schlüssel bei Petrows nebenan, dann können Sie sich in den nächsten Tagen noch mal alles anschauen und planen, wann Sie mit dem Streichen beginnen."

Die Frauen gaben sich die Hand – und dann standen Marie und Steffen auch schon wieder im Schein der Straßenlaterne auf dem Gehweg.

Marie schlug sich die Hände auf die Wangen und meinte: „Ich fasse es nicht. Jetzt habe ich ein Haus."

„Herzlichen Glückwunsch", schmunzelte er. „Manchmal geht es schneller, als man denkt."

„Das kannst du laut sagen." Marie seufzte.

Steffen kratzte sich am Hinterkopf und stützte dann die Hände in die Taille. „Also, ich weiß nicht, wie bald du das Haus beziehen willst …"

Marie zog eine Grimasse. „Am liebsten so schnell wie möglich. Das Hotel ist zwar bequem, weil ich mich um fast nichts kümmern muss. Aber es ist eben kein Zuhause." Sie seufzte und fuhr sich durch ihr Haar, dass es wirr vom Kopf abstand. „Das gibt noch Arbeit. Eigentlich habe ich keine Zeit, mich wochenlang mit den Kostenvoranschlägen wegen der Renovierung, den Handwerkern und meiner Inneneinrichtung zu beschäftigen. Aber das kann mir niemand abnehmen. Wenigstens eine Küche ist drin. Deshalb werde ich vermutlich nach dem Streichen einfach schnell zu IKEA fahren und mir was Hübsches aussuchen, mit dem ich mich wohlfühle. Ich bin da eher genügsam." An ihrem Grinsen merkte Steffen, wie sehr sie sich freute. Sie überlegte und schien die lange Liste in ihrem Kopf um ein paar Punkte zu ergänzen. „Ich brauche zu Beginn auf jeden Fall ein Bett, einen Kleiderschrank und ein paar Küchenutensilien."

Steffen nickte zur Bestätigung. Fasziniert beobachtete er, wie systematisch Maries Gedanken Fahrt aufnahmen.

„Ich werde Hannah nach einem Grundriss des Hauses fragen, damit ich die Maße kenne. Da das Haus Holzparkett hat und ich eh am liebsten weiße Wände habe, kann man deshalb bei der Einrichtung nicht viel falsch machen. Vielleicht kann ich mir die größeren Pakete auch liefern lassen, dann könnte ich alles nach dem Streichen aufbauen. Mal sehen. Im Moment habe ich ja noch das Hotelzimmer, ich muss also nicht unter der Brücke schlafen", grinste sie fast ein bisschen atemlos.

„Ich hätte da eine Idee." Eine Idee, die Steffen wieder private Zeit mit Marie einbringen – ihr aber auch beim Einleben helfen würde. Nur musste sie dazu bereit sein, dass in Knopfheim manche Dinge anders gehandhabt wurden. „Wenn dir mein Vorschlag unangenehm ist oder du dich überfahren fühlst, sag es bitte."

Marie sah ihn erwartungsvoll an.

„Mischas Vater hat einen Malerbetrieb. Dementsprechend erfahren ist Mischa mit Renovierungsarbeiten, weil er damit aufgewachsen ist. Ich könnte ihn und noch ein paar Jungs hier aus Knopfheim zusammentrommeln, die uns am Samstag helfen, alle Räume bei dir zu streichen. Dann wären wir an einem Tag fertig und es könnte trocknen." Da Marie etwas einwenden wollte, hob Steffen beschwichtigend die Hand. „Das machen wir hier in Knopfheim so. Wenn jemand Unterstützung in etwas braucht, fragen wir rum – und wer Zeit hat, hilft. Das ist der Vorteil, wenn man fast jeden im Ort kennt." Er schmunzelte. „Außerdem würde ich am darauffolgenden Samstag einen Anhänger oder gleich einen Kleintransporter besorgen. Dann könnten wir pünktlich bei IKEA vor den Türen stehen, sobald die Möbelausstellung öffnet, und du kannst dir die Sachen in natura ansehen, die du dir in der Woche davor im Internet herausgesucht hast. Danach bringen wir alles zu deinem neuen Häuschen und die Jungs helfen uns beim Reintragen. Wenn es nicht zu spät ist, könnten wir immerhin schon mal das Bett aufbauen. Für den Rest hätten wir am Sonntag noch Zeit."

Marie starrte ihn baff erstaunt an, wobei ihre Augen im schummrigen Schein der Straßenbeleuchtung noch größer und dunkler wirkten als sonst. „Warum überrascht mich dein Vorschlag nicht?"

„Nicht überrascht wirkst du aber nicht gerade", erwiderte Steffen mit einem Schmunzeln.

„So einen Mitarbeiter wünscht man sich als Chefin, der sogar das komplette Wochenende in geschäftlichen Dingen unterwegs ist." Sie blickte ihn ernst an. „Ganz ehrlich, ich kann dein Angebot nicht annehmen. Ich werde auch so klarkommen."

„Ich weiß, dass du auch ohne meine Hilfe klarkommst", bestätigte Steffen. „Aber dann verzögert sich der Einzug in dein neues Heim noch mal um mehrere Wochen und es dauert noch länger, bis dein Arbeitszimmer eingerichtet ist und nach einem halben Jahr hast du immer noch keine Couch." Er blickte sie prüfend an. „Du weißt doch, wie das in leitender Position ist. Abends kommt man meist spät aus dem Büro und hat keine Kraft mehr, um Möbel auszusuchen oder gar aufzubauen." Dann konnte er sich ein Grinsen nicht ganz verkneifen. „Ich denke nur zum Wohle der Firma."

„Aber ich kann dich doch nicht das ganze Wochenende in Beschlag nehmen, geschweige denn zwei!"

„Du nimmst mich nicht in Beschlag. Ich mache das als Willkommensgeschenk für eine neue Knopfheimer Einwohnerin. Außerdem ist das eine tolle Abwechslung vom alltäglichen Trott – und schließlich soll ich dir ja beim Einleben helfen."

Als sie überrascht schwieg, setzte er hinzu: „Unser Chef, Udo Winter, hat mir persönlich aufgetragen, mich um dich zu kümmern und dir tatkräftig beim Einleben in Mannheim zu helfen. Und ein Umzug ist definitiv etwas, wobei man Unterstützung braucht."

„So? Hat er das?"

Steffen nickte ernsthaft. „Ehrenwort. Gleich am ersten Tag."

Sie sah ihn immer noch mit skeptisch gerunzelter Stirn an.

„Nimm dir ein Bügeleisen, glätte deine Stirn und sag einfach ja", meinte Steffen mit einem Augenzwinkern. „Die Renovierungsaktion wird sicher lustig und hat den Vorteil, dass du schon mal einige Knopfheimer kennenlernst. Und dann machen wir uns einen schönen Tag bei IKEA, du suchst dir ein paar passende Sachen aus und ich kann dort im Restaurant endlich mal wieder ein leckeres Lachsfilet mit Erbsen essen."

Jetzt musste sie lachen. „Ah, das ist also der Grund!" Noch einmal blickte sie ihn prüfend mit ihren kakaobraunen Augen an.

Sag ja! Sag ja! Sag ja!

„Also gut", lenkte sie ein.

„Ja!", rief Steffen aus. „Lachsfilet, ich komme!"

Während Marie noch lachte, meinte er: „Wenn du willst, können wir jetzt sofort zu Petrows rübergehen und mit Mischas Vater über die Menge an Farbe sprechen, die wir brauchen. Mischa kann ich in dem Zuge auch gleich anrufen - und der kann im Freundeskreis nachfragen, wer Zeit hat."

Als Marie nachts zu ihrem Hotel fuhr, schwirrte ihr der Kopf. So viel war besprochen und über so viele Punkte entschieden worden. Die Geschwindigkeit, mit der in Knopfheim Dinge in Angriff genommen und umgesetzt wurden, war für Marie völlig neu - und ein bisschen überwältigend. Wenn man Böses annehmen wollte, könnte man behaupten, dass die Knopfheimer nur deshalb so diensteifrig waren, weil sie auf diese Weise ihre Nasen in fremde Angelegenheiten stecken konnten. Marie würde aber nach dem ersten Eindruck sagen, dass sie einfach nur hilfsbereit und warmherzig - vielleicht auch etwas schrullig - waren.

Ihr Vorsatz, die Beziehung zu Steffen nicht zu persönlich oder gar privat werden zu lassen, war an der Knopfheimer Freundlichkeit kläglich gescheitert.

Das Ehepaar Petrow hatte sie - inklusive ihres Schäferhundes Rocky - als neue Nachbarin herzlich willkommen geheißen. Sofort hatte sich Herr Petrow bereit erklärt, mit der Malerausrüstung, Abdeckplanen und genug Farbe anzurücken, dass Maries Häuschen abends in frischem Glanz erstrahlen würde. Frau Petrow servierte nebenher selbst gebackene Kekse und starken, süßen Schwarztee. In der Zeit führte Steffen einige Telefongespräche und teilte ihr im Anschluss daran mit, dass er bereits sechs Freiwillige aufgetrieben habe. Und da war es noch nicht mal zweiundzwanzig Uhr gewesen.

Unglaublich!

Später im Hotelzimmer war Marie dann so aufgedreht, dass sie sich gar nicht erst ins Bett legte. Sie kramte ihren Laptop heraus und begann mit fliegenden Fingern eine Übersicht mit Dingen zu erstellen, die sie vorbereiten, erledigen oder abklären musste. Hauptsache alles, was ihr in den letzten Stunden wie Knallkörper durch den Kopf geschossen war, fand einen Weg über die Tastatur auf das virtuelle Blatt Papier in ihrem Rechner. Eine gute Stunde später war die mehrseitige Liste nach Themen sortiert und wartete nur darauf, angegangen zu werden.

Nach einem Blick auf die Uhr beschloss Marie, dass es Zeit war, schlafenzugehen.

Als sie endlich unter der weichen Bettdecke zur Ruhe gekommen war, griff sie nach dem zweiten Kissen und drückte es sich an den Bauch. Mit einem kleinen Lächeln dachte sie daran, dass sich Steffen wie ein Kind an Weihnachten darüber gefreut hatte, ihr bei der Renovierung und beim Möbelkauf helfen zu dürfen.

Dann wurde sie mit zarten Fingern ins Land der Träume entführt.

Kapitel 9

Der Morgen begann mit einem bösen Erwachen: Marie hatte vergessen, den Wecker zu stellen.

Als sie die Augen öffnete, wusste sie mit einem Schlag, dass etwas nicht in Ordnung war. Der Blick auf ihr Handy - und die Uhrzeit: kurz vor acht - bestätigte ihren Verdacht, sodass sie in einer hektischen Bewegung die Decke von sich riss und die Beine aus dem Bett schwang.

Scheiße, Scheiße, Scheiße! Um halb neun hatte sie einen Termin mit Steffen und dem Produktionsleiter Herrn Arens. Eigentlich hatte sie an diesem Morgen eine Runde joggen wollen, aber das konnte sie sich jetzt abschminken. Nun ging es nur noch darum, in kürzester Zeit den Weg in die Firma zu schaffen.

In der Rekordzeit von zehn Minuten hatte sie geduscht und war fertig angezogen. Dann griff sie nach ihrem Handy und wählte Steffens Nummer. Sie zwang sich, tief durchzuatmen, damit ihre Stimme nicht so gehetzt klang.

Als sich Steffen mit einem freundlichen „Guten Morgen, Marie“ meldete, meinte sie nur: „Bei mir wird es leider etwas später. Kannst du Herrn Arens bitte Bescheid geben? Ich bin vermutlich“, sie warf einen Blick auf ihre Armbanduhr, „frühestens um Viertel vor neun im Büro. Vielleicht können wir den Termin um neun beginnen?“

Steffen reagierte auf einmal sehr geschäftsmäßig und erwiderte: „Ja, natürlich, Frau Berg. Ich kümmere mich darum. Ich nehme an, Sie stecken … im Stau?“ Vermutlich war ein Kollege in der Nähe, weil seine warme Freundlichkeit einem sachlichen Tonfall gewichen war.

„Ja, das können sie Herrn Arens so weitergeben“, bestätigte Marie. „Vielen Dank. Ich melde mich dann bei Ihnen, wenn ich im Büro angekommen bin. Auf Wiedersehen.“

Auf einem Bein hüpfend zog sie ihre Schuhe an und griff nach ihrer Aktentasche - und schon war sie in die Tiefgarage zu ihrem Geschäftswagen unterwegs.

Gottverdammt!, schimpfte sie mit sich selbst, während sie die Tasche auf den Beifahrersitz warf. Wie unprofessionell war *das* denn, bereits in der zweiten Woche zu verschlafen und sich zu einem - wenn auch kleinen - Meeting zu verspäten?!

Glücklicherweise hatte Steffen schon eine glaubwürdige Ausrede parat gehabt.

Sie musste später unter vier Augen mit ihm reden. Nicht, dass er einen falschen Eindruck von ihr bekam. Sie war normalerweise die Pünktlichkeit in Person, besonders was geschäftliche Termine anging.

Steffens warmherziges Lächeln erschien vor ihrem geistigen Auge und sie musste sich eingestehen, dass ihr mindestens genauso wichtig war, was er privat über sie dachte. Als sie dann endlich im morgendlichen Verkehr unterwegs war, wurde sie ruhiger, sodass ihre Gedanken wieder zu ihrem neuen Zuhause umschwenkten.

Sie war wirklich froh, dass sie in so kurzer Zeit ein so passendes Haus gefunden hatte. Dem Makler würde sie heute noch Bescheid geben, dass sie seine Dienste nicht mehr benötigte. Dennoch war ihr der Gedanke an die Renovierungsaktion mit Steffens Bekannten nicht ganz geheuer. Sie konnte sich nicht vorstellen, dass tatsächlich alles so glatt lief, wie sich das gestern angehört hatte. Aber nun gut. Sie würde jede Unterstützung annehmen, die sie bekommen konnte, um sich so schnell wie möglich in Mannheim einzuleben. Zwiespältig stand sie nur der Tatsache gegenüber, dass sie die berufliche Grenze zu Steffens privatem Bereich überschreiten würde. Aber das Haus war einfach eine zu große Versuchung für sie gewesen.

In dieser Woche würde sie sich abends Gedanken über ihre Einrichtung machen, damit sie … *Mmh.* Bei IKEA würde sie ebenfalls Zeit mit Steffen verbringen. Viel Zeit. Sie spürte eine ehrliche – wenn auch verbotene – Vorfreude, die wie auf Spinnenbeinen ihre Arme hinaufkrabbelte. Ungläubig schüttelte sie den Kopf, während sie auf den Parkplatz des Firmengeländes fuhr. So hatte sie sich ja noch nie angestellt! Wenn sie Steffen gleich im Beisein von Herrn Arens gegenübertrat, musste sie sich endlich einkriegen.

Rigoros schob sie diese aufwühlenden Gedanken beiseite.

Als Steffen mit Herrn Arens im Schlepptau um Punkt neun an ihre Bürotür klopfte, hatte sich Marie wieder voll im Griff und begrüßte sie mit geschäftsmäßigem Lächeln und festem Händedruck.

Nach der Besprechung verabschiedete sie sich vom Produktionsleiter und fragte Steffen: „Herr Thies, hätten Sie vielleicht ein paar Minuten? Ich müsste noch etwas mit Ihnen bereden."

Steffen drehte sich überrascht um und nickte. „Ja natürlich, Frau Berg." Dann schloss er die Tür hinter Herrn Arens und trat langsam auf Marie zu.

Sie kam um ihren Schreibtisch herum. „Ich wollte mich bei dir für heute Morgen entschuldigen und dir versichern, dass es nicht meine Art ist, zu spät zu Besprechungen zu kommen. Gestern ist mir nur so viel im Kopf herumgegangen, als ich wieder im Hotelzimmer war, dass ich schlicht vergessen habe, meinen Wecker zu stellen."

„Kein Problem", erwiderte Steffen und ließ sie in seinem warmen Blick baden. „Das war gestern schon ein bisschen überwältigend für dich, mh?"

Sie nickte. „Es ist alles so schnell gegangen. Und dass tatsächlich so viele Fremde ihre Freizeit opfern, um mir bei der Renovierung zu helfen, finde ich immer noch unglaublich." Sie fuhr sich durch die Locken und merkte, wie Steffens Blick ihrer Bewegung folgte. Verlegen steckte sie die Hände in ihre Hosentaschen.

„Wie lange bist du gestern noch am Rechner gesessen, um eine detaillierte Ablaufplanung für die nächsten Wochen zu erstellen?"

Marie runzelte die Stirn und blickte Steffen verblüfft an.

„Ich gehe doch davon aus, dass eine gut organisierte Frau wie du die anstehende Arbeit effizient erledigen möchte." In seinen nussbraunen Augen tanzten belustigte Lichter.

Marie fand es fast beängstigend, wie richtig er sie einschätzte. Als ob er sie schon seit Jahren kannte. Dabei waren es nicht mal elf Tage …

„Eingeschlafen bin ich vermutlich erst nach eins", beantwortete sie seine Frage. „Aber du hast recht. Im Hotelzimmer sind meine Gedanken und Ideen wie ein aufgescheuchter Bienenschwarm durch meinen Kopf gesaust. Ich musste erst mal zur Ruhe kommen und habe mich deshalb an den Rechner gesetzt. Als dann endlich das Licht aus war, habe ich es doch noch dreimal angemacht, weil mir was Wichtiges eingefallen ist, das ich unbedingt notieren musste."

„Du hast einen Block auf dem Nachttisch liegen?"

„Ja, weil mir manchmal in entspanntem Zustand die besten Ideen kommen."

Steffen lachte leise. „Hast du gewusst, dass dreiviertel aller Ideen in entspannten Situationen entstehen? Natürlich ist das kein umsetzbarer Ratschlag für unsere Firma: *Schicken Sie Ihre Mitarbeiter nach Hause, damit sie gute Ideen für neue Produkte haben.* Aber vielleicht reichen ja auch schrecklich langweilige Meetings, weil in denen nachgewiesenermaßen deutlich mehr gute Ideen durch umherschweifende Gedanken entstehen als bei interessanten Besprechungen."

„Ob die aber immer die Firma betreffen, würde ich stark bezweifeln", schmunzelte Marie.

„Da könntest du recht haben. Aber immerhin tut unsere Firma viel für neue Ideen, indem sie die Kommunikation und Kreativität unter den Mitarbeitern fördert und gezielt Schulungen anbietet, weil neues Wissen einen zu neuen Ideen inspiriert."

Steffen schwieg einen Moment und betrachtete sie. Dann warf er einen Blick auf seine Armbanduhr und schüttelte leicht den Kopf. „Ich muss los. Hab' gleich einen Telefontermin. Du hast vermutlich auch noch so einiges zu erledigen?"

„Frag nicht", winkte Marie ab. „Bis später irgendwann."

„Bis später." Er nickte ihr mit einem kleinen Lächeln zu, das sie – wie sie sich zu ihrer Schande eingestehen musste – über den Tag retten würde.

Steffen wusste schon seit zwei Tagen nicht, wo ihm der Kopf stand. Sobald er ein paar Dinge erledigt hatte, kamen doppelt so viele dazu. Die Mittagspause an diesem bewölkten Mittwoch war mehr oder weniger ins Wasser gefallen, dafür hatte er sich immerhin eine Banane und einen Apfel zwischen die Zähne schieben können.

Jetzt, da sich bereits einige Kollegen in den wohlverdienten Feierabend aufmachten, konnte er kurz durchatmen. Nach einem schnellen Gespräch mit der Entwicklungschefin Frau Metzger in deren Büro beschloss er spontan, sich in der nahe gelegenen Herrentoilette eine kleine Auszeit zu gönnen, bevor er noch etwas für den nächsten Tag vorbereiten musste.

Er ließ die vereinsamten Pissoirs links liegen und stieß mit einem Seufzen die Kabinentür auf, klappte den Deckel herunter und setzte sich darauf. Er legte die Handflächen auf sein Gesicht und versuchte, seine Augen zu entspannen. Dann drehte er die Schultern und senkte langsam den Kopf, um seine Nackenmuskulatur zu lockern.

Mmh, war das eine Wohltat!

Gerade als er über die Notwendigkeit nachdachte, seiner Blase Erleichterung zu verschaffen, klappte die Eingangstür auf und zwei Kollegen aus der Entwicklungsabteilung kamen herein.

„Die Metzger ist zurzeit echt angepisst. Mit der ist nicht gut Kirschen essen."

„Wundert mich gar nicht", meinte der andere. „Die Neue scheint ja ziemlich pingelig und perfektionistisch zu sein und reitet auf Kleinigkeiten rum, als ob sie in den USA Erfahrungen im Rodeo gesammelt hätte."

Wie erstarrt hielt Steffen die Luft an und konnte nicht glauben, welche Richtung das Gespräch nahm.

Der Kollege ließ ein spöttisches Grunzen folgen. „Das ist vermutlich der einzige Bereich, in dem sie zum Reiten kommt. Oder was denkst *du* darüber, *Herr Braun*?"

Steffen hasste respektloses Verhalten. Und grundlose Diffamierungen noch mehr. Davon hatte er in seiner Kindheit genug miterlebt. Nur mit Ninas Beistand und seinem Humor hatte er das einigermaßen schadlos überstanden.

„Na ja", meinte der erste abfällig, „so spröde, wie die in ihren unförmigen Hosenanzügen aussieht, wirft der doch keiner einen zweiten Blick hinterher. Unter ihren weiten Alt-Oma-Blusen ist die doch flach wie ein Bügelbrett. Wer will sich von der schon reiten lassen?"

Steffen schloss die Augen und schämte sich für diese Vertreter seines Geschlechts.

„Ich garantiert nicht“, kam es prompt mit einem dreckigen Lachen. „Aber es ist komisch, wie schnell die bei uns quer eingestiegen ist. Wenn die vorher nicht in Amerika gearbeitet hätte, hätte ich gesagt, sie hat sich die Stelle mit erotischen Gefälligkeiten bei unserem verheirateten Chef ergaunert.“

Ungläubig schüttelte Steffen den Kopf.

„Da spricht aber, wie wir bereits festgestellt haben, ihr Aussehen dagegen.“

„Na ja, du weißt ja nicht, was für eine Granate sie im Bett ist. Im Büro die spröde Chefin und im Privaten die Domina in Lack und Leder.“ Er lachte und schnalzte mit der Zunge, als ob er jemandem eine Peitsche überziehen würde.

Steffen konnte das pubertäre Gerede nicht mehr ertragen. Er musste diesen Klatsch im Keim ersticken. Deshalb drückte er die Spülung und schloss die Tür auf. Als er aus der Toilette trat, blickten ihn die Kollegen aus der Entwicklungsabteilung betreten an.

„Meine Herren“, begann Steffen und wusch sich gelassen die Hände. „Ich werde Ihre beleidigenden Worte für mich behalten, rate Ihnen aber dringend, auf weiteres diffamierendes Gerede über Frau Berg zu verzichten. Denn Sie sollten bedenken, dass solche Bemerkungen über Umwege *immer* einen Weg in die Chefetage finden. Und Sie wollen doch nicht wie gemaßregelte Jungs vor dem Chef stehen und sich eine Gardinenpredigt abholen.“

Steffen zog zwei Papiertücher aus dem Spender an der Wand, um sich die Hände abzutrocknen. Dabei betrachtete er seine Kollegen, die so abfällig über Maries Äußeres hergezogen waren. Der eine war klein und untersetzt und hatte eine Tendenz zur Halbglatze. Der andere war hager und hatte eine dicke Hornbrille auf seiner Adlernase. Da sie beide kein Ausbund an Schönheit waren, fragte sich Steffen, woher sie dieses Anspruchsdenken nahmen, so über Maries Aussehen zu urteilen.

„Außerdem ...“, fuhr er fort. „Genaues Arbeiten hat nichts mit Pingeligkeit zu tun. Nur wenn man auf Details achtet, kann man sein hochgestecktes Ziel erreichen. Sie wissen beide, dass die Freude des Kunden an guter Qualität immer länger anhält als die über einen günstigen Preis. Entscheidend für uns ist, dass wir unsere Produkte termingerecht und in bestmöglicher Qualität in

Amerika auf den Markt bringen. Und für diese Stelle ist Frau Berg nun mal die qualifizierteste Person. Und genau *deshalb* ist die Wahl auf sie gefallen." Er warf die Papiertücher in einem lässigen Bogen in den Abfallbehälter und beugte sich leicht zu seinen beiden Kollegen vor. „*Nur* deshalb." Er wandte sich zum Ausgang und blickte über die Schulter. „Überdies veranstalten wir hier in der Firma Winter keine Modenschau. Frau Berg kann tragen, was sie für angemessen hält."

Als er im Gang stand und die Tür hinter ihm zufiel, merkte er, wie es in ihm brodelte. Was waren das nur für sexistische Arschlöcher?! Dass Männer sich über die Figur von Frauen unterhielten, war ja fast normal. Aber so ein unqualifiziertes Geschwätz über die Chefin loszulassen, die nur ihren Job machte, war unglaublich! Und dann waren die Kollegen auch noch zu blöd, die Toilettenkabine zu überprüfen, ob jemand mithörte!

Steffen stapfte aufgewühlt die Treppen hoch zu seinem Büro.

Kapitel 10

Am Donnerstag früh musste Steffen etwas klären, weshalb er den Gang entlangeilte und eine Abzweigung mit mehr Schwung nahm als sonst. Plötzlich stieß er mit jemandem zusammen, der einen überraschten, ihm vertrauten Laut von sich gab. Als er die Person in Augenschein nahm, hätte er fast aufgelacht. Marie klebte wie schon einmal an seiner Brust und starrte ihn mit großen Augen an. Den Mund hatte sie zu einem hübschen und sehr femininen „O" geformt, das schmutzige Bilder in Steffens Gehirn pflanzte.

Hektisch trat sie einen Schritt zurück und bückte sich, um ein paar Blätter vom Boden aufzusammeln, die ihr aus einer Mappe gefallen waren.

Steffen ging in die Hocke, um ihr zu helfen. Dabei entschuldigten sich beide wieder gleichzeitig für ihre Unachtsamkeit.

„Zum Glück hattest du heute keine *Bloody Mary* in der Hand. Ich habe nach einem Missgeschick letztens noch kein neues Ersatzhemd mit zur Arbeit genommen."

Marie lächelte. „Da wäre ich auch ziemlich aufgeschmissen. Ich muss dran denken, mir eine Bluse in den Garderobenschrank zu hängen."

Als sie sich wieder aufgerichtet hatten, merkte Steffen, dass Marie müde aussah und etwas gehetzt wirkte. „Anstrengende Woche?"

„Schlimm. Seit Tagen werde ich unter Bergen von Arbeit begraben." Sie atmete tief durch.

„Machst du Mittagspause?"

Sie zögerte. „Theoretisch schon. Aber eigentlich müsste ich noch einiges erledigen."

„Wenn es dein Gewissen beruhigt: Ich habe auch eine dringende Angelegenheit, die dich betrifft. Lass uns doch beim Italiener nebenan eine Kleinigkeit essen. Die Sonne lässt sich nach dem trüben Tag gestern mal wieder blicken und wir können uns draußen an einen Tisch setzen. Dann kannst du deine Kräfte auftanken."

Marie blickte kurz auf die Uhr. „Ja, okay. Geht es bei dir um halb eins?"

Zufrieden nickte Steffen. „Ich hole dich ab."

Gerade als Marie die Abschlussworte einer E-Mail schreiben wollte, klopfte es an ihre Bürotür. Steffen steckte seinen blonden Schopf herein und fragte: „Frau Berg, sind Sie schon so weit oder soll ich noch draußen warten?"

„Einen Moment, Herr Thies. Ich bin in zwei Minuten bei Ihnen." Sie beendete die Nachricht und schickte sie ab. Dann sperrte sie den Rechner und schnappte sich ihre Handtasche.

Als Marie ins Sekretariat trat, unterhielt sich Steffen angeregt mit Frau Schneider. „Herr Thies und ich müssen noch etwas Geschäftliches besprechen. Das erledige ich jetzt in meiner Mittagspause."

„Alles klar", erwiderte Frau Schneider freundlich und wünschte guten Appetit.

Während sie die Treppen hinuntergingen, kam ihnen ein kleiner, rundlicher Mitarbeiter aus der Entwicklungsabteilung entgegen, dessen Namen Marie noch nicht kannte. Er grüßte sie zwar ausnehmend höflich. Seltsam fand sie allerdings, dass er Steffens Blick mied und bei seinem „Guten Tag, Herr Thies" ein wenig verlegen wirkte.

Marie warf Steffen einen prüfenden Seitenblick zu. Doch der hatte eine neutral-freundliche Miene aufgesetzt. Als sie außer Hörweite waren, fragte Marie: „Wie hieß der Mitarbeiter?"

„Das war Herr Braun."

„Und warum war er so verlegen und ist deinem Blick ausgewichen?"

Steffen winkte nur ab. „Ihm ist letztens etwas Peinliches passiert, aber das hat sich schon geklärt."

Marie akzeptierte seine Begründung mit einem kurzen Nicken. „Was kannst du beim Italiener als Mittagessen empfehlen?"

„Wie du ja bereits weißt, sind die Sandwiches sehr lecker. Ich esse manchmal auch einfach eine Minipizza mit einem Beilagensalat. Das hat er als Mittagstisch ständig im Angebot. Spaghetti Carbonara und Lasagne sollen ebenfalls sehr gut sein."

„Die Minipizza mit Salat hört sich doch gut an", erwiderte Marie.

Im von Grünpflanzen abgetrennten Außenbereich der Pizzeria setzten sie sich in die angenehm warme Septembersonne und bestellten ihr Mittagessen.

Danach beugte sich Marie vor und fragte: „Was wolltest du mit mir besprechen?"

Doch Steffen schüttelte den Kopf. „Du lehnst dich jetzt erst mal entspannt zurück und hältst dein Gesicht in die Sonne. Ich glaube, du brauchst ein bisschen Ruhe, um runterzukommen."

Sie blickte ihn überrascht an. „Ist das die dringende Angelegenheit, von der du gesprochen hast?"

Steffen schmunzelte nur. „Ich wollte dir eine Auszeit verschaffen und dir damit etwas Gutes tun. Schon die ganze Woche habe ich dich mit einem angespannten Gesichtsausdruck durch die Gegend hetzen sehen."

Steffen merkte, wie Maries Blick bei seinen Worten weich wurde und sich ihre Körperhaltung entspannte. Gut. Das war Zweck seines Plans. Außerdem hatte er das Gefühl, sich bei ihr – ohne ihr Wissen – für die üble Nachrede seiner Kollegen entschuldigen zu müssen.

„Ich würde vorschlagen, wir schieben unser Geschäft beiseite und reden über ganz normale, alltägliche Dinge." Er fixierte sie mit leicht zusammengekniffenen Augen. „Gehst du zum Beispiel gern ins Kino oder zu klassischen Konzerten – oder bist du eher der Sportfreak, dem ein spannendes Spiel völlig zu seinem Glück reicht?"

Marie schenkte ihm ein Lächeln und er merkte, wie sein Magen einen kleinen Purzelbaum schlug. „Kino mag ich sehr, wenn ich mal Zeit dafür habe, und da liebe ich gute Action genauso wie Liebeskomödien. Klassische Musik brauche ich nicht unbedingt für mein Lebensglück. Wenn es aber sein muss, sollte es etwas Eingängiges wie Tschaikowsky sein. Bei Sport sehe ich mir natürlich am liebsten ein Eishockeyspiel an, weil ich ja selbst mal aktiv war. Letzten Samstag war ich übrigens spontan beim Heimspiel der *Pitbulls*."

Steffen zog überrascht eine Augenbraue hoch.

„Ich habe zwar das erste Drittel verpasst, aber das war nicht schlimm. Das Spiel war trotzdem spannend genug. Außerdem habe ich dort Helga Bergmann und Fiona kennengelernt und mit ihnen gefachsimpelt. Die beiden sind echt nett."

„Ich fasse es nicht, ich war auch bei dem Spiel." Steffen spürte einen enttäuschten Stich in der Brust. Er hätte Marie wirklich gern als Erster in die Knopfheimer Eishockey-Welt eingeführt. „Schade, dass wir uns nicht gesehen haben. Aber wenn du Helga schon kennst, können wir sie ebenfalls fragen, ob sie am Samstag hilft. Das macht sie sicher gern. Ihr Sohn Rafael – das ist der Goalie der *Pitbulls* – kommt nämlich auch."

Marie lachte auf. „Ja, ich weiß, dass Rafael ihr Sohn ist. Das war nicht zu überhören. Sie ist offensichtlich sein größter Fan."

Steffen grinste und erinnerte sich an so manche ihrer Temperamentsausbrüche während eines Spiels. „Das stimmt allerdings."

Ein Kellner kam und stellte ihre Getränke auf den Tisch.

„Manchmal fällt es mir schwer, Hilfe anzunehmen", gab Marie kurz darauf zu, als sie auf die Helfer bei der Renovierung zu sprechen kamen.

Steffen legte den Kopf schief und blickte sie fragend an.

Gefesselt von seinem warmen Blick, fühlte sich Marie zu einer Erklärung genötigt. „Na ja, meine Mutter hat mich von klein auf zu Selbstständigkeit erzogen. Sie selbst war eine willensstarke und ehrgeizige Frau, die von ihren Mitmenschen nichts Geringeres erwartete. Zudem definierte sie sich stark über ihren beruflichen Erfolg. Man dürfe sich keine Schwäche erlauben, meinte sie immer, ganz besonders nicht, wenn man Karriere mache." Marie zuckte leicht mit der Schulter. „Auch wenn sie Erfolge anderer zu honorieren vermochte, konnte ihr Anspruchsdenken ziemlich anstrengend sein. Nicht nur für meinen Vater, der ein eher stiller Mann war, sondern auch für mich, von der sie beständig Höchstleistungen verlangte und die vorhandenen Talente bis zu ihren Grenzen förderte. In vielen Ferien wurde ich angemeldet für Sprachreisen und Veranstaltungen im Rahmen der Kinder-Uni oder *Jugend forscht* – wobei mir das meiste viel Spaß gemacht hat.“ Nachdenklich nahm Marie einen Schluck von ihrer Saftschorle. „Als mein Vater uns verließ, war das für meine Mutter natürlich der schlagende Beweis, dass man sich im Leben nicht auf andere Menschen – insbesondere Männer wie ihren treulosen Ehemann – verlassen konnte. Danach wurde mir täglich vorgelebt, wie wichtig Unabhängigkeit im Leben ist.“

„*Treuloser Ehemann* ist ganz schön starker Tobak für eine Siebenjährige – oder wie alt warst du noch mal, als dein Vater weggegangen ist?“

„Knapp sieben“, bestätigte Marie. „Aber so deutlich hat sie es mir gegenüber erst später ausgedrückt. Da war ich immerhin so alt, dass ich auch die Beweggründe meines Vaters nachvollziehen konnte. Er war langfristig einfach nicht mit der kühlen Sachlichkeit meiner Mutter klargekommen. Zu Beginn ihrer Beziehung hatte er sie wohl für ihre Zielstrebigkeit und Effizienz bewundert und sich deshalb in sie verliebt. Doch auf Dauer war das nicht genug für eine glückliche Partnerschaft. Meine Mutter war kein gefühlsbetonter Typ. Dafür war ich beständig in den Genuss seiner warmen Liebe gekommen – bis er starb.“

Marie wusste, warum sie sich immer in ihre Arbeit vergrub und sich kaum auf Beziehungen einließ, dazu brauchte sie keinen Psychotherapeuten: Durch den frühen Verlust ihres Vaters war sie geprägt worden. Außerdem war sie durch ihre dominante Mutter darauf konditioniert, alles allein schaffen zu wollen. Denn nur sie selbst konnte es mit Fleiß und Spucke bis ganz nach oben schaffen.

In diesem Bewusstsein war sie aufgewachsen.

Wie erschreckend wahrscheinlich war es da, dass sie ebenfalls so sachlich-unterkühlt wie ihre Mutter war und in einer Partnerschaft genauso grandios scheiterte wie sie?

Das Mittagessen kam und Marie sog genussvoll den aromatischen Duft ihrer kleinen Pizza ein.

Steffen griff nach Messer und Gabel und wünschte ihr guten Appetit. „Und wie bist du mit fünf zum Eishockey gekommen? Ich meine, wer von deiner Familie hat diesen Sport so sehr geliebt, dass du mit Spielen begonnen hast?“ Ehrliche Neugierde strahlte aus seinem warmen Blick.

Als Marie ihren ersten Bissen hinuntergeschluckt hatte, meinte sie: „Durch meinen Vater. Er hat selbst zwar nicht gespielt. Mit ihm habe ich mir aber immer viele Begegnungen im Fernsehen angeschaut. Und er hat mich schon als kleines Kind zu Spielen der *Adler* in die SAP-Arena mitgenommen, damit ich die Stimmung hautnah miterlebe. Die Familie meiner Mutter hat auch eine enge Beziehung zu diesem Sport.“ Dann ergänzte sie nachdenklich: „Aber begonnen zu spielen hatte ich, weil mich das mit meinem Vater verband. Meiner Mutter war die Sportart im Prinzip egal. Wichtig war ihr nur, dass ich etwas mit Ehrgeiz verfolgte und mich durchbeißen musste. Das würde den Charakter stärken, so ihre Worte. Das war so typisch.“ Marie schüttelte den Kopf und steckte sich ein Salatblatt in den Mund.

„Und was war, als dein Vater euch verlassen hatte?“ Steffen blickte sie intensiv an. „Hast du mit Eishockey erst recht weitergemacht, weil der Sport in einer so engen Beziehung zu ihm stand?“

Marie hielt in ihrer Bewegung inne und starrte Steffen ziemlich sprachlos an. Wie hatte er das nur erraten können?

Sie spießte eine halbe Cocktailtomate auf und meinte: „Dein Gedanke geht in genau die richtige Richtung. Im ersten Moment wollte ich nicht mehr. Der Verlust meines Vaters lähmte mich. Doch dann dachte ich mir, wenn ich weiterspiele und er stolz auf meine Leistungen sein kann, würde er vielleicht zurückkommen. Davon abgesehen, dass ich viel Spaß an Eishockey hatte, war das der Grund, warum ich weitermachte und mich noch mehr anstrengte.“ Sie kaute ihre Tomate und merkte, wie Steffen ihr gebannt an den Lippen hing. „Das funktionierte natürlich nicht. Meine Eltern passten nicht zusammen – und mein Vater starb ja auch kaum zwei Jahre danach.“ Sie zuckte kurz mit den Schultern. „Ansonsten hat meine Mutter mich in Bezug auf Eishockey sehr unterstützt und meine sportlichen Erfolge auch gewürdigt – allerdings wusste sie nichts von meinen Beweggründen. Sie freute sich nur, dass ich nicht nur in der Schule zu einem Überflieger wurde, sondern ebenso in meinem Eishockey-Team schnell zu den Besten gehörte. Erfolg war für sie so wichtig wie das Atmen. Und wenn mir meine Erfahrungen auf dem Eis dabei halfen, Selbstbewusstsein, Durchsetzungsvermögen und Teamfähigkeit für meine spätere berufliche Karriere zu entwickeln, umso besser."

Steffen war so fasziniert, dass er fast das Essen vergaß. Marie gewährte ihm private Einblicke, wie er es nicht zu hoffen gewagt hätte. Eigentlich hatte er sie nur von geschäftlichen Gedanken ablenken wollen. Dass sie dann aber doch so viel von ihrer Kindheit erzählte, war wie ein Geschenk für ihn.

„Du warst in deiner Klasse ein Überflieger?", hakte er nach.

„Ja, ich konnte mir gut Daten und Fakten merken, darum haben mich einige in der Schule beneidet, na ja, und auch manchmal ziemlich aufgezogen. Ich hatte da eine Sonderstellung."

Steffen schmunzelte, weil ihm diese Situation nur allzu vertraut war. „Ist das die freundliche Umschreibung dafür, dass du ein Nerd warst?"

Marie grinste verschmitzt. „Das könnte man so sagen. Anne war in der Schule die einzige Freundin, die mich mit meinen ganzen Marotten akzeptiert hat."

Steffen nickte. „Das kommt mir bekannt vor. Ich hatte auch eine Sonderstellung in der Klasse", wobei es da noch einen zusätzlichen Grund als seinen Lerneifer gegeben hatte.

Marie nahm sein Eingeständnis mit einem kleinen Nicken an. „Die anderen aus der Klasse konnten nicht verstehen, dass mir naturwissenschaftliche Zusammenhänge in den Schoß fielen. Sprachen liefen ebenfalls erstaunlich gut. Und geschichtliche Zahlen blieben in meinen Gehirnwindungen einfach so hängen."

Steffen lachte auf. „Na ja, ganz so leicht fiel mir das nicht immer, ich habe mich für manche Dinge schon auf den Hosenboden setzen müssen. Aber die geschichtlichen Daten sind mir auch ziemlich zugeflogen, worum mich viele beneidet haben." Er nickte ihr aufmunternd zu. „Sollen wir unser Wissen mal testen? Wann war zum Beispiel die Schlacht bei Hastings?"

„Am vierzehnten Oktober 1066", kam es wie aus der Pistole geschossen von Marie. „Das war der erste Sieg der Normannen über die Engländer auf ihrem eigenen Grund und Boden." Sie blickte ihn prüfend an. „Wann wurde das Heilige Römische Reich Deutscher Nation gegründet und wie kam es zu seinem Namen?"

„Im Jahre 843. Das Reich wurde ‚Heilig' genannt, weil sich die Herrscher als von Gottes Gnaden berufen fühlten. Das Römische geht auf Karl den Großen zurück. Der Zusatz ‚Deutscher Nation' wurde zur Spezifizierung ab dem 15. Jahrhundert benutzt." Er wartete gar nicht auf Maries Bestätigung und fragte: „Wann war die Bartholomäusnacht?"

„Vom dreiundzwanzigsten auf den vierundzwanzigsten August 1572. Da starben in Paris knapp zehntausend Hugenotten."

Steffen nickte zustimmend. Diese außergewöhnliche Frau forderte beständig seinen Intellekt heraus und war in vielerlei Hinsicht sein weibliches Pendant. Doch ebenso liebte er es, wie Maries Augen leuchteten, wenn sie sich mit ihm ein Wissensduell lieferte. Sie leuchteten genauso wie ihr brauner Lockenkopf im goldenen Sonnenlicht, der durch kupfer- und nussfarbene Nuancen noch lebhafter wirkte.

Und dann war er wieder da: Dieser Moment der Stille, als sie sich tief in die Augen blickten und beim jeweils anderen bis hinunter auf den Grund der Seele tauchten.

So vertraut.

So schön.

Wie bereits in der Bar, bevor sie Hand in Hand in den Hinterhof getreten waren, der ihre Zukunft unwiederbringlich verändert hatte.

Steffen spürte den drängenden Wunsch, Marie die Hand an die Wange zu legen. In seiner Vorstellung würde sie sich lächelnd an seine Handfläche schmiegen und genussvoll die Augen schließen. Und dann würde ein Kuss folgen, der seine Welt zum Beben brächte.

Als Marie als Erste blinzelnd ihren Blick abwandte und verlegen auf ihren Teller richtete, fühlte sich Steffen um etwas betrogen. Ein seltsames Gefühl ... als ob die Sonne aufgehört hätte zu scheinen. Doch er versuchte, es lässig zu überspielen, indem er ein Stück seines Essens auf die Gabel spießte und in den Mund steckte.

Nicht, dass er wirklich schmeckte, was er da aß.

Denn auf seiner Zunge prickelte heftigst die Erinnerung an Maries süßen Geschmack, als er sie im Hinterhof der Bar mit seinen Lippen erobert hatte.

Steffen räusperte sich und schien zu versuchen, wieder zu einer normalen Konversation zurückzufinden. „Ich denke, es hat mir sehr viel gebracht, Quiz-Sendungen anzuschauen. Das hat meine

Basis gestärkt und mein Allgemeinwissen sukzessive erweitert."

Dankbar blickte Marie auf und meinte zwischen zwei Bissen: „Ja, das denke ich auch."

„Möchtest du einen Espresso?" Er lehnte sich zurück und legte die Serviette neben seinen Teller, auf dem noch ein kleiner Rand Pizza lag.

„Ja, gern." Zufrieden seufzte Marie. „Das war lecker. Wann kommen eigentlich die anderen am Samstag zum Helfen?"

„Um acht Uhr." Steffen signalisierte dem Kellner, dass sie gern zwei Espressi und die Rechnung hätten.

Marie nickte. „Dann schaue ich, dass ich heute Abend etwas zum Trinken besorge. Zum Mittagessen können wir ja Pizza bestellen ..."

„Mach dir mal wegen des Essens keine Sorgen. Das wird schon."

„Der Gedanke ist mir immer noch unheimlich, dass so viele Leute kommen, um mir zu helfen - obwohl sie mich gar nicht kennen." Marie schüttelte leicht den Kopf. „Ach übrigens, ich habe Anne ebenfalls gefragt. Sie kommt und wollte auch Maximilian anrufen. Ich glaube, die beiden verstehen sich ziemlich gut."

Steffen machte ein erfreutes Gesicht. „Oh, das ist schön. Ich habe die ganze Woche noch nicht mit Maximilian gesprochen."

Kapitel 11

Abends nach der Arbeit besorgte Marie Getränke und fuhr zu ihrem neuen Haus. Nachdem sie den Schlüssel bei ihren Nachbarn abgeholt hatte, stellte sie die kleinen Plastikflaschen in die Küche und fand dort auch die versprochenen Grundrisse für die Möbelsuche vor.

Natürlich war sie Steffen sehr dankbar für sein überaus großzügiges Angebot, was seinen persönlichen Arbeitseinsatz bei dieser Renovierungsaktion anging. Dennoch plagte sie das schlechte Gewissen. Sie war immer schon sehr darauf bedacht gewesen, Berufliches von Privatem zu trennen. Doch bei Steffen schien ihr das völlig unmöglich. Davon abgesehen, dass er sich in den unpassendsten Momenten in ihre Gedanken schlich, überraschte er sie immer wieder mit seiner logischen Denkweise, gegen die sie keine schlüssigen Argumente vorbringen konnte. Und dieser überwältigenden Knopfheimer Herzlichkeit war auch schwer zu widerstehen.

Gerade als Marie sich überlegte, wie sie im Wohnzimmer eine Couch mit Sessel und Fernseher gruppieren könnte, klingelte ihr Handy. Nach einem Blick aufs Display meldete sie sich mit warmer Stimme: „Hallo Tantchen, schön, dass du anrufst."

Ihre Tante lachte. „Ich wollte nur fragen, wie deine zweite Woche in der Firma gelaufen ist und ob du dich schon aufs Haus freust."

Marie erzählte von ihrer Arbeit und wie nett und engagiert die Knopfheimer alle waren.

„Oh, das ist ja fantastisch, Marietta! Wir haben dich über die langen Jahre hinweg wirklich sehr vermisst und freuen uns, dass du wieder zu uns zurückgekommen bist." Die liebevollen Worte wärmten ihr Herz. „Können wir dir bei irgendetwas helfen?"

„Nein, erst mal nicht, aber vielen Dank. Knopfheim ist bei solchen Dingen über die Maßen gut organisiert. Es haben bereits einige angeboten, mir bei der Renovierung zu helfen."

„Ja, das hat dein Onkel schon erzählt."

„Aber ich möchte euch gern mal zum Kaffee einladen, wenn ich einigermaßen mit Möbeln eingerichtet bin." Sie berichtete von ihrem geplanten Einkauf bei IKEA. „Dann können wir ein richtiges Familientreffen machen. Das würde mich sehr freuen."

„Ja, uns auch", lächelte ihre Tante.

Sie unterhielten sich noch kurz und verabschiedeten sich dann. Bevor Marie sich um etwas anderes kümmern konnte, klingelte es wieder. Diesmal jedoch an der Haustür.

Verwundert ging sie zur Tür – bereit, den abendlichen Besucher über Hannahs neuen Wohnort aufzuklären. Doch vor ihr stand ein großer Mann mit blonden Haaren und einem freundlichen Lächeln, das sich bei ihrem Anblick fast unanständig verbreiterte. „Du bist also Steffens neue Kollegin. Hübsch!" Ein anerkennender Blick folgte. Dann streckte er ihr seine große Hand entgegen, die sie automatisch ergriff. „Hallo, du musst Marie sein. Ich bin Mischa und helfe dir übermorgen beim Streichen. Meine Eltern wohnen nebenan und haben mir Bescheid gegeben, dass du heute Abend hier anzutreffen bist."

„Hallo Mischa", begrüßte Marie ihn und trat zur Seite. Steffen schien nichts davon erzählt zu haben, dass sie seine Chefin war.

War das nun ein gutes oder ein schlechtes Zeichen? „Komm rein. Wie kann ich dir helfen?"

„Zuerst einmal wollte ich Steffens neue Kollegin kennenlernen, von der ich schon so viel gehört habe, und dich in Knopfheim willkommen heißen. Wie ich mitbekommen habe, hast du auch viele Jahre Eishockey gespielt?"

Marie nickte.

Er lachte leise. „Dann solltest du dich hier in unserem kleinen Ort schnell eingelebt haben. Wir freuen uns immer ganz besonders über charmante Eishockey-Ladys." Nach diesen Worten grinste er breit und ließ seine unglaublich blauen Augen funkeln, dass sich Marie fast geblendet fühlte.

Wow, war das ein Charmeur!

„Außerdem", fuhr er fort, „wollte ich fragen, ob es dir recht ist, wenn ich schon mal den Großteil des Materials bei dir abstelle, damit wir am Samstag gleich loslegen können. Morgen haben wir nämlich ein Auswärtsspiel. Da habe ich keine Zeit."

„Ja, natürlich", nickte Marie und ging mit ihm zum Lieferwagen, aus dem sie im Handumdrehen volle Farbeimer, Pinsel, Rollen und anderes Malerzubehör geholt hatten. Als sie den letzten Packen Folie abgelegt hatte, richtete sie sich auf. „Ich möchte mich bei dir und deiner Familie bedanken, dass ihr mir so tatkräftig bei der Renovierung helft. Ich würde deinem Vater auch gern etwas zusätzlich zu den Kosten für die Wandfarbe zahlen, weil er mir ja das ganze Material seiner Firma zur Verfügung stellt."

Mischa winkte ab. „Das musst du mit ihm ausmachen. Ich denke aber, dass er außer für die Farbe kein Geld annehmen wird. Das ist seine Art von Nachbarschaftshilfe. Er konnte sich morgen übrigens doch wenigstens den Vormittag freimachen, dann haben wir noch mal einen Mann mehr zum Helfen."

Marie atmete laut aus. „Ich bin echt überwältigt. Vielen Dank."

Mischa zwinkerte ihr zu. „Was tut man nicht alles für eine hübsche neue Knopfheimerin."

„Möchtest du etwas trinken?" Sie deutete auf die kleinen Getränkeflaschen.

„Da sag' ich nicht nein." Mischa ließ sie in seinem umwerfenden Lächeln baden und bediente sich. „Wir müssen unbedingt mal ins *Bully* gehen, ich würde dich gern auf ein Bier oder was auch immer einladen. Du wirst dich dort sicher wohlfühlen."

Marie nickte. „Steffen hat mir schon von eurer Stammkneipe erzählt."

„Guter Mann", erwiderte er mit einem anerkennenden Nicken und nahm einen Schluck von seiner Cola.

Mischa war, wie Marie sehr schnell feststellte, ein Schnuckel. Er flirtete mit ihr auf Teufel komm raus. Jedoch wirkte es nie plump oder impertinent, sondern immer auf eine angenehme Art warmherzig und unaufdringlich. Zudem hatte Marie das Gefühl, dass Mischa Frauen im Allgemeinen liebte. In seinem Leben war er sicherlich allein wegen seines unwiderstehlichen Lächelns von weiblicher Aufmerksamkeit mehr als verwöhnt worden. Schön war, dass er dennoch nicht eingebildet zu sein schien, sondern einen sehr bodenständigen Eindruck machte.

Und dann war da noch sein kraftvoller Körper, der vielen Frauen sicher aufwühlende Träume bescherte. Marie fiel auf, wie seine wohlgeformte Schulter das enge T-Shirt dehnte, während er sich mit einer Hand auf die Arbeitsfläche abstützte und von Knopfheims Einwohnern erzählte. Es schien, als würde er morgens mit Testosteron angereichertes Müsli frühstücken, um die heißblütigen Fantasien seiner weiblichen Fans zu befriedigen.

Und diese Augen … Arktisblau lagen sie im kontrastierenden Wettstreit mit seinen hellen Haaren und der gesunden Gesichtsfarbe. Ein echter Hingucker. Doch Marie merkte, wie sie dennoch an haselnussbraune Augen dachte, die ihr eine leichte Gänsehaut bescherten und sie gleichzeitig wie in eine warme Decke hüllten.

„Und was hat Steffen noch mal erzählt, wo du zur Zeit wohnst?", fragte Mischa gerade.

„In einem Hotel in der Stadt."

Der Knopfheimer schüttelte den Kopf. „Nein, das geht gar nicht. Wir schauen, dass wir dein Häuschen so schnell wie möglich auf Vordermann bringen, damit du mit Steffen Möbel einkaufen gehen kannst und wir dir am nächsten Wochenende beim Aufbauen helfen können. Dann kannst du zeitnah einziehen." Er nahm einen Schluck aus seiner Flasche. „Wie hältst du dich fit, wenn du nicht spielst?"

„Ein bisschen joggen und schwimmen. Zu mehr komme ich nicht."

Mischa nickte anerkennend. „Immerhin. Das ist mehr, als so mancher Bürohengst von sich behaupten kann."

Nach der Devise *Lieber zu früh* war Marie am Samstagmorgen eine halbe Stunde vor der vereinbarten Treffzeit in ihrem Haus und legte eine große Papiertüte vom Bäcker auf die Küchentheke. Sie brauchte noch etwas Zeit für sich, bevor der ganze Trubel losging. Doch schon zehn Minuten später klingelte es an der Haustür.

„Hey du", begrüßte Steffen sie mit diesem herzlichen Lächeln, das irgendetwas total Irrationales mit ihrem Herzschlag anstellte.

Mein Gott, Mädel, wie alt bist du?!

„Hi", antwortete sie mit unvernünftiger Freude - und ihr Herz jubilierte, dass Steffens Lächeln sich auf ihren kurzen Willkommensgruß hin noch etwas mehr vertiefte.

Erst als er das Haus betrat, bemerkte sie, dass er einen kleinen Kaffee-Vollautomaten vor sich her trug. Seine charismatische Ausstrahlung hatte sie zu sehr abgelenkt.

„Oh, Kaffee ist natürlich auch eine gute Idee. Getränke habe ich schon vorgestern besorgt und heute Morgen Butterbrezeln für einen guten Start."

Steffen nickte. „Ich habe noch Becher, Milch und Ersatzbohnen mitgebracht, falls die in der Maschine nicht reichen." Er stellte das Gerät in der Küche ab.

Dann blickte er sich um. Dabei nahm Marie wahr, wie anders und doch vertraut Steffen in seinen engen, abgetragenen Jeans und einem ausgewaschenen blauen T-Shirt aussah. Mehr wie der Steffen, den sie in der Bar kennengelernt hatte. Zudem hatte er sein langes Deckhaar mit einem Gummi am Hinterkopf zu einem kurzen Pferdeschwanz zusammengefasst. Dadurch kamen seine markante Gesichtsform und sein schlanker Hals mehr zur Geltung. Während er sich mit den Händen in den Hosentaschen einmal um die eigene Achse drehte, um sich im Haus umzusehen, konnte sie jede seiner vielen Schokoladenseiten bewundern.

Sie spürte, wie sie den Atem anhielt und ihr Hirn seine Tätigkeit einstellte.

„Ah, Mischa war wohl da und hat die Sachen vorbeigebracht", stellte Steffen fest, als er das Malerwerkzeug entdeckte. Dann blieb er vor ihr stehen und betrachtete ihren Aufzug. „Du hast aber schöne Kleidung zum Renovieren an ... Vermutlich hast du keine alten Jeans und ausgewaschenen T-Shirts, weil du nur das Notwendigste und Besterhaltene aus den USA mitgebracht hast, kann das sein?"

„Das stimmt. Aber auf diese Jeans und das T-Shirt kann ich am ehesten verzichten."

„Sonst hätte ich dir auch gern was von mir leihen können", meinte er.

Marie wiegelte dankbar ab. Sie wollte sich nicht vorstellen, wie es wäre, Steffens Shirt zu tragen. Den sauberen Duft seines Waschmittels auf ihrer Haut – und in ihrer Nase – zu haben. Da hätte sie die professionelle Distanz auch komplett in den Wind schießen und kurzerhand zu Steffen ins Bett steigen können.

Bevor sie diesen Gedanken noch weiter für sich vertiefen konnte, klingelte es erneut. Mischa stand strahlend wie ein griechischer Gott vor der Tür und begrüßte Marie, indem er sie auf beide Wangen küsste.

Ooo-kay …

So unverbindlich wie er sich dabei gab, schien ihm das einfach im Blut zu liegen und nicht mehr zu bedeuten. Denn er wandte sich gleich danach an Steffen und nickte ihm mit einem Grinsen zu: „Hey Schlipsträger."

Steffen war nicht auf den Mund gefallen, denn er antwortete prompt: „Hey Suspensoriumträger." Dabei fixierte er Mischa jedoch mit leicht zusammengekniffenen Augen.

Bevor sich Marie über diese Reaktion ihre Gedanken machen konnte, tauchte Mischas Vater im Türrahmen auf und dahinter noch zwei Männer, die sie nicht kannte.

„Das sind Rafael Bergmann und Urs Decker", stellte Steffen die beiden vor. „Du wirst keinen ohne den anderen bei solchen Aktionen antreffen. Wir nennen sie die Lausebengel-Twins, weil sie den Leuten im Team immer gern Streiche spielen."

„Ah, Bergmann und Decker", gab Marie von sich und grinste. „Der Goalie und der Verteidiger." Die waren ihr noch vom ersten Heimspiel ein Begriff.

Urs lachte laut auf und ließ seine lebhaften Augen aufstrahlen. „Diese Frau gefällt mir! Wohnt noch nicht in Knopfheim, kennt aber schon die beiden wichtigsten Spieler der *Pitbulls*."

Mischa knuffte Urs in die Seite. „Von wegen! Rafael vielleicht. Aber du doch nicht. Hast gestern in Ravensburg gepennt und die Nummer drei bis zum Tor vorpreschen lassen, dass Rafael all seine Künste aufbieten musste, um einen gegnerischen Punkt zu verhindern."

„Und du", schoss dieser zurück – und Marie bemerkte das amüsierte Blitzen in Urs' blauen Augen, der seinen Spaß daran hatte, Mischa zu ärgern, „hast ein halb leeres Tor nicht getroffen, obwohl du direkt davorgestanden bist. Das hätte ja sogar ein Zweijähriger geschafft."

Rafael mischte sich mit der natürlichen Autorität eines Torhüters ein, der brenzlige Situationen entschärfen konnte, und schob die beiden auseinander. „Bevor wir bis heute Nachmittag noch alle Fehler der letzten Spiele aufgelistet bekommen, sollten wir mit der Arbeit anfangen, findet ihr nicht?"

In dem Moment tauchte Anne in der offenen Tür auf und machte, wie Marie amüsiert bemerkte, erstaunte Augen, weil gleich drei große, fremde Kerle vor ihr standen, die sie interessiert anblickten.

„Äh, bin ich hier richtig?" Ihr Blick wanderte von einem zum anderen und entdeckte dann Marie.

„Das ist meine Freundin Anne." Marie umarmte sie kurz und stellte ihr die Männer der Reihe nach vor. „Sie sind alle so freundlich, mir beim Streichen zu helfen."

Dann meldete sich eine andere weibliche und doch sehr herrische Stimme vom Eingang zu Wort: „Hey, was ist denn das für eine Menschenansammlung? Geht mal aus dem Weg, ich suche meinen Lieblings-Nicht-Pitbull und seine Kollegin."

Rigoros schob ein zierliches Persönchen die bulligen Spieler zur Seite und drängte sich durch, bis sie vor Marie zum Stehen kam. Es war Nina.

Ihr hübsches Gesicht strahlte auf und wurde noch lebhafter, als sie Marie mit einer kurzen Umarmung begrüßte. „Herzlich willkommen in Knopfheim. Ich freue mich, dich kennenzulernen." Dann umarmte sie Steffen, der seine Arme ebenfalls um ihren schmalen Oberkörper schlang, und küsste ihn auf die Wange. So sah es für Marie jedenfalls aus.

Es hätte aber auch sein Mundwinkel sein können …

Hör auf, Marie!

„Hey, Nini, schlabber Steffen nicht so ab, du bist doch keine Bulldogge, sondern ein halber Pitbull", lachte Mischa auf und zwickte Nina in die Rippen.

Die schlug seine Hand weg und drehte sich zu ihm um. „Mischa, du bist nur neidisch, dass dich gestern nach dem Spiel keine eurer

Groupinen abgeknutscht hat. Und von mir bekommst du *definitiv* keinen Kuss, nachdem du gestern nicht mal das leere Tor der Ravensburger getroffen hast."

„Uuuuh!", kam es schadenfroh von den Spielern, die breit grinsend danebenstanden.

Doch Nina war noch nicht fertig. Sie strich sich eine dunkle Haarsträhne ihres asymmetrischen Pagenschnitts hinters Ohr und stützte die Hände provozierend in die schmale Taille. „Dir hätte man zur Strafe eigentlich ein paar Extra-Trainingseinheiten aufbrummen müssen."

Mischa schien diese Kritik mit drohenden Konsequenzen überhaupt nicht zu kratzen. Er wuschelte Nina nur über den Kopf und meinte mit einem spöttischen Lächeln: „Gott, bin ich froh, dass du nicht unser Trainer bist. Ich versprech' dir aber, liebe Mami, dass ich mich beim nächsten Spiel mehr anstrenge, damit du stolz auf mich sein kannst."

Alle lachten.

Die Angesprochene machte eine wegwerfende Handbewegung, wobei sie jedoch vergeblich versuchte, ein Grinsen zu unterdrücken. Marie merkte ihr an, wie sehr sie die Spieler liebte und bewunderte.

„Übrigens", fuhr Nina fort, „Kai kommt zum Renovieren erst später dazu. Sinan lässt sich entschuldigen, ihm ist etwas dazwischengekommen, und Ben müsste gleich da sein. Ich habe ihn die Straße entlanggehen sehen."

In dem Moment trat dieser durch die Tür und ließ – allein durch seine imposante Erscheinung – den Eingangsbereich noch enger wirken. Dadurch fiel Marie erst gar nicht auf, dass hinter ihm auch Maximilian eingetreten war, der deutlich kleiner als die anderen Männer war. Nachdem Anne ihn besonders herzlich begrüßt hatte, ging auch Marie zu ihm.

Eins musste man den Knopfheimern lassen: Pünktlich waren sie. Es war gerade mal zwei Minuten nach acht und alle hatten sich bereits kennengelernt.

Dann erhob Mischa seine Stimme: „Hört mal alle zu." Die Gespräche verstummten. „Die meisten von euch haben ja schon mit meinem Vater und mir zusammengearbeitet. Ich zeige euch aber trotzdem noch mal zur Auffrischung, wie man fachmännisch abklebt, Folie auf dem Boden verlegt und was man beim Streichen beachten sollte. Dann teilen wir alle in Gruppen ein, die sich die einzelnen Zimmer vornehmen. Ziel ist, auf jeden Fall das Wohn- und Schlafzimmer, das Bad und die Küche fertig zu bekommen. Alles klar?"

Das laute „Ja!", das durch ihr Haus schallte, und die anschließende koordinierte Betriebsamkeit machten Marie klar, dass diese Renovierungsaktion ein Selbstläufer war. Beeindruckt stand sie da und beobachtete, wie Mischa und sein Vater den freiwilligen Helfern einen Crash-Kurs in Malertechniken gaben und Getränke und Material an die Gruppen verteilten. Kurz darauf fand sich Marie mit Mischa im Wohnzimmer wieder, wo sie Folie auslegten. Die anderen begannen in der Küche und in den Zimmern im ersten Stock mit der Arbeit.

Nina hatte sich natürlich Steffen als Partner gekrallt und ihn die Treppe hinaufgezogen, bevor er überhaupt wusste, wie ihm geschah. Was Marie davon halten sollte, konnte sie nicht so genau sagen. Nina war ihr irgendwie suspekt. Sie hatte zwar eine offene und sehr sympathische Art. Aber in welchem Verhältnis sie wirklich zu Steffen stand, konnte Marie nicht einschätzen. Für bloße Freundschaft war ihr Verhalten zu vertraut. Aber sie glaubte Steffen auch, wenn er sagte, dass sie kein Paar waren.

Ob Nina das ebenfalls wusste?

Na ja, Marie würde das einfach weiter beobachten, weil sie nicht anders konnte. Das war eine Charakterseite an ihr, die sie nicht kannte. Aber irgendwie wollte sie aus masochistischer Neugier wissen, ob Steffen wirklich frei und ungebunden war.

Nicht, dass sie tatsächlich etwas mit dieser Kenntnis anfangen – und sich ihm hemmungslos an den Hals werfen – würde. Das würde nur zu viel zu vielen Komplikationen führen.

Um sich gedanklich abzulenken, blickte Marie von ihrer Seite der Folie zu Mischa. „Arbeitest du eigentlich mit im Malerbetrieb deines Vaters?"

Dieser schüttelte den Kopf. „Nein. Aber ich habe die Materie natürlich von klein auf mitbekommen. Und solche Renovierungsaktionen haben wir auch schon öfter hier in Knopfheim gemacht. Dabei glaube ich aber, dass mein Vater dir besonders gern hilft, weil du ihm sehr sympathisch bist. Meiner Mutter geht es genauso." Er grinste. „Die idealen Voraussetzungen für eine gute Nachbarschaft."

„Und du wohnst auch in Knopfheim?“

Mischa nickte und strich sich das lange blonde Deckhaar nach hinten. „Meine Schwester ebenfalls. Wir sehen uns regelmäßig und treffen uns hin und wieder wochenends bei unseren Eltern zum Mittagessen.“

„Das ist schön“, meinte Marie zufrieden. „Ich finde es außerdem wirklich toll, dass ihr so viele Pitbulls organisieren konntet. Ich will nur nicht, dass ihr euch so verausgabt, dass ihr morgen bei eurem Auswärtsspiel verliert.“

Mischa winkte ab und erwiderte nur pragmatisch: „Keine Sorge. So können wir unsere beanspruchten Muskeln vom Spiel gestern wieder geschmeidig machen und sie für morgen schon mal aufwärmen.“

Die Arbeit unter Mischas Aufsicht lief reibungslos. Er gab Marie Tipps und wies sie auf angenehme Art darauf hin, wie sie manche Dinge besser machen konnte und was sie als Nächstes zu tun hatte. Zwischendurch kam immer wieder einer der anderen ins Wohnzimmer, um Bericht über den Fortschritt zu erstatten. Öfter mal hörte Marie die Kaffeemaschine mahlen. Es herrschte geschäftige Betriebsamkeit.

Dann grüßte sie jemand von der Wohnzimmertür. „Hey Mischa, ich bin jetzt auch da.“

Als Marie aufblickte, hatte sie fast das Gefühl, das Gleichgewicht zu verlieren. Im Türrahmen stand ein dunkelhaariger Mann mit hellgrünen Augen, der bei Maries Anblick so strahlend zu lächeln begann, dass sie blinzeln musste. Er kam mit ausgestreckter Hand auf sie zu. „Du musst Marie sein. Ich bin Kai und konnte leider erst jetzt dazukommen.“

„Hallo Kai“, begrüßte sie ihn und stutzte. „Du bist Kai Messner, der letztes Wochenende mit Ben Kowalczyk dieses tolle Tor geschossen hat, oder?“ Ihr wurde bewusst, dass sie ihn von früher kannte.

Kai lachte überrascht auf und nickte. „Ja, das stimmt.“ Er rieb sich die Wange und meinte nur: „Ob das Tor toll war, weiß ich nicht. Aber es war immerhin ein Tor.“

„Da hast du absolut recht. Das ist das Einzige, was zählt.“ Sie grinste zurück.

Mann-o-Mann. Marie hätte letzten Samstag nie gedacht, dass unter der Eishockeyausrüstung ein so attraktiver Kerl steckte.

„Die anderen sind oben?“, fragte er.

Als Mischa nickte, verschwand Kai zwei Stufen auf einmal nehmend die Treppe hinauf.

Dann arbeiteten Marie und Mischa nett plaudernd weiter. Irgendwann warf Marie einen Blick auf ihre Armbanduhr, die sie in der Hosentasche verstaut hatte, um sie vor Farbspritzern zu schützen. „Ich habe mir überlegt, dass wir uns für heute Mittag einfach Pizza auf meine Rechnung bestellen. Das braucht ja immer ein bisschen Vorlaufzeit.“

Mischa schüttelte den Kopf. „Meine Mutter macht für uns einen Berg *Beljaschi*. Das sind in Fett ausgebackene Hefeteigkugeln mit Hackfleischfüllung. Dafür brauchen wir auch keine Teller.“

„Du liebe Zeit“, jetzt war Marie echt baff. „Wenn ihr mir alles abnehmt, kann ich mich ja gar nicht für eure Mühen bedanken.“

„Kein Problem.“ Mischa wackelte schelmisch mit seinen Augenbrauen und zwinkerte ihr zu. „Du kannst uns zu einem Helferfest einladen. Da kommen sicher alle gern.“

„Das ist aber auch das Mindeste“, stellte Marie fest.

Mischas Vater betrat das Wohnzimmer, blickte sich um und kratzte sich an seinem grau durchsetzten Schnauzer. „Ihr seid schon weit gekommen, dafür dass ihr den größten Raum abbekommen habt.“

„Marie hat geschickte Finger und eine gute Portion Talent“, lobte Mischa sie.

Sein Vater nickte zufrieden und strich sich über sein kleines Bäuchlein, das unter einer weißen Latzhose steckte. „Die Zimmer oben sind fast fertig, weil wir ja viele helfende Hände haben. Nur die Decke im Bad und der Flur stehen noch auf der Liste. Ich sage deiner Mutter Bescheid, dass wir in einer halben Stunde essen können. Dann muss ich leider gehen. Aber ich denke, ihr schafft den Rest heute noch ohne mich.“

„Herr Petrow“, begann Marie.

Doch Mischas Vater unterbrach sie mit einer kleinen Handbewegung. „Du kannst ruhig Andrej zu mir sagen. Meine Frau heißt Nadja. Und wir freuen uns beide sehr, dass du unsere neue Nachbarin wirst.“

Marie nickte. „Ich möchte mich herzlich bei euch bedanken, dass ihr mir so selbstlos helft. Und besonders bei dir, weil du mich so profimäßig unterstützt. Du sagst mir bitte, wie viel du dafür von mir bekommst, ja?“

Andrej Petrow winkte beruhigend ab. „Das regeln wir schon.“

Bei diesen Worten zog Mischa grinsend die dunkelblonden Augenbrauen nach oben, als wolle er sagen: „Hab' ich's dir nicht gesagt?!“

Kapitel 12

Eine knappe halbe Stunde später erfüllte ein würziger Duft von Hackfleisch, Zwiebeln und Knoblauch Maries Haus. Nadja hatte zwei große Schüsseln mit *Beljaschi* auf die Küchentheke gestellt und rief zum Mittagessen. Alle Helfer kamen polternd die Treppen herunter und wuschen sich die Hände. Dann fielen sie wie hungrige Wölfe über die russische Teigspezialität her. Getränkeflaschen und Servietten wurden herumgereicht, während alle sich gut gelaunt unterhielten.

Dabei merkte Marie, wie sich Nina an Kais Seite schmiegte und er besitzergreifend seinen langen Arm um ihren schmalen Oberkörper legte. Marie stutzte. Das war eine ganz andere Qualität als Ninas Umarmung mit Steffen. Sie schaute genauer hin und bemerkte den verliebten Blick, den Nina mit Kai tauschte, während sich alle anderen über das Essen hermachten. Nachdem sich die beiden einen kleinen liebevollen Kuss gegeben hatten, bei dem Kai sanft mit den Fingerspitzen über Ninas Wange gestrichen war, flüsterte sie ihm etwas zu, woraufhin er unverschämt grinste. Die zwei schienen nur von Luft und Liebe zu leben. Kein Wunder hatte Nina beim letzten Heimspiel der *Pitbulls* so mitgefiebert. Ihre Leidenschaft hatte Kai auf dem Eis gegolten, nicht Steffen, wie Marie fälschlicherweise vermutet hatte.

Steffen hatte also doch recht gehabt. Nina war seine beste Freundin – und nur das.

Nicht mehr.

Marie versuchte, dieses kleine erleichterte Gefühl in ihrer Brust nicht zu hinterfragen. Dennoch konnte sie nicht umhin, Kais und Ninas Verbundenheit tief in ihrem Herzen zu spüren, selbst quer durch den großen Raum hinweg. Die pure Anbetung auf Kais gut aussehendem Gesicht fuhr auf direktem Weg in Maries Brust und entfesselte ein scharfes und gleichermaßen schmerzhaftes Gefühl der Sehnsucht.

Würde sie eine solche Hingabe und Liebe je erleben? Marie schluckte trocken und versuchte, den verzweifelten Geschmack der Wehmut auf ihrer Zunge wegzubekommen.

Was war das für ein Gefühl, so bedingungslos geliebt zu werden, dass jede Körperzelle von dieser starken Liebe erfüllt wurde? Jemanden zu haben, der für einen da war, egal, was das Leben an Prüfungen für einen bereithielt?

Marie musste den Blick abwenden.

Sie griff ebenfalls nach einer warmen Teigkugel und biss hinein – und war vom Geschmack überwältigt. Sie schloss die Augen. War das ein Genuss! So etwas hatte sie noch nie gegessen. Als sie die Augen wieder öffnete, merkte sie, wie Steffen sie hingerissen beobachtete.

„Schmeckt gut, oder?“, fragte er mit einem kleinen Lächeln, das ihr Herz vibrieren ließ.

„Gut ist kein angemessener Ausdruck“, gab Marie genüsslich seufzend von sich und genehmigte sich einen zweiten Happen.

In dem Moment entwickelte Steffens halb gegessener *Beljasch* ein Eigenleben. Er glitt ihm aus den Fingern, dass Steffen ihn nur mit einigem Jonglieren wieder zu fassen bekam.

Sein kleines beschämtes Lächeln war zum Anbeißen.

Den anderen schien es ebenfalls zu schmecken. Die erste Schüssel war im Handumdrehen leer. Bei der zweiten langten gerade die Eishockeyspieler noch mal kräftig zu. Anne unterhielt sich in der Zeit mit Nadja und bat um das Rezept.

Marie beobachtete ihre Gäste und lächelte vor sich hin. Alle hatten weiße Spritzer auf ihrer Kleidung. Manche sogar in den Haaren oder im Gesicht. Der guten Laune und den angeregten Gesprächen tat das keinen Abbruch. Dieses Zusammensein hatte tatsächlich den Charakter einer Party.

Rafaels dunklen T-Shirt-Ärmel zierte ein weißer Pinselstrich, der sicherlich absichtlich von Urs hinterlassen worden war, da auf dessen Brust ein großer Klecks prangte. Dass keiner von beiden mehr Flecken abbekommen hatte, lag vermutlich an Ben, der auf Marie einen ruhigen, ausgleichenden Eindruck machte. So jemanden brauchte man in jedem Eishockeyteam.

Sie kannte Ben noch von früher. Nicht nur sein Talent, sondern auch seine blonden Haare mit den unterschiedlich farbigen Augen waren bei ihren Teamkolleginnen ein immer wiederkehrendes Gesprächsthema gewesen. Denn sie hatten damals natürlich stets ein Auge auf die Jungen- und später Männerteams geworfen, ihre Spiele analysiert und ihr Können bewundert. Bei dem ganzen überschießenden Testosteron und Adrenalin waren Maries Mitspielerinnen regelmäßig ins Schwärmen geraten.

Marie hatte schon ganz vergessen, wie es war, sich unter Eishockeyspielern zu bewegen. Ihr Blick schweifte über die breiten Schultern, die kräftigen Arme und langen Beine: Wohldefinierte feste Muskeln, eine kraftvolle Geschicklichkeit und eine männliche Präsenz, die einem den Atem rauben konnte.

Sie wollte nicht wissen, womit in Knopfheim das Trinkwasser versetzt wurde.

Ihr Blick schweifte weiter zu Steffen, der gerade mit Rafael herumalberte. Steffen wirkte ganz anders. Alles an seinem Körper war lang, sehnig und drahtig. Ein optischer Genuss.

Zudem hatte er eine authentische Ausstrahlung, einen Wissensdurst, der Marie so vertraut war wie ihr Spiegelbild, und einen gewitzten Humor, der genau auf ihrer Wellenlänge lag.

Sie seufzte innerlich.

Schlag dir das aus dem Kopf, Mädel!

Dennoch fühlte sie sich von ihm angezogen wie eine Büroklammer von einem Magneten.

Um sich von Steffens ansprechender Optik abzulenken, ließ sie sich einen Kaffee raus. Dann bekam sie mit, wie sich ein paar der Pitbulls über einige Spielzüge aus dem ersten Heimspiel unterhielten, das Marie auch gesehen hatte.

An einer Stelle war sie mit Urs' Argumentation nicht einverstanden. Deshalb meldete sie sich zu Wort: „Nein, die Stuttgarter hatten zu dem Zeitpunkt ganz klar eure Spieltaktik durchschaut." Marie merkte, dass alle Pitbulls ihr auf einmal interessiert zuhörten. „Ich denke, ihr hättet stattdessen die Gegner kommen lassen müssen, um sie dann mit einem schnellen Pass durch die neutrale Zone wieder unter Druck zu setzen."

Mischa wandte sich ihr begeistert zu und meinte: „Das sehe ich ganz genauso!" Er schnappte sich ihre Hand und drückte sie an seine feste Brust. „Marie, du bist schön, beruflich erfolgreich und kennst dich mit Eishockey aus. Willst du mich heiraten? Wenn du nämlich sagst, dass du noch kochen kannst, bist du der absolute

Volltreffer für mich."

Marie lachte, während die anderen nur die Augen verdrehten. „Na ja, ein bisschen kochen geht. Aber ein Naturtalent bin ich nicht gerade. Da habe ich früher besser Eishockey gespielt. Die *Beljaschi* würde ich jedenfalls *nie* so gut hinbekommen wie deine Mutter. Tut mir leid, dich enttäuschen zu müssen." Sie klimperte neckisch mit ihren langen Wimpern.

Mischa griff sich theatralisch ans Herz und tat so, als fiele er in Ohnmacht. Alle lachten.

Was für ein Kasper!

Marie schmunzelte und warf Steffen einen kurzen Blick zu. Der stand ihr mit verschränkten Armen gegenüber und beobachtete spöttisch Mischas bühnenreife Vorstellung. Dann meinte er gerade so laut, dass es alle hören konnten: „Maximilian, ich muss dir wirklich sagen, dass dein Slice beim letzten Training zum Niederknien war. Dennoch würde ich dich nie fragen, ob du mich heiratest!"

Steffen grinste, während er mit gemischten Gefühlen die Wortgefechte zwischen Mischa, Marie und den anderen beobachtete.

Marie war einfach wunderschön, wie sie sich mit leuchtenden Augen mit den Knopfheimern unterhielt, Kommentare abgab und diese Situation sichtlich genoss. Ihre Locken, die mit einem aufgerollten Nickituch aus dem Gesicht gebunden waren, hüpften am Hinterkopf, wenn sie diesen beim Lachen in den Nacken legte, und schienen seine Sinne zu reizen …

Er musste aufpassen, dass ihm nicht auch noch seine Flasche Wasser aus den Fingern glitt. Der *Beljasch* hatte sich ja dummerweise schon selbstständig gemacht …

Dann bemerkte er rechts neben Maries Mundwinkel einen weißen Fleck, als ob sie sich mit dem Handrücken etwas aus dem Gesicht gestrichen und ein bisschen Farbe zurückgelassen hätte. Zudem gab es noch kleine Spritzer, die wie vorwitzige Sommersprossen auf ihren Wangen leuchteten.

So niedlich!

Sie wirkte so völlig anders als in ihrer Geschäftskleidung.

Steffen spürte, wie es in seinem ganzen Körper warm zu prickeln begann und sich eine undefinierbare Hitze heiß und schwer ausbreitete.

Schnell senkte er seinen Blick und atmete tief durch. Er durfte sich nicht verraten. Marie sollte nicht denken, dass er ihr nur half, weil er sie begehrte – obwohl das einem Teil der Wahrheit ziemlich nahekam.

Dann wandte sich das allgemeine Gespräch der früheren Jugendmannschaft zu, wobei ein paar Namen aufgezählt wurden.

„Oh, den kenne ich auch noch", entfuhr es Marie, als Urs etwas über einen Spieler sagte, der schon lange nicht mehr in Mannheim wohnte. „Der war doch für seine Durchsetzungskraft auf dem Eis berühmt-berüchtigt, die mal in dem einen Mörderspiel zwei gebrochene Nasen zur Folge hatte."

Urs blickte sie überrascht an. „Das ist richtig. An wen erinnerst du dich sonst noch?"

Jetzt war Steffen mal gespannt. Er bemerkte immer mehr Anerkennung in den Blicken der Spieler, je mehr Namen Marie nannte, die sie auch noch gleich mit einigen Gerüchten oder besonderen Fähigkeiten verband.

Dann überlegte sie. „Und du, Ben, hast doch lange mit dem einen Dunkelhaarigen zusammengespielt, mit dem du so eng befreundet warst … Wie hieß er noch? Ju- … Julius?"

O-oh, schlechtes Thema, dachte Steffen.

Dann schnippte sie mit den Fingern, als ihr der Name einfiel. „Nein, Julian."

Erfreut, dass sie sich nach so langer Zeit noch an ihn erinnerte, blickte sie in die Runde. Doch sämtliche Gespräche waren verstummt, denn alle Blicke klebten an Ben.

Als sie Ben mit überrascht hochgezogenen Augenbrauen anschaute, meinte dieser nur ruhig: „Julian ist richtig. Er ist allerdings vor knapp fünf Jahren bei einem Autounfall ums Leben gekommen."

Marie schien sich zu fühlen, als hätte sie einen Schlag mit dem Hockeyschläger gegen die Stirn bekommen. Ihre übliche Wortgewandtheit hatte sie komplett verlassen. Das Einzige, was sie herausbrachte, war: „Oh … das tut mir sehr leid."

Ben nickte nur kurz und meinte: „Danke. Das konntest du ja nicht wissen."

Glücklicherweise gingen die Gespräche weiter, doch Marie blieb still.

Das mit Julian war echt schlimm gewesen, Steffen konnte sich noch gut an die Zeit erinnern. Bens Freund war in seiner Jugend ein talentierter Spieler gewesen und ein sympathischer Mann, dem alle Herzen zugeflogen waren. Sein Tod war ein großer Verlust für Knopfheim.

Steffen schob sich unauffällig an ihre Seite und meinte leise: „Mach dir keine Gedanken."

„Ich fühle mich trotzdem schrecklich", murmelte Marie.

Er ergriff kurz ihre Hand und drückte sie tröstend. Dass bei dem Kontakt eine seltsame Vertrautheit wie ein heißes Kribbeln seinen Unterarm bis zum Ellenbogen hochschoss, ignorierte er geflissentlich, da es jetzt um wichtigere Dinge ging.

Als sich alle wieder zu ihren Farbrollen aufmachten, merkte er, dass Marie noch etwas loswerden musste. Sie hielt Ben zurück, indem sie ihre Hand auf seinen Arm legte und ein paar Worte sagte.

Steffen ließ den beiden ihre Privatsphäre und ging Richtung Treppe. Dort angekommen, beobachtete er, wie Ben sie mit einem kleinen Lächeln und ein paar Worten beruhigte. So etwas konnte Ben gut. Dann strich er ihr kurz über die Schulter, während sie nickte.

Steffen war von Maries mitfühlendem Gesichtsausdruck so abgelenkt, dass er die Höhe der ersten Stufe falsch einschätzte und stolperte. *Sackzement!* So tollpatschig war er doch sonst nie! Seine Gefühle für Marie machten ihn echt zu einem kompletten Idioten. Zum Glück war ihm so etwas noch nie im Geschäft passiert.

Kopfschüttelnd stieg Steffen die Treppe ins obere Geschoss hinauf.

Als er wieder zu Nina und Kai stieß, waren die gerade mit der letzten Wand beschäftigt. Rafael und Urs machten sich an den Flur und die anderen waren mit ihrem Zimmer auch fast fertig.

Kai war Steffen in den letzten Wochen ein Rätsel gewesen. So selbstbewusst dieser talentierte Spieler und ehemalige Frauenheld auch war, schien ihm doch Steffens Freundschaft mit Nina immer noch nicht geheuer. Das lag sicher auch an den kleinen manipulativen Streichen, die Steffen ihm über den Sommer hinweg gespielt hatte, als für ihn klar war, dass Kai Ninas burschikosem Charme völlig verfallen war – es selbst aber noch nicht erkannt hatte.

Er gab zu, dass er Kai in dem Glauben bestärkt hatte, er, Steffen, sei an Nina mehr interessiert als nur als beste Freundin. Das hatte er jedoch nur getan, um Kai zu zwingen, sich mit seinen eigenen, ungewohnt tiefen Gefühlen für Nina auseinanderzusetzen. Dass es schlussendlich sogar eines Kinnhakens vonseiten Kais bedurft hatte, damit dieser sich seiner Gefühle für Nina klar wurde, war für Steffen mehr als amüsant gewesen - auch wenn er drei Tage danach immer noch Probleme beim Essen gehabt hatte. Aber für Ninas Glück nahm er vieles in Kauf.

Dennoch merkte er, wie ihm Kai selbst hier in diesem kleinen Zimmer aus dem Weg zu gehen schien. Er tat fast so, als würde Steffen nicht existieren - und steckte doch wie ein Alphawolf mit unauffälligen Gesten und Berührungen sein Revier um Nina ab.

Als sie mit der letzten Wand fertig waren, prüften sie alles, weil Mischa zu Beginn angedroht hatte, einen Kontrollgang durchs Haus zu machen und den Betreffenden die Ohren lang zu ziehen, wenn er unsaubere Arbeit entdeckte. Dann packten sie das Malerwerkzeug zusammen und trugen alles mit einem kleinen Rest Farbe ins Wohnzimmer.

Beim Betreten des großen Raums fluchte Mischa gerade deftig, während er mit dem Deckel eines frischen Farbeimers kämpfte. „Das kommt zwar immer nur alle Schaltjahre vor, aber manchmal widersetzt sich ein Deckel einfach meiner ... *Himmel, Arsch und Zwirn!!*" Mischa hielt inne und blickte verärgert auf seinen Finger. „Jetzt ist mir ein Nagel abgebrochen." Dann erschien ein schelmisches Lächeln auf seinen Lippen, als er Marie zuzwinkerte. „Und meinen nächsten Termin bei der Maniküre habe ich erst in zwei Wochen. Was mache ich denn nur so lange?"

Marie erwiderte trocken: „Das ist wirklich eine Tragödie. Soll ich dir vielleicht den Gnadenschuss geben und dich von deinem Leid erlösen?"

„Nein", widersprach Mischa. „Aber du könntest mich trösten. Wie, überlege ich mir noch." An seinem schalkhaften Gesichtsausdruck konnte Steffen erkennen, dass sich seine nicht jugendfreien Wünsche mit Sicherheit nicht mit Maries decken würden.

Marie winkte nur ab und grinste: „Da kannst du lange darauf warten."

Steffen beobachtete die zwei, während er die Rolle in seinen Farbeimer tauchte. Die Stimmung zwischen ihnen war mehr als gelöst. Freche Behauptungen und schlagfertige Antworten flogen immer wieder in beide Richtungen, sodass lautes Gelächter erschallte.

„Du, Marie … weißt du, wie man Vanilleeis an die Wand nagelt?“

Steffen verdrehte die Augen. Mischa kam manchmal schon auf seltsame Ideen.

Die Angesprochene zog die Augenbrauen hoch. „Nein.“

„Genau wie Schokoeis!“, lachte Mischa und duckte sich, als Marie so tat, als würde sie die Farbrolle in seine Richtung werfen.

Anne und Maximilian, die an einer anderen Wand beschäftigt waren, lachten ebenfalls. Selbst Kai und Nina waren amüsiert. Letztere rief Mischa zu: „Du weißt schon, dass es Tabletten gegen deine Art von Späßen gibt?“

„Ach Nini“, schoss Mischa postwendend zurück, „sei doch froh, dass wenigstens einer in der Mannschaft noch Witze reißt, nachdem Kai unter deiner Fuchtel so brav geworden ist. Sonst hat er immer das ganze Team unterhalten – und jetzt entdecke ich ihn ständig, wie er still in einer Ecke sitzt, hübsch aussieht und mit einem hirnlosen Grinsen von seinem Ninchen träumt. Schon schlimm!“

Während Kai einfach nur leise lachte, stand Nina bis zu den Haarspitzen unter Strom. Das war für Steffen nichts Neues. Seine Freundin hatte eben Temperament. Und da ließ sie sich auch von keinem Eishockeyspieler einschüchtern, der mehr als einen Kopf größer war und vermutlich fünfunddreißig Kilo mehr wog.

„Sei bloß ruhig“, fuhr Nina Mischa an, „sonst komme ich rüber und verdresche dich mit meiner Farbrolle. Dann kannst du eine Woche lang nicht sitzen.“

Mischa riss seine schönen eisblauen Augen auf und glotzte Kai an. „Und so was erlaubst du?! Da quäle ich mich ja wochenlang mit erotischen Träumen, wenn sie mir mit so was droht.“

„Ah, du stehst auf SM?“, fragte Marie amüsiert.

„Ja. Du etwa auch?!“ Mischas Gesichtsausdruck war für Steffens Geschmack viel zu hoffnungsvoll.

Doch Marie lachte nur und schüttelte den Kopf.

„Na ja, ich eigentlich auch nicht“, ruderte dieser zurück und grinste Marie verlegen an.

Verlegen! Mischa und verlegen – das gab es höchstens in einem Paralleluniversum!

Dann legte er eine Hand auf sein Herz und schob mit einem treudoofen Blick hinterher: „Aber mit dir, Marie, hätte ich es mal ausprobiert."

Bei diesen Worten knirschte Steffen mit den Zähnen. Eifersucht – stechend heiß wie ein greller Blitz – wütete in seinem Magen. Sein Herz schlug hart gegen die Rippen und er spürte einen wilden Besitzanspruch in seinem Inneren, der nach draußen drängte.

Alles gut! Das ist nur Mischas Art zu scherzen, versuchte er, sich zu beruhigen.

Dennoch stand Steffen wie unter Zwang, immer wieder einen Blick über die Schulter zu werfen, während er die Farbrolle ruppiger und mit etwas mehr Kraft als nötig über die Wand bewegte. Mischa war ja echt ein guter Kumpel. Steffen kannte ihn seit seiner Kindheit und hatte schon viel Spaß mit ihm gehabt, obwohl dieser ein bisschen jünger als Steffen war. Aber irgendwie stank ihm, dass Mischa sich so gut mit Marie verstand und haltlos mit ihr flirtete. Dass Marie auch immer noch eine schlagfertige Antwort parat hatte, die den Pitbull zum Lachen brachte, fand Steffen mindestens genauso aufwühlend.

Wenn er das Funkeln in Mischas sibirisch blauen Augen richtig deutete, wurde ihm mehr als mulmig. Dann musste er sich in Erinnerung rufen, dass Marie kein hilfloses Burgfräulein war, für das sich Steffen auf sein Schlachtross schwingen musste, um den Drachen zu erlegen. Marie war eine starke Frau, die sich verbal zu wehren wusste. Die sich in einem Männerberuf behauptet und eine steile Karriere hingelegt hatte. Sie würde vermutlich selbst das Schwert ergreifen, dem Ungeheuer den Kopf abschlagen und ihn Steffen zum Abendessen servieren.

Aber Mischa war überaus charmant und dadurch auch sehr überzeugend.

Und er war kein Mitarbeiter wie Steffen …

Mann, das machomäßige Verhalten der Knopfheimer Eishockeyjungs hatte wohl doch mehr auf ihn abgefärbt, als er erwartet hatte! Dieses eifersüchtige Stechen in der Brust kannte er gar nicht von sich.

Erst als sich eine schwere Hand auf Steffens Schulter legte, merkte er, dass er mit zu Fäusten geballten Händen dastand und finster in Richtung Marie und Mischa starrte.

„Dich hat's echt schlimm erwischt, kann das sein?", meinte eine leise männliche Stimme hinter ihm, die er in dieser Situation nie erwartet hätte zu hören.

Steffen sah über seine Schulter und erblickte echtes Mitgefühl in Kais grünen Augen.

„Oh Mann, du bist echt ein armes Schwein", murmelte Kai, damit ihn keiner hören konnte außer Steffen. „Nina hat mal erzählt, dass ihr unter Kollegen kein Verhältnis anfangen dürft. Das ist echt eine Scheiß-Situation."

Steffen lachte trocken auf. „Sie ist sogar *noch* beschissener."

Kai zog erstaunt eine Augenbraue hoch: „Hast du etwa mit ihr …?"

Er schüttelte den Kopf: „Aber wie die Vierzehnjährigen rumgeknutscht, bevor wir wussten, wer genau der andere ist und wo wir beide arbeiten …"

„Na ja", überlegte Kai, „mit einer Kollegin rumzuknutschen, ist sicher nicht ideal …"

„Wenn sie nur eine Kollegin wäre …" Steffen konnte sich nicht gegen den abgrundtiefen Seufzer wehren, der aus den Tiefen seiner Brust emporstieg. Wie ein Leichentuch legte sich die Erkenntnis über ihn, dass sich zwischen Marie und ihm nie etwas entwickeln durfte.

Kai stutzte. „Ist sie nicht?"

„Nein." Steffen schüttelte bedauernd den Kopf. „Sie ist für meinen erkrankten Abteilungsleiter eingesprungen."

Kai gab ein ersticktes Geräusch von sich. „Du machst echt keine halben Sachen, kann das sein?"

Steffen entfuhr erneut ein trockenes Lachen, als er an Maximilians Bemerkung in der Bar dachte. „Das hat mir vor Kurzem schon mal jemand gesagt."

Erfolglos verkniff sich Kai ein Grinsen. „Jetzt weißt du immerhin, wie es mir noch vor ein paar Wochen gegangen ist, als ich dich ständig mit Nina zusammen gesehen und dir dann am Baggersee eine reingehauen habe. Da warst du für mich ein Geschwür am Arsch meiner potenziellen Freundin."

Mit hochgezogener Augenbraue meinte Steffen grinsend: „Du meinst, genauso lästig wie unnötig?"

Dieser nickte und grinste noch breiter.

Dann bat Steffen Kai um etwas, was er sich vorher nie hätte vorstellen können: „Sag Nina bitte nichts." Dabei warf er seiner besten Freundin am anderen Ende des Wohnzimmers einen kurzen Blick zu. „Sonst fängt sie an zu löchern – und das kann ich gerade gar nicht vertragen. Ich bin so schon jeden Tag mehr als genug mit der Bändigung meiner verrückt spielenden Hormone beschäftigt."

Kai nickte nur und schlug ihm noch mal kameradschaftlich auf die Schulter. Dann wandte er sich Mischa zu und tat Steffen einen riesengroßen Gefallen. „Du, Mischa, ich brauche dich oben zur Qualitätskontrolle. Urs und Rafael haben in einer Ecke ziemlich Scheiße gebaut. Kommst du mal?"

Wer hätte gedacht, dass Steffen und Kai einmal männliche Solidarität verbinden würde?

Am späten Nachmittag war dann alles erledigt. Marie konnte es noch gar nicht fassen. Gemeinsam falteten sie die Folien zusammen, verstauten alle Utensilien mit den Farbeimern in Andrejs Lieferwagen und beglückwünschten sich zu der guten Teamarbeit. Marie bedankte sich bei jedem Einzelnen und freute sich, dass sie von allen zum Abschied wie eine alte Freundin gedrückt und geherzt wurde. Sie hatte an diesem Tag wunderbare Freunde gefunden.

„Wann willst du das Haus putzen? Helga, Fiona und ich wollen dir dabei helfen", wurde sie von Nina informiert.

Marie war vom freimütigen Angebot der Knopfheimer wieder mal überrascht. „Äh, … ich wollte morgen mal das Klebeband abziehen und ein bisschen durchwischen."

„Alles klar." Nina klatschte in die Hände. „Ist neun Uhr okay für dich?"

Als Marie nur überwältigt nickte, drückte Nina sie fest an sich und meinte: „Wir bringen das ganze Putzzeug mit. Du brauchst dich um nichts zu kümmern. Ich finde es übrigens ganz toll, dass Steffen in seiner Abteilung eine so nette Kollegin bekommen hat – und du zu uns nach Knopfheim ziehst."

„Danke", freute sich Marie und lächelte schwach. Nina war manchmal wie ein kleiner Wirbelwind, der einen mit sich riss.

Steffen stellte sich zu ihnen. „Ich helfe euch morgen auch beim Putzen, ist euch das recht? Meine Kaffeemaschine steht hier, deshalb muss ich schon allein wegen meines Frühstückskaffees herkommen."

„Mann-o-Mann", seufzte Marie und blickte zu Steffen. „Ich habe echt ein megaschlechtes Gewissen, weil ich so viel von deiner freien Zeit in Anspruch nehme."

Ehe Steffen wie üblich abwiegeln konnte, mischte sich Nina ein: „Das schadet dem gar nichts. Bevor er faul und allein auf der Couch rumlümmelt, soll er uns lieber beim Putzen helfen. Da hat er neben unserer liebreizenden Gesellschaft wenigstens noch ein bisschen Bewegung."

Steffen nahm Nina zur Strafe in den Schwitzkasten. „Du bist echt so was von frech! Es ist ein Wunder, dass Kai es überhaupt mit dir aushält." Über ihren Kopf hinweg zwinkerte er Kai zu, der nur breit grinste. Zu Marie gewandt meinte Steffen mit einem warmen Lächeln: „Ich komme gern zum Putzen. Danach kannst du dich im Internet nach Möbeln und Zubehör umschauen - und wir beiden Hübschen fahren dann mit einem Kleintransporter zum Shoppen. Hinterher können uns die Jungs beim Reintragen und Aufbauen helfen und du darfst endlich in deinem neuen Heim schlafen. Wie hört sich das an?"

Marie legte dankbar die Hand auf die Brust und meinte: „Das wäre fantastisch." Ihr wurde immer noch ganz schwindelig von der Knopfheimer Hilfsbereitschaft.

Nachdem Steffen Nina wieder losgelassen hatte, verabschiedete sie sich mit Kai und die beiden schlenderten eng umschlungen aus dem Haus - und Steffen war mit Marie allein.

Die Stille, die folgte, war allumfassend.

Kapitel 13

Marie wandte sich Steffen zu und merkte, dass er sie bereits die ganze Zeit betrachtete. Ihr Herz begann unter seinem steten Blick zu rasen.

Er tippte sich an die Wange. „Du hast da einen verschmierten Farbfleck." Seine Stimme klang wie Mousse au Chocolat für ihre Ohren: dunkel und samtig.

Als sie mit dem Handrücken drüberfuhr, schüttelte er den Kopf und trat einen Schritt näher. Sein drahtiger Körper schien Wärme abzustrahlen wie ein Heizgerät. Oder lag es nur an Maries Hormonen, die sich erwartungsvoll am Lagerfeuer seiner Attraktivität wärmten?

„Die Farbe ist schon getrocknet. Du brauchst Wasser dafür."

Seine Lippen kräuselten sich zu einem Schmunzeln. „Diese Flecken haben in Mischas Familie eine Bedeutung. Als er klein war, ist sein Vater öfter mal mit einem weißen Farbfleck auf der Wange von der Arbeit nach Hause gekommen. Nadja hat dann immer gesagt, er sei von *Snegurotschka*, dem Schneemädchen, geküsst worden. Das solle Glück bringen. Auch wenn sie diese Geschichte damals erfunden hatte, kam das bei Mischa und seiner Schwester immer gut an. *Snegurotschka* ist nämlich die Assistentin von *Ded Moroz*. Das ist Väterchen Frost in Russland, der in der gregorianischen Silvesternacht Geschenke bringt. Aber das weißt du vermutlich alles."

Nun stand Steffen direkt vor ihr und blickte ihr tief in die Augen, dass sie im Hellbraun seiner Iris goldene Sprenkel entdecken konnte.

„Mischa hat mir mal erzählt, dass er sich als Kind absichtlich einen Klecks ins Gesicht geschmiert hat, wenn er dachte, Glück zu brauchen."

Dann hob er die Hand und strich mit den Fingerspitzen zart über den weißen Fleck. Die Luft zwischen ihnen schien statisch aufgeladen zu sein – und die Stelle an ihrer Wange prickelte wie verrückt.

Marie bekam unvernünftigerweise weiche Knie.

Bevor sie jedoch vor Entzücken in Ohnmacht fallen konnte, räusperte sich Steffen und trat einen kleinen Schritt zurück. „Ich bin dann morgen um neun bei dir."

Marie nickte kurz. Und weil sie sich noch unbedingt bei Steffen bedanken musste, atmete sie tief durch, um sich zu stärken.

Keine gute Idee.

Steffens sexy maskuliner Duft stieg ihr in die Nase und explodierte voll Freude direkt in ihrem Hirn. Mit fataler Wirkung. Sie versuchte mühevoll, die letzten vier übriggebliebenen Gehirnzellen zu aktivieren, um einen vollständigen, grammatikalisch korrekten Satz herauszubringen: „Vielen herzlichen Dank, dass du das alles organisiert hast." Sie machte eine unbestimmte Handbewegung, die das Haus mit einschloss. „Ohne dich hätte ich das nie so schnell geschafft." Sie atmete wider besseres Wissen noch mal tief durch, bevor sie der Mut verließ. „Das soll jetzt nichts bedeuten, aber ich habe die anderen auch zum Dank umarmt. Und wenn es einer besonders verdient hat, dann du."

Als sich ihre Hände auf seine Schultern legten und sich seine langen Arme um sie schlossen, fühlte sie, dass es *nicht* nichts bedeutete. Es bedeutete *alles* in diesem Moment.

Nach-Hause-Kommen.

Geborgenheit.

Zufriedenheit.

Sicherheit.

Nie hatte sie eines der Gefühle wirklich bei einem Mann gefunden. Geschweige denn, alle auf einmal.

Sie war so überwältigt von diesem emotionalen Überfall, dass sie kurz die Augen schließen musste – und innerhalb eines Sekundenbruchteils alles in sich aufsog, was sie seit Jahrzehnten unbewusst gesucht und schmerzlich vermisst hatte. Dann ließ sie Steffen genauso abrupt los wie er sie. Seinem erschütterten Gesichtsausdruck nach zu urteilen, schien es ihm nicht besser ergangen zu sein wie ihr.

Dennoch durfte es nicht sein.

Diese unkontrollierbare Anziehungskraft war eine seltsame Sache. Wieso funkte es nicht zwischen Mischa und ihr so heftig? Er hatte Charisma bis zum Abwinken. Doch er hatte nach dem heutigen Tag für sie eher den Stellenwert eines jüngeren Bruders.

Warum also ließ nur Steffen ihre vernachlässigten Hormone dermaßen verrückt spielen? Und wieso war bei ihm alles so viel aufregender? So viel bedeutender?

Steffen schien sich nur mühevoll von ihrer Gesellschaft losreißen zu können – als wäre sie ein magischer und gleichermaßen gefährlicher Traktorstrahl. Schließlich nickte er nur und murmelte: „Bis morgen." Dann drehte er sich um und ging durch die Tür.

Steffen stöhnte leise, als er auf dem Parkplatz aus dem Auto stieg.

Na ja, krabbeln kam dem schon näher.

Er spürte jeden Muskel in seinen Armen vom Streichen und Putzen, im Rücken vom Bücken und in den Beinen vom In-die-Hocke-Gehen.

Und dabei rühmte er sich insgeheim, trainierter zu sein als sonst die Sesselfurzer, die den ganzen Tag nur im Schreibtischstuhl verbrachten. Steffen schüttelte ungläubig den Kopf, während er ins Bürogebäude ging und sich zum Treppenhaus aufmachte. Je mehr er sich bewegte, desto rascher würde auch der Muskelkater verschwinden. Dennoch musste er sich eingestehen, dass ihm das

Treppensteigen an diesem Morgen deutlich schwerer fiel als sonst.

Die Putzaktion am gestrigen Tag war jedenfalls schneller vorbei gewesen, als er gehofft hatte. Helga und Nina waren wie die Putzteufel über alle horizontalen und vertikalen Flächen hergefallen. Fiona hatte sich mit Marie die Fenster vorgenommen und er selbst den Boden. Zwischendurch aßen sie eine Kleinigkeit, die Helga mitgebracht hatte. Dann kamen die Schränke in der Küche, das Gäste-WC und das Badezimmer dran. Im Keller sollte Steffen nur kurz durchsaugen.

Am frühen Nachmittag hatte nicht nur das Häuschen gestrahlt, sondern gleichermaßen Maries Gesicht, die ihr Glück nicht fassen konnte.

Den ganzen Tag über sorgten die anderen Frauen unabsichtlich dafür, dass Steffen nie allein mit Marie war – was für seine Selbstbeherrschung äußerst hilfreich gewesen war. Er konnte Maries Anblick mit ihrer reizvollen Gesellschaft aus sicherer Entfernung genießen, ohne ein weiteres Mal in diesen gefährlichen Strudel gesaugt zu werden. Denn ihre Umarmung zum Abschied am Samstagabend hatte verheerende Löcher in seine Schutzmauer aus Selbstdisziplin gerissen. Am liebsten hätte er sie nie wieder losgelassen, so perfekt hatte sie in seine Arme gepasst, ihr Lockenkopf an seiner Wange. Der Kuss, den er ihr zudem von den vollen Lippen hatte stehlen wollen, wäre kein keuscher Kuss gewesen. Er hätte ihren Mund seinem unterworfen und die brodelnde Leidenschaft von ihrer Zunge geleckt. Hätte ihr heiß glühende Freuden bereitet, bis sie eingewilligt hätte, ihn in ihr Bett zu lassen. Und dann wäre er …

Ein Putzlappen hatte ihn in dem Moment am Kopf getroffen und aus seinen Träumen gerissen. Die überaus aufmunternden Worte – typisch Nina – klingelten ihm jetzt noch in den Ohren: „Hör auf zu tagträumen, sonst tret' ich dir in deinen knackigen Hintern, dass du die Engelchen singen hörst!"

Als ob er das bei Maries Anblick nicht eh schon tat!

Na, immerhin hatte Nina ihn dadurch wieder auf den Boden der Tatsachen gebracht – auch wenn es sich dabei um eine eher unsanfte Landung gehandelt hatte.

Trotz dieses ernüchternden Gusses Realität war er in der Nacht von Sonntag auf Montag in entflammtem Zustand aus einem sinnlich-erotischen Traum aufgewacht. Schmerzhaft hart und pochend heiß verlangte der Beweis für sein Begehren nach handfester Zuwendung. Da er in dieser Stimmung unmöglich wieder einschlafen konnte, hatte er es sich gestattet.

Ein Mal.

Die Heftigkeit, mit der er gekommen war, hatte ihn bis in die Grundfesten seines Seins erschüttert. Doch er durfte das im Zusammenhang mit Marie nicht zur Gewohnheit werden lassen, sonst …

Steffen schob diesen Gedanken rigoros beiseite.

Fast in seinem Büro angelangt, lief er seinem Chef über den Weg. Das passte. Dann konnte er ihm gleich Bericht erstatten und musste nicht zu ausführlich in die Tiefe gehen, weil Udo Winter mit einer Akte unter dem Arm ziemlich geschäftig wirkte.

„Guten Morgen, Herr Winter", grüßte Steffen ihn.

Der blickte in seine Richtung und blieb stehen, weil er merkte, dass Steffen direkt auf ihn zusteuerte. „Guten Morgen, Herr Thies. Ich hoffe, Sie hatten ein erholsames Wochenende."

Geistig schon, nur nicht in körperlicher Hinsicht, schoss es Steffen durch den Kopf. Er sagte jedoch nur: „Ja, danke. Ich wollte Ihnen nur Bescheid geben, dass Frau Berg vermutlich bereits am kommenden Wochenende in ihr neues Haus ziehen kann."

„Am kommenden Wochenende schon?", fragte Herr Winter überrascht. „Ich hatte gehört, dass noch alle Zimmer gestrichen werden müssen."

„Nicht mehr", erwiderte Steffen zufrieden.

Herr Winter schüttelte erstaunt den Kopf. „Herr Thies, ich wusste ja schon immer, dass man sich auf Sie verlassen kann und Sie stets gut organisiert sind. Aber wie, zum Teufel, haben Sie das so schnell geschafft?"

„Das ist einer der Vorteile, wenn man in einem kleinen Ort wohnt, in dem man sich gegenseitig hilft. Ich habe nur ein bisschen herumtelefonieren müssen. Der Nachbar meiner Eltern hat einen Malerbetrieb. Der hat Frau Berg ausgeholfen mit der Unterstützung einiger Spieler der *Pitbulls*." Dass er selbst ebenfalls massiv beteiligt gewesen war, verschwieg er lieber.

„Ach, das ist die viel beschworene Knopfheimer Gastfreundschaft. Falls die Firma Winter in nächster Zeit in Knopfheim sponsortechnisch noch bei irgendetwas aushelfen kann, sagen Sie bitte Bescheid." Er ergriff Steffens Hand und schüttelte sie. „Herzlichen

Dank auch Ihnen, Herr Thies, für Ihren Einsatz."

„Gern."

Und dann eilte Herr Winter mit den Worten weiter: „Wir sehen uns dann um zehn zur Lagebesprechung mit den Abteilungsleitern und Frau Berg."

Kurz vor zehn betrat Steffen den Besprechungsraum auf der Chefetage. Die Entwicklungschefin Frau Metzger und Herr Arens von der Produktion waren bereits da und begrüßten ihn freundlich. Dann kam Marie herein und Steffen merkte sofort, wie sich die Raumtemperatur in Frau Metzgers Umfeld um ein paar Grad abkühlte. Sie war wohl immer noch nicht wirklich gut auf die neue Chefin zu sprechen.

Als Herr Winter gefolgt vom Marketingchef Herrn Grell den Raum betrat, wurde die Atmosphäre wieder wärmer. Das lag nicht nur an Herrn Winters stets freundlicher Miene, sondern auch an Frau Metzgers kriecherischem Lächeln bei seiner Begrüßung.

Warum war ihm ihre speichelleckende Art früher noch nicht aufgefallen?

Nach Herrn Winters kurzen Willkommensworten übergab er Marie die Leitung der Sitzung.

„Es freut mich, dass Sie alle Zeit gefunden haben", begann Marie. „Ich denke, es ist während meiner Anfangsphase sinnvoll, wenn wir uns regelmäßig treffen, um uns gegenseitig mit neuesten Informationen zu versorgen. Herr Winter wollte heute auch gern mit dabei sein. Herr Arens, vielleicht beginnen wir mit Ihnen?"

Sein Kollege nickte und berichtete über den Stand der geplanten Produkte für den US-amerikanischen Markt. Er informierte Marie über die vor einigen Wochen entdeckten Ursachen eines Problems, was das Bohrfutter der Schlagbohrmaschine betraf. Dieses sei behoben, sodass die Versuchsabteilung bereits mit neuen Testreihen hatte beginnen können. Dann erstattete er Bericht zum Produktionsstand der restlichen Werkzeuge wie Nagelpistole, Schleifmaschine und Schlagschrauber. Maries Zwischenfragen beantwortete er sachlich und kompetent, dass sie sich zufrieden bei ihm bedankte.

„Herr Arens, können Sie mir bitte die Versuchsergebnisse vor und nach den Verbesserungsmaßnahmen bei der Schlagbohrmaschine zukommen lassen? Ist das bis Mittwoch möglich? Ich würde mir gern selbst ein Bild machen."

Herr Arens nickte freundlich. „Ja, natürlich. Ich werde es noch heute zusammenstellen und Ihnen vorbeibringen lassen."

Marie bedankte sich mit einem Nicken und wandte sich der Entwicklungschefin zu: „Wie hat Ihre Abteilung, Frau Metzger, das Problem mit dem Bohrfutter beheben können? Und welches Feedback haben Sie bisher von der Versuchsabteilung bekommen hinsichtlich der durchgeführten Verbesserungen?"

Steffen merkte der Entwicklungschefin an, wie sie sich innerlich versteifte und sich aufrecht hinsetzte. Das war bei Herrn Jankowski nie so gewesen. Dann begann sie, Maries Fragen zu beantworten, wobei Steffen unterschwellig Frau Metzgers Aversion spürte, Rechenschaft ablegen zu müssen – als ob sie wie ein Schulkind geprüft würde.

Sie hatte dazu keine Veranlassung. Wie früher sein alter Chef war Marie die Person, bei der alle Fäden zusammenliefen. Die nicht nur den großen Überblick besaß, was ihre Firma produzierte, sondern auch das benötigte Know-how, um mögliche Fehler frühzeitig zu entdecken oder aufkommende Probleme vorauszusehen. Zudem hatte Marie mit ihrer Erfahrung ganz klare Vorstellungen, was die Märkte brauchten und zu welchem Preis.

Frau Metzgers Bericht war – nach Herrn Arens' detaillierten Ausführungen – fast schon beleidigend knapp. Die Lippen der Entwicklungschefin waren, wenn sie nicht gerade sprach, zu einer dünnen Linie zusammengepresst. Maries Fragen schienen ihre Laune auch nicht gerade zu heben. Dennoch schaffte sie es, im Rahmen des Höflichen zu bleiben – immer im Hinblick darauf, dass Herr Winter der Sitzung beiwohnte.

„Gut", beschloss Marie ihr Anliegen. „Könnten Sie mir bitte ebenfalls bis spätestens Mittwoch die Unterlagen zukommen lassen?"

„Wozu?", fiel die Entwicklungschefin ihr ins Wort und Steffen bemerkte hektische rote Flecken im Ausschnitt ihrer weißen Bluse. „Die sind schon von Herrn Jankowski abgesegnet worden. Es ist also alles im grünen Bereich. Ich wüsste nicht, was man da noch prüfen müsste."

Am liebsten hätte Steffen Marie verbal in Schutz genommen und Frau Metzgers Aufmüpfigkeit zurechtgestutzt. Doch seine neue Chefin war eine erwachsene Frau, die in Anbetracht ihres bisherigen beruflichen Werdegangs keinen Beistand nötig hatte.

Alle Blicke richteten sich auf Marie. Jetzt war Steffen mal gespannt, wie sie reagierte: Einen Rückzieher machen oder das tun, wofür sie engagiert worden war.

„Frau Metzger“, begann Marie mit ruhiger Stimme. „Ich denke, es ist in unser aller Interesse, dem weltweit sehr guten Ruf der Firma Winter gerecht zu werden, indem wir diese neuen Werkzeuge in der für uns bestmöglichen Qualität produzieren. Hermann Tietz, der Begründer der Kaufhauskette *Hertie,* hat bereits vor über hundert Jahren gesagt: *Qualität bedeutet, dass der Kunde und nicht die Ware zurückkommt.* Bei Dingen wie Qualitätssicherung kann man nicht gründlich genug sein, da geben Sie mir sicher recht.“ Dann vertiefte Marie ihr kleines Lächeln und meinte: „Und dass ich bei für mich offenen Fragen beharrlich nachhake, werden Sie bestimmt schon gemerkt haben.“

Marie hatte sich für diplomatische Konfrontation entschieden. *Gutes Mädchen!*

Frau Metzgers einzige Reaktion waren ihre aufeinandergepressten Lippen. „Ich lasse Ihnen den Bericht zukommen.“

„Vielen Dank, Frau Metzger.“ Dann wandte sich Marie an Steffen, der sie über den Status der anstehenden Umstrukturierungsmaßnahmen der US-amerikanischen Fabrik informierte.

Nach ihm kam Herr Grell vom Marketing dran. Wie es seine Art war, verzettelte er sich in Nebensächlichkeiten, als es um die geplante Werbestrategie ging, dass Marie ihn immer wieder mit Fragen oder Bemerkungen zurück zum Thema bringen musste.

Steffen schmunzelte innerlich. Herr Grell war ein netter Mann und Kollege. Aber er sollte besser nach dem Sprichwort leben: *Des trefflichen Wortes trefflichste Würze liegt in Wahrheit, Klarheit und Kürze.*

Am Ende der Besprechung lächelte Marie den Mitarbeitern aufmunternd zu: „Ich bedanke mich sehr herzlich für Ihre Berichterstattung. Wir verfahren so, wie wir das besprochen haben“, sie warf Herrn Arens und Frau Metzger einen kurzen Blick zu, „und setzen uns dann zu gegebener Zeit wieder zusammen. Wegen eines Termins wird sich Frau Schneider bei Ihnen melden.“ Dann schickte sie ein warmes Lächeln in die Runde. „Ich wünsche uns allen noch einen schönen Tag und hoffe, wir halten es mit Charlie Chaplin, der gesagt hat, ein Tag ohne Lächeln sei ein verlorener

Tag."

Da die Kollegen ihr schmunzelnd beipflichteten, hatte sie ihr Ziel erreicht und lächelte zufrieden. Nur Frau Metzger verdrehte die Augen und verließ den Raum.

Steffen hatte diesen Spruch als gerahmten Schriftzug in Maries Büro hängen sehen, sich aber nichts dabei gedacht. Jetzt im Nachhinein erkannte er, dass ihr dessen Bedeutung gerade auch im beruflichen Umfeld sehr wichtig war. Das merkte er daran, wie sie ihre Angestellten behandelte: mit freundlichem Respekt, motivierenden Worten und gerechtfertigten Anforderungen, weil sie wusste, dass Mitarbeiter nur an Herausforderungen wuchsen.

Als die Kollegen ihre Unterlagen zusammenpackten und sich zur Tür wandten, bemerkte er, wie Herr Winter lächelnd auf Marie zusteuerte. Deshalb fragte Steffen kurz dazwischen: „Frau Berg, brauchen Sie mich noch?"

Sie blickte zu ihm und meinte: „Nein danke, Herr Thies. Ich melde mich, wenn nötig."

Steffen nickte und ging zur Tür. Dabei warf er noch einmal einen kurzen Blick zurück und beobachtete, wie Herr Winter zu Marie trat und ihr kurz eine Hand an den Ellenbogen legte. Bei dieser Geste lächelte sie dankbar und beantwortete seine Frage.

Irritiert wandte sich Steffen ab und merkte, wie sich ein eigenartiges Gefühl in seiner Brust bildete. Eifersucht war das aber nicht.

Natürlich nicht.

Dennoch war es seltsam … Herr Winter und sein Bruder berührten nie einen Angestellten der Firma, außer wenn sie Hände schüttelten. Sie waren stets freundlich, manchmal diplomatisch, selten fordernd, aber körperlicher Kontakt war Steffen noch nie aufgefallen.

Besonders nicht bei weiblichen Mitarbeitern.

Steffen schüttelte verwundert den Kopf, als er zu seinem Büro ging. Nein, eifersüchtig war er definitiv nicht. Schließlich war sein Chef etwa fünfundzwanzig Jahre älter als Marie - okay, das musste nichts heißen …

Aber, Herrschaftszeiten noch mal, er war doch schwul!

Steffen blieb abrupt stehen und spürte dem verräterischen Stechen in seiner Brust nach - und musste sich diesem Gefühl stellen.

Was sagte es über ihn aus, dass er sogar wegen seines *schwulen* Chefs eifersüchtig reagierte?!

Nach einem Nachmittag voller Arbeit machte Steffen früher Schluss, weil er in Mannheim noch etwas besorgen musste. Während er durch die Innenstadt lief, dachte er an ein paar Dinge, die er am nächsten Tag unbedingt gleich morgens erledigen sollte. Plötzlich blieb er mit einem Ruck stehen, weil jemand seinen Weg kreuzte und ebenfalls überrascht innehielt.

Während er noch seine Augen scharf stellte und gedanklich auftauchte, hörte er schon ein erfreutes: „Steffen! Das ist aber ein Zufall! Lange nicht mehr gesehen."

Seine Ex Helena stand vor ihm und strahlte ihn an. Sie trug legere Freizeitklamotten, was bei ihr hieß: Designerjeans, kniehohe schwarze Stiefel, ein weißes enges T-Shirt und eine modische weinrote Lederjacke.

„Gut siehst du aus", begann sie und schürzte verführerisch ihre Lippen. „Du hast dir die Haare wachsen lassen." Ihr bewundernder Blick wanderte über seine neue Frisur. „Steht dir. Und, wie geht es dir?"

„Gut, vielen Dank", erwiderte Steffen und lächelte. „Und dir? Wie ist das Leben auf der Überholspur?"

Sie lachte und machte eine lässige Handbewegung. „Aufregend wie eh und je. Viel zu tun, aber du weißt ja, dass ich es so mag." Sie schob mit einer Hand ihre langen, dunklen und leicht gestuften Haare über die Schulter. „Manchmal denke ich, ich sollte auch langsam mal einen Gang runterschalten. Doch dann gibt es wieder eine neue Aufgabe, die mich herausfordert."

Wortgewandt, wie Helena schon immer war, erzählte sie Steffen auf amüsante Art von ihrer letzten Dienstreise. Nun gut, die Begeisterung war ein wenig gespickt mit effekthascherischen Beispielen für ihre bemerkenswerten Leistungen. Aber Helena bewirkte wirklich viel, das musste Steffen neidlos zugeben, und konnte berechtigt stolz auf sich und ihre steile Karriere sein.

Marie war ebenfalls eine karriereorientierte Geschäftsfrau. Doch man konnte sie nicht mit Helena vergleichen. Marie war bodenständig und – so erfolgreich sie auch war – bescheiden geblieben.

Helena flirtete mit jedem, sogar mit Arbeitskollegen und Kunden ihrer Firma. Sie setzte ihre weiblichen Reize ein, um beruflich vorwärtszukommen. Das würde Marie nie tun. Sie war stets sachbezogen und fokussiert auf die Materie. Sie ruhte in sich und wirkte beruhigend auf Steffen.

Beim Abschied öffnete Helena die Arme, als wolle sie ihn fragen, ob er mit einer kurzen Umarmung einverstanden sei. Dann winkte sie ab nach dem Motto: „Ach, was soll's, stellen wir uns nicht so an" und schloss ihn in ihre Arme.

„War schön, dich zu sehen", lächelte sie und zwinkerte ihm zu. Dabei strahlte sie über das ganze Gesicht, weil sie sich tatsächlich über das Wiedersehen freute.

Steffen selbst hatte leicht gemischte Gefühle. Er hatte sich mit ihr in der kurzen Zeit ihres Zusammenseins - bis auf wenige Meinungsverschiedenheiten - gut verstanden. Doch ihre anstrengende Quirligkeit, an der sich nichts geändert hatte, bestätigte ihn in seiner damaligen Entscheidung, sich von ihr zu trennen.

„Ja, ich wünsch' dir alles Gute. Tschüss", erwiderte Steffen und machte sich in die andere Richtung auf.

So nett die Begegnung mit Helena auch gewesen war, war er dennoch froh, als er wieder weitergehen konnte, um seine unerledigten Dinge abzuarbeiten. Dabei schoss ihm der Gedanke durch den Kopf, was Marie - rein menschlich gesehen - doch für eine Wohltat für Geist und Seele war.

Kapitel 14

Tat das gut!

Marie schwamm die letzten Züge, bis sie den Rand des Schwimmbeckens erreichte. Im Hallenbad war trotz der frühen Stunde einiges los. Viele Besucher zogen stur ihre Bahnen, bevor sie danach zur Arbeit fuhren. Nach tausend Metern fühlte sich Marie zugleich wohlig erschöpft und hellwach. Sie zog sich aus dem Wasser und ging zu ihrer Liege.

Als sie sich abtrocknete, sah sie, wie sich ein Mann mit Schwimmbrille elegant aus dem Becken stemmte. Groß, drahtig, mit längeren, vom Wasser dunkelblonden Haaren.

War das Steffen?

Das wäre aber mehr als Zufall!

Sie bewegte sich automatisch in seine Richtung, bis sie mit etwas Abstand hinter ihm zum Stehen kam. Sie beobachtete, wie er die Schwimmbrille abnahm, wobei seine Rückenmuskulatur in Bewegung geriet und kleine Rinnsale Wasser über seine Haut flossen. Schöne maskuline Hände mit schlanken Fingern strichen das Haar nach hinten. Die trainierten Schultern beugten sich vor, um nach dem Badetuch auf der Liege zu greifen. Dabei spannte sich die glatte Haut über seinem Rücken, der in einer schmalen Hüfte auslief. Die Beine, lang und kräftig, zeugten von regelmäßigem Schwimmtraining.

Und dann dieser waffenscheinpflichtige Hintern ...

„Entschuldigung ...", begann Marie.

Der Mann drehte sich abrupt um und sie lachte überrascht auf. Es war tatsächlich Steffen.

Sein irritierter Blick ließ sie innehalten, denn er kniff leicht die Augen zusammen, bückte sich und zog eine Brille auf die Nase. „Marie?", fragte er verdutzt. „Was machst du denn hier?"

„Ich habe gerade bei einem Origami-Kurs mitgemacht und hoffe, dass ich noch einen freien Platz beim Töpfern ergattern kann." Sie lachte, als sie Steffens verdatterten Blick bemerkte. „Nein. Ich denke, ich bin aus demselben Grund hier wie du. Du willst vor den langen Bürotagen in Bewegung kommen?"

Er nickte. „Ja, ich merke, dass ich ausgeglichener und geduldiger auf der Arbeit bin, wenn ich Sport treibe. Und weil ich, wie du weißt, kein Eishockey spielen kann, muss ich mich eben beim Schwimmen und Tennisspielen austoben."

Mit einem kleinen Lächeln zeigte sie auf sein Gesicht. „Ich wusste gar nicht, dass du eine Brille brauchst." Das dünnrandige, dunkle Gestell passte gut zu seiner Gesichtsform. Sie ließ ihn einerseits intellektuell, andererseits wegen seiner längeren Haare fast wie ein Künstler wirken.

„Ja, bin kurzsichtig wie ein Maulwurf." Er machte eine relativierende Handbewegung. „Na ja, so schlimm ist es auch nicht. Aber ich hätte dich auf der anderen Seite des Beckens ohne Brille oder Kontaktlinsen nicht erkannt."

„Vermutlich sind wir eine halbe Stunde nebeneinander her geschwommen, ohne es zu merken", grinste Marie und tupfte sich die Haare trocken. Dabei huschte ihr Blick kurz über Steffens in ansprechende Muskelpartien unterteilten Oberkörper. Er wirkte geschmeidig, athletisch und einfach köstlich! „Hast du schon gefrühstückt?" Beim zeitgleichen Knurren ihres Magens verdrehte Marie innerlich die Augen. Wenn sie etwas Appetitliches vor sich hatte, regte das garantiert ihren Hunger an.

Überrascht über den plötzlichen Themenwechsel runzelte Steffen die Stirn. „Äh, nicht richtig. Ich nehme mir meist eine Kleinigkeit mit, wenn ich morgens schwimmen gehe."

„Ah, ich dachte nur … Hier in der Nähe gibt es nämlich einen Supermarkt, der früh öffnet und eine Bäckerei mit Sitzplätzen hat. Ich habe letzte Woche dort gefrühstückt, als ich zum ersten Mal im Hallenbad war und danach gleich zur Arbeit gefahren bin. Hättest du Lust?"

Steffens Lächeln war fast schon süß. „Ja, sehr."

Es war für Marie ein äußerst seltsames Gefühl, ihren Mitarbeiter, den sie im Geschäft siezte, halb nackt vor sich stehen zu sehen – in einer engen, nassen Badehose, die keinen Raum für Fantasie bot. Am Rande nahm sie die kleinen Wassertröpfchen auf seiner festen Brust wahr, die sie verführten, genauer hinzuschauen. Dennoch zwang sie sich, den Blick auf einem gesellschaftstauglichen Niveau zu halten, und versank dafür in Steffens hellbraunen Augen, deren dunkle feuchte Wimpern an den Spitzen zusammengeklebt waren. Und dann spürte sie, wie alles um sie herum in den Hintergrund trat, da sie von diesen atemberaubend lebendigen Augen gefesselt wurde, die durch die kleinen Lachfältchen in den Augenwinkeln noch wärmer wirkten.

„Dann treffen wir uns im Eingangsbereich?", fragte Steffen.

Marie riss sich gewaltsam zusammen, blinzelte kurz und nickte lächelnd. Sie drehte sich um und ging zu ihrer Liege, um ihre Sachen zu holen.

Steffen tat so, als würde er seinen Kram zusammenraffen. Dabei blickte er Marie jedoch nach und versank in ihrem Anblick: Sie hatte breitere Schultern, die in einem eleganten Schwung über eine schlanke Taille in einem leise lockenden, femininen Hüftschwung endeten. Der hohe Beinausschnitt ihres Sportbadeanzugs ließ ihre langen trainierten Beine noch länger und ihren süßen Po rund und fest wirken. Der gekreuzte Rückenausschnitt enthüllte verführerische Teile ihres straffen Rückens, die ein archaisches Interesse in ihm weckten.

Oh Mann! Von vorne war Marie in ihrem Badeanzug mit den vor Kälte festen Knospen schon eine Augenweide gewesen. Aber von hinten erst! Diese wohlproportionierten Kurven und ihre kleinen strammen Pobacken, die bei jedem ihrer Schritte sanft hin und her wippten und auf denen der Badeanzugstoff klebte wie eine zweite Haut! Am liebsten hätte er sie rücklings angesprungen und sich im festen Fleisch verbissen.

Er stöhnte bei dieser Vorstellung leise auf und hätte sich fast verschluckt, als sie das Unvorstellbare tat … An ihrer Liege angekommen beugte sie sich vor, um ein paar Dinge in ihre Tasche zu stecken und etwas vom Boden aufzuheben.

Aargghhh!!

Der schmale Spalt zwischen ihren Oberschenkeln hatte sich verbreitert und lockte ihn nun mit dem Versprechen auf honigsüße Erfüllung. Dieser Anblick brachte ihn fast um, da er sein Verlangen entzündete wie ein Buschfeuer.

Er wollte sie berühren. Sie schmecken. Mit seinen Händen über ihre langen Beine fahren bis ganz nach oben. Sie liebkosen und küssen, bis ihr heißes Zentrum sich für ihn öffnete und …

Beinahe wäre er über den Fuß seiner Liege gestolpert. Seit wann war er nur so tollpatschig?!

Er riss den Blick von ihr weg und konzentrierte sich darauf, nach seiner Schwimmbrille mit den geschliffenen Gläsern zu greifen, ein großes Badetuch strategisch geschickt in Händen zu halten und sich auf zu den Herrenduschen zu machen.

Chefin! Sie ist deine Chefin!!, rief er sich zum wiederholten Male in Erinnerung. Doch der ungezogene Junge in ihm streckte seinen Argumenten die Zunge heraus und lachte ihnen frech ins Gesicht.

Selbst die kalte Dusche konnte die unvernünftige Begeisterung seines Körpers kaum dämpfen. Steffen schüttelte voller Bedenken den Kopf. Ob das eine gute Idee war, jetzt mit Marie frühstücken zu gehen? Vielleicht sollte er einen vergessenen Termin vorschieben und gleich zur Arbeit fahren …

Nein.

Steffen war ein erwachsener Mann, der schon mit ganz anderen Hindernissen fertig geworden war. Und die Herrschaft über seinen Hormonhaushalt? Das war bisher auch noch nie ein Problem gewesen.

Als er den Duschbereich verließ, um zu den Umkleidekabinen zu gehen, wäre er fast wieder gestolpert – diesmal jedoch über den Rollwagen einer Reinigungskraft.

Kreuzdonnerwetter noch mal!

Als er zehn Minuten später mit Hemd und Hose bekleidet in den vorderen Bereich des Hallenbads trat, war von Marie noch nichts zu sehen. Erst als er mit Föhnen fast fertig war, kam sie aus einer Umkleidekabine. Man merkte ihr sofort an, dass sie irgendetwas nervte.

Stöhnend stellte sie ihre Sporttasche ab und warf einen fragenden Blick auf seinen Anzug. „Wie machst du das eigentlich mit deinen Arbeitsklamotten, dass die nicht völlig verknittert werden, bis du zur Arbeit fährst?“ Sie deutete auf ihre Bluse. „Wie du eine Nylonstrumpfhose über feuchte Beine bekommst, brauche ich dich gar nicht erst zu fragen.“

Steffen grinste. „Ich fahre in bequemer Trainingskleidung zum Hallenbad, nehme aber den Anzug mit Hemd in einem dünnen Kleidersack mit und hänge ihn in den Spind.“ Er steckte den Föhn zurück in die Halterung.

„Ah, das werde ich beim nächsten Mal auch so machen. Ich finde es widersinnig, morgens frische Klamotten anzuziehen, wenn ich mich erst hinterher dusche.“ Marie schien mit dieser Lösung mehr als zufrieden. „Wegen Frühstück: Du weißt, welchen Supermarkt ich meine?“

Steffen nickte und griff nach seiner Krawatte, um sie zu binden. „Ich denke schon.“

Dann bemerkte er, dass Maries faszinierter Blick auf seinen Fingern ruhte, die mit dem Knoten beschäftigt waren. Als ob sie noch nie einem Mann dabei zugesehen hätte. Abrupt wandte sie sich ab, als wäre sie bei etwas Ungehörigem ertappt worden.

Seltsam. Was würde er jetzt dafür geben, ihre – vermutlich nicht jugendfreien – Gedanken lesen zu können.

Ein heißes Kribbeln rieselte seinen Rücken hinunter.

Und wieder einmal stellte er fest, dass es ihm eine Heidenangst einjagte, welches Verlangen Marie mit nur einem einzigen Blick in ihm auslöste.

Er atmete tief durch, um sich zu beruhigen.

Nun konnte Steffen seinerseits beobachten, wie unprätentiös Marie ihre Haare frisierte. Nachdem sie sie geföhnt hatte, kämmte sie ihre Locken mit einem breit gezinkten Kamm durch, sprühte drei Spritzer Haarspray darauf – und war fertig.

Steffen schmunzelte. Seine Chefin war wirklich und wahrhaftig pragmatisch und auf die wichtigen Dinge des Lebens konzentriert.

Das gefiel ihm so an ihr.

Bevor er in sein silbernes 3er Cabrio stieg, winkte er ihr zu, sie solle vorausfahren. Dann scherte er hinter ihr ein, als sie den Blinker setzte und vom Parkplatz fuhr. Nach kaum fünf Minuten waren sie am Supermarkt angelangt, der morgens ab sieben Uhr geöffnet hatte. Das Café der Bäckerei war nett eingerichtet und mit großen Grünpflanzen vom Einkaufsbereich abgetrennt.

Nachdem sie sich an der Theke mit Kaffee, Cappuccino und ein paar Kleinigkeiten zum Essen eingedeckt hatten, setzten sie sich einvernehmlich in die hinterste Ecke – so, als ob sie sich vor neugierigen Blicken schützen wollten.

Als Marie einen Schluck aus ihrer Tasse nahm, streifte ihr Blick Steffens Krawattenknoten.

Es war fast schon peinlich, wie sehr es sie fasziniert hatte, ihm beim Binden zuzuschauen. Wie der seidige Stoff fachmännisch durch seine schönen schlanken Finger geglitten war, sodass der Knoten bereits beim ersten Versuch perfekt saß. So männlich und ansprechend – und überaus anregend.

Marie überlegte ernsthaft, ob sie komplett übergeschnappt war, weil sie eine solche Kleinigkeit heiß machte. Um sich abzulenken, ließ sie ihre Augen über den Nebentisch wandern, an dem ein Mann Zeitung las, und fragte: „Du hast heute Morgen keinen Termin, zu dem du pünktlich in der Firma sein musst, oder?"

„Nein, ich kann frei über meinen Vormittag verfügen." Steffen warf einen Blick auf seine Armbanduhr. „Vor acht vermisst mich sowieso keiner auf der Arbeit."

Nachdem Marie noch einen Schluck von ihrem Cappuccino genommen hatte, meinte sie: „Frau Metzger hat ihre Abteilung gut im Griff und versteht ihr Fachgebiet, das merke ich. Dass sie manchmal ziemlich kratzbürstig ist, würde einen Ausspruch von Pearl S. Buck bestätigen, die mal gesagt hat, dass das Streben nach Vollkommenheit manche Menschen vollkommen unerträglich macht. Die Zeit wird zeigen, ob Frau Metzgers Arbeit wirklich so mustergültig ist, dass sie ihre Kratzbürstigkeit rechtfertigt. Hat sie sich mit Herrn Jankowski auch immer angelegt, wenn er ein paar detailliertere Informationen von ihr wollte?" Sie blickte Steffen fragend an, während sie von ihrem Schinken-Käse-Croissant abbiss.

Steffen schüttelte den Kopf und meinte: „Mit Herrn Jankowski hat sie sich super verstanden. Die waren wie Seelenverwandte: Zwei Ingenieure – ein fachlicher Gedanke. Dass er einen Schlaganfall bekommen hat, hat sie schon ziemlich mitgenommen, glaube ich. Ich habe es an Kleinigkeiten in ihrem Verhalten bemerkt." Er schob sich nachdenklich einen kleinen Löffel Naturjoghurt mit frischen Früchten in den Mund, kaute und schluckte runter. „Ich denke, du bist ihr suspekt, weil du so schnell hier anfangen konntest, mehr Kompetenz mitbringst, obwohl du viel jünger bist als alle Abteilungsleiter, und vor allem, weil sie vermutlich selbst ein Auge auf deine Position geworfen hatte." Steffen lächelte. „Aber ich denke, du hast gestern sehr gut reagiert. Freundliche Beharrlichkeit mit notfalls deutlichen Worten."

Marie nickte. „Wir werden sehen, ob sie die neue Situation akzeptieren kann. Solche Sachen darf ich als Chefin nicht persönlich nehmen." Dann lächelte sie leicht und wechselte zu einem erfreulicheren Thema: „Ich habe am Sonntag nach dem Putzen und gestern Abend nach Möbeln geschaut und schon ein paar in die engere Wahl gezogen. Dein Angebot steht noch?"

„Klar. Ich hole dich am Samstag vor deinem Hotel ab."

Marie nickte. „Woher bekommst du den Lieferwagen?"

„Von einem Eishockey-Freund von Mischa."

Sie legte den Kopf leicht schief und blickte Steffen nachdenklich an. „Was glaubst du, woran es lag, dass du kein Talent auf dem Eis hattest? Sportlich bist du ja, das sieht man dir an. Und wenn du gern Tennis spielst, scheinst du eine gute Augen-Hand-Koordination zu haben, die für Eishockey auch wichtig ist."

Marie beobachtete, wie auf ihre Frage hin in einem Sekundenbruchteil widersprüchliche Gefühle über Steffens Miene huschten, bis er leise lachte und den Kopf schüttelte. Dass er dabei mit seinen langen schlanken Fingern den perfekt sitzenden Krawattenknoten zurechtrückte, zeigte ihr, dass ihn innerlich etwas beschäftigte. Bei einem so selbstsicheren Mann wie Steffen machte sie das neugierig.

„Ich fühle mich grundsätzlich unsicher, wenn ich keinen festen Boden unter den Füßen habe. Das ist etwas, was Nina und ich gemeinsam haben. Aus diesem Grund wäre ein Kletterpark auch die Hölle für mich." Er schüttelte sich leicht vor Unbehagen, dass Marie grinsen musste. „Deshalb war ich auf dem Eis eher tollpatschig und ungeschickt. Inliner kann ich übrigens auch nicht fahren. Ich bin lieber geschwommen und habe mit vierzehn begonnen,

Tennis zu spielen. Davor war ich, was den sportlichen Aspekt angeht, ein Außenseiter in Knopfheim, weil ich als Kind eher …", Marie merkte, wie er nach einem passenden Wort suchte, „behäbig war."

„Behäbig?", lachte sie amüsiert auf. „An dir ist überhaupt nichts behäbig." Sie ließ ihren Blick genussvoll über seine schlanke Figur wandern. „Wenn du dich bewegst, hast du eine erstklassige Körperspannung und einen federnden Gang. Deine Haltung ist 1a und ich bin mir sicher, du kannst Maximilian mit deinen langen Beinen ziemlich gut über den Tennisplatz scheuchen. Was ist *daran* bitte behäbig?"

Er blickte sie intensiv an, als würde er die Antwort auf eine bestimmte Frage in ihrem Gesicht suchen.

„Was?" Marie wischte sich über den Mund, weil sie dachte, ein paar Croissant-Krümel wären an ihrem Kinn kleben geblieben.

„Kann ich dir etwas als Privatperson, nicht als Chefin erzählen, damit es nicht beruflich gegen mich verwendet werden kann?" Er lachte. „Es ist nichts Schlimmes, aber ich weiß, dass manche Menschen - auch bei uns in der Firma - immer etwas suchen, über das sie lästern oder schlecht reden können - und davon hatte ich in meinem Leben schon mehr als genug."

Marie nickte. „Natürlich. Ich denke, wir sind an einem Punkt, an dem wir keine unpersönlichen Mitarbeiter mehr sind, …"

„… was wir noch nie waren …", stellte Steffen leise klar.

Sie lächelte. „… sondern etwas wie Freunde. Hoffe ich zumindest", fügte sie an und blickte in seine Augen.

Was sie dort sah, war ein warmes, zustimmendes Strahlen, das sie an dunklen Bernstein im Sonnenlicht erinnerte.

„Meine Familie", begann Steffen, „besteht aus herzensguten Menschen, die einander lieben, in allem unterstützen und fördern. Und Liebe geht oft durch den Magen, den Spruch kennst du sicher. Ich hatte als Kind runde Bäckchen - und damit meine ich nicht meine Pobacken." Er grinste leicht. „Wenigstens war ich nicht fettleibig. Aber wir waren alle durch die Bank weg eher rundlich-gemütlich als schlank und sportlich - was für einige wenige Kinder in meiner Grundschulklasse natürlich ein gefundenes Fressen war. Du kannst dir sicher vorstellen, dass es ein molliges, unsportliches Kind in einem so eishockeyverrückten Dorf wie meinem nicht leicht hat."

Marie merkte, wie Steffen in Erinnerungen versank.

„Zudem gehörte meiner Großmutter früher die Bäckerei in Knopfheim, bei der ich mir immer eine leckere, von klebrigem Zuckerguss bedeckte Schneckennudel abholen konnte, wenn ich sie dort besuchte. Sie überschüttete mich mit ihrer ganzen Liebe und süßem Gebäck. Du kannst dir sicher vorstellen, dass das schnell in einen Teufelskreis mündete: Einige Kinder hänselten mich, daraufhin suchte ich Trost bei meiner Großmutter und bekam als Trostmumpferl was Süßes, wodurch ich erst recht nicht abnahm.“ Er verdrehte die Augen. „Außerdem wurde bei uns in der Familie Essen stets geschätzt und genossen. Das ging damit einher, dass meine Mutter für alle die Portionen schöpfte – und der Teller wurde in unserer Familie immer leergegessen.“

Ein Puzzleteilchen in Maries Kopf rückte an seinen Platz. Deshalb musste sie fragen: „Besteht da ein Zusammenhang, dass du beim Essen immer einen kleinen Rest auf deinem Teller liegenlässt? Mir ist das vorher schon ein paar Mal aufgefallen.“ Sie nickte in Richtung der Schale, in der sich der Joghurt mit Früchten befunden hatte: Ein Rest Creme und eine halbe Traube lagen noch drin.

Steffen lacht überrascht auf. „Du beobachtest aber gut. Ja, ich denke, das liegt daran, dass ich früher immer den Teller leer essen musste. Das ist wie eine Rebellion im Kleinen und eine Bestätigung für mich, dass ich die Disziplin habe aufzuhören, wann ich will.“ Er nahm einen Schluck Kaffee. „Außerdem hatte ich als Kind lernen müssen zu entscheiden, wann ich wirklich satt war – und wann mich nur meine Gelüste im Griff hatten.“

„Und wie bist du aus diesem Teufelskreis ausgebrochen?“

„Das war eher Zufall. Ich war damals mit zehn wegen eines Infekts mit meiner Mutter beim Kinderarzt. Der sprach mich darauf an, wie es wegen meines Übergewichts weitergehen solle. Er machte mir klar, dass es von mir abhinge, denn nur ich könne etwas verändern. Er erklärte mir, dass der Zeitpunkt sehr günstig sei, da ich nicht bewusst abnehmen müsse, weil ich in den nächsten Jahren wachsen würde. Und wenn ich jetzt anfinge, mich zu bewegen und gesunde Mischkost zu essen, würde sich das alles von ganz allein verwachsen. Ich müsse nur geduldig sein.“ Er strich sich nachdenklich über die glattrasierte Wange. „Er sprach auch mit meiner Mutter und stellte den Kontakt zu einer Ernährungsberaterin her. Ich begann mit regelmäßigem Schwimmen, obwohl mir mein Anblick in Badehosen peinlich war. Aber ich war die vielen Hänseleien von ein paar bestimmten Klassenkameraden aus der Grundschule so leid, dass ich nicht wollte, dass es auch in der weiterführenden Schule und während meiner gesamten Pubertät so weiterging. Das war die Motivation, die mich durchhalten ließ – und meine ganze Familie unterstützte mich darin wie auch Nina, die mir in allem zur Seite stand und zu mir hielt."

Kapitel 15

Steffen hatte das Gefühl, mit Marie in einer Luftblase isoliert zu sein. Nichts um sie herum schien zu existieren. Nicht die Leute, die an der Theke Brot kauften und nicht die Besucher, die im Café-Bereich frühstückten.

Er beobachtete sie, während er weitererzählte. Doch er konnte nichts als ehrliches Interesse in ihrer Miene erkennen. „Meine Mutter begleitete mich zur Ernährungsberaterin – und stürzte sich mit Eifer in die Umsetzung. So ist sie schon immer gewesen."

So lieb, fürsorglich und weichherzig sie auch war, führte sie bei wichtigen Entscheidungen ein strenges Regiment und war wie eine eiserne Festung hinter seinem Entschluss gestanden. Nicht nur einmal hatte sie Steffens Großmutter ermahnt, ihn nicht mit zuckrigem Gebäck vollzustopfen.

„Der positive Nebeneffekt war", erzählte er weiter, „dass sich bei meinem Bruder auch vieles verwachsen hat und meine Eltern in den ganzen Jahren wenigstens nicht dicker geworden sind, sondern ein annehmbares Übergewicht gehalten haben. Sonst hätte mein Vater mit Sicherheit schon viel früher diesen Herzinfarkt bekommen. Ich denke, er wird auch jetzt vom Eifer meiner Mutter profitieren, was die Essensumstellung angeht." Steffen schmunzelte. „Als sich dann mit zwölf mein Wachstum beschleunigte, merkte ich schnell die Erfolge. Mit vierzehn hat mich ein Klassenkamerad mit auf den Tennisplatz genommen. Der Sport gefiel mir, weil er temporeich und ich mittlerweile beweglicher und wendiger geworden war."

Dass ein paar Mädchen ihm damals mit siebzehn bewundernde Blicke zugeworfen hatten, hatte seinem Ego gutgetan und einige alte Wunden heilen lassen. Dennoch merkte er noch heute, dass sich in manchen Situationen der kleine dicke Junge in seinem Inneren zu Wort meldete. Selbst nach all den Jahren.

Marie schüttelte leicht den Kopf. „Es ist doch irre, dass Kinder ihre Probleme so stark über Essgewohnheiten regeln."

Steffen zog die Augenbrauen hoch und fragte neugierig: „Wieso? Warst du als Kind etwa auch dicklich? Das kann ich mir fast nicht vorstellen."

„Nein", erwiderte sie. „Ich bin aber knapp an einer Magersucht vorbeigeschrammt."

Steffen blickte sie überrascht an und versuchte, sich eine hagere, fast schon knochige Version von Marie vorzustellen. Doch das gelang ihm nicht, weil er sich dieses hübsche Gesicht mit den weichen Zügen nicht kantig vorstellen konnte - und wollte.

„Als meine Mutter starb und ich deshalb zu meinem Onkel ziehen musste", begann Marie zu erzählen, „hatte ich das Gefühl, meine ganze Welt würde zerbrechen - und ich jeglichen Halt verlieren. Aus diesem Grund begann ich unbewusst, alles intensiv zu kontrollieren, was ich kontrollieren konnte, um mich dadurch besser und stabiler zu fühlen. Nur geriet das irgendwann außer Kontrolle. Paradox, oder?" Marie schüttelte den Kopf und Steffen spürte, wie ihn eine Welle des Mitgefühls mitriss. „Ich flüchtete mich verbissen in Sport. Weil ich in meiner Freizeit noch zusätzlich zum eigentlichen Eishockeytraining etwas für meine Kondition tat, vergaß ich oft zu essen und verlor deshalb viel Gewicht. Bevor es bei mir jedoch wirklich so schlimm mit dem Kalorienzählen werden konnte, was die *Anorexia nervosa* ja ausmacht, besprach sich meine Tante mit meiner Kinderärztin." Gedankenverloren zupfte sie an ihrem Ohrläppchen. „Die Ärztin riet mir, wegen der Trauerbewältigung einen Psychologen aufzusuchen, was ich vorher rigoros verweigert hatte. Außerdem wusste sie, dass man manche Anorektikerinnen über das Bewusstmachen zu fassen kriegt. Deshalb ging sie bei mir genau diesen Weg. Und was soll ich sagen? Es funktionierte wirklich. Sie machte mir durch regelmäßige Termine in der Praxis bewusst, wie stark ich in kurzer Zeit tatsächlich abnahm. Außerdem hatte ich einen wirklich tollen Eishockeytrainer, der mich damals sehr unterstützte und mir klarmachte, dass ich irgendwann das schnelle, kräftezehrende Spiel nicht mehr durchhalten würde. Und dieser Gedanke war für mich total inakzeptabel."

Marie nahm einen Schluck aus ihrer Tasse, bevor sie fortfuhr: „Zum Glück beschloss ich, dass ich nicht an dieser Krankheit kaputtgehen wollte. Ich begann, so zu essen, wie ich es mit der Ärztin besprochen hatte. Nach einer Weile merkte ich, dass mir die Regelmäßigkeit, aber auch das Essen selbst wieder leichter fielen. Irgendwann war ich dann so weit, eine Mahlzeit wie früher genießen zu können." Sie schüttelte den Kopf, versunken in Erinnerungen. „Was mich gerettet hat, war meine Hartnäckigkeit und mein Ehrgeiz." Sie suchte seinen Blick. „Du kannst dir sicher vorstellen, dass ich das im Überfluss habe, sonst hätte ich es beruflich nicht so weit gebracht."

Steffen nickte. Er konnte sich an ein Mädchen in seiner weiterführenden Schule erinnern, die auch an dieser Krankheit gelitten und immer wieder eine Kur gemacht hatte. Nur hatte sie nicht Maries Disziplin und Biss besessen. Irgendwann war sie nicht mehr in den Unterricht gekommen – und Steffen wusste bis heute nicht, ob sie es schließlich doch geschafft hatte.

„Es freut mich sehr für dich, dass du es aus dem Teufelskreis geschafft hast", erwiderte Steffen und meinte es von ganzem Herzen. „Es war damals aber nicht so schlimm, dass du von deinen Mitschülern dumm angemacht worden bist, hoffe ich?"

„Nein, so weit ist es nicht gekommen." Marie betrachtete ihn prüfend. „Aber bei dir schon."

Steffen zuckte mit den Schultern. „In meiner Grundschulklasse waren zwei Spezies, die mich wegen meiner Körperfülle, meiner Unsportlichkeit, aber auch wegen meiner stets sehr guten Noten und meiner Wissbegierde hänselten. Du weißt ja, dass es keine schlimmere Kombination gibt als ein kleines schlaues Dickerchen, das auch noch der Liebling der Lehrer ist." Er schnaubte leise. „Das haben nämlich Jannis und Peter so gesehen. Mann, war das ein Gespann! Die waren echt strunzdoof. Ich bekam immer wieder Schilder auf den Rücken geklebt mit *Schweinchen schlau* und obszönen *Fick-mich*-Sprüchen. Sie nannten mich den *intelligenten Fettklops mit den dicken Brillengläsern* und stellten mir einen Fuß, damit ich noch tollpatschiger wirkte, als ich eh schon war. Das alles machten sie, wenn Nina nicht in der Nähe war." Steffen schüttelte den Kopf, weil er die Situation noch deutlich vor Augen hatte. „Sie wussten nämlich, dass Nina bei solchen Gemeinheiten abging wie ein warmes Zäpfchen. Die hatten deswegen mehr als einmal Kloppe von ihr bezogen - und ich durfte danach regelmäßig Ninas heldenhafte Schrammen und blauen Flecken bewundern. Sie hatte schon immer einen starken Beschützerinstinkt gehabt, in dessen Genuss ich gekommen war. Sie war damals echt cool. Zwei Rattenschwänze, leicht schief stehende Zähne und ein freches Grinsen." Steffen musste bei der Erinnerung lachen. „Ich war noch nie der körperlich-offensive Typ gewesen - was zusätzlich gegen Eishockey als passendem Sport sprach."

Marie nickte verstehend und grinste. „Kennst du den kanadischen Eishockeyspieler Bryan Marchment?"

Er schüttelte den Kopf.

„Er hatte den Ruf als einer der dreckigsten Spieler. Der sagte mal über Eishockey: *Hey, das ist ein Männersport. Wenn du damit nicht klar kommst, geh und spiel Tennis.*"

Steffen lachte auf. „Ja, genau das habe ich ja dann auch gemacht. Jedenfalls habe ich damals in der Schule eher versucht, solche blöden Sprüche wie die von Jannis und Peter zu ignorieren, mit Humor zu nehmen oder mit einem intelligenten Kommentar zu parieren. Intelligenz war nämlich etwas, was die beiden *nicht* hatten."

Marie nickte wissend. „Du kennst sicher den Spruch: *Der Vorteil der Klugheit besteht darin, dass man sich dumm stellen kann. Das Gegenteil ist schon schwieriger.*"

„Ja", lachte Steffen. „Das passt zu Jannis und Peter."

Marie war sich sicher, dass Steffen mit diesem Humorpanzer und Nina als unterstützender Kavallerie einigermaßen gut durchs Leben gekommen war. Dennoch tat es ihr in der Seele weh, dass dieser freundliche Mann als Kind jahrelang rasiermesserscharfe Beleidigungen erdulden musste. Denn es gab manche verbale Spitzen, die auch eine solche Armierung durchdrangen und verletzten.

„War dein Übergewicht Thema des Gerüchts, von dem du mal erzählt hast?", riet Marie ins Blaue.

Steffen nickte. „Damals während der Grundschule geisterte monatelang das Ammenmärchen durch Knopfheim, ich sei mit meinem fetten Hintern im Jungenklo der Schule stecken geblieben und es habe fünf Lehrer bedurft, mich da wieder rauszuziehen." Er schüttelte den Kopf. „Die Knopfheimer spinnen echt. Eigentlich war es so gewesen, dass ich - pflichtbewusst wie ich war - trotz hohen Fiebers in die Schule ging, weil eine wichtige Arbeit anstand. Ich weiß bis heute nicht, wie ich meine Mutter an dem Tag austricksen konnte." Er lachte. „Nach der Arbeit hatte ich in der Toilette sozusagen einen Schwächeanfall, weil das Fieber noch mal gestiegen war. Ein Schüler holte einen Lehrer. Ein zweiter kam dazu, um zu helfen. Und so hat sich das Gerücht entwickelt - sicher auch befeuert durch fiese Sprüche und maßlose Übertreibungen von Jannis und Peter."

Marie machte ein mitfühlendes Geräusch. Dann bemerkte sie, dass Steffen pflichtschuldigst auf seine Armbanduhr blickte.

„Versteh' mich bitte nicht falsch, ich sage das jetzt sehr ungern, weil ich mich am liebsten den ganzen Tag mit dir unterhalten würde. Aber sollten wir nicht langsam mal zur Arbeit?"

Marie war nach einem Blick auf die Uhr erstaunt, wie schnell die Zeit vergangen war. Doch das würde sie bei Steffen wohl immer so empfinden. „Ja, natürlich. Die Arbeit wartet."

Marie war jetzt überzeugt: Frau Metzger betrieb einen Machtkampf in der Firma. Es war Mittwochnachmittag und sie hatte den geforderten Bericht von der Entwicklungschefin nicht erhalten. Noch hatte diese ein paar Stunden Zeit, aber Marie würde wetten, dass sie die Unterlagen frühestens am nächsten Tag zu sehen bekam. Hauptsache, Frau Metzger stellte klar, dass für sie keine Fristen galten.

Okay, vermutlich hatte die Entwicklungschefin auch mehr als genug zu tun, aber trotzdem ... Herr Arens hatte es schließlich ebenfalls geschafft, seine Unterlagen abzugeben, sogar schon am Dienstag.

Die Sache war klar: Marie vermutete System dahinter. Frau Metzger wollte der Neuen zeigen, wer länger bei der Firma Winter arbeitete. Ganz einfach.

Zwei Stunden später war immer noch nichts da. Marie warf einen Blick auf die Uhr. Es war fast vier Uhr nachmittags.

Leise trommelte sie auf die Schreibunterlage und dachte nach. Dann griff sie zum Telefon. Als sie die Sekretärin am Apparat hatte und nach der Entwicklungschefin fragte, entschuldigte sich die Mitarbeiterin wortreich und berichtete Marie dienstbeflissen, dass Frau Metzger einen Auswärtstermin wahrnehme, die Sekretärin aber Frau Bergs Erinnerung wegen des Berichts *natürlich* als *besonders* dringend weiterleiten würde.

Bla, bla, bla.

Marie musste aufpassen, dass sie keinen pickeligen Ausschlag davon bekam, dass die Sekretärin ihr durch das Telefon hindurch den Hintern küsste.

Der Donnerstagmorgen kam, aber von Frau Metzger oder einem ihrer Mitarbeiter war nichts zu sehen. Den ganzen Vormittag wartete Marie auf den Bericht, während sie sich um andere Dinge kümmerte. Zwischendurch überlegte sie, wie sie weiter verfahren würde, sollten die Unterlagen an diesem Tag wieder nicht kommen.

Gerade als sie kurz vor der Mittagspause entschied, erneut in der Entwicklungsabteilung anzurufen – oder sogar persönlich vorbeizugehen –, klopfte es und ein ihr unbekannter Mitarbeiter betrat das Büro.

„Frau Metzger bat mich vorhin, Ihnen diesen Bericht zu bringen.“ Er überreichte ihr eine Mappe.

„Vielen Dank, Herr …?“

„Abramowitz von der Versuchsabteilung.“

„Herr Abramowitz.“ Marie nickte ihm lächelnd zu.

Natürlich entschuldigte sich der Mitarbeiter nicht für die Verspätung, da er garantiert nichts von der Deadline wusste, die bereits am Tag zuvor abgelaufen war. Und Marie würde ganz sicher nicht den Boten erschießen, wenn die Chefin wegen kleinlicher Machtspielchen schuld am zeitlichen Verzug war.

„Seltsam … Ich bin so aufgeregt, als ob ich von zuhause ausziehe und meine erste Wohnung einrichten muss.“ Marie schüttelte den Kopf und spürte dem unbekannten Gefühl in ihrem Bauch nach.

Na ja, vielleicht hatte das nicht nur mit den neuen Möbeln zu tun, sondern auch mit ihrer Begleitung. Marie hatte sich bereits die ganze Woche unvernünftigerweise auf diesen Ausflug gefreut. Und nun saß Steffen neben ihr am Steuer des Transporters und lenkte das große Gefährt geschickt durch den dichten Samstagvormittagsverkehr. Seine schlanken, kräftigen Finger ruhten auf dem Lenkrad und zogen ihren Blick immer wieder auf sich. Sie hatte sich in den letzten Wochen mehr als einmal daran erinnert, wie sie sich im Hinterhof der Bar auf ihrer heißen Haut angefühlt hatten.

Mehr als einmal vorgestellt, was diese Finger mit ihrer Kleidung …

„Das ist vermutlich auch so, oder?", unterbrach Steffen ihre unangemessenen Gedanken und warf ihr einen kurzen Blick zu, während sie noch überlegte, worüber sie gerade geredet hatten. Ach ja, ihre erste selbst eingerichtete Wohnung. „Oder hast du dir Möbel für deine Wohnung in den USA kaufen müssen?"

„Nein, du hast recht", gab sie zu und versuchte zu ignorieren, was dieser Blick aus diesen schönen Augen in ihrem Inneren anrichtete. „Die erste war vollständig möbliert, weil ich ja auch nur zwei Jahre dortbleiben sollte. Und für die zweite hatte ich nur einen Lesesessel und eine zusätzliche Kommode fürs Schlafzimmer gekauft."

„Wann kommen deine nachgeschickten Sachen aus Amerika?"

„Vermutlich kommende Woche. Aber es sind keine Möbel dabei. Nur Bücher, Kleidung und Unterlagen. Ich habe in den USA ziemlich spartanisch gelebt."

„Kein Scheiß?!", tat Steffen erstaunt und erntete postwendend einen bösen Blick. Dann schlussfolgerte er jedoch richtig: „So, wie ich dich auf der Arbeit erlebt habe, würde ich schätzen, dass du schlicht keine Zeit für ein Privatleben hattest." Er schüttelte tadelnd den Kopf und fuhr in das große Parkhaus der schwedischen Möbelkette. „Und dann wolltest du das mit der Einrichtung ganz allein machen. Ts, ts, ts."

„Ja, ja, ist schon gut. Du hast mich ja überzeugt." Sie stieß ihm ihren spitzen Zeigefinger neckisch in die Seite, um wieder Steffens unwiderstehlich freches Grinsen zu provozieren – das prompt erfolgte und ihr ein freudiges Zwicken im Bauch bescherte.

„Du wirst ja übermütig", erwiderte er mit einem lausbübischen Zwinkern in den Augen und stupste nun auch Marie in die Rippen. „Ich wusste doch, dass in dir eine ungezogene Seite steckt. Irgendeinen Grund für deine wilden Locken muss es schließlich geben."

„Und deine langen goldblonden Haare sagen *was* über *dich* aus?", trumpfte Marie auf und freute sich über das erwartungsvolle Leuchten in Steffens Augen. Der Funkenflug zwischen ihnen beiden war nicht zu ignorieren. „Dass du hier auf der Erde als goldener Rauscheengel undercover unterwegs bist und jeder Jungfrau in Not beistehst?" Wie kam sie denn jetzt auf Jungfrau in Not?

Steffen stieß ein trockenes Lachen aus. „Dafür habe ich viel zu sündhafte Gedanken, um als braver Engel durchzugehen – undercover oder nicht."

„Und brav warst du vermutlich dein Leben lang nicht gewesen", argwöhnte Marie mit einem Augenzwinkern.

„Oh doch", widersprach er. „Ich war ein braver, pflichtbewusster Erstgeborener, der seinen Eltern keine Sorgen gemacht hat. Und dann ist Nina meine Sandkastenfreundin geworden – und alles wurde anders."

Marie lachte. „*Das* kann ich mir lebhaft vorstellen."

„Und du hattest keinen Ninerich in deiner Kindheit?", fragte Steffen so scheinbar nebenbei und warf ihr einen kurzen Seitenblick zu, während sie mit anderen Kunden aus dem Parkhaus zum Haupteingang gingen.

Sie schüttelte den Kopf und merkte, wie Steffens heißer Blick kurz über ihre hüpfenden Locken glitt ... als ob er am liebsten neckisch daran gezupft hätte. „Nein, kein enger bester Freund, der mich angestiftet hat, Kekse aus dem Süßigkeitenschrank zu mopsen, um sie im selbst gezimmerten Baumhaus zu naschen."

„Oh, ich wusste nicht, dass ich dir *davon* schon erzählt habe", grinste Steffen und ließ ihr bei der automatischen Drehtür den Vortritt.

Nachdem sie die Treppen zum Ausstellungsbereich hochgegangen waren, holte Marie ihre Liste mit möglichen Möbeln und Zubehör aus der Tasche und ignorierte Steffens anerkennendes Grinsen angesichts deren Umfang. Gerade weil sie an diesem Samstag viel vorhatte, wollte sie sich – so schwer es ihr auch fallen würde – nicht von Steffen ablenken lassen. Sie genoss es nämlich, sich durch die vielen aufgestellten und arrangierten Möbel treiben zu lassen, auf Sofas Probe zu sitzen, in Schränke zu schauen und auf Betten zu liegen. Dafür hatte sie in ihrem bisherigen Leben viel zu selten Zeit gehabt.

Bei manchen Dingen war sich Marie schnell sicher. Bei anderen Möbeln machte sie sich nur Notizen, um sich später zu entscheiden.

Steffen war die ganze Zeit an ihrer Seite und diskutierte mit ihr die Vor- und Nachteile verschiedener Modelle, war jedoch auch zurückhaltend, wenn sie zum Überlegen etwas Ruhe brauchte. Dennoch wanderte ihr Blick immer wieder zu ihm. Er machte selbst in Freizeitklamotten eine gute Figur. *Mmh ...* Seine blonden

Haare waren aus dem Gesicht gestrichen und er lächelte ihr strahlend zu. Er schien diesen Ausflug offensichtlich zu genießen.

So wie sie auch.

Musste sie sich da jetzt Sorgen machen?

Welcher Angestellte verbrachte das Wochenende schon freiwillig mit seiner Chefin? Und dann noch zum Möbeleinkaufen?

Vermutlich einer, der vor gar nicht langer Zeit im Hinterhof einer Bar mit ebendieser und damals noch unbekannten Chefin geknutscht hatte - und sich beruflich vielleicht einen Vorteil erhoffte?

Nein, so ein Typ war Steffen nicht.

„Hast du gewusst", riss dieser sie aus ihren Gedanken, „dass hinter den Produktnamen von IKEA ein System steckt? Betten und Kleiderschränke sind nach norwegischen Ortsnamen benannt und Artikel fürs Bad nach skandinavischen Flüssen und Seen. Stoffe und Gardinen tragen Frauennamen."

Froh, ihre Gedanken wieder auf unverfängliches Terrain schwenken zu können, nickte Marie. „Ja, das habe ich auch schon gelesen. Teppiche haben dänische Ortsnamen und Esstische und Stühle finnische."

„Ah, das mit den Teppichen wusste ich nicht." Er zwinkerte ihr zu - und sie spürte, wie sie innerlich dahinschmolz.

Nicht gut.

Dann zeigte er auf einen L-förmigen Schreibtisch und half ihr damit, sich wieder zu fokussieren. „Brauchst du diese Größe oder kleiner?"

„Größer ist sicher von Vorteil. Die Frage ist nur, ob er im Arbeitszimmer seitlich vom Fenster an die Wand passt."

Gleichzeitig griffen sie nach dem Preisschild, um die Maße zu prüfen. Als Marie Steffens warme Finger auf ihren spürte, schoss ein heißes Knistern bis in ihr Handgelenk - und heißes Verlangen durch ihren Körper. Ihr stockte der Atem. Hatte Steffen diese Verbindung etwa auch gespürt?

„Sorry", entschuldigte er sich hastig und trat einen Schritt nach hinten - raus aus der Gefahrenzone. „Es ist dein Haus. Schau du nach der Größe."

„Nein, kein Problem", bemühte sie sich, die Coole zu spielen, und zog geschäftig die Kopie des Hausplans hervor, um den Platz im Arbeitszimmer zu prüfen.

Herrschaftszeiten, was machte sie hier eigentlich? Sie war froh, dass ihre Ponysträhnen ihre Gesichtshälfte beschatteten, während sie sich vorbeugte, um den Plan zu studieren. Am liebsten würde sie Steffen in das nächste aufgebaute Schlafzimmer zerren, ihn aufs Bett schubsen und ihn um den Verstand küssen.

ABER DAS GEHT DOCH NICHT, GOTT VERDAMMT!!

Sie musste Anstand und Abstand wahren. *Sie* war die Chefin und *er* lag unter ihr.

Stand, Herrschaftszeiten, *stand* in der Hierarchie unter ihr!

Marie schloss die Augen, weil sie sich hier mitten in der Büroabteilung nicht vorstellen wollte, wie Steffen mit nacktem Oberkörper unter ihr lag und sie sich an seinem Gürtel zu schaffen machte, um …

Finger weg von den verbotenen Früchten!, rief sie sich zur Ordnung.

… und dann wurde ihr schwindelig und sie wusste nicht, wovon.

In dem Augenblick merkte sie, dass sie schon fast blau anlief, weil sie die Luft angehalten hatte. Langsam stieß sie sie durch die Zähne aus und öffnete wieder die Augen. Immer noch lag der Plan vor ihr.

„Marie? Geht's dir gut?", fragte eine besorgte männliche Stimme.

Sie stellte sich ruckartig auf und begegnete Steffens beunruhigtem Blick. „Ja, ja, alles gut. Mir ist nur ein bisschen schwindelig geworden."

„Kein Wunder nach der anstrengenden Woche. Komm, setz dich." Er schob ihr einen Schreibtischstuhl an die Kniekehlen und drückte sie darauf. „Du kannst den Kopf auch zwischen die Knie nehmen, vielleicht wird es dann besser."

„Nein, geht schon. Wenn ich gerade sitze und tief durchatmen kann, wird es wieder." *Und vor allem, wenn ich das Bild von dir – unter mir – aus meinem Kopf bekomme!!*

Er beugte sich zu ihrem Gesicht hinunter und betrachtete sie prüfend. Dabei konnte sie wieder die vereinzelten, goldenen Sprenkel in seinen haselnussbraunen Augen erkennen. Seine Wimpern waren dunkelblond genauso wie die schön geschwungenen starken Augenbrauen. Um seinen Mund und am Kiefer funkelten kurze helle Bartstoppeln, die seit der letzten Rasur nachgewachsen waren. Am liebsten hätte sie ihm ihre Hand an die Wange gelegt und seine Lippen gekostet.

Wieder gekostet.

Intensiv gekostet.

Du liebe Zeit, sie hatte in den USA zu lange enthaltsam gelebt. So etwas holte einen immer ein wie ein Bumerang.

Immer.

„Du bist ein bisschen blass um die Nase."

„Mmh?", fragte sie und löste ihren Blick von seinem Mund, um ihm in die Augen zu sehen.

„Das ist eine ganz schlechte Idee, wenn es das ist, worüber ich auch hin und wieder nachdenke", murmelte er und strich sanft über ihre Wange – und hinterließ eine heiß-prickelnde Spur der Verwüstung. „Du siehst blass aus und wirkst ein bisschen benommen. Brauchst du etwas?"

Einen Kuss!, schoss es durch ihr von Hormonen aufgeweichtes Gehirn.

„Vielleicht etwas zu trinken?", fuhr Steffen nichtsahnend fort. „Wir können gleich zum Restaurant gehen. Oder du wartest hier und ich hole dir was."

„Nein, geht schon. Ich bleibe noch fünf Minuten sitzen, dann können wir weiter." Hatte er tatsächlich etwas zu ihrem Gedanken, ihn zu küssen, gesagt? Den hatte sie doch wohl nicht laut ausgesprochen, oder?! Um sich wieder in den Griff zu bekommen, deutete sie auf den Plan. „Würdest du bitte mal nachschauen, ob der Schreibtisch rechts vom Fenster in die Ecke passt?"

Bereitwillig folgte er ihr vom gefährlichen Glatteis auf sicheren Boden. Und so machten sie weiter: freundlich, zuvorkommend, höflich.

Als sie im Restaurant ankamen, hatte sie ihre Schwäche ziemlich überwunden. Einziger kritischer Punkt war die Bettenabteilung gewesen. Als Marie eine Matratze ausprobierte und sich auf die Seite drehte, lag Steffen ebenfalls in Seitenlage – ihr zugewandt – da und schenkte ihr ein kleines vorsichtiges Lächeln: Als ob sie beide an einem Sonntagmorgen nach einer leidenschaftlichen Nacht im gleichen Bett aufgewacht wären und sich lächelnd einen guten Morgen wünschten.

Oh Mann!

Marie nahm im Restaurant ein Tablett und sagte zu Steffen: „Ich lade dich ein. Nimm, was du willst, du hast es dir mehr als verdient. Ich weiß gar nicht, ob wir das alles, wofür ich mich schon entschieden habe, überhaupt auf zwei große Einkaufswagen bringen."

„Dann zahlst du eben die erste Doppelladung, wir packen sie ins Auto und gehen dann noch mal rein. Kein Problem." Steffen zuckte mit den Achseln und begann zu grinsen. „Und jetzt warte mal ab, was du unten in der Küchenzubehör- und Kleinteile-Abteilung noch alles mitnimmst."

Marie verdrehte die Augen. „Oh, da will ich gar nicht erst dran denken."

Kapitel 16

Steffen genoss den Tag in Maries Gesellschaft in vollen Zügen. Es machte Spaß, mit ihr über die verschiedenen Möbelstücke zu diskutieren und ihr bei ihrer Entscheidung zu helfen. Sie dachten nicht nur gleich, sondern begründeten ihre Entscheidungen auch ähnlich.

Marie war locker, lustig und gesprächig und einfach wundervoll - wie damals in der Bar. Das war also die private Marie.

Die Marie, die ihm so unter die Haut ging.

Nur in der Büroabteilung hatte sie ihm ziemlich Sorgen gemacht, weil er schon dachte, sie würde ihm zwischen den Schreibtischen aus den Latschen kippen. Daraufhin hatte er ihren verlangenden Blick auf seinem Gesicht gespürt und wildes Herzklopfen bekommen. Als sich dann auch noch ihre feurigen, tiefbraunen Augen gierig an seinen Lippen festgesaugt hatten, hatte sein Innerstes lichterloh zu brennen begonnen.

Doch er hatte sie - so schwer es ihm auch gefallen war - an ihre eigenen Grenzen erinnern müssen. Es ging nicht anders, wenn sie produktiv miteinander arbeiten wollten. Denn die Kollegen würden eine Liebesbeziehung zwischen ihm und seiner Chefin *immer* bemerken - so etwas konnte man auf Dauer einfach nicht geheim halten. Und dann wüsste die Firmenleitung auch im Handumdrehen Bescheid.

Während des Essens kehrte die lockere Gelassenheit wieder zurück. Sie lachten viel und übertrumpften sich mit unnützem Wissen wie, dass jährlich ungefähr 130 Millionen Kilogramm *Mon Chéri* weltweit verzehrt würden oder dass der Temperaturunterschied zwischen der Tag- und Nachtseite des Merkurs mit 600 Grad gewaltig sei. Marie wusste zu berichten, dass Thomas Jefferson den ersten, noch heute so verwendeten Kleiderbügel erfunden hatte, und Steffen, dass die Größe eines durchschnittlichen Toilettenpapier-Streifens in Deutschland ungefähr dreizehn mal zehn Zentimeter betrug. Als er noch ergänzte, dass die meisten Toiletten in der Tonart E-Dur spülten, warf Marie lachend den Kopf in den Nacken, was ihre Locken zum Hüpfen brachte.

Mann, wie gern würde er wieder seine Hände in diesen seidigen Tiefen vergraben. Spüren, wie sich die Locken um seine langen Finger wanden und diese an zärtliche Ketten legten, um sie nie mehr loszulassen.

Er seufzte – und schob ein kurzes Räuspern hinterher, damit Marie nichts von dem sehnsüchtigen Ziehen in seiner Brust mitbekam.

„Und, hast du das tatsächlich mal prüfen können?", fragte sie neugierig und lehnte sich ihm entgegen, dass sich ihr T-Shirt über ihren wunderbar runden Brüsten spannte – und ihm den Atem raubte.

„Äh, …" Steffen räusperte sich, um gedanklich wieder auf die Spur zu finden, und hoffte, Marie würde nicht spüren, welcher Kampf tief in seinem Inneren tobte. „Nein, dafür bin ich viel zu unmusikalisch. Aber ich könnte Nina mal fragen. Die hat in der Beziehung deutlich mehr Talent."

„Ja, davon habe ich auch schon gehört", grinste Marie und lehnte sich genüsslich im Sessel zurück, um die Hände hinter ihrem Kopf zu verschränken.

Dass sie Steffen dabei ihre Brüste noch reizvoller präsentierte, war ihr gar nicht bewusst und Steffen spürte, wie sich heftiges – und sehr ungebetenes – Verlangen in ihm regte. Und dann fragte sie auch noch: „Hast du irgendwas gesehen, das dir gefällt?"

Steffens Blick schnellte nach oben und er merkte zu seiner Erleichterung, dass Marie nicht auf ihre sensationellen Rundungen anspielte, die er tunlichst – aber völlig erfolglos – versuchte zu ignorieren. Sie hatte die Möbel gemeint, da ihr Blick in Richtung Ausstellungsbereich schweifte.

Dieser ständige Balanceakt zwischen angemessenem Verhalten und tiefster Sehnsucht wie auch höchst fleischlichen Wünschen würde ihn noch früh ins Grab bringen!

„Ich habe ehrlich gesagt nicht darauf geachtet", erklärte Steffen mit – wie er hoffte – unschuldiger Miene. „Für meine Wohnung brauche ich eigentlich nichts."

Dann fuhr sie sich auch noch mit den Fingern durch die üppige Haarpracht, dass diese ins Tanzen kam. Steffens eh schon trockener Mund mutierte vollends zu einer Wüstenlandschaft. Er nahm einen Schluck Wasser und versuchte, sich abzulenken, indem er den Blick über die Kunden in seiner Nähe schweifen ließ.

„Möchtest du noch einen Espresso? Oder ein Dessert?", fragte Marie.

Oh ja, bitte, Letzteres!, stöhnte es in Steffens Innerem.

„Kein Dessert. Aber gern einen Espresso", meinte er und sah, dass Marie einen kurzen Blick auf seinen Teller warf, auf dem sich drei einsame Erbsen tummelten. Doch sie sagte kein Wort, sondern stand mit einem Lächeln auf und besorgte zwei Espressi.

Als sie wieder zurückkam und sich vorbeugte, um die Tasse vor ihm abzustellen, rutschte sein Blick kurz zu ihrem Ausschnitt, doch er konnte glücklicherweise nicht viel erkennen.

Dem Himmel sei Dank!

Sie fragte ihn: „Du magst gar nichts Süßes mehr?"

Scheiße, wenn du wüsstest!!

„Doch, schon." Er nahm einen kleinen Schluck starken Espresso und dachte an die süßen, kalorienfreien Freuden, die er Marie schenken könnte. „Aber ich wähle bewusster aus, was ich mir gönne. Ich kann schon mal einen Eisbecher genießen. Nur verzichte ich dann aber auf einen riesigen Berg Sahne mit einer Handvoll Nüssen und zwei Litern klebriger Karamellsoße. Ein ehrlicher Becher mit zwei Kugeln Eis pur ohne alles oder ein Eis am Stiel reichen völlig."

„Das ist wirklich bewundernswert", meinte Marie mit einem herzerwärmenden Strahlen in ihren schokoladenbraunen Augen und einer Stimme, die ihn an warmen Sirup erinnerte.

Scheiße verdammt, er war echt verloren!

Nach mehreren Gängen zum Lieferwagen und zurück in die Lagerhalle, hatten sie schlussendlich alles verstaut, wofür sich Marie entschieden hatte. Nun saßen sie im Kleintransporter, um zu verschnaufen. Es war vier Uhr nachmittags.

Steffen zog sein Handy heraus und begann zu tippen. „Ich setze eine Nachricht in die *Marie-Renovierungsgruppe*, dass wir in einer dreiviertel Stunde bei dir am Haus sind und Leute zum Reintragen und Möbel-Aufbauen brauchen …"

„*Marie-Renovierungsgruppe*?!" Marie blickte Steffen amüsiert von der Seite an.

„Ja, wir sind in Knopfheim technisch gesehen schon ziemlich fortgeschritten und haben die Buschtrommeln vor einiger Zeit als Kommunikationsmittel abgeschafft", flachste er und schickte die Nachricht ab.

Marie lachte. „… denn das Handy ist die moderne Buschtrommel."

Steffen zog überrascht seine Augenbrauen hoch. „Ah, *deshalb* haben die meisten Handys ein gerissenes Display – vom Auf-den-Holzstamm-schlagen."

Sie grinste. „Nein, die Spinnen-App heißt deshalb so, weil viele mit dem Handy in der Hand in den Keller zum Bierholen gehen, sich vor einer dicken, haarigen Spinne erschrecken und dann das Handy fallenlassen."

Steffen lachte auf. Er mochte Maries absurden Humor, weil er so gut zu seinem eigenen passte. In dem Moment vermeldete sein Smartphone ein paar eingegangene Nachrichten. Nach einem Blick schmunzelte er: „Also, drei Leute haben wir zum Helfen schon mal sicher."

Marie schüttelte den Kopf. „Die Knopfheimer sind echt unglaublich. Als wenn sie den ganzen Samstagnachmittag am Handy sitzen würden, nur um auf diesen einen Hilfeaufruf zu warten."

In dem Moment kamen noch zwei Zusagen rein und Steffen blickte grinsend auf. „Sie mögen dich eben. Mein Bruder hätte heute auch gern geholfen. Aber er hatte leider einen Termin, den er nicht verschieben konnte." Dann legte er das Smartphone beiseite und startete den Motor.

„Vorschlag", begann Marie, „wenn wir bei mir sind und alles reingetragen haben, was bei der Menge schätzungsweise drei Stunden in Anspruch nehmen wird", Steffen grinste nur als Antwort, „bestellen wir einen Berg Pizza, einverstanden?"

„Wir werden sehen. Vielleicht bauen wir erst noch ein bisschen was auf, damit die Jungs ihre Pizza wenigstens verdient haben. Ganz so leicht solltest du es ihnen nicht machen, sonst belagern sie ständig dein Haus, weil sie denken, sie werden von dir durchgefüttert. Und du weißt sicher, wie hungrig Sport treibende Männer sein können."

Sie grinste. „Oh ja."

Als sie vor Maries Haus ankamen, standen bereits einige Leute in der Auffahrt und begrüßten sie mit lautem „Hallo". Natürlich war auch Mischa da, der Marie anstrahlte und ihr zur Begrüßung ein Küsschen auf die Wange gab.

Mann, fing das schon wieder an?! Steffen musste sich zusammenreißen, um nichts zu sagen. Doch Mischas Blick, den er Steffen zuwarf, und das kurze Nicken signalisierten ihm, dass er Bescheid wusste und Steffens Vorrecht akzeptierte. Kai hatte ihn am letzten Wochenende also ins Bild gesetzt.

Steffen atmete kurz durch und wandte sich dann an Marie: „Du wirst nichts reintragen, da du den Jungs sagen musst, in welche Zimmer sie die einzelnen Pakete bringen sollen. Okay?"

Marie nickte und öffnete die Türen des Lieferwagens.

Als die Helfer die Menge an Zeug sahen, lachten sie und Rafael fragte trocken: „Da wart ihr heute aber ganz schön fleißig. Seid ihr sicher, dass ihr nichts vergessen habt?" Er griff sich einen Karton, für den ihm Marie als Zielort das Schlafzimmer nannte.

Dann schüttelte sie den Kopf und meinte: „Und nein, ich bin mir nicht sicher. Trotz meiner Liste habe ich garantiert an etwas nicht gedacht." Sie fuhr sich durch die Haare, bevor sie dem Nächsten Anweisungen für sein Paket gab.

Das Ausladen lief wie geschmiert. Marie bewunderte die Effizienz, mit der dieses eingespielte Team arbeitete. Rafael, Mischa und Kai trugen Pakete allein ins Haus, die Marie zusammen mit Nina gerade mal so gestemmt hätte. Letztere kümmerte sich aus diesem Grund um die blauen IKEA-Taschen voller Kleinteile, die allerdings auch nicht besonders leicht und handlich waren. Anne und Maximilian waren ebenfalls dazugestoßen und wurden von allen herzlich begrüßt. Und Steffen schien sich auch nicht abschrecken zu lassen und packte ordentlich zu. Mit Späßen und lockeren Sprüchen versprühte er seinen Charme und fand dadurch einen viel zu leichten Zugang zu Maries Herz.

Und dann war da noch sein Körper …

Marie war fasziniert davon, wie sich Steffens Armmuskeln unter seinem kurzärmligen T-Shirt anspannten und den engen Armausschnitt ausfüllten, wenn er ein Paket hochhob. Feste, sehnige Muskelstränge hatte Marie schon früher den aufgepumpten Muskeln aus dem Fitness-Studio vorgezogen. Immer wieder warf sie Steffen einen Blick aus dem Augenwinkel zu, während sie den anderen Anweisungen gab.

Steffens Jeans saßen zudem verboten gut. Wenn er sich in den Lieferwagen beugte, um etwas herauszunehmen, kam Marie in den uneingeschränkten Genuss eines straffen Hinterteils in gut sitzenden Jeans.

Mmh, besonders appetitlich!

„Lecker, oder?"

Verwirrt blickte sie nach rechts und entdeckte Nina, die sie amüsiert beobachtete. Dann wiegelte Marie mit einer Handbewegung ab und meinte: „Ich war nur in Gedanken."

„Nach deinem Gesichtsausdruck zu urteilen, warst du mit *besonders* angenehmen Gedanken beschäftigt", frotzelte Nina gutmütig und legte ihre Hand auf Maries Arm. „Kein Problem, Steffen ist ja auch *sehr* nett anzuschauen. Keine solche Augenweide wie Kai, aber immerhin. Und das Leben ist zu kurz für falsche Zurückhaltung." Sie grinste frech. „Außerdem hat man mit Steffen immer viel Spaß. Man sollte meinen, er sei ein sachlicher, vernünftig denkender Bürohengst und nicht ganz so anstellig wie die Eishockeyspieler, die sich ständig wie kleine Kinder gegenseitig Streiche spielen. Aber manchmal kann er so ein richtiger Lausbub sein. Wie er Kai den Sommer über an der Nase herumgeführt hat, damit dieser endlich blickt, dass ich die Liebe seines Lebens bin und *endlich* aktiv wird, war mehr als amüsant. Na ja, für Kai nicht gerade. Doch es hat funktioniert."

In dem Moment kam Steffen wieder aus dem Haus und sah Nina mit Marie reden. Er stolperte kurz, konnte sich aber noch fangen.

„Was ist los, Steffen?", foppte ihn Nina. „Hast du bei IKEA dein rechtes Bein gegen ein linkes eingetauscht?"

„Das sagt genau die Richtige. Wer ist im letzten Frühjahr mit Inlinern ungebremst und mit der Grazie eines Nilpferds in einen fies-stacheligen Busch gerast?"

„Nina?", riet Rafael, der mit Mischa hinter Steffen auftauchte und sich das letzte große Paket schnappte.

Nina warf ihm einen Blick hinterher, der in etwa so freundlich wie der eines tollwütigen Hundes war. „Fick dich, Goalie!"

Marie hörte Rafael nur dreckig lachen. „Das habe ich nun wirklich nicht nötig, Nini. Da gibt es genug Sahneschnitten, die sich meiner im Bedarfsfall annehmen."

Dann schloss Marie grinsend die Türen des Transporters und ging ins Haus, wo sich alle im Eingangsbereich versammelt hatten. Steffen ergriff das Wort: „Vielen Dank, dass ihr heute wieder mithelft ..."

„Das sollte eigentlich mein Text sein ...", lächelte Marie in die Runde.

„Ist das in deinem Sinne, Marie", fuhr Steffen fort, „wenn ich sage, dass das Bett heute Abend auf jeden Fall aufgebaut und bezogen sein sollte, damit du gleich hier übernachten kannst?" Sie nickte. „Dann können sich zwei Leute darum kümmern und der Rest um das Wohn- und Arbeitszimmer, einverstanden?"

Gesagt, getan.

Eine halbe Stunde später war Marie in den Aufbau ihres neuen Bettes vertieft - und sie freute sich insgeheim, dass ihr diesmal Steffen half. Mischa hatte sich nämlich Rafael und die anderen gekrallt und alle auf die Zimmer verteilt.

Die Bretter und Kleinteile ihres Bettes hatten sie bereits sortiert auf dem Boden liegen und das Kopfteil fertig verschraubt. Nun mussten sie alles nur noch nach Anleitung zusammensetzen.

„Freuen sich dein Onkel und deine Tante, dass du wieder in Mannheim lebst?", fragte Steffen und prüfte, mit welcher Schraube sie den Zusammenbau beginnen mussten.

„Ja, sehr."

„Können sie dich beim Einrichten des Hauses unterstützen?"

„Ja, sie hatten heute nur anderweitige Verpflichtungen."

Ein lauter Fluch, der eines Seemannes würdig gewesen wäre, erschütterte Maries neues Heim und man hörte Rafael im Raum nebenan trocken sagen: „Ich glaube, mit einem Schraubenzieher kommst du nicht wirklich klar. Da hast du vermutlich mehr Talent mit deinem Zauberpinsel. Der ist im Gegensatz dazu zwar weich, aber ich habe seltsamerweise noch keine deiner Frauen sich beklagen hören."

„Halt's Maul, du Wichser!", zischte Mischa mit schmerzerfüllter Stimme.

„Ich kann's wenigstens im Gegensatz zu dir - auch wenn ich's nicht nötig habe!"

„Du kannst gar nichts!"

„Das ist immerhin mehr, als du kannst!" Man hörte Rafaels

Stimme an, wie viel Spaß er dabei hatte, Mischa auf die Palme zu bringen.

Als Marie nach dem Rechten sehen wollte, hielt Steffen sie auf und schüttelte grinsend den Kopf.

Mischas Schmerz schien bereits abgeflaut zu sein, denn er konnte wieder flachsen: „Noch ein Wort und deine Zahnbürste ist morgen arbeitslos."

Rafael schien den Kopf zu schütteln, denn er meinte nur sarkastisch: „Keine Ahnung, was dich so dumm macht, aber es funktioniert scheinbar super."

Mischa ließ sich natürlich nicht lumpen und schoss gut gelaunt zurück: „Und dich hat man wohl nach der Geburt dreimal hochgeworfen, aber nur zweimal aufgefangen."

Nach einem gelachten Grunzer als Antwort war es wieder ruhig und Marie hörte nur leises Klappern, das ihr zeigte, dass die beiden im Nebenzimmer einvernehmlich – und friedlich – weiterarbeiteten.

„Läuft das immer so?", fragte sie mit hochgezogener Augenbraue.

Steffen zuckte mit den Schultern. „Ist nichts Ungewöhnliches."

„Mischa ist ein ziemlicher Frauenheld, kann das sein?"

„Na ja, er lässt nichts anbrennen, aber immer nach der Devise: Ein Gentleman genießt und schweigt." Steffen griff nach der Bauanleitung und grinste. „Gegen Kais Image und Beliebtheit hatte er aber dennoch jahrelang keine Chance. Nicht, dass sie einen Wettbewerb laufen hatten. Aber bei Kai standen die Mädels nicht nur vor der Haustür Schlange, sondern auch vor jedem Spiel, um von ihm für seinen Glückskuss ausgewählt zu werden."

„Seinen Glückskuss?", fragte Marie erstaunt. Sie hatte ja schon von vielen Aberglauben-Varianten gehört, aber ein Glückskuss von fremden Frauen war noch nicht dabei gewesen.

„Ja, bevor er mit Nina zusammengekommen ist, sind vor jedem Spiel – und da zähle ich die Auswärtsspiele mit – mindestens fünfzehn Frauen an der Tür zur Eisfläche gestanden, um darauf zu warten, wen er an diesem Abend auswählt. Verrückte Hühner." Steffen schüttelte den Kopf. „Jetzt hat nur noch eine Frau dieses Privileg – und das ist Nina." Er griff nach dem Inbusschlüssel und blickte auf die Bauanleitung.

„Und du hast solch einen weiblichen Andrang nicht bei deinen

Tennisturnieren?", konnte sich Marie nicht verkneifen zu fragen.

Steffens Blick schnellte hoch, dann lachte er trocken - und sehr überrascht - auf und strich sich verlegen die Haare nach hinten. „Du kannst mich aussehenstechnisch doch nicht mit Kai in einen Topf werfen!" Seine übergewichtige Kindheit hatte scheinbar doch ziemliche Spuren bei seinem Selbstvertrauen hinterlassen.

Marie zuckte nur mit der Schulter und meinte: „Warum nicht? Schönheit liegt im Auge des Betrachters."

Nun starrte Steffen sie ziemlich sprachlos an.

Da Marie nicht wollte, dass er ihre Antwort als billige - und äußerst unangebrachte - Anmache interpretierte, versuchte sie, die Kuh vom Eis zu holen und nickte hin zur Aufbauanleitung, die Steffen noch in Händen hielt: „Was kommt jetzt dran und wo willst du mich haben?"

Uaahhh ... Shit!

Sie schaute erschrocken auf und begegnete Steffens Blick, der in seiner Intensität einem erotischen Liebesroman glich. Dass ihm bei ihrer Frage der Inbusschlüssel aus den Fingern gerutscht und klappernd zu Boden gefallen war, versuchte sie, tunlichst zu ignorieren.

Mist, das hatte sie nicht gewollt. Diese Frage hätte nicht klingen sollen wie eine anrüchige Aufforderung zu sündigen Handlungen.

Aber das wusste Steffen hoffentlich.

Kapitel 17

Wo willst du mich haben?

Steffen merkte, wie die Worte pulsierend im Raum hing und seinen Kopf mit Wünschen füllte, die er nicht aussprechen durfte. Er sah Maries Blick an, wie schockiert sie über die Doppeldeutigkeit ihrer eigenen Frage war. Scheinbar hätte sie sie am liebsten zurückgenommen. Dass er sich, um nicht mit seinen unangemessenen Gedanken herauszuplatzen, mit den Zähnen leicht auf die Unterlippe biss, schien sie auch nicht wirklich zu beruhigen. Ihre Wangen glühten vor Verlegenheit, aber ihr verräterischer Blick rutschte hinunter und brannte sich auf seinem Mund ein. Wieder mal.

Oh Mann!

Steffen bückte sich, um den Inbusschlüssel aufzuheben – und den gefährlichen Blickkontakt zu unterbrechen. Vielleicht hätte er doch Mischa den Vortritt beim Aufbau der Schlafzimmermöbel lassen sollen. Steffen hatte jedoch ganz egoistisch entschieden, nach einem langen gemeinsamen Tag mit Marie noch den Abend in ihrer Gesellschaft verbringen zu wollen.

Das hatte er jetzt davon.

Er stieß die angehaltene Luft aus und meinte betont neutral: „In der Anleitung beginnen sie damit, das Fußteil an die Seitenteile zu schrauben. In dem Fall solltest du ein Seitenteil nehmen und ich das Fußende oder umgekehrt."

Dankbar für seine neutrale Antwort nickte sie und stellte sich an die richtige Stelle, um gleichzeitig mit ihm das seitliche Brett anzuheben.

Innerhalb kürzester Zeit war das Bett aufgebaut. Marie blickte zufrieden auf ihre neue Schlafstätte. „Bin ich froh, dass ich mich für Roste entschieden habe, die man nicht selbst zusammenschrauben muss. Das spart uns eine Menge Zeit."

Steffen nickte zur Bestätigung. „Was ist dir wichtiger? Die Nachttischchen oder der Kleiderschrank?"

„Letzteres, wenn es zeitlich noch reicht." Marie warf einen Blick auf ihre Armbanduhr. Doch es war gerade mal Abendessenszeit. „Ich würde einen Schwung Pizza bestellen, dann können wir bis zur Lieferung mal mit dem Schrank anfangen. Was denkst du?"

„Klar", gab Steffen betont locker von sich und machte sich dran, das Paket aufzuschneiden, um an die Aufbauanleitung zu kommen. Er musste einen klaren Kopf bewahren. Der Abend würde noch lang genug werden.

Marie war begeistert. Nach einer sehr geselligen Pizza-Pause hatten sich alle wieder an die Arbeit gemacht. Und jetzt – zwei Stunden später – waren die meisten Möbel fertig aufgebaut. Zwar herrschte noch ein heilloses Durcheinander wegen des in allen Ecken zwischenlagerten Verpackungsmaterials, doch man hatte bereits einen guten Eindruck von der kommenden Gemütlichkeit des Hauses.

Das Einzige, was sie tatsächlich vergessen hatte zu besorgen, waren eine Decke und ein Kopfkissen – obwohl beides auf ihrer ach-so-tollen Liste stand. Doch Steffen hatte seiner Mutter Bescheid gegeben, die kurz darauf eine frisch bezogene Garnitur vorbeigebracht und Marie freudestrahlend in der Nachbarschaft willkommen geheißen hatte.

Frau Thies war eine sehr warmherzige und gleichermaßen tatkräftige Frau. Marie konnte sich gut vorstellen, wie wichtig es ihr gewesen sein musste, Steffen als Kind bei seiner Lebensumstellung zu unterstützen. Und sie durfte stolz auf ihren Sohn sein, der mit großer Disziplin und Ehrgeiz so hart an sich gearbeitet und so viel erreicht hatte - im privaten wie auch geschäftlichen Bereich.

Ihr Blick wanderte zu Steffen, der mit Mischa, Rafael und Maximilian lachend die neuen Sitzmöbel im Wohnzimmer ausprobierte und etwas aus einer Flasche trank.

Steffen war wirklich ein besonderer Mann.

Er ging großzügig mit seinen Gefühlen um und verschenkte uneingeschränkt Zuneigung an seine Mitmenschen, was neu und aufregend für Marie war. Denn er hatte es mit Leichtigkeit geschafft, sie Dinge fühlen zu lassen, die sie in dieser Intensität noch nie gespürt hatte. Dinge, die ihr zeigten, wie es sein könnte - wie es sein sollte. Großartige Dinge, die ihre absolute Kontrolle über jede Lebenssituation völlig unterminierten.

Sie wusste, dass sich bestimmte Seiten des Charakters eines Menschen auch beim Sex widerspiegelten. Nun wäre es für Marie mehr als interessant zu wissen, welche diese bei Steffen waren. Sie musste zugeben, dass sie davon bereits geträumt hatte. Dennoch sollte sie sich über dieses Thema keine weiteren vertiefenden Gedanken machen.

Marie wollte gerade ihren Blick abwenden, als Rafael mit einer frisch geöffneten Bierflasche in die Runde prostete und grinsend sagte: „Ein Bierchen in Ehrchen kann niemand verwehrchen." Steffen und die anderen lachten.

Rafaels verdrehtes Wortspiel ließ sie ebenfalls lächeln. Die Jungs waren goldrichtig. Kameradschaftlich, hilfsbereit und gesellig. So, wie ein Team sein musste, um erfolgreich zu sein.

Dann trat Anne aus der Gästetoilette und stellte sich neben Marie. „Die weinrote Couch gefällt mir", schwärmte sie. „Sie passt gut an die Stelle im Wohnzimmer. Und der Vitrinenschrank, das separate Regal und die Kommode wirken sehr luftig."

Marie legte den Arm um die Schulter ihrer blonden Freundin und drückte sie kurz. „Ja, mir gefällt es auch. Vielen Dank, dass du mir geholfen hast."

„Ist doch Ehrensache." Anne zwinkerte Marie mit ihren blauen Augen zu. „Ich freue mich, dass du wieder in Mannheim wohnst und wir Kontakt haben. Die vielen Jahre Pause waren eindeutig zu lang dafür, dass wir uns in der Schule so gut verstanden haben."

„Das kannst du laut sagen", bestätigte Marie und merkte, dass Annes Blick wie so oft an diesem Abend kurz zu Maximilian huschte. „Und jetzt eine Frage, die nur eine Freundin stellen darf: Kann es sein, dass du dich ziemlich gut mit Maximilian verstehst?"

Anne blickte verlegen zu Boden. „Ja, er ist sehr nett. Wir waren vor zwei Tagen etwas trinken – und der Abend verging wie im Flug. Wir hatten so viel zu reden, dass wir erst gegen eins auf die Uhr geschaut haben. Wie ich den nächsten Tag überstanden habe, kannst du dir sicher vorstellen: Mit dunklen Ringen unter den Augen und herzhaftem Gähnen, das mein debiles Dauergrinsen hin und wieder unterbrochen hat."

Marie schmunzelte und drückte Anne an sich. „Das freut mich so für dich."

„Ja, na ja, wir werden sehen, was draus wird."

Nach einer Weile begannen die ersten Freunde, sich zu verabschieden, und Marie bedankte sich bei allen herzlich. Rafael schloss sie in seine langen Arme und meinte: „Es war mir ein Vergnügen, hübsche Frau. Schlaf gut in deiner ersten Nacht. Du weißt ja, dass deine Träume in Erfüllung gehen."

Als Mischa sich als Letzter verabschiedete, zwinkerte er Steffen zu und meinte: „Du hilfst Marie sicher noch, die ganzen Kartons zusammenzustellen und etwas aufzuräumen, habe ich recht?"

„Du hast mal wieder den Nagel auf den Kopf getroffen", lachte Steffen und begleitete ihn bis zur Haustür. Dann schloss er die Tür – und Marie war mit Steffen wie von der Außenwelt abgeschnitten.

Sie ging zu ihrem waldgrünen Sessel, ließ sich seufzend draufplumpsen und streifte die Turnschuhe ab. Als sie die Füße auf den Schemel legte, seufzte sie erleichtert. „Meine Füße bringen mich noch um. Gestern hatte ich im Geschäft neue Schuhe an und war den ganzen Tag auf den Beinen. Scheinbar sind die Pumps nicht zum Herumlaufen geschaffen, nur zum Hübsch-Aussehen. Und der Tag heute bei IKEA hat mir selbst in Turnschuhen den Rest gegeben."

Steffen schlenderte ins Wohnzimmer, die Hände in den Hosentaschen - und sah einfach nur atemberaubend aus. Seine Haare waren leicht in Unordnung geraten, was ihn sympathisch menschlich wirken ließ und Marie zeigte, wie er morgens nach dem Aufstehen aussehen musste.

Mmh ... ein verführerischer Gedanke.

„Vielen Dank für deine selbstlose Hilfe heute ...", begann sie und ergänzte: „... und überhaupt. Ich weiß nicht, wie ich das Ganze ohne dich geschafft hätte." Das war ein Eingeständnis, das ihr leicht fiel - war Steffen doch ein Mann, der eine Schwäche seines Gegenübers nie ausnutzen würde.

„Gern."

Und dann gab es wieder diesen Moment der Stille zwischen ihnen, in dem sie mit rasendem Puls dasaß, zu ihm hochstarrte und gefesselt war von der Intensität seines Blicks. Und auch er schien sich in ihren Augen zu verlieren, denn er wandte sich nicht ab, um vorgeblich etwas zu erledigen.

Und Marie merkte wieder einmal, um wie viel heißer das Feuer zwischen ihnen brannte, je länger sie sich anblickten. Jeder dieser besonderen Blickkontakte kostete sie ein Jahr ihres Lebens. *Wenn das so weitergeht, bin ich vermutlich nächsten Monat schon tot*, dachte sie.

Dann löste sich Steffen aus seiner starren Haltung, blickte auf den Fußschemel und ließ sich darauf nieder. Dabei nahm er ihre Füße und legte sie sich auf die Schenkel. Marie merkte, wie sie sie automatisch wegziehen wollte.

Doch er hielt sie fest. „Ich weiß aus eigener Erfahrung, wie wohltuend und entspannend eine kleine Fußmassage sein kann. Das hat also nichts zu bedeuten."

Skeptisch zog Marie ihre Augenbrauen hoch und meinte trocken: „Du meinst, das ist so unbedeutend wie die Fußmassage bei Marsellus Wallaces Frau, für die sein Angestellter zur Strafe vom vierten Stock in ein Glashaus geworfen wurde - und seither einen kleinen Sprachfehler hat?"

Wegen ihrer Anspielung auf *Pulp Fiction* musste Steffen leise lachen. Dieser Laut strich zwischen ihren Schenkeln hindurch wie eine sanfte Berührung.

Sie erschauderte.

Dann begann Steffen, mit warmen Händen über ihre Füße bis hin zu den Zehen zu streichen.

Oh Gott, ja!!

Wieder lachte er leise und Marie wurde bewusst, dass sie die Augen nach oben verdreht und geseufzt hatte. Resigniert gab sie sich dem Unvermeidlichen hin und meinte: „Okay, es soll nichts bedeuten. Aber bitte hör nicht auf."

Dann lehnte sie den Kopf zurück und schloss die Augen, um sich ganz dieser intensiven und sehr verführerischen Berührung hinzugeben.

Aber bitte hör nicht auf.

Das war ein Wunsch, dem Steffen mit Vorliebe nachkam - und sehr gern auf andere ungebührliche Bereiche ausgeweitet hätte. Er hatte sich nicht beherrschen können. Ihre Füße hatten eine Anziehungskraft auf ihn ausgeübt wie die britischen Kronjuwelen auf einen Dieb.

Während er noch behutsam über ihren Fuß strich, zog er nebenbei die Socke aus. Dann fuhr er mit seinen Daumen über Maries Fußwölbung und massierte sanft Spannungen weg, dass sie spontan ihre schlanken Zehen spreizte und seufzte.

Konzentriert blickte Steffen auf seine Hände, weil ihn Maries entrückter Gesichtsausdruck gepaart mit diesen wohligen Lauten mehr ablenkte, als er zulassen durfte. Doch selbst ihre schmalen Füße fesselten seinen Blick und ließen ihn in Fantasien schwelgen, die nicht sein durften.

Es hatte nichts zu bedeuten?

Da konnte er nur lachen! Es würde *alles* bedeuten, wenn er so weitermachte, wie es ihm das kleine Teufelchen auf seiner Schulter zuflüsterte.

Doch jetzt konnte - und wollte - er nicht aufhören. Er hatte genug Selbstdisziplin, um das durchzuziehen. *Jawoll!*

Dann kamen die Ballen dran, wonach er jeden einzelnen Zehen lockerte und ausstrich. Nach einem kurzen Blick auf Marie bemerkte er, dass sie ihn unter halb gesenkten Lidern beobachtete. „Entspann dich und denk nicht so viel", wies er sie leise an.

Sie gehorchte und schloss die Augen. Er merkte, wie sich ihre Schultern entspannten.

Gut so.

Mit sanftem Druck massierte er über ihren Spann bis hoch zum

Knöchel und rutschte mit einzelnen Fingerspitzen unter den Beinausschnitt ihrer Jeans. Sie hatte so unfassbar weiche Haut …

Dann wandte er sich dem zweiten Fuß zu und begann seine Erkundung bei den nächsten Hügeln und Tälern, die so empfindsam auf seine Hände reagierten.

Wie musste es wohl sein, wenn er über ihren nackten Körper strich? Mit seinen langen Fingern weiche Wölbungen und empfindliche Regionen erkundete und sie wohlig zum Seufzen brachte? Ein Seufzen, das tiefer und dunkler werden würde, je mehr er sich ihren hochsensiblen Stellen näherte. Sie spielerisch umrundete. Sie reizte. Bis er diese wundervolle Frau immer weiter zur Klippe getrieben hatte, um mit ihr von dort aus in ein Meer von Glückseligkeit zu springen und nie wieder aufzutauchen.

Eine Gänsehaut jagte ihm über den Rücken und ließ sein Herz wie ein Schmiedehammer gegen seinen Brustkorb schlagen.

Verflucht noch mal! Er saß wirklich in der Patsche.

Er warf einen kurzen Blick auf Marie. Sie hatte ihren Kopf mit geschlossenen Augen angelehnt und die Lippen vor Entzücken leicht geöffnet. Ihre Atmung kam tief und konzentriert. Ihre Zehen zuckten und schienen ihn anzubetteln weiterzumachen. Er konnte nur froh sein, dass sie weit genug von seinem Schoß entfernt waren, damit sie nicht mit dem knallharten Beweis dafür in Berührung kamen, wie unglaublich verführerisch er ihre Füße fand.

Und wie hungrig sie ihn machten.

Teufel noch eins! Dieser Mann hatte magische Hände, mit denen er tatsächlich zaubern konnte.

Alles Weibliche in ihr schnurrte heftig.

Marie hielt ihre Augen bewusst geschlossen, weil sie Steffen sonst mit einem einzelnen Blick verraten hätte, welch Wirbelsturm in ihrem Inneren tobte.

Wie sollte sie sich an diesem Abend nur von ihm verabschieden, wenn das Einzige, was sie wirklich wollte, war, ihn an der Hand in ihr Schlafzimmer und in ihr nagelneues Bett zu zerren?

Das würde nicht geschehen, solange sie seine direkte Vorgesetzte war. Sie durfte die Situation nicht außer Kontrolle geraten lassen … auf jeden Fall nicht, bis die Produktlinie auf dem amerikanischen Markt eingeführt war.

Und das würde noch eine Weile dauern.

Dennoch wurde Maries inneres Auge von Bildern voller Leidenschaft, Gier und unbeschreiblicher Zärtlichkeit überschwemmt, was ihre Haut heiß prickeln ließ. Sie stellte sich Steffen als zielstrebigen Liebhaber vor. Nichtsdestotrotz hatte er mit Sicherheit auch eine so unerträglich geduldige Seite in sich, die sich erst gründlich um ihre Bedürfnisse kümmern würde, bevor er selbst Befriedigung fand.

Sie musste darauf achten, sich an diesem Abend mit Anstand zu verabschieden, ohne dass er den Eindruck bekam, rausgeworfen zu werden. Schließlich war er ihr in mehrfacher Hinsicht eine große Stütze gewesen – und sie würde ab Montag wieder eng mit ihm zusammenarbeiten müssen. Da wollte sie ihn nicht vergrätzen.

Ein letztes Mal gab sie sich den erregenden Gefühlen hin, die Steffens begnadete Hände in ihr auslösten, bevor sie die Augen aufschlug und direkt in seinem Blick gefangen war. Seine Augen schienen ihr ein Kompliment zu machen: *Du bist wunderschön, wenn du kurz vor einem Orgasmus stehst.*

Und dann spürte sie, dass er mit seiner Massage am Ende angekommen war. Um die seltsam knisternde Stille zu füllen, meinte sie leichthin: „Falls du jemals von unseren Chefs gefeuert wirst, kannst du eine Massage-Praxis eröffnen. Talent hast du nämlich für drei."

Dankbar bemerkte sie, dass er an ihren leichten Konversationston anknüpfte und mit einem kleinen Lächeln erwiderte: „Bei den vielen Eishockeyspielern hier in Knopfheim hätte ich tatsächlich alle Hände voll zu tun."

Dann stand er auf und verabschiedete sich mit den Worten: „Ich hoffe, du schläfst heute Nacht gut. Wenn morgen etwas ist, kannst du mich gern anrufen. Ansonsten sehen wir uns am Montag in der Firma."

Sprach's und ging durch die Haustür in die Nacht hinaus.

So einfach sollte das gewesen sein?

Marie war einerseits erleichtert ... andererseits auch enttäuscht, dass er nicht auf die gesellschaftlichen Regeln gepfiffen, sie in seine starken Arme gerissen und leidenschaftlich geküsst hatte.

Herrjemine, Marie! Wie alt bist du? Und in welcher Welt lebst du?!

Sicher nicht in einer Barbara-Cartland-Welt.

Eine neue Woche hatte begonnen.

Während Marie nach einer kurzen Besprechung am Vormittag

noch ein paar Berichte durchging, merkte sie, wie ihre Gedanken abschweiften. Sie hatte gut geschlafen in ihrer ersten Nacht im neuen Haus. Dennoch war sie ein paar Mal aufgeschreckt, weil sie dachte, etwas Bedeutsames zu träumen, an das sie sich im Nachhinein nur schemenhaft erinnerte. Es hatte etwas mit den *Pitbulls* zu tun gehabt, aber auch mit seidigem blonden Haar auf ihrer nackten Haut – und Steffens hellbraunen Augen, die sie glutvoll anschauten.

Am Sonntag hatte sie ihn bewusst nicht angerufen – was ihr wirklich schwergefallen war –, sondern war allein ins Hotel gefahren, hatte alles zusammengepackt und ausgecheckt. Dann hatte sie bei der Rückfahrt in einem großen Tankstellenshop ein paar Lebensmittel eingekauft, damit sie bis zum Wochenanfang über die Runden kam. Zuhause hatte sie den restlichen Sonntag allein in ihrem Haus gewerkelt, die neuen Küchenutensilien in der Spülmaschine durchlaufen lassen und den Kleiderschrank befüllt.

Zuhause.

Das hörte sich nach den vielen Jahren im Ausland gut an.

Die Liste mit Dingen, die sie unbedingt noch besorgen musste, war von Stunde zu Stunde gewachsen. Immerhin hatte ihre Vermieterin die alte Waschmaschine im Keller gelassen, dass Marie sich nicht auch noch *darum* kümmern musste. Heute Abend würde sie nach der Arbeit groß einkaufen gehen und dann …

Mit einem frustrierten Seufzen schob sie den Bericht zur Seite und stand auf. Sie würde jetzt erst mal eine Mappe mit Unterlagen zu ihrem zweiten Chef, Helmut Winter, bringen, um sich von ihren rotierenden Gedanken abzulenken.

Schwungvoll betrat sie den Flur und wandte sich nach rechts, als ihr Herz schneller zu klopfen begann … Steffen kam ihr mit einem Kollegen entgegen.

So, sein Termin mit dem Chef war auch abgehakt. Nebenbei hatte er ihn informiert, dass Frau Berg bereits in ihr neues Haus in Knopfheim eingezogen war. Während sich Herr Winter erneut bei ihm bedankte und die Knopfheimer Gastfreundschaft lobte, musste Steffen an seinen Sonntag denken.

Er war den ganzen Tag zuhause gesessen und hatte nichts mit sich anzufangen gewusst. Er hatte versucht zu lesen, dann hatte er seine schmutzige Wäsche sortiert, um nicht ständig an Marie denken zu müssen … und stellte sich damit selbst ein Bein, weil er plötzlich die Arbeitskleidung von ihrem Einzug in Händen hielt. Nachdem er ausgiebig geflucht hatte, schaltete er dennoch die Waschmaschine ein und versuchte zu ignorieren, dass sein Innerstes sich nach dem Läuten des Handys und einem Anruf von Marie sehnte.

Oh Mann, er saß so was von in der Klemme!

Natürlich hatte sie nicht angerufen. Sie war selbstständig, technisch versiert und nicht so blöd wie er, seinen Alltag auf jemand anderen abzustimmen, mit dem man privat nichts zu tun haben sollte.

Er konnte sich doch emotional nicht so abhängig von einer Frau machen! Und dann noch von seiner Chefin!!

In dem Moment sah er sie im Flur auf sich zukommen – und sein Herz blieb stehen.

Wieder einmal wurde ihm bewusst, wie gern er ihr auf der Arbeit begegnete. Wenn sie mit großen Schritten den Gang auf ihn zukam und ihre Locken munter wippten. Und auch wenn er an ihr vorbeiging und ihr unauffällig hinterhersah, nur um einen kurzen Blick auf ihren attraktiv geschwungenen Po zu erhaschen. Es machte ihn außerdem total an, Marie zu beobachten, wie sie konzentrierte Gespräche mit Mitarbeitern führte und komplett fokussiert auf deren Inhalt war. Und womöglich noch ihre strenge Lesebrille aufsetzte.

Uaaahh! Steffen unterdrückte ein Schaudern.

Und dann wurde er belohnt …

Maries braune Augen leuchteten auf, als sie ihn erblickte, die Mundwinkel kräuselten sich nach oben und ihre Wangen schienen erwartungsvoll zu glühen.

Genau das ließ sein Herz schneller schlagen und machte ihn rückfällig …

„Hallo Frau Berg“, grüßte Steffen sie.

Auch wenn man ihr den anstrengenden Arbeitstag etwas ansah, wirkte sie dennoch auf ihn wie das blühende Leben. Sein Kollege nickte nur freundlich und ging weiter.

Steffen jedoch blieb stehen und betrachtete sie. „Frau Berg, ich müsste noch etwas mit Ihnen besprechen …“, und als der Kollege außer Hörweite war, ergänzte er etwas leiser: „Ich würde dich gern fragen, ob du morgen wieder schwimmen gehst und danach mit mir frühstücken möchtest."

Wie war das? Er wollte seinen Alltag nicht zu sehr von einer Frau abhängig machen, die er eigentlich auf Abstand halten sollte?

Seine Bemühungen waren wieder mal grandios gescheitert.

„Oh", begann Marie überrascht, machte aber gleich darauf eine entschuldigende Miene. „Morgen kann ich nicht, ich muss früh im Geschäft sein, weil ich etwas vorbereiten muss." Sie merkte, wie ein enttäuschter Schatten über Steffens Gesicht huschte, der ihr näher ging, als er sollte.

Dann wiegelte er mit einem kleinen Lächeln ab. „Na, dann vielleicht ein andermal."

„Sonst sehr gern", sagte sie und meinte es auch so.

Steffen nickte. „Ich soll dich noch etwas von meiner Mutter fragen. Sie möchte dich gern diese Woche zum Abendessen einladen, als Willkommen in der Nachbarschaft sozusagen." Nach einer ultrakurzen Pause schob er nach: „Wenn dir das alles zu schnell geht, habe ich vollstes Verständnis. Die Knopfheimer sind am Anfang etwas gewöhnungsbedürftig."

Vor Maries innerem Auge erschien das herzliche Lächeln von Frau Thies, ihre weichen Rundungen und die warme Freundlichkeit, in deren Genuss sie bereits gekommen war. Deshalb fiel ihr die Entscheidung leicht. „Natürlich komme ich sehr gern. Wäre Donnerstag in Ordnung?"

Ein Strahlen breitete sich auf Steffens Gesicht aus. „Ich werde es ihr ausrichten. Meine Eltern freuen sich sehr, dich besser kennenzulernen." Wieder machte Steffen eine kurze Pause, als ob er überlegte, wie er ihre Begegnung noch verlängern könnte. „Wie war dein Sonntag?"

„Ich hatte viel zu tun, aber es wird langsam."

Dann wandte sich Steffen doch mit einem Nicken ab, weil Helmut Winters Sekretärin am Ende des Flurs etwas aus einem Schrank holte und argwöhnisch in ihre Richtung blickte – und Marie spürte einen irrationalen Stich in der Brust, während sie ihm nachblickte. Sie hatte das unbestimmte Gefühl, Steffen würde ein kleines Stück von ihr mitnehmen.

Sie schüttelte kurz den Kopf und machte sich auf zu den Chefbüros. Am Ende des Flurs nickte sie Helmut Winters Sekretärin freundlich zu, die schon seit Urzeiten in der Firma beschäftigt war, und meinte: „Ich habe hier noch Unterlagen für Herrn Winter. Wo darf ich sie hinlegen?"

Frau von Altensteig zog eine Augenbraue hinter ihrer teuren Brille hoch und erwiderte huldvoll: „Sie dürfen sie mir geben."

Gerade, als sich Marie wieder verabschieden wollte, fragte Frau von Altensteig: „Frau Berg, Sie wissen von der Firmenregel bezüglich interner Techtelmechtel?"

Als Marie nur überrascht den Mund aufklappte, um etwas zu erwidern, fuhr die Sekretärin bereits fort: „Ich habe das Gefühl, dass Sie sich *besonders* gut mit Herrn Thies verstehen. Diese Firmenregel ist aus gutem Grund aufgestellt worden. Deshalb möchte ich Sie nur erinnern, dass selbst Sie mit ihrer Sonderstellung hier in der Firma sich so etwas nicht erlauben dürfen."

Marie fühlte sich wie vor den Kopf geschlagen und gemaßregelt wie eine Fünfjährige. Denn so ganz unrecht mit ihrer Vermutung hatte Frau von Altensteig schließlich nicht. Und natürlich war eine solche firmeninterne Regel auch nicht ganz ungerechtfertigt.

Früher hatte Marie tatsächlich schon erlebt, wie unproduktiv und schädlich es sein konnte, wenn zwei, die als Chef und Sekretärin zusammenarbeiten sollten, eine intime Beziehung miteinander hatten. Entweder war es schwierig, bei einigen Themen sachlich zu bleiben und Diskussionen nicht mit persönlichen Bemerkungen zu spicken. Oder es entstanden im Falle einer unschönen Trennung eklatante Führungsprobleme, wodurch die Arbeit völlig zum Stillstand kam. Das war natürlich ziemlich fatal für die Firma.

Dennoch konnte Marie die Äußerung der Sekretärin so nicht stehenlassen. „Frau von Altensteig, Sie können mir glauben, dass hier alles professionell abläuft. Und wenn es etwas gibt, das mit den Chefs geklärt werden müsste, werde ich das schon selbst regeln. Keine Angst. Einen schönen Tag Ihnen noch."

Dann drehte sie sich um und ging zurück zu ihrem Büro.

Blöde Kuh.

Die glaubte wohl, mit ihrer pedantischen Einstellung über allem zu stehen, nur weil sie die Chefsekretärin von Helmut Winter war. Sie war eine unsympathische Frau, die den Firmenregeln zudem treu ergeben war und sie bis ins letzte Detail befolgte.

Eine richtige Paragrafenreiterin.

Marie schüttelte immer noch fassungslos den Kopf und machte sich wieder an die Arbeit.

Nach einem zähen Nachmittag beschloss sie dann, gegen fünf Schluss zu machen. Es würde eh nichts Produktives mehr laufen.

Marie packte ihre Tasche zusammen und fuhr zum ersten Mal, seit sie wieder in Deutschland war, nach Hause. Richtig nach Hause - in ihr hübsches gemütliches Häuschen.

Ein schönes Gefühl.

Doch zuerst würde sie einen Rieseneinkauf machen.

Kapitel 18

Steffens Eltern waren unglaublich nett. Auch sein jüngerer Bruder, der etwas kleiner war und Haare in einem dunkleren Blond hatte.

Marie merkte, dass Steffens Mutter sich sehr zurückhalten musste, Marie zur Begrüßung nicht an ihren wogenden Busen zu ziehen. Vermutlich hatte er ihr eingebläut, seine Chefin nicht mit der Herzlichkeit eines Bulldozers zu überrollen - weil sie eben seine Chefin war.

Marie musste innerlich grinsen, während sie sich vorstellte, wie Steffen seine Mutter ins Gebet genommen haben musste.

Das Essen war köstlich - trotz leichter Küche -, die Gespräche anregend und Steffens Mutter eine herzliche Gastgeberin. Sein Vater saß zufrieden lächelnd am Tisch und beobachtete seine lebhafte Frau.

Marie überlegte, dass so eine glückliche Ehe aussah. Vermutlich knapp fünfunddreißig Jahre verheiratet sah man bei beiden immer noch die Liebe und den Respekt für den Partner in einem kurzen Blick, einem Lächeln oder einer liebevollen Geste. So etwas konnte sie sich bei ihren eigenen Eltern überhaupt nicht vorstellen - dafür war ihre Mutter zu nüchtern gewesen. Kein Wunder hatte ihr Vater darunter gelitten, ähnelte er vom Typ her eher Steffens Vater.

Marie spürte, wie die warme Atmosphäre der Familie Thies sie entspannte. Sie freute sich für Steffen, dass es seinem Vater gesundheitlich schon wieder so gut ging. Als Steffen gerade auflachte und seine Hand auf dessen Unterarm legte, wurde Marie das Herz eng. Steffens liebevoller Blick zeigte, dass er fest in seiner Familie verwurzelt und sich deren Liebe absolut sicher war.

Marie hatte mal einen Ausspruch von Francois de La Rochefoucauld gelesen, der gesagt hatte: *Wenn man die Ruhe nicht in sich selbst findet, ist es umsonst, sie anderswo zu suchen.*

Steffen war genau das in seinem Leben gelungen.

Man merkte ihm überdies an, dass ihm Leichtigkeit im Alltag und ein guter Sinn für Humor wichtig waren trotz aller Tiefgründigkeit, die Steffen zudem besaß.

Wie es wohl war, jeden Abend mit ihm zu essen? Jeden Abend Erlebnisse des Tages auszutauschen? Wie ein richtiges Paar?

Marie blinzelte verwirrt und senkte ihren Blick auf den Teller.

Sie kochte allein, aß allein und räumte allein die Küche auf. Sie war Stille gewohnt.

Überrascht merkte sie, wie sehr sie menschliche Nähe in ihrem Alltag vermisste. Wie sehr sie sich nach einem starken, ausgeglichenen Mann an ihrer Seite sehnte. Einem Mann wie Steffen.

Außerdem hatte sie sich sonst nie wirklich Gedanken über Familienbande gemacht. Ein seltsames Gefühl breitete sich in Maries Bauch aus. Was das wohl war?

Erstaunt stellte sie fest, dass sie sich hier in dieser warmherzigen Familie angenommen und wie zuhause fühlte. Als würde sie zu diesen Menschen gehören.

Ein verlockender Gedanke.

Verwirrt blickte sie zu Steffen, der gerade grinsend die Augen verdrehte, weil seine Mutter ihn mit seinem immensen Lerneifer als Kind neckte, während sein Bruder ihm lachend auf die Schulter klopfte.

Einen solchen Gedanken durfte sie erst gar nicht zulassen, rief sie sich zur Ordnung. *Du hast eine Familie, die sich immer gut um dich gekümmert hat.*

Doch nicht mit dieser offen gezeigten Liebe, die ihr Herz zum Sehnen brachte und ihr zeigte, was ihr in ihrer Kindheit entgangen war.

Marie packte die nagende Sehnsucht am Schlafittchen und schloss sie fest in ihrem Herzen ein. Nein, sie würde jetzt nicht in Selbstmitleid baden und herumheulen wegen verpasster Gelegenheiten. Das Leben war so, wie es war, und damit musste sie zurechtkommen. Das hatte sie doch bisher auch immer gut geschafft!

Als es schon etwas später war und sich Steffens Vater zur Nacht verabschiedete, nahm Marie das zum Anlass, ebenfalls zu gehen.

„Herzlichen Dank für die Einladung, Frau Thies. Es war wirklich ein schöner Abend und das Essen war auch sehr lecker."

„Ach, Marie. Hier in Knopfheim duzen wir uns. Wir freuen uns sehr, dass du in unsere Nachbarschaft gezogen bist." Sie tätschelte ihr die Wange, dass Marie aus dem Augenwinkel sah, wie Steffen entsetzt die Augen aufriss. „Du bist so ein hübsches und liebes Mädchen!"

„Mama!!" Steffen schien empört über die despektierliche Art, mit der sie über seine Chefin sprach.

Doch Marie winkte nur grinsend ab und umarmte seine Mutter zum Abschied.

Steffen stand im Elektrofachmarkt und versuchte, sich zu orientieren.

Herrje! Die hatten schon wieder umgeräumt.

Während er sich suchend umblickte, überlegte er, dass er noch in Knopfheim tanken und Lebensmittel einkaufen würde. Nach dem Wochenende war fast nichts Frisches mehr im Kühlschrank.

Als er endlich das Regal mit Speichermedien erblickt und die gesuchte externe Festplatte gefunden hatte, machte er sich zu den USB-Sticks auf. Dabei sah er den Gang hinunter Helena bei den Handys stehen und die Angebote vergleichen. Bevor er sich jedoch abwenden konnte, blickte seine Ex auf und entdeckte ihn. Wie auf Knopfdruck erstrahlte ihr Gesicht.

Mist! Da war wohl wieder ein Gespräch fällig.

Sie trat trotz mörderischer High Heels beschwingt näher und wirkte in ihrem sehr figurbetonten Kostüm chic und mondän. „Ist das Schicksal oder ist das Schicksal?"

Er zuckte mit einer Schulter und grinste nur leicht.

Sie zwinkerte ihm keck zu und raunte dabei verschwörerisch: „Es ist Schicksal." Dann lachte sie laut auf, als hätte sie einen wirklich gelungenen Scherz gemacht. Steffen kam es ein wenig zu laut und ein kleines bisschen zu übertrieben vor.

Er wusste nicht warum, aber er hatte kein gesteigertes Bedürfnis, sich länger mit ihr zu unterhalten. Er freute sich, dass es ihr gut ging. Aber die Episode Helena war für ihn abgeschlossen und musste nicht künstlich wiederbelebt werden. Deshalb begann er: „War schön, dich zu sehen, aber ich …"

„Ja, finde ich auch", fiel sie ihm ins Wort und strich sich das lange dunkle Haar nach hinten. „Seit unserem letzten Treffen habe ich über unsere gemeinsame Zeit nachgedacht. Es war damals wirklich schön, als wir noch zusammen waren, denkst du nicht auch?" Sie ließ ihn gar nicht antworten, sondern legte ihre Hand warm und fest auf seinen Unterarm. „Kannst du dich noch an den Abend in der Badewanne erinnern? Eine Flasche erstklassigen Rotwein und hundert Kerzen?" Ihre dunklen Augen strahlten bei der Erinnerung auf und sie ergänzte anerkennend: „Du warst immer so romantisch und wusstest genau, wie du mich verwöhnen konntest. Das ist selten bei einem Mann."

Steffen war Helenas Schmeichelei unangenehm – als ob sie wie eine unschuldig maunzende Katze mit einer leckeren Maus spielte. Denn er konnte sich noch gut an jenen Abend erinnern – und ganz so harmonisch, wie Helena ihn glorifizierte, war er nicht verlaufen. Sie waren nach einem sehr schönen Beginn noch in eine ziemlich hitzige Diskussion geraten. Thema war etwas gewesen, worüber Helena unzufrieden gewesen war und Steffens Lösungsvorschläge nicht hatte hören wollen. Sie hatte sich lieber weiter in Selbstmitleid gesuhlt.

Immer noch schwelgte Helena in Erinnerungen und – das fiel Steffen erst jetzt auf – bewegte dabei ruhelos ihre Hände: Mal strich sie sich durchs Haar, mal zupfte sie an ihrem Blazer herum, dann rieb sie die Handflächen aneinander. Überhaupt wirkte sie heute wie eine aufgezogene Puppe, die pausenlos redete, übertrieben lächelte und nicht ruhig stehen bleiben konnte.

„... und du warst immer mein Fels in der Brandung", schmeichelte sie ihm. „Bei dir wusste ich, dass ich mich entspannen kann, wenn ich von einer Geschäftsreise heimkomme. Dass du mir zuhörst. Ich fühlte mich bei dir stets geborgen und sicher – und ich habe festgestellt, dass ich dich sehr vermisse. Unsere Zweisamkeit vermisse. Ich finde, wir waren eine perfekte Mischung." Sie blickte zu Steffen auf, der nur sprachlos seine Augenbrauen hochzog, und legte ihm vertraulich die Hand auf die Brust. „Ich finde, wir sollten es noch mal miteinander probieren. Denkst du nicht auch?"

Bei Helenas Worten stellten sich in Steffens Innerem alle Stacheln auf. Er atmete tief durch, um die richtigen Worte zu finden. „Nein, Helena, ich denke nicht. Du bist eine tolle Frau, die jemanden braucht, der mit deinem umtriebigen Leben und deiner Geschwindigkeit und Energie mithalten kann. Das kann ich dir nicht bieten.

Tut mir leid."

Bei seinen Worten huschte ein Schatten über Helenas schönes Gesicht. Doch sie lächelte gleich wieder. „Du hast wie immer recht. Ich wollte sowieso schon kürzertreten und es beruflich ruhiger angehen ..."

„Aber das würde dir auf Dauer nicht gefallen", unterbrach Steffen sie freundlich. „Du wärst kreuzunglücklich, wenn du nur hier in Mannheim in einem kleinen Büro arbeiten müsstest - ohne Kundenkontakt, ohne andere Großstädte zu bereisen."

Bevor sie noch beginnen konnte zu argumentieren - wofür Helena viel Talent besaß -, legte Steffen seine Hand auf ihre Schulter und meinte versöhnlich: „Es tut mir wirklich leid. Ich muss jetzt aber weiter, weil ich noch ein paar Dinge erledigen muss. Ich wünsch' dir was." Und dann ließ er sie stehen und ging mit großen Schritten zur Kasse.

Die USB-Sticks würde er irgendwann anders kaufen.

Marie fühlte sich einsam.

Obwohl sie bereits mit ihrer Tante telefoniert hatte, merkte sie, dass ihr an diesem Dienstagabend etwas fehlte. Verwirrt schüttelte sie den Kopf und räumte weiter Dinge in Schränke, Kommoden oder Regale. Sie freute sich, dass alles nach einem Wochenende voller Einkäufe langsam wohnlich wurde und seinen Platz fand. Doch irgendetwas war dennoch nicht so, wie sie es sich wünschte ...

Gerade, als sie eine Packung Servietten in die Schublade des neuen Vitrinenschranks legen wollte, traf es sie wie ein Blitz. Sie vermisste die Knopfheimer Geselligkeit, wie sie sie bei der Renovierung und beim Möbelaufbau erlebt hatte. Die lustigen Sprüche. Aber auch die Warmherzigkeit und Einsatzbereitschaft, die sie in Knopfheim wie auch in Steffens Familie erlebt hatte. Und ihr fehlte Steffen. Sie war ihm seit letzter Woche nicht begegnet.

O-oh, das ließ tief blicken, wenn er sich in solch kurzer Zeit so unentbehrlich für ihr Leben gemacht hatte!

Doch sie konnte nicht einfach vor seiner Haustür auftauchen wie ein kuschelbedürftiges Kätzchen und ihn um Streicheleinheiten anschnurren. Deshalb entschied sie sich für eine andere Art von Geselligkeit.

Kurzerhand wechselte sie die Kleidung und schnappte sich

Schlüssel und Geldbeutel. Bereits nach kurzer Zeit fand sie die Kneipe, von der sie schon so viel gehört hatte. Über der waldgrünen Eingangstür befand sich ein weißes Schild, auf dem ein Eishockeyspieler zu sehen war und in schwungvollen, roten Buchstaben der Name *Bully* stand.

Als sie die Kneipe betrat, schlug ihr weibliches Gelächter entgegen. An einem Tisch in der Nähe der dunklen Theke saßen einige Frauen. Außerdem gab es noch ein paar Männergrüppchen, die hitzig über Spielzüge eines Eishockeyspiels diskutierten. An den Wänden hingen viele Trophäen wie Schläger, gerahmte Mannschaftsfotos, Wimpel und Urkunden. In Vitrinen standen Pucks mit kleinen Schildern, die sie als erinnerungswürdige Objekte auszeichneten. Außerdem lief auf einem Großbildschirm ein aufgezeichnetes Spiel der *Pitbulls*.

Steffen hatte nicht zu viel versprochen.

Eine kurvige Frau um die fünfzig mit langen, schwarzen Haaren ging an ihr vorbei hinter die Theke und stellte zwei leere Gläser ab. Dann zwinkerte sie Marie zu und fragte: „Na, Herzchen, was möchtest du trinken?"

Marie lächelte und ließ sich auf einem Barhocker nieder. „Ein Weizen, bitte."

„Kommt sofort", nickte diese und griff nach einem passenden Glas. „Und, hast du dich nur aus Versehen hierher verlaufen oder bist du die süße Neue, die vorletztes Wochenende neben den Petrows eingezogen ist?"

Marie lachte überrascht auf. „Steffen hat mit der Effizienz der Knopfheimer Buschtrommeln echt nicht übertrieben. Ja, ich bin Marie."

„Ich bin Gloria", stellte sich die Besitzerin vor und schüttelte ihr mit einem herzlichen Lächeln die Hand. „Und es stimmt, dass sich Gerüchte bei uns in Lichtgeschwindigkeit verbreiten. Du spielst auch Eishockey, habe ich gehört?"

Marie schüttelte nur leicht fassungslos den Kopf. „Unglaublich. Aber ja, ich habe jahrelang gespielt, musste in den letzten Jahren aber aus beruflichen Gründen pausieren."

Gloria stellte ein perfekt eingeschenktes Weizenbier vor Marie auf die Theke und nickte zu dem Tisch voller Frauen hin. „Das sind ein paar unserer Eishockey-Ladys. Die haben heute kein Training und treffen sich deshalb hier."

Marie warf einen Blick über die Schulter und sah Frauen zwischen achtzehn und fünfunddreißig, die in Körpergröße und Statur sehr unterschiedlich waren. Eine war klein und zierlich und hatte ein unschuldig-kindliches Gesicht mit rotblonden Kringellocken. Doch so etwas konnte täuschen. Marie schätzte, dass sie sich auf dem Eis flink wie ein Wiesel zwischen den Gegnern durchschlängeln konnte, um den Goalie mit einem knallharten Überraschungsangriff zu überrumpeln.

„Was hat der Buchstabe Q und ein Mann gemeinsam?", hörte Marie eine der Frauen in die Runde fragen. Doch egal, was die anderen an absurden Antworten gaben, es war anscheinend alles falsch.

Marie liebte Scherzfragen, weil sie gut um die Ecke denken konnte. Deshalb wandte sie sich der Gruppe zu und meinte: „Wie wäre es damit? Beides sind Nullen mit einem Schwänzchen dran."

Erst gab es ein überraschtes Schweigen, als sich alle Köpfe in ihre Richtung drehten. Doch dann explodierte eine Lachsalve wie eine Rakete an Silvester.

„Das ist zwar nicht die Antwort, die ich kenne, aber deine ist deutlich besser!", rief diejenige, die die Scherzfrage gestellt hatte. „Du gefällst mir! Magst du an unseren Tisch kommen, wir können immer eine schlagfertige Frau gebrauchen!"

Kurzerhand saß Marie zwischen den schnatternden Spielerinnen und beantwortete deren Fragen, wer sie sei und woher sie käme. Als die Frauen hörten, dass Marie früher Eishockey gespielt hatte, ging das Erkennen durch die Reihen und sie wurde mit Fragen bestürmt. Natürlich wurde sie auch gleich zum Training und dem nächsten Heimspiel eingeladen. Dann wandten sie sich wieder unterhaltsamen Themen zu.

„Ah, ich kenne noch eine Scherzfrage", begann die kleine zierliche Frau, die sich als Evelyn vorgestellt hatte. „Wieso gleicht ein Mann einem Schneesturm?"

„Die Antwort hat sicher was mit Kälte und der Länge seiner nicht vorhandenen Ausstattung zu tun - wie bei meinem Ex", grunzte Daniela, eine große, stark gebaute Endzwanzigerin, und nahm einen Schluck aus ihrem Glas.

Evelyn blickte Marie erwartungsvoll an.

Diese überlegte und tippte sich dabei nachdenklich an die Lippen. „Ich denke, niemand weiß, wann er kommt, wie viel Zentimeter er mitbringt und wie lange es dauert."

Wieder lachten alle Frauen und Evelyn schlug ihr anerkennend auf die Schulter. „Du bist *echt* gut! Kennst du auch eine Scherzfrage?"

Marie dachte kurz nach und nickte dann grinsend. „Weshalb haben so viele Männer Bierbäuche?"

Die Frauen überschlugen sich fast mit möglichen Antworten, unter denen aber keine dabei war, die ansatzweise richtig war. Deshalb fragte Marie in die Runde: „Soll ich es sagen?" Alle nickten. „Damit der kleine arbeitslose Zwerg ein Dach über dem Kopf hat!"

Lachend knüpfte Henrike, die Kapitänin der Ladys, an: „Und warum haben viele Männer O-Beine? Weil Unwichtiges in Klammern steht!"

„He, Ladys!", rief einer der älteren Männer mit einem sympathisch knittrigen Lächeln um die Augen. Er ging sicher stark auf die achtzig zu. „Seid mal nicht so sexistisch!"

„Was ist, Siggie? Verträgst du keinen Spaß?" Henrike zwinkerte ihm neckisch zu. „Du weißt doch, dass wir Frauen nicht ohne euch göttlichen Kerle leben können. Mit dir wollte ich auch schon ein paar Mal durchbrennen, aber du hast mich jedes Mal zurückgewiesen und mir damit das Herz gebrochen. Jetzt habe ich mir so einen Jungspund in meinem Alter suchen müssen, der einfach nicht mit deiner Erfahrung konkurrieren kann."

„Ich habe dich damals zu deinem eigenen Schutz abgewiesen, weil ich wusste, dass du meinem überwältigenden Charme noch nicht gewachsen bist."

„Und deinem riesengroßen Ego wohl auch nicht", rief Evelyn dazwischen und lachte. Sie zwinkerte den anderen betagten Männern am Nebentisch zu. „Mit solchen Kerlen wie euch können sich die jungen *Pitbulls* gar nicht messen. Ein ganzer Tisch voller Qualitätstestosteron vom Feinsten!"

Marie genoss grinsend das nette Geplänkel und die kameradschaftlichen Frotzeleien, die die Atmosphäre im *Bully* bestimmten. Gott, sie hatte in den letzten Jahren ihres Lebens tatsächlich zu wenig Spaß gehabt! Nur Ernsthaftigkeit, Ehrgeiz und Zielstrebigkeit. Es wäre wirklich schön, wenn sie diese ausgelassene Stimmung zusammen mit Steffen erleben könnte.

Total unangemessener Gedanke!, pfiff sie sich innerlich zurück.

Während noch alle lachten, bemerkte Marie aus dem Augenwinkel, dass sich jemand ihrem Tisch näherte. Als sie aufblickte, traute sie fast ihren Augen nicht.

Pass auf, was du dir wünschst, Mädel!

Steffen stand wie ihr wahr gewordener Traum grinsend neben ihr und ließ den Blick über die sich amüsierenden Frauen schweifen. „Na, Ladys, ihr habt Marie wohl schon in eurer Runde aufgenommen."

„Oh, ihr kennt euch?", fragte Daniela.

„Ja, sie ist meine neue …"

Marie merkte, dass Steffen den Bruchteil einer Sekunde zögerte. Deshalb ergänzte sie lächelnd: „… Kollegin. Ich habe vor gut vier Wochen in seiner Firma begonnen."

Die Frauen löcherten Steffen mit Fragen und shäkerten mit ihm. Er schien bei Knopfheims schönem Geschlecht sehr beliebt zu sein. Ob er auch auf körperliche Art davon profitierte, konnte Marie nur erahnen.

Sie ließ ihre Augen über Steffens Kleidung wandern, die zeigte, wie viel Wert er selbst in seiner Freizeit auf ein gepflegtes Erscheinungsbild legte. Sie ließ ihn sportlich-elegant und atemberaubend lässig wirken.

Für ihren Seelenfrieden definitiv zu attraktiv – und ein richtiger Hingucker, der sich vor eindeutigen Angeboten vermutlich nicht zu retten wusste.

Aber ging er auch darauf ein?

Marie atmete tief durch. Sie vermutete, dass es Steffen wichtig war, einen guten, aber auch kompetenten Eindruck zu hinterlassen. Er wollte ernst genommen werden. Zudem wollte er vermutlich attraktiv wirken, nachdem er als Kind so viele Gehässigkeiten wegen seines Aussehens hatte ertragen müssen. Er wollte zeigen, was er in seinem Leben erreicht hatte.

Und ja, er durfte – Maries Meinung nach – stolz darauf sein: Nicht nur auf seinen athletischen Körper, sondern auch auf seine berufliche Stellung, die er sich ganz allein und mit viel Fleiß erarbeitet hatte. Da durfte er auch gern zur Bestärkung seines Selbstbewusstseins teure Kleidung tragen und in einem BMW Cabrio durch die Welt fahren. Denn so uneitel und tiefgründig, wie sie ihn bisher erlebt hatte, musste Marie nicht befürchten, einen leichtlebigen Casanova vor sich zu haben – trotz seiner Beliebtheit bei den Eishockey-Damen.

Sie schüttelte innerlich den Kopf. *Marie, Mädchen … du kennst ihn doch gar nicht!*

Dennoch hatte sie das vertraute Gefühl zu wissen, wie er dachte und an Probleme heranging. Was ihm wichtig im Leben war und mit welcher Intention er anderen Menschen gegenübertrat. Es war echt verrückt …

Dann rückten die Frauen ein Stückchen zusammen, weil Steffen sich einen Stuhl heranzog und sich neben Marie setzte. Trotz typischer Kneipenluft schwappte sein wunderbar frischer Duft über sie hinweg wie eine kühle Meereswoge an einem heißen Sommertag. Steffen roch nach Seife, sauberer Baumwolle und einem Quäntchen frecher Versuchung, die sich in Maries Hirn einnistete und sie mit anregenden Bildern überschwemmte, die ihr Blut in Wallung brachten.

Uaaah, das würde für Marie ein langer Abend mit einer gehörigen Portion Selbstdisziplin werden.

Kapitel 19

Die wöchentliche Besprechung mit den Abteilungsleitern lief gut. Frau Metzger hatte sich und ihr schnippisches Verhalten ziemlich im Griff. Nur hin und wieder rückte sie wichtigtuerisch ihre Brille zurecht und presste missbilligend die Lippen zusammen.

Aber wenn's weiter nichts gab …

Nachdem alle reihum Bericht erstattet hatten und noch so einige Punkte besprochen worden waren, meldete sich Marie abschließend zu Wort: „Da ich in Herrn Jankowskis Unterlagen für mich wichtige Details vermisse, möchte ich Sie bitten, mir bis Freitag zur Durchsicht die aktuelle Dokumentation zu folgenden Testreihen zu geben.“ Sie blickte die jeweils verantwortlichen Mitarbeiter an. „Einmal hätte ich gern mehr Informationen zur getesteten Lebensdauer der verbauten Motor-Getriebe-Kombinationen.“ Die Firma Winter hatte den Ruf, dass die Antriebseinheit ihrer Produkte überdurchschnittlich lange hielt. Sie wollte sich vergewissern, dass die neuen Werkzeuge diesem Anspruch auch genügten.

„Dann“, fuhr sie fort, „die ausführlichen Daten zu den Akku-

Tests unter Last und Extrembedigungen." Marie meinte, ein leises Schnauben aus Frau Metzgers Richtung zu hören. Aber das war ihr egal. Frau Metzger konnte schnauben, so viel sie wollte. „Und dann noch die Rückmeldungen der Testkunden, die die Haptik unserer neuen Produkte prüfen sollten, damit wir wissen, ob wir das auf die breite Masse übertragen können. Wir wollen schließlich die steigende Nachfrage durch die Erweiterung unseres Produktportfolios befriedigen. Ich brauche Ihnen nicht zu sagen, wie wichtig es ist, Synergieeffekte auch im Marketing zu nutzen."

Zufrieden beendete sie die Besprechung und bedankte sich bei allen Mitarbeitern.

Nachdem sie das Treffen hinter sich gebracht und am Nachmittag noch so einiges erledigt hatte, machte sie Feierabend und fuhr zur Nebenhalle der SAP-Arena. Sie hatte den Frauen bei ihrem amüsanten Abend im *Bully* versprochen, beim Training vorbeizuschauen. Die Spielerinnen waren durch die Bank weg nett und herzlich, aber auch ehrgeizig, was die Leistung in den kommenden Spielen und den Tabellenplatz in ihrer Liga anging. Sie hatten ihr erzählt, wie sie trainierten, und interessiert Maries Geschichten aus ihrem Jugendteam gelauscht.

Als Marie die heiligen Hallen betrat, sah sie, dass die Frauen bereits auf dem Eis waren und motiviert Laufübungen machten. Das alte Eishockeyfieber begann, in ihrem Inneren zu schwelen – gerade auch, als sie das so vertraute *Scht-scht* der Kufen auf dem Eis vernahm.

Deshalb stellte sie sich an die Bande und nickte Evelyn zur Begrüßung zu, die in dem Moment in ihre Richtung blickte. Nachdem diese etwas zu ihren Teamkolleginnen gesagt hatte, schauten sich einige um und gaben Marie kurze Handzeichen. Danach flitzten sie weiter übers Eis.

Der Trainer war streng, aber ein Experte auf seinem Gebiet, wie Marie feststellte. Sie kannte ihn noch von früher. Er war damals auch ein Pitbull – und sehr talentiert – gewesen.

Die meisten Übungen waren bekannt – und äußerst effektiv. Immer wieder gab es kurze Besprechungen, zu denen sich die Frauen um den Trainer scharten und sich zum Erholen auf ein Knie niederließen. Dann ging es auch schon weiter. Die Passgenauigkeit beim Angriff wurde genauso trainiert wie die Zielgenauigkeit beim Toreschießen. Außerdem gab es einige strategische

Übungen, um das Über- wie auch Unterzahlspiel intensiv zu trainieren – denn diese Situationen entschieden die meisten Spiele. Und zum Schluss gab es noch ein Abschlussspiel, bei dem die Frauen über das Eis fetzten und das Gelernte in die Praxis umsetzten.

Schon das Zuschauen war für Marie eine wahre Freude und sie war versucht, gleich beim nächsten Training mitzumachen. Aber sie musste erst in der Firma Fuß fassen, bevor sie eine neue Verpflichtung einging, die mehrere Abende der Woche forderte.

Marie war so abgelenkt von diesen vielen neuen – und doch auch vertrauten – Eindrücken, dass sie erst gegen Ende des Trainings merkte, wie sehr sie fror und wie kalt ihre Füße in den dünnsohligen Pumps waren. Wahre Eisklötze!

Als die Frauen zum Ausgang in der Bande glitten, stellte sich Marie an die Tür, begrüßte sie und verteilte lobende Worte. Dann ging sie mit in die Umkleidekabine, wo sie etwas zum Trinken in die Hand gedrückt bekam, während sich die Frauen aus ihrer Schutzkleidung schälten und unter die Dusche sprangen.

„Es macht Spaß, euch beim Spielen zuzusehen. Wann habt ihr eure nächste Begegnung?", fragte Marie die Kapitänin.

„Am Freitag in Esslingen", erwiderte Henrike. „Auf unserer Homepage steht der Spielplan. Da kannst du dich auch über unsere Heimspiele informieren. Ich würde mich freuen, wenn du es dir überlegen würdest. Ich kann mich noch erinnern, dass du damals wie der Teufel gespielt und wie eine Irre Tore geschossen hast. Wir können jede gute Unterstützung brauchen."

„Du weißt, dass ich mich gerade in eine ziemlich verantwortungsvolle Position einarbeiten muss und ich möchte nicht wieder mit Eishockey beginnen, bevor ich nicht hundertzwanzig Prozent geben kann. Dafür ist mir der Sport zu wichtig." Marie machte eine kurze Pause. „Außerdem weiß ich auch nicht, wie es mit meiner Kondition bestellt ist und ob ich überhaupt noch so gut wie früher bin. Immerhin bin ich schon zweiunddreißig."

Henrike lachte. „Ich bin mir sicher, dass du mit zweiunddreißig besser spielst als viele andere, die zehn Jahre jünger sind. Dafür hattest du schon immer zu viel Biss und Ehrgeiz – und vor allem Talent."

„Danke", erwiderte Marie und drückte leicht ihren Arm. „Ich kann das im neuen Jahr besser einschätzen, dann melde ich mich auf jeden Fall. Vielleicht kann ich ja mal bei euch im Training mitmachen, dann sehe ich gleich, ob ich's noch drauf habe."

„Das machen wir so." Henrike drückte Marie kurz an sich und ihr wurde es ganz warm ums Herz.

Whoa! Dieser Freitag war zwar nicht der dreizehnte, aber für Marie dennoch die Hölle!

Sie presste ihre Finger gegen die Schläfen. Doch der Schmerz wurde – wie um sie zu ärgern – nur noch stärker. Am gestrigen Tag war das Arbeiten schon mühselig gewesen. Sie hatte sich schlapp und ausgelaugt gefühlt mit beginnendem Schnupfen und rauem Hals. Auch ein paar Mitarbeiter waren niesend durch die Firma gelaufen. Deshalb war sie etwas früher heimgegangen und hatte sich mit einer Wärmeflasche, Tee und einem Stapel der angeforderten Berichte ins Bett gelegt. Sie hatte gedacht, sie könnte wenigstens noch etwas zur Lebensdauer der Elektromotoren oder über die Rückmeldungen der Testkunden erfahren. Doch weiter als bis zur ersten Seite war sie nicht gekommen. Die Müdigkeit hatte sie so mühelos überwältigt wie ein Riese einen Zwerg im Zweikampf.

Seit dem Morgen waren alle Grippesymptome noch schlimmer. Ihre Nase war trotz Spray verstopft und vom Schnäuzen ziemlich gerötet. Ihre Stimme hatte den Liebreiz einer verrosteten Blechbüchse und in ihrem Kopf schien eine Horde Elefanten einen Stepptanz aufzuführen.

Sie hatte gar keine Kraft, sich darüber aufzuregen, dass Frau Metzger den Bericht zu den Akku-Tests – natürlich – noch nicht abgegeben hatte. Marie war gespannt, ob sie die Unterlagen am heutigen Freitag oder doch erst am Montag bekommen würde.

Gerade als sie auf ihre Armbanduhr blickte, um abzuschätzen, wann sie heimgehen könnte, klingelte das Telefon. Sie griff zum Hörer und krächzte: „Berg."

„Herr Thies ist in der Leitung", informierte sie Frau Schneider. „Soll ich durchstellen?"

„Ja, bitte", gab Marie zurück und meldete sich nach einem kurzen Klicken mit einem heiser-kratzigen „Hallo".

Dann vernahm sie nur überraschte Stille, die laut in ihrem pochenden Kopf hallte. „Ich weiß nicht, wer am Telefon ist, aber was haben Sie mit Frau Berg gemacht?", ertönte Steffens beruhigende Stimme, die die Elefantenherde etwas besänftigte.

„Ein paar fiese Viren haben mich gestern überfallen und heute die Weltherrschaft an sich gerissen", versuchte sich Marie an einem Scherz, wurde aber zur Strafe von einem Hustenanfall geschüttelt. „Entschuldige", keuchte sie und wischte sich die Tränen aus den Augen.

„Warum bist du nicht zuhause im Bett?", kam die absolut logische Frage.

„Weil ich noch etwas erledigen musste."

„Hast du es erledigt?"

„Ja, bin vor einer Stunde damit fertig geworden", gab Marie zu.

„Und warum sitzt du immer noch in deinem Büro und liegst nicht mit einem heißen Tee im Bett?"

„Weil ich so verdammt tüchtig bin und alle Mitarbeiter in meiner Umgebung auch noch anstecken will?", schlug Marie als mögliche Antwort vor.

„Alles klar, ich komme gleich rauf."

„Nein, brauchst du doch ni..." Doch Steffen hatte bereits aufgelegt.

Kopfschüttelnd und fluchend nahm Steffen zwei Stufen auf einmal. Marie war zu diensteifrig und dadurch nicht verantwortungsbewusst. Davon abgesehen, dass sie dabei half, die Viren in der Firma zu verteilen, würde sie länger brauchen, um gesund zu werden, wenn sie solchen Raubbau mit ihren Kräften betrieb. Nachdem er Frau Schneider begrüßt hatte, klopfte er kurz an Maries Tür und ging, ohne auf eine Antwort zu warten, hinein. Was er sah, ließ ihn erneut fluchen.

Marie saß mit kleinen, fiebrigen Augen und bleichen Wangen an ihrem Schreibtisch und blickte ihm trotzig entgegen. Ihre Nase war gerötet und selbst ihre Locken schienen schlaff in der Kurve zu hängen. Mit einem Wort: Sie sah total beschissen aus.

„Du siehst total beschissen aus." Steffen schenkte ihr zur Abmilderung seiner Worte ein schiefes Grinsen.

„Wow, du weißt, wie man Frauen Komplimente macht!", gab Marie mit einem müden Lächeln zurück.

Steffen musterte sie mit hochgezogener Augenbraue und trat näher. „Kannst du Auto fahren? Sonst bringe ich dich heim. Aber ich denke, du solltest definitiv lieber jetzt heimgehen als in zwei

Stunden."

„Du bist nicht mein Chef", versuchte Marie, sich halbherzig zu wehren, und schob wie zur Bekräftigung ein abschließendes Husten hinterher.

Ihre Stimme war wirklich bemerkenswert, wie Steffen fand: tief, dunkel und rau. Wenn sie nicht so krank gewesen wäre, hätte sich das richtig sexy angehört.

„Nein, aber ein Mitarbeiter, der sich bei dir anstecken könnte und dann eine Woche ausfällt. Das will keiner von uns. Außerdem tut es mir im Herzen weh, dich in diesem Zustand zu sehen. Ich weiß, ich überschreite jetzt dir gegenüber meine Kompetenz. Aber das ist mir egal. Du kriegst doch eh nichts mehr geschafft und quälst dich nur. Also pack dein Zeug zusammen, ich bringe dich heim …"

„Mein Gott, bist du herrisch!", murmelte Marie und nieste herzhaft.

„… ich habe die Brandherde dieser Woche alle gelöscht und keine Lust mehr auf Fleißarbeit. Das heißt, ich kann auch schon ins Wochenende."

Marie wiegelte mit schlaffer Hand ab. „Das brauchst du doch nicht. Ich verspreche dir, gleich die Zelte abzubrechen. Dann lege ich mich mit einer Tasse Tütensuppe ins Bett und alle sind zufrieden."

Steffen schnaubte kopfschüttelnd. „Das glaubst auch nur du. Tütensuppe, tststs." Er stützte erbost die Hände in die Hüften und setzte erneut zu einer neuen Argumentation an. Doch Marie winkte gottergeben ab. Mit einem tiefen Seufzen fuhr sie ihren Rechner herunter und packte ein paar Dinge in ihre Aktentasche.

Zufrieden nickte Steffen. „Ich hole mein Zeug und komme dann wieder hierher. Wehe, du gehst allein nach unten und bekommst womöglich einen Schwächeanfall, kullerst die Treppen hinunter und schlägst dir den Kopf auf. Sonst müssen wir noch einmal einen Ersatz für deine Position suchen."

„Du bist echt ein Charmeur, weißt du das?", schüttelte Marie den Kopf und schien es postwendend zu bereuen.

Als sie beide kurz darauf in seinem BMW vom Firmengelände fuhren, merkte Steffen, dass Marie ganz ruhig mit geschlossenen Augen dasaß und ihren Kopf erschöpft angelehnt hatte. Eine Welle von Beschützerinstinkt und Fürsorge überrollte Steffen, dass er kurz die Luft anhielt. Dann rieb er sich gedankenverloren übers

Brustbein und setzte den Blinker, um abzubiegen.

Marie rührte etwas in seinem Inneren, das er nicht benennen konnte. Sie war selbstständig, intelligent und äußerst fachkundig, was er sehr an ihr bewunderte - und auch bei einer Lebenspartnerin zu schätzen wusste. Dennoch glaubte Steffen, eine weiche Seite in Marie zu spüren, die sich anschmiegen und liebkost werden wollte. Die hin und wieder Trost oder ermunternde Worte brauchte - egal, wie stark sie als Mensch auf andere wirkte.

Ein lautes Niesen erschütterte das Fahrgestell seines Autos, obwohl Marie rechtzeitig die Hand vor die Nase gehalten hatte. „Oh Gott, mein Kopf bringt mich noch um", stöhnte sie, während sie nach einem Papiertaschentuch suchte.

„Wir sind gleich da", meinte Steffen mit beruhigender Stimme.

Bald darauf parkte er vor Maries Haus und stieg aus, um ihr aus dem Wagen zu helfen. Dass sie sich an ihn lehnte, während er sie den kurzen Weg zur Haustür entlangführte, sagte alles über ihren Zustand. Gleichzeitig erwachte in Steffens Brust eine Sehnsucht, die entsetzlich schmerzhaft war. Zu wissen, dass Marie unter keinen Umständen zu ihm gehören durfte, machte aus dieser körperlichen Nähe eine nie dagewesene Folter.

Steffen spürte, wie sie in seiner Umarmung zitterte. Deshalb legte er eine Hand auf ihre Stirn und erwiderte trocken: „Man könnte auf deinem Kopf Spiegeleier braten. Hast du Hustentee, Aspirin, Kirschwasser und eine Wärmeflasche bei dir zuhause?"

„Keinen Hustentee", krächzte Marie. „Und was kam danach?" Jetzt hörte er, wie ihre Zähne klapperten. Sie hatte eindeutig Schüttelfrost.

„Unwichtig. Ich bringe dich gleich ins Bett, okay? Musst du vorher noch ins Bad?"

„Mmh", antwortete Marie und schniefte kurz.

Da Marie nur eine kleine Handtasche hatte, fand Steffen schnell den Hausschlüssel und konnte sie die Treppe hinauf ins Bad bugsieren. „Du rufst mich, wenn du fertig bist. Wage es ja nicht, allein im Haus herumzulaufen - so geschwächt, wie du bist."

„Sir, ja, Sir", hustete Marie in amerikanischer Militärmanier und schloss die Tür.

Steffen ging ins Schlafzimmer und schlug das Bett auf. Dabei fand er ihren Pyjama unter dem Kissen und eine Wärmeflasche auf dem Boden vor dem Nachttisch. Als er die Spülung hörte, stellte er sich an die Badtür und horchte. Kein Laut.

„Marie? Alles in Ordnung?"

Dann ging die Tür auf. „N-nein, ich b-bin b-beim P-pinkeln abgekratzt." Ihr Unterkiefer klapperte unkontrolliert gegen die Zähne.

„Dann ist ja gut, ich habe mir schon Sorgen gemacht. Hast du Halsweh?" Er stützte sie leicht am Arm und führte sie ins Schlafzimmer.

„Es b-brennt beim Schlucken w-wie die Hölle."

Steffen half Marie, sich aufs Bett zu setzen. Dann kippte sie mit geschlossenen Augen einfach um, als sei sie zu schwach, auch nur unter die Decke zu kriechen.

„Möchtest du deine Stoffhose und die Bluse ausziehen, damit du es im Bett bequemer hast?"

„B-baggerst du mich gerade an, Herr Thies?", murmelte Marie.

„Nicht im Entferntesten, meine Teuerste! Ich kann dir gern mit geschlossenen Augen helfen, wenn du willst."

Doch Marie machte eine fahrige Handbewegung. „D-du hast mich eh sch-schon im Badeanzug gesehen …" Sie versuchte erfolglos, das Zittern zu unterdrücken. „… und meine n-nackten Brüste geküsst, da brauche ich nicht auf schamhaftes D-Dämchen zu machen. Du kannst mir einfach die H-Hose runterziehen." Sie öffnete mit zitternden Fingern Knopf und Reißverschluss.

Auch wieder wahr, dachte Steffen.

Doch er musste sich ziemlich zusammenreißen, mit professioneller Distanz an die Sache heranzugehen. Auf keinen Fall wollte er sich wie ein Spanner an der Situation ergötzen. Dafür respektierte er Marie viel zu sehr. Außerdem tat sie ihm in ihrem Zustand leid. Dennoch konnte er nicht umhin, ihre feinen halterlosen Strümpfe über ihren straffen Schenkeln zu bemerken, als er ihr die Stoffhose herunterzog.

Mist! Er hätte seine Augen doch die ganze Zeit geschlossen halten sollen!

Als sie schlussendlich zitternd im Bett lag, meinte er: „Ich mache dir eine Wärmeflasche, damit du warm hast, bis der Schüttelfrost vorbei ist. Ich bin gleich wieder da."

Kurz darauf schob er Marie das heiße Teil unter die Decke, woraufhin sie ein genussvolles, wenn auch zittriges Seufzen von sich gab. Dann meinte er: „Ich habe ein paar Hausmittelchen bei meiner Mutter besorgt. Ich will, dass du dich aufrichtest, damit du gurgeln kannst. Wenn du das ein paar Mal machst, geht es deinem Hals morgen schon besser."

Skeptisch beäugte sie das volle Schnapsglas in Steffens Hand. „Und was soll das sein?"

„Salziges Kirschwasser. Das ätzt alles weg, was nicht in deinen Rachen gehört."

Marie zog eine angeekelte Grimasse. „Einschließlich meiner Schleimhäute."

Steffen grinste und half ihr, sich leicht aufzurichten. Dann hielt er ihr eine kleine Plastikschüssel zum Ausspucken hin.

„Uääh, ist das eklig!", verzog sie nach dem ersten Gurgeln das Gesicht.

Steffen lachte. „Ja, das Gesöff schluckt man nicht freiwillig runter. Aber es ist die beste Rosskur, die ich bei Halsschmerzen kenne. Wie geht es deinem Hals? Besser?"

Sie schluckte und blickte ihn überrascht an. „Besser. Tut nicht mehr so weh."

Zufrieden nickte Steffen. „Ich muss dir leider sagen, dass der Schmerz bald wiederkommt. Aber nach ein paar Wiederholungen ist die Entzündung tatsächlich weg." Sie gurgelte erneut. „Außerdem hat meine Mutter für dich Hühnerbrühe gemacht. Möchtest du eine Tasse?"

Überrascht riss Marie die Augen auf und bereute es offensichtlich sofort. Sie stöhnte und schloss sie wieder. „Wann hatte sie denn dafür Zeit?"

„Ich habe sie angerufen, als ich im Büro meine Sachen geholt habe. Meine Mutter hat genau für solche Fälle immer ein paar Hühnerteile eingefroren."

Als er mit einer Tasse warmer Brühe aus der Küche kam, gab er ihr zwei Aspirin, die sie damit hinunterspülte. Dann steckte er die dicke Decke um sie herum fest, legte zusätzlich eine Wolldecke über ihre Beine und blickte sie prüfend an. „Brauchst du noch etwas?"

Maries Gesicht, eingerahmt von ein paar wirren Locken und die Decke bis zum Kinn hochgezogen, wirkte klein und verletzlich. Der Anblick rührte sein Herz.

Sie schüttelte leicht den Kopf und er merkte, dass ihr Blick weich wurde. „Danke, Steffen", flüsterte sie. „Du bist wirklich ein guter Freund."

Ein guter Freund. Mmh.

Eigentlich wollte er etwas ganz anderes für Marie sein. Etwas, das im Hinterhof der Bar begonnen hatte, aber leider, leider nicht hatte wachsen können. Doch immerhin war ein guter Freund deutlich besser als irgendein beliebiger Mitarbeiter.

Dann beugte er sich leicht über sie, strich ihr sanft eine Strähne aus der Stirn und betrachtete ihre zitternden Lippen. „Ich stelle dir Hustentee auf den Nachttisch und lege Hustenpastillen dazu. Die schmieren den Hals auch gut, wenn man Halsweh hat", murmelte er. „Ich bleibe hier. Du musst dich nur bemerkbar machen, wenn du etwas brauchst."

„Du musst nicht hierbleiben …"

„Doch, das werde ich. Dir geht es nicht gut und du bist zu schwach, um allein durchs Haus zu geistern." *Außerdem hast du niemanden, der sich um dich kümmert.*

Nein, das stimmte so nicht. Sie hatte ihren Onkel und ihre Tante, die vermutlich herkommen könnten, wenn Steffen sie anrufen würde. Doch er war ein egoistischer Mistkerl. *Er* wollte sich um sie kümmern. *Er* wollte ihre Hand halten und sie stützen, wenn sie etwas trank. *Er* wollte ihr die Stirn mit einem Lappen kühlen, wenn der Schüttelfrost vorbei war und sie vor Hitze glühte.

Deshalb schlug er diese Möglichkeit erst gar nicht vor.

Er betrachtete ihr hübsches Gesicht mit den geschlossenen Augen. Ihre langen dunklen Wimpern, die schmale, leicht gebogene Nase und die vollen Lippen, die wie in Erwartung eines zarten Kusses nur locker aufeinanderlagen.

Steffen zog sich einen in der Ecke stehenden Sessel heran und setzte sich neben ihr Bett. Er würde nie müde werden, ihre Gesichtszüge zu betrachten. Nach einer Weile merkte er, dass das Zittern nachließ und Marie sich entspannte. Ihr Atem ging tief und gleichmäßig. Nur manchmal durchlief sie noch ein schwacher Schauer.

Die nächsten Stunden waren für Marie nicht leicht. Sie begann, sich mehr zu bewegen, weil sie unruhig schlief. Dann warf sie in einem Schwung die Decke weg, weil ihr heiß war und Schweißperlen auf ihrer Stirn glänzten.

Aha, das Fieber hatte seinen Höhepunkt erreicht und konnte sich nun nach Herzenslust in ihrem Körper austoben.

Steffen deckte Marie mit einer leichteren Decke zu, da ihr ihre Kleidung schweißnass am Oberkörper klebte. Doch sie wehrte sich im Schlaf und schob alles Lästige weit von sich. Deshalb ging Steffen ins Bad und holte einen nassen Waschlappen, mit dem er ihre Stirn und den Hals kühlte, bis sie seufzte. Mit einem feuchten Handtuch rieb er ihre heißen Waden ab und überlegte, ob er sie aus dieser unbequemen Bluse schälen sollte, die an ihrem Oberkörper klebte. Doch er beließ es dabei und schüttelte nur ihr Kissen auf. Danach zog er den Bettüberzug von ihrer Decke ab, um sie nur mit dem kühlenden Baumwollstoff zu bedecken. Das war anscheinend die richtige Entscheidung, da sie zufrieden seufzte, sich in seine Richtung auf die Seite drehte und ruhiger weiterschlief.

Da ihre Hand auf der Matratze vor ihr ruhte, legte Steffen seine darauf, um ihre Temperatur zu prüfen. Wie selbstverständlich krümmten sich Maries Finger im Schlaf und umschlossen fest seine Hand. Um sie nicht zu wecken - und ja, weil er es mehr genoss, als erlaubt sein dürfte -, ließ sich Steffen auf dem Sessel nieder und schwelgte in diesem intimen Kontakt, auch wenn er noch so unbewusst entstanden war.

Er würde die Nacht hier bei Marie verbringen. Keine zehn Pferde konnten ihn von dieser kranken Frau wegreißen. Er wusste, dass sie ihn nachts noch brauchen würde, da das Fieber unvermindert in ihrem Körper tobte und der unruhige Schlaf, die Schmerzen im Hals und auch in ihrem Kopf zurückkehren würden.

Gegen später - und als Marie sich umgedreht und seine Hand losgelassen hatte - ging er zu seinem Auto und holte seine Trainingshose vom Morgen aus der Sporttasche. So konnte er die Anzughose gegen die bequemere Kleidung tauschen. Im Wohnzimmer besorgte er eine Wolldecke und ein Kissen und bemerkte nebenbei, dass der Raum schon sehr gemütlich aussah.

Nachdem er sich aus Maries Küche etwas zu trinken und einen Apfel aus der Obstschale geschnappt hatte, ließ er das Licht im Flur an, damit ein Schimmer ins Schlafzimmer fiel. Dann legte er sich neben sie.

Wenn ihm jemand morgens gesagt hätte, dass er die Nacht mit seiner Chefin in einem Bett verbringen würde, hätte er denjenigen ausgelacht. Selbst wenn das sein größter Wunsch war - und seine Fantasie bei dem Gedanken kreativ zu blühen begann -, waren die Umstände jetzt natürlich völlig andere. Marie brauchte Hilfe - und er war für sie da. Bedingungslos.

Die Nacht verstrich langsam und ruhelos. Steffen half Marie, wenn sie etwas trinken oder wieder mal gurgeln wollte, und rieb ihre Stirn und Waden mit feuchten Tüchern ab. Zwischendurch musste er sie mehrfach zudecken, wenn sie unruhig schlief. Gegen drei Uhr morgens sank sie schließlich in einen tiefen Schlaf.

Steffen legte sich wieder neben sie und betrachtete ihr entspanntes Gesicht, das ihm zugewandt war. Dann berührte er ihre Fingerspitzen, die auf der Matratze ruhten, und driftete beruhigt ins Land der Träume.

Kapitel 20

In ihrem Fieberwahn hatte sie die Vision von einem fürsorglichen goldenen Engel, der sie mit gütigem Blick und kühlen Händen versorgte. Irrwitzigerweise wusste der Engel immer genau, was sie brauchte: Etwas zu trinken, einen kalten Waschlappen auf der Stirn oder ein Lutschbonbon, das ihren wunden Hals beruhigte. Und komischerweise sah er genauso aus wie ihr Mitarbeiter und guter Freund Steffen, für den ihr Herz stets ein bisschen schneller klopfte und die Schmetterlinge in ihrem Bauch einen extra Looping flogen.

Wenn sie doch nur länger wach wäre, damit sie seinen Anblick genießen und ihre Finger in seine weichen langen Haare schieben könnte! Doch ihr fielen ständig die Augen zu, während ihr Körper das grauenvolle Gefühl hatte, in einem Vorhof der Hölle zu schmoren.

Irgendwann dämmerte ihr Bewusstsein aus den schwarzen Tiefen des Schlafs wieder an die Oberfläche und sie spürte, dass sich die Schmerzen in ihrem Kopf unter eine dämpfende Watteschicht zurückgezogen hatten. Sie öffnete die Augen und sah als Erstes Steffens entspanntes Gesicht, während er friedlich neben ihr schlief. Er trug ein weißes T-Shirt mit V-Ausschnitt und war von ihrer Wolldecke aus dem Wohnzimmer bedeckt.

Dann war er tatsächlich die ganze Nacht bei ihr geblieben und sie hatte sich diese Fieberträume doch nicht eingebildet! Große Dankbarkeit und Wärme breiteten sich in ihrer Brust aus. Sie stand tief in Steffens Schuld, nicht nur wegen der Renovierung des Hauses und dem ganzen Drum und Dran, sondern jetzt auch noch wegen seiner Freundlichkeit und seinem selbstlosen Beistand, als es ihr so dreckig ging wie schon lange nicht mehr. Verwundert fragte sie sich, wie sie bisher bloß ohne seine Hilfe durchs Leben gekommen war.

Sie drehte sich langsam auf den Rücken und spürte, wie unangenehm die Bluse an ihrem Oberkörper klebte. Uaah, da war definitiv eine Dusche nötig. Sie schob den Bettüberzug weg und versuchte, sich vorsichtig aufzusetzen.

„Was wird das, wenn's fertig ist?", fragte eine vom Schlaf raue Stimme hinter ihr.

Sie blickte auf Steffen hinunter und lächelte ihn an. „Guten Morgen. Ich wollte mich rausschleichen, um zu duschen."

„Aber nicht ohne mich", bestimmte Steffen und schwang sich aus dem Bett.

„Äh, …" Marie sah ihn perplex an. Er wollte doch jetzt nicht ernsthaft mit ihr unter die Dusche?

„Nicht ohne mich aufstehen, meinte ich. Duschen kannst du allein. Aber ich bringe dich ins Bad und hole dich wieder ab, weil du sicher noch ziemlich wacklig auf den Beinen bist."

Er fasste sie am Arm und half ihr aufzustehen. O-ha, er hatte tatsächlich recht. Ihre Beine fühlten sich so weich an wie Gummibärchen in der Sonne.

Nachdem sie sich mit frischer Kleidung – immer gestützt von Steffen – bewaffnet hatte, stand sie endlich unter der Dusche und spülte sich den Schweiß der letzten Nacht ab. Wie versprochen hielt sie die Angelegenheit kurz und föhnte sich die Haare nach dem Anziehen im Sitzen. Auch wenn sie sich erfrischt fühlte, spürte sie, wie jede kleine Bewegung sie anstrengte. Kaum hatte sie die Badtür geöffnet, um frische Luft hereinzulassen, stand schon Steffen vor ihr.

„Ich habe das Bett abgezogen und gemerkt, dass du noch keine Bettwäsche zum Wechseln besorgt hast."

„Ach ja, Mist, das hatte ich dieses Wochenende erledigen wollen."

Steffen führte sie ins Schlafzimmer, wickelte sie in Wolldecken ein und ließ sie sanft in ihren kleinen Sessel gleiten. „Ich fahre schnell heim und hole welche. Deine steckt schon in der Waschmaschine. Ich habe dir außerdem die restliche Hühnerbrühe warm gemacht. Die kannst du schlürfen, bis ich wieder da bin."

Marie fasste nach seinem Unterarm und hielt ihn auf. „Ich bin dir sehr dankbar, dass du dich seit gestern um mich gekümmert hast, sogar über Nacht. Aber ich will dir nicht noch mehr Umstände bereiten."

Er blickte ihr tief in die Augen, woraufhin ihr Herz einen kleinen Hüpfer machte. „Das sind keine Umstände. Ich bin gern für dich da, wenn du eine helfende Hand brauchst. Du bist vielleicht über den Berg. Aber auch wenn das Fieber gesunken ist, ist es unter Garantie nicht ganz weg. Deshalb solltest du dich nicht unnötig verausgaben, weil du heute sicher noch ziemlich müde und unsicher auf den Beinen sein wirst. Gib deinem Körper Gelegenheit, sich zu erholen." Er runzelte die Stirn. „So, wie ich dich kenne, willst du am Montag wieder zur Arbeit. Dann lass mich dich entlasten, dass du Zeit zum Gesundwerden hast."

Marie blinzelte ihn nur an. „Du meine Güte, du machst für einen Mann aber echt viele Worte. Du hattest mich schon bei: *Ich bin gern für dich da*."

Steffens Augenwinkel legten sich in sympathische Lachfältchen. „Ich überzeuge halt lieber, als dass ich über jemandes Kopf bestimme. Ich lege dir dein Handy in Reichweite und bin bald wieder da."

Die Zeit, die Steffen weg war, ging schnell vorbei. So kuschelig, wie er sie in die Decken gepackt hatte, und so müde sie von der kurzen Dusche war, döste sie im Sessel einfach vor sich hin.

Als Steffen plötzlich wieder vor ihr stand, war er frisch angezogen – langärmliges T-Shirt und Jeans – und hatte noch feuchte Haare, die er glatt nach hinten gekämmt hatte. Nur rasiert hatte er sich nicht, da Marie goldglänzende Stoppeln erkennen konnte.

„Hast du etwa in Militärgeschwindigkeit geduscht, dass du jetzt schon wieder da bist?", fragte sie verwundert und rieb sich die Augen.

„Ich war lange genug weg. Dir geht es gut?", erkundigte er sich mit einem leicht besorgten Unterton in der Stimme.

Marie nickte und schaute ihm dann dabei zu, wie er ihr Bett überzog. Das war besser als Fernsehen, stellte sie fest. Sie hatte nicht nur einen fantastischen Blick auf seinen knackigen Hintern, wenn er sich vorbeugte, sondern konnte auch beobachten, wie sich seine Arm- und Rückenmuskulatur immer wieder bei der Arbeit anspannte.

Lecker! Weiter so, Kollege Schnucki!

„Ich könnte dir ewig so zuschauen", murmelte sie und stockte erschrocken, weil sie den Gedanken laut ausgesprochen und Steffen sich verwundert zu ihr umgedreht hatte. „Also, ich meine, weil ich keinen einzigen Handschlag tun muss und die Arbeit auf wundersame Weise erledigt wird", schob sie nach und hoffte, dass Steffen ihre warmen Wangen aufs Fieber zurückführen würde.

„Du meinst wie von Feenhand?", frotzelte er.

„Ja, du wärst mit deinen langen blonden Haaren und deinen fähigen Händen eine fantastische männliche Fee."

Ups! Marie wollte nicht wissen, was Steffen glaubte, was sie sich unter seinen fähigen Fingern vorstellte – so dreckig, wie er grinste.

Als sie dann kurz darauf mit einem wohligen Seufzen auf ihr frisch bezogenes Kissen sank und von ihm zugedeckt wurde, merkte sie zu allem Überfluss, wie der Duft der Bettwäsche sie umhüllte und an Steffen erinnerte. Als ob sie in seine Arme gekuschelt wäre und ihre Nase an seiner Brust vergraben hätte. Sie schloss die Augen und seufzte erneut. „Danke noch mal, Steffen."

„Möchtest du ein bisschen schlafen?"

„Nein, ich fände es toll, wenn du mir etwas erzählen könntest." Sie überlegte kurz. „Erzähl mir, wo du studiert hast und warum du dich für Mechatronik entschieden hast. Und was dir am Studium besonders gefallen hat."

Steffen schmunzelte, setzte sich in den Sessel und stopfte sich ein Kissen in den Rücken. Dann erzählte er von den Vorlesungen, die er interessant gefunden hatte und von einem ganz speziellen Professor, bei dem die Hälfte der Studenten regelmäßig eingeschlafen war, bis dieser jedes Mal ein Buch flach auf den Boden geworfen hatte, um sich mit einem lauten Knall die ungeteilte Aufmerksamkeit aller zu sichern.

„Natürlich war ich auch bei vielen Studentenfesten und habe Kurse beim Uni-Sport belegt. Ich habe – neben dem Lernen – einfach die Vielfalt genossen, die dieses neue studentische Leben geboten hat."

„Auch die hübschen, lebenslustigen Studentinnen?", scherzte Marie mit einem matten Lächeln.

Steffen schien etwas verlegen, was ihr das Herz wärmte. Sie wusste nicht, warum. Vielleicht weil er einen so starken, selbstsicheren Eindruck machte, ein Frauen-Aufreißer-Cabrio fuhr und sich besonders gut kleidete – und dann bei einer solchen Frage befangen und so süß reagierte.

Nach einer kurzen Pause, in der scheinbar ein ganzer Film vor seinem inneren Auge ablief, meinte er: „Ich erzähle dir etwas als Freundin, nicht als Chefin, okay?"

„Klar." Ihm schien diese Abgrenzung zu ihrem beruflichen Miteinander wirklich wichtig zu sein, denn er tat es bereits zum zweiten Mal.

„Bis zu den hübschen Studentinnen war es für mich ein langer Weg", begann er. „Es ist echt komisch, wie einen gedankenlos dahingesprochene Worte verletzen und prägen können. Mit zwölf zum Beispiel war ich in ein Mädchen zwei Klassenstufen über mir verschossen. Natürlich hatte ich mir keine Chancen erhofft", er lachte trocken auf, „und doch himmelte ich sie aus der Ferne an, denn ich fand sie wunderschön. Als ich aber zufällig mitbekam, wie sie mit ihrer Schulfreundin über einen anderen dicken Jungen auf dem Pausenhof lästerte, trieben mir ihre leichtfertig ausgesprochenen Worte ein heißes Messer ins Herz." Als Marie nur fragend die Augenbrauen hochzog, fuhr Steffen fort: „Die beiden kicherten, als der Junge an ihnen vorbeiging, und die Freundin meines Schwarms raunte: ‚Wenn der mal eine ins Bett kriegen sollte, bleibt von der nur ein Fettfleck übrig.' Und meine Angebetete erwiderte in gespielt entsetztem Tonfall: ‚Mit so einem Fleischklops steigt doch keine in die Kiste!'" Steffen schüttelte den Kopf, während Marie vor Mitgefühl das Gesicht verzog. „Auch wenn man gemeinhin sagt, dass man so etwas an sich abprallen lassen soll, kann man das nicht immer. Die Worte trafen mich wie fiese Pfeilspitzen und zerfetzten mein Herz. Ich sah die hässliche Fratze hinter dem lieblichen Gesicht meines Schwarms und fragte mich, wie ich sie nur für schön hatte halten können. Das Schlimme war, ich kannte den Jugendlichen und wusste, dass er ein sehr netter Junge war und einem Mädchen ein treuer Freund gewesen wäre."

„Das ist echt übel", erwiderte Marie. „Aber manche Leute sind so oberflächlich und mitunter gedankenlos fies. Da sollte man sich gut überlegen, ob man sie in seine Welt lassen soll."

Er nickte zustimmend. „Das Erlebnis hat mich ziemlich geprägt."

„So mit siebzehn", fuhr Steffen fort und seine Worte drängten aus ihm heraus – wie um zu prüfen, ob Marie ihn wirklich so mochte, wie er war, „lief es schon deutlich besser, da ich durch die Ernährungsumstellung, das Wachsen und den regelmäßigen Sport bereits einiges an Gewicht verloren hatte. Dennoch hatte ich eben immer eine Vorgeschichte und mich deshalb nie getraut, Mädchen anzusprechen. Als ich zum Studieren bin, war ich schlank. Nur sah ich mich damals noch nicht so. Bei ehemals dicken Menschen passt sich das Selbstbild, was den Gewichtsverlust angeht, deutlich langsamer an als die Fremdwahrnehmung der Mitmenschen." Gedankenverloren strich er sich über seine unrasierte Wange. „Während des Studiums wusste keiner etwas von meiner Vergangenheit – und es tat mir gut, nicht ständig damit konfrontiert zu werden. Meine Kommilitonen akzeptierten mich sofort und nahmen mich in ihre Gemeinschaft auf, was mir immer noch sehr merkwürdig vorkam, aber doch ein paar Wunden heilen ließ."

Er machte eine Pause und merkte, wie er die studentische Zeit erneut durchlebte. „Junge Frauen warfen mir anerkennende Blicke zu, was ich überhaupt nicht gewohnt war – und auch am Anfang nicht begreifen konnte." Er schmunzelte und schaute kurz zu Marie. „Sie sprachen mich an und suchten meine Gesellschaft. Manchmal fragten sie ganz gezielt, ob ich Lust hätte, mal was trinken zu gehen. Ich konnte ihre freundliche Aufmerksamkeit nicht nachvollziehen, weil ich mich in meinem Kopf ja immer noch nicht wirklich attraktiv fühlte. Da hatte der kleine dicke Junge mit dem unansehnlichen Brillengestell noch zu viel Macht über mich. Das mit der gestörten Selbstwahrnehmung dauerte fast das erste Studienjahr über und war schon eine eigenartige Zeit. Dann begann ich, mit Frauen auszugehen."

Steffen fühlte sich seltsam. Noch nie hatte er einer Frau, für die er sich interessierte, so schnell und so viel von seiner übergewichtigen Vergangenheit erzählt. Schon gar nicht, wenn sie im beruflichen Umfeld mit ihm verkehrte – und dann noch die Position einer Vorgesetzten einnahm. Aber statt Neugierde oder Abneigung strahlte Marie lediglich verständnisvolle Ruhe aus.

„Bald darauf kam ich mit einer zusammen, von der ich dachte, sie sei etwas Besonderes, weil sie eine anziehende Lieblichkeit an sich hatte." Er schüttelte den Kopf. „Doch ich merkte schnell, dass unsere Lebensauffassung und andere Dinge nicht zusammenpassten. Leider konnte sie sehr oft nichts mit meinen ironischen Bemerkungen anfangen." Bei ihrem verunsicherten Lachen hatte Steffen gemerkt, wie es in ihrem Köpfchen ratterte, um einen Sinn in seine Feststellung zu bringen. Armes Kind.

Er fuhr fort: „Die Stolpersteine im Leben mit einem Lächeln auf den Lippen nehmen zu können ist für mich eine enorm wichtige Lebenseinstellung. Zudem hatte ich irgendwann das Gefühl, dass ich sie mit meiner Wissbegierde nervte. Quiz-Sendungen und geschichtliche Dokumentarfilme fand sie tödlich langweilig. Und wenn sie mit der Geschwindigkeit meiner verbalen Begeisterung zu irgendeinem Thema nicht mehr mitkam, machte sie ein Gesicht, als hätte ich einen jungen Hund getreten." Er zuckte mit den Schultern.

Nun ja, dachte er, immerhin war ihr die Ehre zugefallen, ihn zu entjungfern, was sie nur zu gern getan hatte. Man traf schließlich nicht oft einen Zwanzigjährigen, den man in die Kunst der Liebe einweisen konnte. Beim ersten Mal hatte Steffen einige Hemmungen überwinden müssen, sich nackt von einer Frau ausziehen zu lassen, ohne sich Gedanken über seine Speckrollen machen zu müssen – die natürlich nicht mehr da waren. Doch ihre bewundernden Blicke waren wie warmer Sommerregen auf seiner Haut und wie Balsam für seine Seele gewesen. Und dann hatte Steffen mehr als begeistert mitgemacht. Sie hatten viel ausprobiert und er war ein eifriger Schüler gewesen.

„Nach einer Weile merkte ich jedoch, dass die Gespräche zwischen uns immer gleich verliefen, sich um dieselben Themen drehten und meine Freundin nicht über den Tellerrand hinausblicken wollte. Die einzige gemeinsame Grundlage war das Körperliche gewesen. Doch das war mir auf Dauer nicht genug. Irgendwann ließ meine Freundin ihre Blicke immer wieder taxierend auf anderen Männern ruhen. Das war der Punkt, an dem ich die Notbremse zog und sie darauf ansprach."

Marie schwieg, doch Steffen merkte, dass sie ihm aufmerksam zuhörte. Er war froh, dass sie ihn in seiner Geschwindigkeit erzählen ließ. Gedankenverloren zupfte er an einem kurzen Faden, der an der Naht seiner Jeans herausguckte. „Meine gesellschaftlichen Erfahrungen mit dem Übergewicht haben mich gelehrt, einen anderen Lebensweg einzuschlagen: Ich habe mir angewöhnt, mir die Leute, mit denen ich es zu tun habe, genau anzuschauen. Dabei sind mir der Mensch und seine Lebenseinstellung wichtiger als sein Aussehen. Außerdem ist mir klar geworden, dass ich lieber in keiner Beziehung lebe als in einer schlechten. Deshalb habe ich unter anderem meine letzte nach relativ kurzer Zeit beendet. Wir haben nicht zusammengepasst."

Aus diesem Grund war für ihn, unabhängig von seinen tiefen Gefühlen für Marie, auch völlig klar, dass er nicht wieder mit Helena zusammenkommen wollte – trotz ihres Angebots neulich. Ihm hatte früher schon nicht gefallen, dass er sich in manchen Situationen unterschwellig von ihr manipuliert gefühlt hatte. Und auch wenn sie eine sehr sinnliche Frau mit aufregenden, weiblichen Kurven war, war das ebenfalls kein Argument für eine Beziehung mit ihr.

Sex war schließlich nicht alles.

Marie zog fragend die Augenbrauen hoch. „Das hast du so schnell feststellen können?"

„Ja. Und wenn ich mir damals nicht sicher gewesen sein sollte, bin ich es jetzt. Ich habe sie vor Kurzem zweimal in der Stadt getroffen. Das hat mich in meiner Entscheidung bestärkt." Er machte eine wegwerfende Handbewegung. „Doch ich will im Moment nicht über Helena reden. Ich kann dir später mal von ihr erzählen, wenn du willst. Aber nicht heute."

Er blickte in Maries dunkle Schokoladenaugen, die immer noch gebrochen und krank aussahen. Dennoch waren es für ihn die schönsten Augen der Welt. Am liebsten hätte er Marie in die Arme genommen, ihren Kopf an seine Brust gedrückt und sie einfach nur gehalten.

„Wenn dir Charakter in einer Beziehung so wichtig ist", überlegte Marie, „war Nina nie eine Alternative für dich gewesen?"

Eine berechtigte Frage. Doch Steffen schüttelte bei diesem abwegigen Gedanken vehement den Kopf und unterdrückte eine Gänsehaut. „Nein, gar nicht."

Marie musste grinsen wegen Steffens offensichtlichem Widerwillen.

„Wir sind wie Bruder und Schwester füreinander. Da hat es nie gebrizzelt – egal, wie gut wir uns verstanden haben." Wieder schien ihm ein kleiner Schauer über den Rücken zu jagen, dass er lachen musste. „Mit meiner Sucht nach Wissenssendungen und den Rätseln, die ich ihr immer aufgegeben habe, bin ich ihr eher auf den Geist gegangen. Ich konnte nie solche Duelle mit ihr veranstalten wie mit dir in der Bar oder in der Pizzeria." Er musterte Marie intensiv, dass sie auf den Armen ein Kribbeln wie von kleinen Käferbeinen verspürte. „Aber sie ist eine Freundin, wie man sie sich besser nicht wünschen kann: loyal und vertrauenswürdig, lustig und tatkräftig, bis zur Schmerzgrenze aufrichtig und authentisch."

„Da wird es deine zukünftige Frau aber nicht einfach haben, gegen diese Konkurrenz."

Er schüttelte den Kopf und zuckte mit den Schultern. „So hohe Ansprüche habe ich gar nicht: Wir sollten die gleiche Lebenseinstellung haben und sie muss ehrlich sein und Humor besitzen, sprich die Chemie zwischen uns sollte stimmen."

Steffen hielt kurz inne und blickte sie so intensiv an, dass Marie fast ein lautes „wie mit dir" in ihrem Kopf hallen hörte.

Dann ergänzte er: „Ein ansprechendes Aussehen ist ein Plus, aber nicht der wichtigste Punkt." Er machte wieder eine Pause, wobei sein Blick diesmal zärtlich und warm wurde. „Wie geht es deinem Hals?"

„Die Schmerzen sind tatsächlich besser, aber gurgeln würde ich trotzdem gern wieder. Der Kopfschmerz ist auch schon gedämpfter, nur meine Nase ist noch zu."

„Wie wär's dann damit: eine Runde Rosskur mit Gurgeln, eine Handvoll Aspirin und ein Tässchen Hühnerbrühe?"

„Wow, das hört sich verführerisch an", grinste sie. „Damit bekommst du sicher jede rum, stimmt's?"

Steffen lachte und stand auf. „So ist es. Und wenn du brav alles eingenommen hast, können wir einen Film über Video-Streaming schauen. Ich habe meinen Laptop dabei."

„Oh, ein Film zum Berieseln wäre schön. Erträgst du eine leichte Liebeskomödie? Was anderes geht bei mir gerade nicht."

„Klar. Welche?"

„Dann gern *Während du schliefst* mit Sandra Bullock."

„Gute Wahl", grinste Steffen.

Und kurz darauf lag Marie gemütlich in ihrem frisch bezogenen Bett mit einem sehr freundlichen und überaus gut aussehenden Mann an ihrer Seite und schaute sich eine bezaubernde Liebeskomödie an.

Kapitel 21

Marie war eingeschlafen.

Während sich Sandra Bullock noch im Krankenhaus mit der in ihrer Warmherzigkeit äußerst überwältigenden Verwandtschaft ihres Scheinverlobten auseinandersetzen musste, lag Marie mit in das Kissen gekuschelter Wange da und schlief wie ein dunkel gelockter Engel. Wieder einmal sehnte sich Steffens Hand danach, in ihre weichen seidigen Haare zu gleiten, damit sich die perfekten Rundungen um seine Finger winden konnten.

Er spürte ungewohnt zärtliche Gefühle für diese starke Frau.

Ein mächtiger Beschützerinstinkt, der seine Brust ausfüllte, wollte ausbrechen und sich in Taten verwirklichen. Doch er musste aufpassen, ihn dosiert von der Leine zu lassen.

Und auch wenn ihre Stellung in der Firma ein großes Hindernis für eine Beziehung zwischen ihnen darstellte, war Steffen doch stolz auf Marie und ihren beruflichen Erfolg. Er mochte charakterstarke Frauen, die wussten, was sie wollten, und die sich in ihrem Beruf wohl fühlten. Er mochte zudem Maries warmherzige Menschlichkeit, die nicht unter ihrer steilen Karriere gelitten hatte.

Fürsorglich zog er die Decke etwas höher und konnte es nicht unterlassen, mit den Fingerspitzen hauchzart über ihre Wange zu streichen. „Du bist so völlig anders", flüsterte er. Anders als alle anderen Frauen, mit denen er bisher zu tun gehabt hatte. Und das war auch gut so. Denn so unbeschwert und zufrieden wie mit Marie hatte er sich noch nie in Gesellschaft einer Frau gefühlt.

Dann stand er vorsichtig auf. Da Marie fast die ganze Hühnerbrühe getrunken hatte, wollte er schnell rüber zu seiner Mutter gehen und sie fragen, ob sie noch einmal welche kochen könnte.

„Natürlich, das mache ich gern", antwortete diese prompt. „Soll ich sie dann hinüberbringen?"

„Nein, ich hole sie lieber ab, wenn sie fertig ist. Marie schläft gerade und die Klingel würde sie sonst wecken."

„Wie geht es ihr denn?", fragte seine Mutter besorgt. „Hast du tatsächlich bei ihr übernachtet?"

Steffen nickte. „Ja. Und das war auch die richtige Entscheidung. In der Nacht hat sie ziemlich hoch gefiebert. Es war anstrengend für sie, weil sie so unruhig geschlafen hat. Aber jetzt geht es ihr schon besser. Nur ist sie sehr geschwächt, deshalb möchte ich sie nicht allein lassen."

Seine Mutter tätschelte seine Wange. „Du magst sie, habe ich recht?"

Steffen nickte gottergeben, weil seine Mutter es eh herausfinden würde.

„Du bist ein guter Mann, der sich um die Seinen kümmert."

„Das mache ich wirklich gern für sie", erwiderte Steffen und machte sich wieder auf zu Marie.

Er wollte ihr eine kleine Freude bereiten und hatte auch schon eine Idee. Nachdem er die gewaschene Bettwäsche zum Trocknen aufgehängt hatte, nahm er seinen Laptop und begann mit der Arbeit.

Als Marie um die Mittagszeit aufwachte, suchte ihr Blick zuallererst Steffen. Er saß im Sessel neben ihrem Bett und las ein Buch. Schon komisch, wie schnell sie sich an ihn in ihrem Alltag gewöhnt hatte - und wie sehr sie seine Gesellschaft brauchte.

So etwas hatte es in ihrem bisherigen Leben noch nie gegeben.

Noch nie hatte sie sich so auf jemanden eingelassen. Oder in diesem Maße Hilfe angenommen. Aber es war ein warmes, schönes Gefühl, das sie glücklich machte.

Steffen machte sie glücklich.

Sie wagte nicht, diesen Gedanken mehr zu vertiefen. Jedoch verfluchte sie die berufliche Zwickmühle, in der sie sich befanden.

Beim Wegdämmern hatte sie gespürt, wie er ihr die Decke hochgezogen hatte. Und dann diese liebevolle, zarte Berührung an ihrer Wange, als ob ein Schmetterlingsflügel darüberstreichen würde. Fast hätte sie eine Gänsehaut bekommen, wäre sie nicht schon so tief entspannt gewesen.

Doch seine geflüsterten Worte „Du bist so völlig anders" hatten sie - das gab sie nur ungern zu - leicht verunsichert. War das gut oder schlecht gemeint? Gut im Sinn von: *Du bist eine Wahnsinnsfrau, bei der alles in mir jubiliert*? Oder doch eher schlecht: *Du faszinierst mich ja schon, aber deine Karrieregeilheit ist etwas befremdlich, findest du nicht?*

In dem Moment blickte Steffen auf und merkte, dass sie wach war - und schenkte ihr ein wunderbar warmherziges Lächeln, das sich wie eine Umarmung anfühlte. „Gut geschlafen?"

Sie nickte und räusperte sich.

„Schön", sagte Steffen und schien es auch so zu meinen. Dann runzelte er leicht die Stirn. „Denkst du, ich könnte dich demnächst für eine Stunde allein lassen? Wenn das nicht geht, kann ich Nina oder meine Mutter fragen, ob sie bei dir bleiben. Ich müsste nämlich kurz heim, weil ich einem Bekannten versprochen habe, ihm zu helfen, eine Couch in den ersten Stock seines Hauses zu tragen."

„Ja, natürlich, mach dir keine Gedanken. Ich komme klar", beruhigte ihn Marie. Ihre Stimme war noch kratzig, aber schon deutlich kräftiger als am Tag zuvor.

„Du kannst ja versuchen, noch mal eine Runde zu schlafen. Die frische Hühnerbrühe habe ich hier auf deinen Nachttisch gestellt und den Hustentee dazu. Dein Handy liegt daneben. Wenn etwas ist, ruf mich an, ich habe mein Telefon auf jeden Fall bei mir."

Steffen machte sich wirklich Sorgen um sie. Dann war *anders* für ihn vermutlich doch etwas Positives. Und das Schöne war, er schien sie so akzeptieren zu können, wie sie war. Das war so *nett* ... Am liebsten hätte sie ihn zu sich ins Bett gezogen und ihm gezeigt, *wie* dankbar sie ihm war. Das wäre jedoch *sehr* unangebracht von ihr. Deshalb würde sie die Zeit, bis Steffen wieder zurückkam, damit verbringen, ein bisschen von ihm zu träumen.

Sie grinste in sich hinein. Solche mädchenhaften, romantischen Anwandlungen hatte sie ja noch nie gehabt. Hey, sie war normalerweise die taffe Geschäftsfrau, die sich problemlos in einem männerdominierten Umfeld durchsetzte und keine Schwächen zeigte!

Mit Steffen war aber alles anders ... und schwach zu sein zur Abwechslung mal etwas sehr Schönes.

Du liebe Güte!

Als Steffen seine Wohnung betrat, blinkte der Anrufbeantworter hektisch. Im Vorbeigehen drückte er auf die Start-Taste und ging zum Kühlschrank, um sich eine Kleinigkeit zum Essen herauszunehmen. Er hatte drei neue Nachrichten.

Die erste kam von Nina: „Hey, ich habe gehört, dass dein Auto die ganze Nacht vor Maries Haus stand. Ist es das, was ich denke? Melde dich bei mir!"

Die zweite Nachricht war – Überraschung!! – ebenfalls von Nina: „Jetzt ist auch noch dein Handy aus. Was treibst du denn den ganzen Tag? Ist es immer noch das, was ich denke? Melde dich bei mir, ich vergehe vor Neugierde!"

Bei der dritten hörte er nur Ninas gemurmeltes „Verdammter Casanova" - und dann wurde aufgelegt.

Steffen grinste, als er genussvoll in ein belegtes Brot biss. Dazu noch drei Cocktailtomaten, während er Nina eine kurze WhatsApp schrieb, dass alles okay, Marie aber krank sei und er nach ihr schauen würde. Und - *by the way* - ginge es sie überhaupt gar nichts an, was er in der Nacht triebe.

Beim Abschicken der Nachricht wurde Steffens Grinsen noch breiter, weil er sich vorstellen konnte, wie Ninas Gedanken zu rotieren begannen. Da war sie nicht anders als andere Frauen. Nur noch ein bisschen temperamentvoller.

Natürlich kam postwendend ihre Antwort: „Hast du etwa Onkel Doktor mit ihr gespielt?!!!"

Er steckte, ohne zu antworten, sein Smartphone in die Gesäßtasche, obwohl es mit einem Brummton eine weitere eingegangene Nachricht meldete. Er würde seine beste Freundin ein bisschen schmoren lassen.

Dann startete er seinen Laptop und druckte aus, was er für Marie vorbereitet hatte. Ja, das würde ihr sicher gefallen.

Als Marie nach einer guten Stunde den Schlüssel in der Haustür klappern hörte, hätte sie nicht gedacht, dass ihr Herz plötzlich so aufgeregt schlagen würde.

Steffen war zurück!

O-oh! Sie hatte das Gefühl, schon viel zu tief drinzustecken in diesem Karriere-Grab, das ihre abenteuerlustigen Hormone beständig und überaus eifrig gruben. Sie musste sich wieder in den Griff kriegen. *Setz eine distanziert freundliche Miene auf, Marie, bedanke dich bei Steffen für seine wohlmeinende Unterstützung in den letzten vierundzwanzig Stunden und schicke ihn dann nach Hause. Es geht dir doch schon wieder supergut.*

Doch als Steffen im Türrahmen erschien und ihr sein wundervolles Lächeln schenkte, bei dem jedes Mal die Sonne im Zimmer aufzugehen schien, stießen ihre Hormone alle Bedenken über Bord und führten einen würdelosen Freudentanz auf.

Echt peinlich.

Immerhin hatte sich Marie soweit im Griff, dass sie das Lächeln einfach nur erwiderte - okay, vielleicht fiel es doch etwas enthusiastischer aus als angebracht, denn Steffens Lächeln wurde noch breiter, sonniger und herzlicher, dass es ihr den Atem raubte. Leider wurde die romantische Wirkung auf Maries Herz dadurch geschmälert, dass sie von einem Hustenreiz überfallen wurde, der ihr Gesicht dunkelrot anlaufen ließ und ihr die Tränen in die Augen trieb.

Steffen reichte ihr wortlos eine Tasse mit Hustentee und danach ein Lutschbonbon.

Keuchend, schnaufend und schwitzend lehnte sich Marie in die Kissen. Klar, genauso ließ sich ein Mann wie Steffen verführen: indem sie rot wie eine Tomate anlief und nach Luft japste.

Als sie die Nase geputzt hatte, meinte sie: „Sorry, ich dachte, mir geht es schon wieder besser. Und, alles klar mit deinem Bekannten?"

„Ja, alles erledigt. Hast du Hunger?"

Marie überlegte. „Nein, eigentlich habe ich immer noch keinen richtigen Appetit - außer vielleicht auf etwas Hühnerbrühe. Würdest du deiner Mutter bitte ein herzliches Dankeschön ausrichten, dass sie mich so gut mit Bouillon versorgt hat?"

Steffen nickte. „Das hat sie gern gemacht."

„Deine Mutter ist auch so warmherzig und hilfsbereit wie du, oder?"

Überrascht zog er eine Braue nach oben. „Ja, vermutlich auf charmant weibliche Art sogar noch etwas mehr. Sie ist immer sehr engagiert und kniet sich in Aufgaben rein, bei denen sie andere unterstützen kann - so wie damals, als ich die Ernährung umstellen sollte. Da hat sie sich intensiv eingelesen und sich stets bemüht, trotzdem leckere Gerichte zu kochen, damit mir das alles leichter fällt. Sie ist immer für andere da. Wenn mein Bruder und ich mal krank waren, hat sie uns gut gepflegt und uns all ihre Liebe und Wärme geschenkt, damit wir schnell gesund werden."

„Das hast du dann bei ihr gelernt", lächelte Marie. „Du hast dich seit gestern fantastisch um mich gekümmert. Ich weiß gar nicht, wie ich dir danken soll."

Steffen machte eine wegwerfende Handbewegung. „Das hätte doch jeder für dich getan."

Marie schüttelte den Kopf. „Nein, meine Mutter hat das früher nicht gemacht. Jedenfalls nicht so von Herzen." Um ihren Worten die Schärfe zu nehmen, lächelte sie. Doch sie merkte, wie schockiert Steffen war.

„Deine Mutter hat sich nicht um dich gekümmert, wenn du krank warst?!", fragte er mit einem entsetzten Unterton in der Stimme.

„Doch schon - irgendwie. Sie hat mir Tee und Medizin bereitgestellt und ist dann zur Arbeit gegangen. Als ich noch kleiner war, konnte ich eine Nachbarin anrufen, wenn ich etwas brauchte. Die kam dann rüber." Steffens Blick schien noch etwas entsetzter zu werden, dass Marie fast das Gefühl hatte, ihre Mutter entschuldigen zu müssen - obwohl es für sie als Kind völlig normal gewesen war. „Meine Mutter hatte schon damals in ihrer Firma eine wichtige Position inne und war unabkömmlich. Außerdem war sie nie der mütterliche Typ gewesen. Wie ich dir ja schon erzählt habe, beherrschten Logik und Rationalität ihren Alltag. Immerhin war mein Onkel, den ich auch regelmäßig sah, deutlich warmherziger." Sie räusperte sich und steckte sich eine Lutschtablette in den Mund. „Dennoch impfte sie mir dieses Streben nach Unabhängigkeit schon früh ein und erzog mich damit zu Eigenverantwortung. Ich hatte zwar viel Freiraum, erfuhr die Folgen falschen oder unerwünschten Verhaltens aber durch die Schule des Lebens schmerzlich am eigenen Leib und lernte schnell dazu. Meine Mutter war gnadenlos konsequent." Sie grinste bei der Erinnerung. „Ich musste rasch erwachsen werden und wurde als Einzelkind natürlich auch früh selbstständig, was mir in meinem weiteren Leben half, weil meine Mutter viel arbeitete und dann auch früh starb."

Marie hatte damals ihren Onkel und ihre Tante nicht noch mehr belasten wollen, als sie es durch ihren Umzug zu ihnen eh schon tat. Deshalb zog sie sich zurück und managte alles selbst - und lernte, mit dem Schmerz zu leben. Doch das war nicht dasselbe gewesen, als sich mit dem Verlust auseinanderzusetzen und ihn zu bewältigen. Und dann war sie in diesen Teufelskreis aus Kontrollzwang, übermäßigem Sport und Vernachlässigung regelmäßiger Mahlzeiten geraten.

„Manchmal denke ich, ich bin ihr sehr ähnlich." Marie zuckte mit den Schultern. „Genauso sachlich-unterkühlt, distanziert und rational."

Steffen schüttelte vehement den Kopf. „Das empfinde ich gar nicht. Klar, dass du im Geschäft zeitweise so auftreten musst, sonst hättest du nicht diese Position erreicht, die du in unserer Firma bekleidest. Aber du bist ein sehr warmherziger, lustiger und aufrichtiger Mensch. Ich denke, man bekommt bei dir das, was man auch sieht. Du bist mit Sicherheit nicht das Klischee einer kaltherzigen Karrierefrau mit Geheimnissen, die über Leichen geht oder die Mitarbeiter gar manipuliert."

Marie blickte Steffen überrascht an. Sein Blick hatte sich verändert. Es war nicht nur Bewunderung darin zu lesen, sondern auch ein bisschen Hitze und hungrige Leidenschaft – obwohl er es offensichtlich versuchte zu unterdrücken.

Dann murmelte sie: „Danke." Doch sie musste daran denken, dass sie ihm tatsächlich etwas verschwieg. Nichts wirklich Schlimmes. Aber es war dennoch etwas, das sie in einem anderen Licht erscheinen ließ. Da es mit der Firma Winter zusammenhing, hatte sie mit Rücksprache der beiden Chefs beschlossen, es allen ihren Mitarbeitern vorerst zu verschweigen.

Sie schob den Gedanken beiseite und fuhr fort: „Dennoch hat mich meine Mutter ziemlich geprägt. Ich habe ja schon erzählt, dass ihr emotionale Unabhängigkeit – gerade auch wegen der Erfahrung mit meinem Vater – sehr wichtig war. Deshalb glaube ich, dass ich richtig gut darauf getrimmt bin, mich nicht zu sehr auf einen Mann einzulassen. In der Beziehung bin ich ziemlich verkorkst. Aus dem Grund wurde ich von den meisten Männern eher als Herausforderung gesehen. Dass ich noch einen so *männlichen* Sport wie Eishockey betrieb, war auch nicht gerade hilfreich. Darum haben es die Männer in meinem Leben – und das erzähle ich dir jetzt auch als Freund und nicht als Angestelltem", fuhr Marie fort, weil es sich so befreiend anfühlte, „nie lange mit mir ausgehalten. Sie kamen nicht mit meinem starken Willen, meiner Zielstrebigkeit und den Zwölf-Stunden-Tagen klar. Ich war ihnen zu karrieregeil und unterkühlt, mit der Firma verheiratet und hatte keine Zeit für sie. Wenn ich Leidenschaft zeigen würde, waren sie der einhelligen Meinung, dann nur in meinem Beruf, aber nicht im Schlafzimmer."

Steffen schüttelte überrascht den Kopf. Nein, er konnte sich nicht vorstellen, dass Marie nicht vor Leidenschaft glühen konnte, wenn sie ihr Bett mit dem richtigen Mann teilte.

Einem Mann wie dir, flüsterte eine leise, verführerische Stimme in seinem Hinterkopf, die er rigoros mundtot zu machen versuchte. Dann lachte seine innere Vernunft zynisch auf: *Weil du ja sooo viel*

Erfahrung mit Frauen hast, dass nur du *Marie beglücken kannst!*

Doch er ließ sich nicht von seinem inneren Streitgespräch irritieren und meinte: „Du liebe Zeit, da haben die dir aber einigen Blödsinn eingeredet."

Marie zuckte nur mit den Achseln. „Na ja, sie hatten zum Teil schon recht. Ich konnte mich emotional auf die wenigsten einlassen, weil das Vertrauen und der Respekt nicht wirklich da waren – wobei das sicher nicht nur am Erbe meiner Mutter lag." Sie zog einen kleinen Flunsch. „Einer war zum Beispiel neidisch, weil ich deutlich mehr verdiente als er. Ein anderer wollte mich als Trittbrett für seine Karriere benutzen."

„Dann hast du eben eine Menge dummer Männer abgekriegt, die dich nicht schätzen konnten."

Marie schüttelte den Kopf. „So viele waren es gar nicht. Irgendwann habe ich es dann gelassen, weil mir das alles viel zu anstrengend war. Ich hatte keine Lust, zuhause das sinnliche Weibchen im Negligé zu spielen. Nicht, dass ich etwas gegen schöne Dessous hätte … "

Steffen merkte, wie Marie stockte und ihre Wangen rosig wurden. Das hatte sie ihrem Angestellten wohl nicht verraten wollen. Aber sie hatte es Steffen – einem Freund – erzählt, der solche Informationen nie gegen sie verwenden würde.

Sie räusperte sich. „Aber meinen Verstand verstecken zu müssen, nur um meinem Lebenspartner zu gefallen, konnte ich noch nie akzeptieren. Da hätte ich mich selbst verleugnet. Dann lieber keine Beziehung als eine mit schlechten Kompromissen."

Obwohl Marie Letzteres in einem pragmatischen Tonfall gesagt hatte, spürte Steffen eine kleine trotzige Schwingung, die zum Ausdruck in ihren Augen passte. Er hätte seine Tennisausrüstung darauf verwettet, dass sie in den vergangenen Jahren ziemlich einsam gewesen war. Und eine Frau wie Marie sollte, wie er fand, niemals einsam sein müssen. Doch das war leider eine ungerechte Nebenerscheinung bei Karrierefrauen, die unabhängig und klug waren und weibliche Kraft ausstrahlten. Umso mehr genoss Steffen diesen Moment, in dem sie ihm so weit vertraute, dass sie sich mental bei ihm anlehnen konnte.

Ich bewundere deinen Verstand …

Mist! Aufgrund von Maries überraschter Reaktion drängte sich Steffen die Vermutung auf, dass er seinen Gedanken laut ausgesprochen hatte.

Laut seiner Devise *Mit Charme und einem herzlichen Lächeln* ging er in die Offensive. „Es stimmt aber. Du hast jetzt schon eine Spannbreite an fachlicher Kompetenz, die ich infolge meiner fehlenden US-Erfahrung nie erlangen werde. Du bist smart, freundlich und weißt, was du willst und wie du es erreichen kannst. Dein Wissensdurst ist mir vertraut wie mein Lieblingspaar Schuhe und du kannst über dich selbst lachen – ich denke da nur an unseren feucht-fröhlichen Zusammenstoß in der Bar. Außerdem nimmst du manche Dinge im Leben nicht so bierernst, was ich besonders an dir …“, … *liebe.* Steffen riss das Ruder gedanklich noch rechtzeitig herum, „… mag. Das ist auch ein Grund, warum ich für dich ein kleines Geschenk habe.“

Marie machte große Augen.

„Ich habe im Internet mal eine amüsante Auseinandersetzung über die Rechte und Pflichten eines Chefs gefunden – und wie es den Angestellten dabei geht.“ Er holte seinen Rucksack hervor.

Steffen zog einen Bilderrahmen in A4-Größe heraus und hielt ihn ihr hin.

Jetzt war Marie echt platt. Steffen hatte ein Geschenk für sie. Sie griff nach dem Rahmen und betrachtete die schön geschwungene Überschrift. Der Text selbst war schlicht und übersichtlich formatiert. Sie begann zu lesen.

Feine Unterschiede zwischen Dir und Deinem Chef

Wenn Du lange brauchst, bist Du langsam.
Wenn Dein Chef mal länger braucht, ist er gründlich.

Wenn Du etwas nicht machst, bist Du faul.
Wenn Dein Chef etwas nicht macht, ist er zu beschäftigt.

Wenn Du einen Fehler machst, bist Du ein Idiot.
Wenn Dein Chef daneben liegt, ist das nur menschlich.

Wenn Du etwas unaufgefordert machst, hast Du Deine Kompetenz überschritten.
Wenn Dein Chef spontan eine Entscheidung fällt, ist er initiativ.

Wenn Du standhaft bleibst, bist Du engstirnig.
Wenn Dein Chef sich durchsetzt, ist er standhaft.

Wenn Du eine Benimmregel missachtest, bist Du unhöflich.
Wenn Dein Chef sich daneben benimmt, ist er originell.

Wenn Du Deinem Chef eine Freude machst, bist Du ein Arschkriecher.
Wenn Dein Chef seinem Chef eine Freude macht, ist er kooperativ.

Wenn Du gerade mal nicht im Büro bist, lungerst Du herum.
Wenn Dein Chef außer Haus ist, ist das geschäftlich. Immer.

So ist das Leben eben … oder?
Wenn Du glaubst, Abteilungsleiter würden Abteilungen leiten, dann glaubst Du auch, dass Zitronenfalter Zitronen falten.

Unbekannt *(https://www.aphorismen.de/)*

Marie musste immer wieder schmunzeln. Der Text traf den Nagel auf den Kopf. So war es oft in der Geschäftswelt: Die Chefs nahmen sich Freiheiten heraus, die sich ein Angestellter nicht erlauben durfte. Und doch war der Erfolg einer Firma vom Einsatz und der Motivation ebendieser Angestellten abhängig.

Auch wenn Marie in leitender Position beschäftigt war und einige Mitarbeiter unter sich hatte, war sie doch gleichzeitig zwei Chefs unterstellt, denen sie Rechenschaft ablegen musste. Und es war nie verkehrt, sich beständig bewusst zu machen, wie manche Angestellte die Handlungen ihres Chefs – oder ihrer Chefin – interpretierten.

„Vielen Dank, Steffen", lächelte sie. „Das ist wunderbar und bekommt einen Ehrenplatz in meinem neuen Arbeitszimmer."

Steffen, der sie die ganze Zeit gespannt beobachtet hatte, lächelte nun auch.

Marie betrachtete seine markanten Gesichtszüge. In den letzten Wochen war Steffen ein wichtiger Teil ihres Lebens geworden. Sie wusste immer noch nicht, wie das passiert war. Aber sie wusste, dass sie mit Steffen bereits einige besondere Momente erlebt hatte, für die sie sehr dankbar sein konnte: Lustige, nachdenkliche, wundervolle und intime Momente voller Magie, die bereits jetzt ihr Leben verändert hatten.

Marie musste schlucken.

Steffen ging ihr unter die Haut. Denn es gab da nicht einfach nur diese körperliche Anziehung, sondern auch eine tiefe seelische und geistige Verbindung, die sie in ihrer Intensität überwältigte und gleichzeitig schaudern ließ. Es fühlte sich alles so beängstigend richtig an, als ob sie …

Nein, sie war nicht in Steffen verliebt. Sie durfte es nicht sein, denn sie wusste nicht, was die Zukunft brachte.

Dennoch war Steffen einfach umwerfend.

Sie unterdrückte ein verzücktes Seufzen.

Zudem glaubte sie, dass er ihr - egal, wie die äußeren Umstände nun waren - intuitiv vertraute, genauso wie sie ihm. Das war ein völlig neues Gefühl für Marie.

Was ihr besonders an Steffen gefiel, war seine Ehrlichkeit, die sie ihm hoch anrechnete. Er schien nicht mit seiner Vergangenheit zu hadern, sondern legte Marie sein Innerstes vorbehaltlos zu Füßen und zeigte damit ihr gegenüber ein Vertrauen und eine Verletzlichkeit, die sie so noch nie erlebt hatte. Zudem war er fähig, Erlebnisse zu reflektieren und pragmatische Schlussfolgerungen zu ziehen. Er war mit sich und seinem Leben im Reinen - und zufrieden.

Von wie vielen Männern, die Marie in ihrem Leben kennengelernt hatte, konnte sie das schon sagen?

Da waren die Habgierigen gewesen, die viel hatten und noch mehr wollten - auch wenn sie dafür über Leichen gehen mussten. Die ständigen Lamentierer, die mit nichts zufrieden waren, aber auch nichts aktiv an ihrer Situation ändern wollten. Die sexistischen Intriganten, die Frauen dazu benutzten, selbst besser dazustehen und ihre Ziele zu erreichen. Und die Antriebslosen, die in ihrer Alltagsroutine feststeckten und keinen Schritt in eine neue Richtung zu machen wagten.

Das alles machte ihr umso deutlicher bewusst, dass Steffen Wertvorstellungen im Leben besaß, die ehrenhaft und gut waren. Er war großmütig, loyal und anständig.

Ein richtiger Volltreffer - wenn sie nicht seine Chefin wäre.

Kapitel 22

Ihr erster Arbeitstag nach dem kranken Wochenende war zwar anstrengend, aber machbar. So gut, wie Steffen sie gepflegt hatte, wunderte es sie nicht, dass sie am heutigen Montag wieder arbeitsfähig war.

Immerhin hatte Frau Metzgers Bericht schon auf ihrem Schreibtisch auf sie gewartet. Vermutlich hatte die Entwicklungschefin ihn zwar pünktlich am Freitag, jedoch erst am frühen Abend abgeben lassen, als alle bereits im Wochenende gewesen waren.

Diese Frau war doch wirklich unglaublich!

Einen ersten Blick hatte Marie schon hineingeworfen, war aber von anderen Dingen in Beschlag genommen worden, die erledigt werden mussten. Gleich nach der Mittagspause würde sie diesem wie auch den anderen beiden von ihr angeforderten Berichten ihre volle Aufmerksamkeit widmen.

Als sie im Erdgeschoss aus dem Aufzug trat, schlug sie den Weg zur Kantine ein. Ihr Magen knurrte bereits seit einer halben Stunde, doch sie hatte nicht früher Pause machen können.

Gerade als sie das große Foyer durchqueren wollte, kam ihr Steffen entgegen, der anscheinend schon mit dem Essen fertig war. Sie blieb stehen, um ihn zu begrüßen. Allein sein sonniges freund liches Lächeln bei jeder ihrer Begegnungen rettete sie jedes Mal über den restlichen Tag hinweg.

So auch heute.

„Hallo Frau Berg“, lächelte er und Maries eh noch schwachen Beine wurden noch ein bisschen weicher.

„Hallo Herr Thies“, gab Marie mit kratzig-tonloser Stimme zurück und räusperte sich. Steffen schaute sie nur erstaunt an. „Die Halsgeschichte vom Wochenende hat sich auf meine Stimmbänder gelegt.“

„Oh, du Arme“, meinte Steffen leise und machte eine mitfühlende Miene. „Ansonsten geht's dir gut?“ Er musterte ihr Gesicht.

Marie nickte lächelnd. „Ich wurde ja während der letzten drei Tage hervorragend gepflegt.“

Ein Mitarbeiter des Hauses ging grüßend an ihnen vorbei. Beide nickten ihm zu. Dann merkte Marie, dass Steffen plötzlich überrascht innehielt und fast erschreckt die Augenbrauen hochzog.

Sie blickte in Richtung Haupteingang und sah eine Frau mit aufregenden Kurven selbstbewusst auf sie zukommen. Sie trug ein auf Figur geschnittenes, dunkles Kostüm und balancierte auf ihren hochhackigen Schuhen so talentiert wie eine Tänzerin auf ihrem Seil – und dabei wiegten sich ihre Hüften auf eine verlockend sexy Art hin und her.

Gekonnt.

So feminin, wie Marie das nie fertiggebracht hätte.

Mit einem Wort: ein Rasseweib.

Marie bemerkte die anerkennenden Blicke einiger Mitarbeiter, die den Eingangsbereich durchquerten und der Frau hinterhersahen. Das strahlende Lächeln ihrer weinrot geschminkten Lippen galt jedoch allein Steffen, der immer noch reglos neben Marie stand.

Ein eifersüchtiger Stich fuhr ihr ins Herz.

„Steffen, du wunderst dich sicher, warum ich hier bin …“, begann die Frau mit rauchiger Stimme.

„Ja, das tue ich tatsächlich …“

„Wir haben beim letzten Mal nicht zu Ende gesprochen. Und weil ich ja weiß, wo du arbeitest, dachte ich mir“, sie lachte kurz auf und machte dabei eine kleine Handbewegung, die lässig wirken sollte, „warum nicht kurz in der Mittagspause vorbeikommen?“

Steffen räusperte sich und wandte sich an Marie: „Das ist Helena Buck. Helena, das ist Marietta Berg.“

Helena Buck hatte nur den Hauch eines Seitenblicks für Marie übrig, da ihre volle Aufmerksamkeit Steffen galt. Mit einer kleinen Körperbewegung schaffte sie es, Marie halb ihre Schulter zuzudrehen, dass diese aus der kleinen Gruppe ausgeschlossen war.

War Helena Buck die Helena, mit der Steffen vor einiger Zeit zusammengewesen war?, überlegte Marie und machte sich so ihre Gedanken über diese Frau, die in ihrer Erscheinung gut in die Vorstandsetage der Firma Winter gepasst hätte. Doch bei näherem Hinschauen kam Marie ihr Auftreten seltsam vor. Irgendwie aufgekratzt. Und auch Steffen schien nicht wirklich erfreut, sie wiederzusehen.

Dann legte Helena ihre manikürte Hand an seinen Jackettärmel und fragte mit einem verführerischen Augenaufschlag: „Hättest du ein paar Minuten? Ich würde gern etwas unter vier Augen mit dir besprechen.“

Steffens Blick rutschte kurz zu Marie und vermittelte ihr, dass ihm die ganze Situation mehr als peinlich war. „Entschuldigst du uns bitte kurz?"

Sie nickte. „Ja, natürlich."

Dann führte Steffen Helena Buck in einen ruhigen Bereich des Foyers, um sich anzuhören, was sie zu sagen hatte. Er nahm sie nicht mit hoch in sein Büro, bemerkte Marie. Das sagte schon einiges aus …

… und beruhigte sie seltsamerweise. Leicht irritiert schüttelte sie den Kopf.

Maries Füße setzten sich langsam in Bewegung, aber ihre Augen hatte sie noch nicht von den beiden losreißen können, wie sie in einer Ecke neben einer großen Grünpflanze standen. Da Marie ganz gegen ihre Art mehr als neugierig war, ging sie zu einem Info-Brett voller Bekanntmachungen der Firma Winter und tat sehr interessiert – und ignorierte das lauter werdende Knurren ihres Magens.

Gespannt beobachtete sie, wie Steffen etwas sagte – und Helena mit ihren femininen Reizen darauf reagierte. Marie sah zwar nur die Rückenansicht der Frau, doch die Bewegungen ihrer Schultern und Hüften, wie sie die Haare nach hinten warf, die Hände kokett in die Taille stützte und zusätzlich den Rücken durchdrückte, sagten schon alles: Helena wollte Steffen von etwas überzeugen und fuhr die volle Ladung weiblicher Verführung auf.

Dabei spürte Marie wieder, wie heiße Eifersucht in ihrem Magen brodelte.

Steffen jedoch schüttelte kurz darauf den Kopf und sprach intensiv auf sie ein.

In dem Moment wurde Marie von einem Mitarbeiter aus der Produktion angesprochen, der auf dem Weg Richtung Kantine war, sodass sie ihren Beobachtungsposten leider verlassen musste.

Mist! Sie hätte so gern noch verfolgt, wie das Ganze ausging.

Steffen hatte das Gefühl, sich im falschen Film zu befinden.

Helena bei ihm auf der Arbeit … das konnte er gar nicht brauchen. Sogar Marie hatte bei der Begrüßung einen irritierten Blick gehabt, was er ihr nicht verdenken konnte.

Nun stand er in einer ruhigen Ecke vor Helena und konnte nicht glauben, dass sie erneut davon anfing, wie schön es wäre, wenn sie wieder zusammen wären.

Als Steffen nur fassungslos den Kopf schüttelte, setzte sie ihren Körper ein – wie es ihre Art war –, um seine Männlichkeit anzusprechen und ihn schlussendlich von ihrer Meinung zu überzeugen. Dabei strahlte ihr Gesicht immer mehr, weil sie sich so ins Thema hineinsteigerte und eine volle Ladung Charisma auffuhr.

Nur wirkte es diesmal auf Steffen wie in einer Satire: unecht und übertrieben. Beinahe gruselig, da Helenas Lächeln fast zu einem Zerrbild ihres schönen Gesichts entgleiste.

Und dann brachte sie den absoluten Hammer: „Ich weiß, dass du mich immer noch liebst. Das habe ich deinem Blick angesehen, als wir uns nach so langer Zeit wieder über den Weg gelaufen sind."

Steffen stand dieser Behauptung fassungslos gegenüber und versuchte, sie davon zu überzeugen, dass dem ganz bestimmt nicht so war. Er sprach leise auf sie ein. Schließlich wollte er im Eingangsbereich der Firma keinen Riesenaufstand provozieren. Er musste Helena nur so schnell und so unauffällig wie möglich hier herausbringen.

Doch die schien irgendwo in seiner Argumentationskette von „Ich liebe dich nicht" und „Lass uns das mit Anstand beenden" etwas zwischen den Zeilen gelesen zu haben, das sie auf die Idee brachte, es würde eine andere Frau geben.

Dass sie damit den Nagel auf den Kopf getroffen hatte, würde er nie und nimmer zugeben.

Dann kniff sie die braunen Augen zu schmalen Schlitzen zusammen und zischte: „Das ist sicher diese lockige Schlampe von vorhin, die dich so angehimmelt hat!"

Steffen war über Helenas Wortwahl höchst schockiert. Seine Helena von früher hatte sich einer gewählten Sprache bedient. Nie hätte sie solch unflätige Ausdrücke benutzt! Sein Blick huschte kurz durch das Foyer und nahm Marie wahr, wie sie mit einem Mitarbeiter zur Kantine ging.

Gott sei Dank! So war sie immerhin aus der Schusslinie.

„Warum sagst du so etwas, Helena?", begann Steffen mit ruhiger Stimme.

Ein leichtes Zittern ging durch ihren Körper, wonach sie sich aber wieder entspannte.

Das war ein gutes Zeichen, oder?

„Es ist alles in Ordnung, Helena. Weißt du, ich muss langsam wieder an die Arbeit gehen – und du sicher auch."

Sie blickte mit ihren dunklen Augen, die so anders wirkten als Maries, zu ihm auf. Steffen wechselte noch ein paar ruhige Worte mit ihr und hatte dann das Gefühl, Helena habe seine Ablehnung doch ganz gut akzeptiert. Denn wieder mit ihr zusammenzukommen war das Letzte, was er sich im Moment wünschte.

Dann drehte sich seine Ex ohne Abschiedsgruß um und verließ das Gebäude.

Steffen rieb sich mit einer Hand über das Gesicht und dachte: *Was für ein Tag.*

Marie starrte auf den Akku-Testbericht unter Extrembedingungen. Dann las sie sich noch einmal den letzten Absatz durch und verglich ihn mit dem Diagramm. Auf den ersten Blick schien alles zu stimmen. Dennoch passte irgendetwas nicht zusammen. Sie stolperte immer wieder über dieselbe Stelle.

Marie konnte sich rühmen, sehr gründlich zu arbeiten, ein hervorragendes Gedächtnis zu besitzen und eine schnelle Auffassungsgabe. Doch irgendetwas in diesem Bericht machte keinen Sinn. Sie konnte nur nicht genau sagen, was es war.

Wo unterlief ihr ein Denkfehler?

Oder lag es an den Nachwirkungen der Grippe, obwohl bereits Dienstag war?

Sie legte die Mappe beiseite, um ihrem Kopf ein wenig Ruhe zu gönnen und Abstand zu gewinnen. Sie würde sich mit anderen Dingen beschäftigen und sich später noch einmal den Bericht vornehmen.

Doch auch der kurze zeitliche Aufschub brachte nichts. Sie nahm sich einen der thematischen Ordner vor, die sie zusammen mit Steffen fünf Wochen zuvor angelegt hatte. Mittlerweile war ihre Sammlung beträchtlich gewachsen und half ihr, mit einem Griff die gesuchten Informationen zu finden.

Nach einer halben Stunde des Vergleichens hatte sie immerhin festgestellt, dass der Fehler nicht bei ihr und ihrer Interpretation lag, sondern dass schlicht und ergreifend Daten fehlten. Es gab irgendwo eine Lücke.

Und Marie hatte mittlerweile eine Ahnung, in welchem Bereich.

Nach einem Blick auf die Uhr griff sie zum Telefon und wählte Frau Metzgers Nummer. Natürlich war der Anschluss auf deren

Sekretärin umgestellt.

„Oh, das tut mir aber sehr leid", zwitscherte diese, „Frau Metzger ist in einer *sehr* wichtigen Unterredung. Kann sie vielleicht *morgen* zurückrufen?"

Morgen?! Die Frau hatte echt Nerven.

„Nein, es muss heute noch sein", erwiderte Marie mit fester Stimme, obwohl sie sich noch etwas kratzig anhörte. „Wie ich bereits betont habe, geht es um etwas Wichtiges, das ich mit ihr besprechen muss."

„Mmh", die Sekretärin tat offensichtlich so, als würde sie angestrengt überlegen, wie sie es schaffte, Marie zwischen die vielen, vielen Termine der ach-so-beschäftigten Entwicklungschefin zu schieben. „Eventuell könnten Sie nach achtzehn Uhr bei Frau Metzger reinschauen, da wäre sie gerade mit einer wichtigen Besprechung fertig."

Das war doch fast schon frech! Marie wäre beinahe die Kinnlade heruntergeklappt, hätte sie nicht bereits genügend Erfahrung mit solchen Leuten gesammelt. „Also, erstens wird sich Frau Metzger in *mein* Büro bemühen müssen und zweitens erwarte ich, dass sie sich innerhalb der *nächsten Stunde* persönlich bei mir meldet. Keine Minute später." Mit diesen Worten legte sie den Hörer auf.

Achtundfünfzig Minuten später klopfte es an Maries Tür.

„Herein", sagte sie und blickte auf.

Frau Metzger kam erhobenen Hauptes und mit einem übertrieben freundlichen Lächeln auf sie zu. „Sie wollten mich sprechen?"

Marie nickte und bot der Entwicklungschefin einen Platz vor ihrem Schreibtisch an. „Es geht um den Testbericht über die Akku-Belastung in Extremsituationen. Ich denke, da fehlen Daten, die das dargestellte Ergebnis verfälschen."

Frau Metzger reagierte pikiert. „Das kann gar nicht sein."

„Ich denke schon."

„Und auf *welche* Indizien begründen Sie ihren Verdacht?", fragte die Entwicklungschefin mit einem leicht schnippischen Ton.

Marie legte die Unterlagen vor Frau Metzger und schlug ein paar Seiten auf. Dort zeigte sie auf die betreffenden Stellen und begründete ihre Vermutung mit stichhaltigen Argumenten.

Auch wenn Frau Metzger ihr immer wieder mit Ausflüchten und schwachen Rechtfertigungen ins Wort fiel, was die Relevanz der scheinbar fehlenden Daten anging, hatte Marie sie nach einer Viertelstunde an die Wand genagelt.

„Und das ist der Grund, warum ich denke, dass wichtige Angaben fehlen. Wahrscheinlich sogar grundlegende Informationen, die eigentlich als Basis in jeden aussagekräftigen Bericht gehören."

„Na", lenkte Frau Metzger mit einem herablassenden Lächeln ein, „vermutlich habe ich bei der Zusammenstellung der Unterlagen gedacht, die würden Sie nicht brauchen, weil Sie ja so viel Erfahrung drüben in Amerika gesammelt haben."

Diese Spitze ließ Marie eiskalt an sich abprallen. „Meine umfassenden Erfahrungen haben mich überhaupt erst auf die Spur der fehlenden Angaben gebracht. Und ob die wirklich so unwichtig sind, wie Sie das darstellen, werden wir sehen." Marie blickte der Entwicklungschefin fest in die Augen. „Ich erwarte, dass Sie mir die fehlenden Daten lückenlos vorlegen. Da wir morgen eine lange Sitzung haben, an der Sie auch teilnehmen, rechne ich mit den Unterlagen dann bis siebzehn Uhr, allerspätestens übermorgen neun Uhr."

Auch wenn bereits Mittwoch war, spürte Steffen immer noch den intimen Nachhall des Wochenendes. Er fühlte sich beschenkt durch seine gemeinsame Zeit mit Marie. Durch ihre tiefgründigen Gespräche, aber auch die gutmütigen Foppereien, die in manch gefährlich aufgeheizte Situation eine dringend benötigte Leichtigkeit gebracht hatten.

Marie war es am Sonntag schon besser gegangen. Dennoch hatte sich Steffen nicht komplett zurückziehen können. Er hatte es schlicht und ergreifend nicht geschafft.

Was sagte das über ihn und seine Selbstdisziplin aus, die in Maries Gegenwart ständig versagte?

Die einzig wirkliche Rechtfertigung für sein Verhalten waren seine berechtigte Vermutung, dass Marie seine Gesellschaft ebenso genoss wie er ihre, und der offizielle Grund, dass sie noch wacklig auf den Beinen und dankbar für seine Unterstützung war.

Gerade weil er sie seit dem Wochenende kaum gesehen hatte, freute sich Steffen umso mehr, als er ihr Büro betrat.

Marie stand ruhig am Fenster – die Hände in die Taille gestützt – und ließ sich von der morgendlichen Herbstsonne wärmen. Dann drehte sie den Kopf und blickte ihm lächelnd entgegen.

Ihr Anblick überrollte ihn mit der Gewalt einer Monsterwelle.

Sie trug eine weite weiße Bluse, die bauschig über den Bund ihres engen, langen Rocks fiel. Doch das, was Steffens Augen anzog, war das, was unter dem dünnen seidigen Stoff verborgen war und von der Morgensonne enthüllt wurde: Maries betörende Kurven. Ihre schlanken Arme. Der elegante Schwung ihres Rückens. Der untere Rand ihrer herrlichen Brüste, die in einen flachen, festen Bauch übergingen.

Bei diesem Augenschmaus reagierte sein Körper, wie der gesunde Körper eines Mannes reagierte: Hitze schoss durch seine Adern und seine Zunge fühlte sich so trocken an, als hätte er einen Esslöffel Sand gegessen.

„Hallo Herr Thies", begrüßte sie ihn mit rauer Stimme – und jede einzelne von Steffens Körperzellen vibrierte vor knisternder Erwartung. Er hatte noch nie etwas so Erotisches aus dem Mund einer Frau gehört.

Das ließ tief blicken.

Er räusperte sich, um den imaginären Sand aus seinen Atemwegen zu bekommen. „Hallo Frau Berg." Dann hörte er, wie die Tür hinter ihm ins Schloss glitt. „Ich habe hier die Unterlagen für die Besprechung, um die du mich gestern in deiner E-Mail gebeten hast." Er hielt eine Mappe hoch und legte sie auf ihren Schreibtisch.

Dabei drehte sich Marie zu ihm um. Das hatte zur Folge, dass sie von hinten angestrahlt wurde statt von vorne, was nicht weniger wirkungsvoll war.

Steffens Haut kribbelte aufgrund dieser optischen Verführung und er musste sich bemühen, sein Sprachzentrum wieder zu aktivieren. „Wie geht es dir? Ich habe dich in den letzten beiden Tagen kaum gesehen."

„Schon besser. Nur meine Stimme ist noch etwas kratzig."

Oh ja, bei Gott, sie hörte sich an wie eine Femme fatale nach einer heißblütigen Nacht voller sündiger Momente. Sinnlich, berauschend und absolut erotisch.

„Du hast heute für die Besprechung eine ausführliche Agenda geplant?", fragte er, einfach um sie noch länger reden zu hören.

Während sie einige Punkte aufzählte und ein paar Mitarbeiter erwähnte, versank Steffen in diesem heiseren Timbre, das ihm direkt in die Blutbahn schoss und ihn von Dingen fantasieren ließ, die sich kein Angestellter von seiner Chefin wünschen sollte.

Heißen Dingen, die mit Lippen, Händen und Zungen zu tun hatten. Mit kleinen erotischen Seufzern, die sich zu etwas steigerten, was er sich nicht ersehnen – woran er noch nicht einmal denken durfte, zum Teufel!

Dann merkte er, dass Marie ihn abwartend anblickte.

Mist, hatte sie ihn gerade etwas gefragt?!

„Äh, ... wiederhole das bitte noch mal."

Maries Blick rutschte kurz nach unten zu seinem Mund, als würde sie ahnen, was ihm durch den Kopf geschossen war – und er jetzt am liebsten tun würde.

Himmel noch mal!

Das durfte sie ihm nicht antun. Marie war eine willensstarke Frau, die sich immer im Griff hatte. Wenigstens *sie* sollte doch professionelle Distanz wahren können, wenn ein schwacher Mann wie er es schon nicht packte. *Verdammt!*

Als sie wieder seinen Blick suchte, wiederholte sie ihre Frage, die er so kurz wie möglich beantwortete. Dann versuchte er, einigermaßen würdevoll aus ihrem Büro zu verschwinden.

Davonlaufen wäre jedoch der passendere Ausdruck gewesen.

Steffen hatte sich im Besprechungsraum an der Ecke des großen Tisches schon einen Platz gesucht, von dem aus er gut auf die Leinwand blicken konnte. Seine Unterlagen befanden sich vor ihm und einige Mitarbeiter bereits in seiner Nähe. Manche standen noch im Raum und unterhielten sich.

Er würde diese Besprechung mit Anstand überstehen. Dieser hormonelle Ausrutscher in Maries Büro lag hinter ihm. In der Gesellschaft seiner Kolleginnen und Kollegen hatte er schließlich überhaupt keine Probleme mit seiner Beherrschung.

Dann aber spürte er, wie sich die Luft verdichtete und eine neue Dynamik im Raum herrschte. Er blickte auf und sah, dass Marie eingetreten war. Sie grüßte in die Runde und Steffen hatte das Gefühl, ein mächtiges Magnetfeld würde sich aufbauen, das wie eine unsichtbare Kraft zwischen ihnen pulsierte. Marie bewegte sich jedoch durch den Raum, als würde sie nichts von dieser Anziehungskraft spüren, die in Steffens Innerem zog und zerrte.

Die Glückliche!

Gott sei Dank trug sie einen Blazer über dieser Bluse, die ihm am Morgen schon so viel offenbart hatte, dass er eine Woche lang davon träumen konnte.

Er senkte den Blick auf seine Unterlagen und griff zu einem Kugelschreiber, um seine Finger zu beschäftigen. Dann wurden Stühle gerückt und die Kollegen setzten sich. Als er aufblickte, bemerkte er - erschrocken oder erfreut? –, dass Marie rechts neben ihm übers Eck Platz genommen hatte.

Oh Mann. Er steckte in ziemlichen Schwierigkeiten.

Er atmete tief durch, um seinen Herzschlag zu beruhigen - was komplett in die Hose ging, weil er eine geballte Ladung von Maries frischem, reizvollem Duft abbekam.

Das würde eine lange Sitzung werden.

Kapitel 23

Marie begrüßte die Mitarbeiterinnen und Mitarbeiter. Dabei blickte sie in die Runde, ohne Steffen direkt anzuschauen. Sie hatte sich nicht unmittelbar neben ihn setzen wollen, doch irgendwie war sie hier gelandet, weil alle anderen Plätze bereits belegt gewesen waren.

Sie hatte seinen Blick gespürt. Seinen heißen Blick, der sich in ihren gebrannt hatte und ihr Innerstes in Flammen hatte aufgehen lassen. Am Morgen in ihrem Büro - und gerade, als sie den Raum betreten hatte.

Es hatte sie alle Kraft gekostet, ihre geschäftsmäßige Fassade wie einen Schutzschild aufrechtzuerhalten. Nun, sie würde diese Besprechung durchziehen, komme, was wolle. So viel Routine hatte sie allemal.

Es war jedoch schwieriger als erwartet, merkte Marie nach einer Weile. Sonst hatte sie mit Problemen zu tun, die ungerechtfertigte Anschuldigungen, arrogante Mitarbeiter oder Zweifel an ihrer Qualifikation beinhalteten. Noch nie hatte sie jedoch bei einer Besprechung gegen den Angriff ihrer eigenen Hormone ankämpfen müssen, die sie beständig verführen wollten, in Steffens Dressman ähnlichem Anblick zu versinken und wie ein verliebtes Girlie zu seufzen.

Gerade beantwortete dieser Herzensbrecher die Frage eines Kollegen und lächelte am Ende seiner Ausführungen auch noch so umwerfend, dass Marie sich bemühen musste, nicht in Ohnmacht zu fallen.

Steffen war ... einfach von allem zu viel. Zu charismatisch ... zu fürsorglich und hilfsbereit ... zu gut aussehend. Außerdem noch klug und gewitzt, vertrauenswürdig und zielstrebig.

Das alles machte ihn für Marie unwiderstehlich und verwirrte sie schrecklich.

Doch gleichzeitig beruhigte sie seine Gegenwart, wie es noch kein anderer Mann je geschafft hatte, da er ihr Innerstes zu kennen schien und sie so akzeptierte, wie sie war – mit all ihren Stärken, aber auch jeder kleinen Schwäche.

Um sich von seinem Aussehen abzulenken, griff sie nach ihrem Kugelschreiber und tippte damit auf ihre Unterlagen. Während sie Herrn Arens' Bericht lauschte, merkte sie, wie sie sich beruhigte, da ihre Finger immer noch mit dem glatten, kühlen Stift beschäftigt waren.

Dann warf sie doch einen kurzen Blick aus dem Augenwinkel in Steffens Richtung und stockte, weil dieser gebannt von ihren Fingern schien. Als sie nach unten schaute, merkte sie, dass sie den Stift senkrecht auf den Unterlagen aufgestellt hatte und sich ihm auf eine Art widmete, über die jeder Mann höchst erfreut wäre.

Scheiße! Was musste Steffen nur denken?!

Sie legte den Kugenschreiber etwas energischer als nötig hin und stieß dabei mit dem Ellenbogen gegen einen kleinen Papierstoß, der flatternd zu Boden regnete.

Noch mal Scheiße!

„Entschuldigen Sie bitte, Herr Arens“, sagte Marie, beugte sich herunter und wollte die Blätter aufheben. Da Steffen in dem Moment dieselbe Idee hatte, wären sie fast mit den Köpfen zusammengestoßen. Aber nur fast.

Marie hob in gebückter Stellung den Blick und merkte, dass sie Steffens Gesicht so nahe war, dass es nur ein paar Zentimeter bedurfte, um seine Lippen zu berühren. Seine sinnlichen Lippen, von denen sie bereits sehr genau wusste, wie sie sich auf ihren eigenen anfühlten ...

Sie spürte, wie sein Blick kurz über ihr Gesicht huschte und zum Ausschnitt ihrer Bluse rutschte, der vermutlich meilenweit aufklaffte. Dieser Blick fühlte sich an wie eine heiße Liebkosung, die ihr Innerstes zum Schmelzen brachte. Innerhalb eines Sekundenbruchteils bildete sich eine lodernde Feuersbrunst tief in ihr, die hier und jetzt völlig unpassend war. Und während sie so tat, als würde sie die Blätter auf dem Boden zusammenschieben, spürte sie ein wollüstiges Verlangen nach Steffens Händen in ihrem Ausschnitt … auf ihren Brüsten.

Seinem flammend-heißen Blick nach zu urteilen, dachte er ebenfalls an alles andere als einen angemessenen Umgang mit seiner Chefin. Und sie fühlte sich wie die absolut begehrenswerteste Frau im gesamten Universum.

Ein ganz unbekanntes Gefühl für Marie.

Diese schlanken Finger mit den schön gefeilten, kurzen Nägeln brachten ihn noch um den Verstand. Wie sie am Kugelschreiber entlangfuhren, ihn streichelten und stimulierten, war nicht mehr heilig. Steffen starrte wie hypnotisiert auf Maries Hände und wünschte sich das große Bett in seinem Schlafzimmer herbei.

In dem Moment merkte sie, was sie da eigentlich tat und wie falsch man das verstehen konnte – und fegte versehentlich ein paar Blätter vom Tisch. Und dann beugte sie sich auch noch vor – und der überlappende Ausschnitt ihrer seidigen Bluse öffnete sich für ihn. Und gewährte ihm einen Einblick, der ihn fast umbrachte: Die sanfte Schwellung ihrer Brüste wurde vom reichhaltigen Spitzenbesatz ihres cremefarbenen BHs eingerahmt und spektakulär in Szene gesetzt. Am liebsten hätte Steffen sein Gesicht auf die zarte, weiche Haut ihres Dekolletés gedrückt und sie mit Küssen verwöhnt. Doch was seinen Lippen verboten war, berührte er voll Genuss mit seinen Augen, auch wenn der Moment noch so kurz war. Denn sein Anstand ließ seinen Blick sofort wieder zu Maries Augen hochschnellen – und ihm wurde klar, dass ihre Gedanken kurzfristig ebenfalls alle Professionalität verloren hatten.

Das heiße Knistern zwischen ihnen schlug fast schon Funken und schien den ganzen Raum aufzuladen.

Er wollte – gleichzeitig mit Marie – zum letzten Blatt greifen, sodass sich ihre Finger berührten. Marie zog ihre Hand jedoch so schnell weg, als hätte sie sich verbrannt. Dann richtete sie sich fast gleichzeitig mit Steffen auf und wirkte wieder völlig gefasst. Mit ruhiger Stimme wechselte sie ein paar Worte mit Herrn Arens und hatte dabei den vollen Überblick über die Sachlage. Nur ihre Wangen waren rosig, was jeder am Tisch auf ihre gebückte Haltung zurückführen würde – nicht auf die glühenden Blicke, die Steffen im Geheimen mit Marie gewechselt hatte.

Wie machte sie das bloß – wo sein Herz immer noch wild und verzweifelt in seiner Brust schlug?

Er dachte kurz an das, was sie über ihre sachlich-kühle Mutter erzählt hatte – und ihre Angst, genauso zu sein wie sie. Diese Hitze, die in ihren wunderschönen dunkelbraunen Augen geglüht hatte, widersprach ihrer Befürchtung jedoch absolut.

Sie nickte Herrn Arens zu fortzufahren.

Wenn sie hin und wieder Zwischenfragen stellte, spürte Steffen jedes Mal einen wohligen Schauer, wenn er ihre heisere Stimme hörte. Am liebsten hätte er seine Augen geschlossen und ihr voller Genuss gelauscht. Er gestand sich ein, dass sie ihn mächtig ablenkte. Er war nur froh, dass es sich bei dieser Besprechung um ihm bekannte Themen handelte. Da war glücklicherweise nicht immer seine volle Konzentration gefragt.

Plötzlich erhob sich Marie und ging nach vorne. Ach so, sie wollte jetzt irgendwelche Statistiken auf der Leinwand vorstellen. Das hatte sie am Morgen im Büro erwähnt.

Maries Art, nüchterne Zahlen und unpersönliche Informationen zu präsentieren, war direkt, anschaulich und lebendig – und machte ihn total an. Sie war eine intelligente Frau – und er liebte ihre Charakterstärke und ihren Schneid.

Seltsamerweise war sich Marie nicht bewusst, wie anziehend eine solche Kombination auf manche Männer – wie Steffen – haben konnte: Eine selbstbewusste Frau, die sich selbst mochte und ihrer beruflichen Kompetenz sicher war, im privaten Umfeld jedoch nichts von ihrer Attraktivität ahnte.

Das wirkte auf Steffen wie ein Lockruf, der seinen Körper wie trockenen Zunder in Brand setzte.

Während Marie noch ihren Vortrag hielt, versank Steffen in ihrem Anblick. Über ihre Bluse und deren erotisierende Wirkung auf seinen Hormonhaushalt hätte er ein sinnliches Gedicht schreiben können. Was im Moment aber seine Aufmerksamkeit besonders fesselte, war der lange Schlitz in ihrem wadenlangen, engen Tweedrock, der anscheinend wie ein Wickelrock um ihre Hüften gebunden war. Der graumelierte Wollstoff schmiegte sich um ihre Rundungen und betonte ihre schmale Taille, dass Steffen sie am liebsten mit seinen langen Fingern umfasst und Marie auf seinen

Schoß gezogen hätte.

Als sie während ihrer Ausführungen auch noch kurz ihre sexy Lesebrille aufsetzte, um etwas in ihren Unterlagen nachzusehen, schoss eine Softporno-Vision von Marie durch sein Gehirn, die ihm schwül-heiße Gedanken bescherte.

Seine Chefin suchte über den Rand ihrer eckigen Hornbrille hinweg seinen Blick und schenkte ihm ein kleines laszives Lächeln. Natürlich waren sie beide für eine private Unterredung ganz allein im Besprechungsraum.

„Herr Thies, ich habe Sie zu diesem vertraulichen Gespräch gebeten …" Dabei strich sie mit ihren Fingern verführerisch über den V-Ausschnitt ihrer Bluse nach unten und öffnete langsam die Knöpfe. Sie trug immer noch diese scharfe, sehr strenge Brille, die einen erregenden Kontrapunkt zu ihren weichen, wilden Locken – und den sinnlich gespitzten, rosigen Lippen – bildete.

„… weil es wichtige Dinge gibt …" Sie schob die Bluse wie einen Vorhang beiseite, stützte ihre Hände in die Taille und drückte ihren Rücken provozierend durch. Dabei enthüllte sie diesen reizvollen, spitzenbesetzten BH, der ihre wohlgeformten Brüste absolut atemberaubend präsentierte.

„… die Ihrer unbedingten Aufmerksamkeit bedürfen."

Steffen schluckte trocken und hielt den Atem an aufgrund der unvermittelt enthusiastischen Reaktion seines Körpers.

Nachdem sie die Bluse von den Schultern gestreift hatte, öffnete sie mit einer geschmeidigen Bewegung ihren Rock und drehte Steffen den Rücken zu.

„Und ich möchte von Ihnen wissen, Herr Thies …" Langsam bewegte sie den Stoff hin und her und ließ ihn immer tiefer über ihre süßen runden – und vor allem nackten! – Pobacken gleiten.

Herr im Himmel, seine Chefin trug nichts darunter!

„… was in dieser Situation angemessen scheint …"

Sie hatte einen kleinen, herrlich festen Hintern, der sich in sinnlichem Schwung zu einer schmalen Taille verjüngte. Ihre schlanken Oberschenkel zierte ein reichhaltiges Spitzenband, das zu teuren, halterlosen Strümpfen gehörte, die ihre langen Beine bedeckten.

Oh, da wüsste er schon so einiges Angemessenes!!

Sie zwinkerte ihm über die Schulter zu und drehte sich ins Profil, ohne ihn mit ihrer Vorderseite zu verlocken. Das hatte sie gar nicht nötig. Ihre Seitenansicht war nämlich atemberaubend – besonders, als sie ein Knie auf den vor ihr stehenden Tisch schob und in einer eleganten Bewegung das andere nachzog.

Wie ein Playboy-Model präsentierte sie sich ihm auf allen vieren von der Seite: ihr runder Po, der schlanke durchgebogene Rücken, ihre vollen spitzenbesetzten Brüste, die halterlosen Strümpfe mit hochhackigen, schwarzen Fick-mich-Schuhen.

Und dann fragte sie ihn mit einem heiseren Flüstern, das seinen Körper wie mit flüssigem Honig überzog: „… und vor allem, was Sie zu tun gedenken."

Steffen schloss mit einem sinnlichen Schaudern die Augen und stellte sich vor, wie er hinter sie trat und ihr mit Händen und Lippen Lust bereitete, bis sie vor heißem Verlangen stöhnte. Wie er sie bäuchlings an die Tischkante zog und von hinten tief in ihre feuchte Hitze stieß, um sie ganz auszufüllen – sie ganz zu besitzen.

Steffen unterdrückte ein Stöhnen und öffnete wieder die Augen …

… nur um festzustellen, dass ein paar Köpfe seiner Kollegen sich ihm zuwandten. Er holte erschrocken Luft – er hatte jetzt nicht wirklich in einer wichtigen Besprechung gestöhnt, oder?! – und verschluckte sich an seiner Spucke. Der Hustenanfall, der darauf folgte, war nicht mehr feierlich.

Verzweifelt trank Steffen aus seinem Wasserglas und beruhigte sich nur mit Mühe. Mit hochrotem Kopf wedelte er sich mit der Hand Luft zu und entschuldigte sich pantomimisch für die Unterbrechung.

Marie warf ihm einen irritierten Blick zu, nickte dann und machte mit ihren Ausführungen weiter. Dafür drehte sie sich halb zur Leinwand und Steffens Augen rutschten wieder zu ihrem Rock. Er hatte nicht gewusst, dass er feinen Anzugstoff wie Tweed so erregend fand. Aber Mann, … wie gern würde er entdecken, was sich darunter verbarg.

Steffen schluckte und versuchte, sich zu beruhigen. Das durfte doch nicht wahr sein! Erst versank er in erotischen Fantasien und dann stöhnte er auch noch, dass alle Kollegen es hören konnten. Peinlicher – und pubertärer – ging es ja wohl nicht! Er hoffte nur, dass ihn sein Hustenanfall gerettet und seine Kollegen abgelenkt hatte.

Dann richtete Marie auch noch eine Frage an ihn, mit der sie ihn bat, kurz zu erläutern, wie die Firma Winter im internationalen

Vergleich abschnitt. Und natürlich verbockte er gleich den ersten Satz, weil seine unternehmungslustigen Hormone in seinem entflammten Körper noch nicht das Ruder abgeben wollten: „Die Schwellung des Betriebs ist sehr erfreulich", begann er mit kratziger Stimme und korrigierte sich sofort: „... äh, die Stellung des Betriebs im internationalen Vergleich ist sehr erfreulich ..." Ohne Luft zu holen oder zu stocken, fuhr er fort und erläuterte die Entwicklung der Verkaufszahlen im letzten halben Jahr und deren Gründe – und hoffte, dass ihm niemand seinen inneren Aufruhr anmerkte.

Als sein Blick kurz Maries kreuzte, bemerkte er ein kleines Lächeln um ihre Mundwinkel, das so überhaupt nicht zu einer Geschäftsbesprechung passte.

Angemessener Umgang mit deiner Chefin!, rief er sich in Erinnerung.

Um seine Verlegenheit zu überspielen, räusperte er sich und stieß im Stillen einen deftigen Fluch aus. Dann setzte er wieder ein argloses Gesicht auf und führte die Stellungnahme zu Ende.

Am Schluss fuhr er sich unauffällig durch sein Haar. Mann, war das eine Scheißsituation. Marie unerreichbar. Er fast blind vor Erregung.

Er war mal gespannt, was dieser beschissene Tag noch so alles an Überraschungen brachte.

Marie setzte sich wieder und konzentrierte sich auf den nächsten Punkt. Versuchte es zumindest. Denn in einem Teil ihres Gehirns wirbelte eine Frage herum, die sie nicht zur Ruhe kommen ließ: Was war heute mit Steffen los?

Seit dem Morgen in ihrem Büro stand er ziemlich neben sich, gab auf Fragen zwar die richtigen Antworten und steuerte auch gute Argumente zu der Diskussion bei. Aber sie ertappte ihn immer wieder, wie er sie mit glasigem Blick anstarrte, als sei er in einer Traumwelt gefangen.

Wollte sie wissen, was für eine Traumwelt das war?

Sie wagte nicht zu hoffen, dass sie, Marie, darin eine Rolle spielte. Das durfte sie eh nicht, denn das wäre mehr als ungehörig und völlig fehl am Platz.

Sie war die Chefin – er ihr Mitarbeiter.

Er Tarzan – sie Jane.

Wie kam sie jetzt auf diesen Vergleich?!

Irritiert schüttelte sie den Kopf, um das höchst reizvolle Bild von Steffen mit nacktem Oberkörper aus ihrem Gehirn zu kriegen – mit ihr an seine athletische Brust geschmiegt.

„Sie stimmen nicht mit mir überein?“, fragte Frau Metzger mit brüskiert hochgezogener Augenbraue, da sie sich in ihrer Argumentation gestört fühlte.

„Doch natürlich, Frau Metzger“, beruhigte Marie die Entwicklungschefin. Die konnte am Allerwenigsten dafür, dass ihre Überlegungen eine so unprofessionelle Richtung eingenommen hatten. „Mir ist in dem Zusammenhang nur ein anderer Gedanke gekommen, der für mich nicht dazu gepasst hat und den ich später weiterverfolgen muss. Fahren Sie bitte fort.“

Marie spürte Steffens prüfenden Blick neben sich. Nein, sie würde jetzt nicht den Kopf drehen und in seinen goldbraunen Augen versinken. Wenn sie das täte, würde es sie wieder aus der Bahn werfen. Es reichte schon, dass seine Frisur leicht in Unordnung war, weil er sich während der Besprechung – ganz untypisch – immer wieder unbewusst durch die goldblonden Haare gefahren war. Das ließ ihre Fingerspitzen kribbeln, da sie sich am liebsten in seinen seidigen Strähnen vergraben und ihm die Frisur völlig durcheinandergebracht hätte.

Geistesgegenwärtig verschränkte sie die Finger ineinander und ignorierte dieses ungewohnt heftige Bedürfnis.

Doch die Versuchungen waren noch nicht zu Ende. Als ein Mitarbeiter das mitgebrachte Gehäuse einer Schlagbohrmaschine am Tisch herumreichte, nahm auch Steffen es in die Hand, um die Haptik des Prototyps zu prüfen. Er hielt ihn auf Schulterhöhe, als würde er ein Loch in die Wand bohren, und strich danach mit seinen langen Fingern über die Form, deren Erhebungen und Kanten. Diese unbewusst sinnlichen Bewegungen beflügelten Maries Fantasie, wie Steffens Fingerspitzen ihre nackte, erhitzte Haut streichelten.

Nicht gut.

Als die Besprechung zu Ende war und alle langsam aufbrachen, beugte sich Steffen noch zu allem Überfluss vor, um etwas auf die untere Ebene eines Rollwagens zu stellen. Wie appetitlich dabei sein fester Hintern in einer Anzughose wirkte, brauchte Marie nicht zusätzlich als Bestätigung. Der Anblick erhitzte – nach diesem Vorspiel mit den heruntergefallenen Blättern – ihr Blut noch mehr, weshalb sie sich schnell abwandte und ihre Sachen zusammensammelte.

Dann musste sie doch noch in den sauren Apfel beißen und Steffen ansprechen: „Herr Thies, wäre es möglich, dass Sie mir heute noch den anderen Prototyp vorbeibringen, von dem wir am Morgen gesprochen hatten? Ich bin zwar den restlichen Nachmittag im Haus unterwegs, aber Sie können ihn mir einfach auf meinen Schreibtisch stellen. Frau Schneider ist da."

Kaum hatte Steffen genickt, flüchtete sie aus dem Raum, um seiner mit Testosteron durchdrungenen Aura zu entkommen.

Steffen musste sich erst einmal sammeln, als er wieder in seinem Büro war. Noch nie hatte er an einer Besprechung teilgenommen, bei der sein kleiner, bester Freund so eifrig mitgemischt hatte. Noch nie hatte er im beruflichen Umfeld eine Vision gehabt, die besser in ein Striplokal gepasst hätte als an einen Besprechungstisch. Und noch nie hatte er so wenig von den besprochenen Themen mitbekommen wie heute, als er die ganze Zeit versucht hatte, seine Erregung in Schach zu halten.

Er ließ sich auf den Schreibtischstuhl fallen und vergrub sein Gesicht in den Händen. *Eins, zwei, drei, vier, fünf …*, zählte er in Gedanken in dem Versuch, seinen Atem auf die Zahlen abzustimmen. Als er bei Hundert angekommen war und immer noch ein schmerzhaftes Pochen tief in sich spürte, stand er auf, öffnete das Fenster und machte Kniebeugen.

Dann rief er in der Entwicklungsabteilung an und sagte Bescheid, dass er demnächst vorbeikommen würde, um für Frau Berg den Prototyp der Nagelpistole zu holen. Auf dem Weg dorthin aß er einen Apfel – und musste an Eva im Paradies denken, die Adam mit dieser saftigen Frucht in Versuchung geführt hatte. Und schon waren seine Gedanken wieder bei Marie, deren Brüste in diesem spitzenbesetzten BH wie feste Äpfelchen ausgesehen hatten.

Allmächtiger Gott! Er war hoffnungslos verloren …

Er konnte nur beten, dass ihm Marie heute nicht mehr über den Weg lief, sonst würde er sie in eine Besenkammer zerren und sie um den Verstand küssen.

Und hemmungslos an die Wand nageln!, riefen ihm seine wild gewordenen Hormone zu.

So nötig habe ich es nun wirklich nicht, wies er das überschäumende Verlangen in seine Grenzen und klopfte an die Tür, hinter der er den Prototyp abholen musste.

Als er kurze Zeit später auf Maries Etage aus dem Treppenhaus trat, atmete er einmal tief durch. Er war froh, dass sie nicht da sein würde. Dementsprechend einfach war sein Plan: rein ins Büro, Prototyp abstellen, raus aus dem Büro. Im Büro selbst würde er sicherheitshalber den Atem anhalten, weil immer Maries frischer, dezent weiblicher Duft in der Luft hing und ihm das in seiner heutigen prekären Lage zu gefährlich war. Er musste nicht zusätzlich sein Schicksal herausfordern und komplett überschnappen. Sonst würde ihn noch jemand mit seiner Nase tief vergraben in eines ihrer Kleidungsstücke überraschen.

Nicht auszudenken!

Er klopfte, öffnete die Tür und wollte Frau Schneider begrüßen. Die war jedoch nicht an ihrem Platz. *Mmh.* Vermutlich war sie nur kurz unterwegs. Mit energischen Schritten ging er auf Maries Bürotür zu, klopfte aus Gewohnheit einmal kurz an und öffnete sie gleich. Als er den ersten Schritt ins Büro trat, sah er etwas, das ihm das Gefühl gab, jemand hätte ihm den Kopf weggeschossen, wodurch eine große gähnende Leere zurückblieb.

Marie saß auf einem Stuhl am kleinen Besprechungstisch, hatte ein wohlgeformtes Bein von sich gestreckt und – Gott sei ihm gnädig – zog gerade einen halterlosen Strumpf hoch. Dabei teilte ihr langes Bein den Schlitz ihres Wickelrocks bis zum Oberschenkel.

Steffens physische Reaktion kam unverzüglich und war überwältigend in seiner Macht. Er hatte das Gefühl, schlagartig aus einem jahrelangen Koma zu erwachen. Maries Anblick schoss ihm ins Hirn, als hätte er Kokain geschnupft. Und so schnell, wie Maries Wangen sich rosig färbten, rauschte sein Blut in die andere Richtung und erfreute sein bestes Stück.

Ein kaum zu beherrschendes – und völlig unangemessenes – Verlangen flutete jede seiner Körperzellen. Heiß, wild und besitzergreifend. Gemischt mit unterwürfiger Bewunderung für Maries Schönheit und einem alles verzehrenden Hunger nach ihrem Körper. Seine Finger zuckten vor Begehren. Sein Herz öffnete sich für die unrealistische Hoffnung, sie jetzt in diesem Augenblick besitzen zu dürfen. Wenn nicht, würde er daran zugrunde gehen. Denn er begehrte sie in diesem erschütternden Moment der Klarheit so sehr wie noch keine Frau vor ihr. Deshalb nahm er nur am Rande wahr, wie die Bürotür leise ins Schloss fiel.

Sie waren allein.

Kapitel 24

Marie hatte erschrocken aufgeblickt, als ihre Bürotür plötzlich aufgedrückt wurde.

Dass nun Steffen so unvermittelt vor ihr stand, jagte heiße Lava durch ihre Adern und ließ ihren Körper in unangebrachten Jubel ausbrechen.

Verfluchte Hormone.

Verfluchter Kerl.

Sie spürte, wie ihr Innerstes vor unangemessener Freude vibrierte und ihre Wangen warm wurden. Langsam stellte sie ihren Fuß ab und schlüpfte in ihren Schuh. Dabei bemerkte sie, wie Steffen ziemlich verzweifelt versuchte zu schlucken. Dann öffnete er den Mund und stammelte: „Tut mir leid, … ich dachte, du wärst bei einem Termin."

Dass sich die Worte anhörten wie rostige Nägel, die über ein Reibeisen rutschten, ließ sie wohlig erschaudern. Denn die unterdrückte Leidenschaft in seiner Stimme passte zum Feuer in seinen Augen, das heiß genug war, um Metall zu schmelzen. Marie fühlte, wie allein sein Blick Glut in allen möglichen und unmöglichen Teilen ihres Körpers entfachte. Ihr Herz raste, ihre Haut prickelte und in ihrem Unterleib begannen ihre Hormone, eine wilde Party zu feiern.

Zu allem Überfluss strich sich Steffen verlegen das Haar nach hinten, wodurch sich die Muskulatur seines Oberarms unter dem Hemd anspannte und Maries Sinne lockte. Ihre innere Dirne, von der sie bisher noch gar nichts gewusst hatte, stöhnte wollüstig auf und leckte sich die Lippen.

Steffen war echt ein Sahneschnittchen.

Köstlich!

Sein gut geschnittenes Hemd betonte zudem die schöne Form seiner trainierten Schultern und seinen flachen Bauch. Marie schoss unkontrolliert Speichel in den Mund.

Sie würde *nicht* beginnen zu sabbern!, befahl sie sich. Gewaltsam drängte sie das Bedürfnis zurück, auf alle indiskutablen Arten ihre Besitzansprüche auf diesen wunderbaren Mann geltend zu machen.

„Der Termin hat sich nach hinten verschoben", brachte sie heraus. Als Steffens Blick zu dem kleinen Häufchen Strumpf auf dem Boden rutschte, erklärte sie: „Laufmasche."

Er nickte nur und starrte sie immer noch wie paralysiert an, den Prototyp in Händen.

Marie hatte bei den Männern in ihrem Leben *immer* eine Wahl gehabt. *Sie* hatte bestimmt, wen sie in ihr Leben und in ihr Bett ließ. Wer es möglicherweise wert war, sich auf ihn einzulassen. Bei Steffen blieb ihr keine Wahl. Er walzte, ohne es bewusst zu wollen, alle ihre Schutzmauern nieder, ebnete alle Hindernisse ein und ließ auf dem Weg zu ihrem Herzen verbrannte Erde zurück. Sie hatte jegliche Herrschaft über ihre Gefühle verloren, weil er sie emotional überwältigte. Eine solch süße Hilflosigkeit hatte sie in ihrem bisherigen Leben noch nie erlebt. Sie wollte sich ihm hingeben, seine Zärtlichkeiten wie auch seine Härte genießen und ihm alles dreifach zurückgeben, weil Steffen ein Mann war, der es verdiente und auch zu schätzen wusste – und nie missbrauchen würde.

Steffen fiel in dieser brodelnden Situation nichts mehr ein. So schlagfertig und gewitzt er sonst war, blieb er jetzt einfach stumm. Kein Spruch, keine Weisheit und kein Zitat wollten ihm einfallen, um die Lage zu entschärfen. Sein Gehirn hatte einen Totalabsturz und fuhr gerade mit lautem Dröhnen wieder hoch.

Er fühlte sich, als ob er im klebrigen Netz einer atemberaubend schönen Spinne gefangen wäre. Dann leckte sich Marie kurz über die Unterlippe – und Steffen wurden die Knie weich.

„Sag was", murmelte sie, während die Luft zwischen ihnen vor dunkler Leidenschaft knisterte.

Steffen schluckte und spürte einen Kloß in seinem Hals. Er schüttelte den Kopf und meinte leise: „Ich kann nicht. Darf nicht." Dann machte er ein paar Schritte vor, um den Prototyp auf den Schreibtisch neben eine leere Dokumentenmappe zu stellen.

Scheiße.

Dadurch war er Marie viel näher gekommen, als er wollte.

Er durfte sich auf keinen Fall von dieser elektrisierenden Anziehungskraft in Versuchung führen lassen, egal, wie sehr die Erregung in ihm schwelte. Denn er fühlte den Schmerz, sie nicht berühren zu dürfen, fast physisch.

Als ob sie es ihm noch ein bisschen schwerer machen wollte, erhob sie sich in einer geschmeidigen Bewegung, wobei sich ihr Rock mit einem leisen Rascheln über den Beinen schloss.

Steffen spürte seine Füße nicht mehr. Wie angewachsen stand er zwei Meter von seiner Chefin entfernt und ertrank hilflos in den dunklen, feurigen Tiefen ihres Blicks, der sein Blut zum Rauschen brachte.

„Es ist echt schwer, nicht wahr?", murmelte Marie.

Er nickte nur, weil sich sein Mund staubtrocken anfühlte.

Marie schien sich ein Herz zu greifen und meinte: „Das ist total bizarr." Mit einer fahrigen Bewegung fuhr sie sich durch die Haare – und Steffen wusste nicht, ob es gut für ihre berufliche Zukunft sein würde, was er jetzt von ihr zu hören bekam. „Es tut mir echt leid, dass mein Körper immer so verrückt spielt, wenn ich dir begegne. Das ist wirklich unprofessionell. Auch meine Reaktion heute bei der Besprechung ..."

„Ich träume fast jede Nacht von dir ...", drängte es bei Maries ehrlichen Worten aus Steffen heraus, ohne dass er es zurückhalten konnte.

Mann, bist du bescheuert!, schnauzte ihn der Teil seines Gehirns an, der für die Vernunft verantwortlich war. Doch er konnte nicht anders. Sein Körper war definitiv anderer Meinung. Er wollte seine Hände um Maries Gesicht legen, ihre Lippen an seine ziehen und ihr mit einem Kuss den Verstand rauben.

Dann trat sie einen Schritt auf ihn zu – und stellte seine Selbstbeherrschung noch stärker auf die Probe. „Ist das so?" Ihre Augen hatten bei seinem Geständnis aufgeleuchtet, als hätte er ihren sehnlichsten Wunsch erfüllt.

Shit! Es gab keine Rettung mehr für ihn.

Marie wusste nicht, welcher Teufel sie ritt, aber sie musste es in einer Verzweiflung hören, die sie nicht an sich kannte. Sie wollte von diesem Mann wissen, was er in ihr sah, was er für sie fühlte, was genau er in diesem Moment dachte – und ganz besonders, was er *wollte*!!

Noch einmal trat sie einen kleinen Schritt auf ihn zu und

bemerkte voll Genugtuung, dass Steffens Körper wie eine Stahlfeder vibrierte. Und dann sprach sie die Worte aus, die alles verändern konnten: „Stell dir vor, ich wäre jetzt im Moment nur die Frau, die du damals in der Bar kennengelernt hast."

Wie in Trance begann Steffen mit dunkler, belegter Stimme: „Ich mag dich, Marie. Sehr. Und ich fiebere jeder Begegnung mit dir entgegen. Von meinen Fantasien und Wünschen darf ich dir nichts erzählen, aber ich finde die ganze Situation total beschissen. Dennoch bin ich lieber mit dir befreundet, als dass ich dich gar nicht mehr sehe." Er atmete tief durch, steckte beide Hände in die Hosentaschen und schüttelte den Kopf.

„Mir geht es genauso", gestand Marie und spürte, wie sie nach seinen Worten innerlich dahinschmolz.

Wie eine Berührung glitt sein lodernder, alles verzehrender Blick über ihr Gesicht, ihre Lippen und ihren Hals. Sinnlich langsam und heiß wie die Sünde.

Animalisches Begehren, versteckt hinter kultiviertem Benehmen.

Der Funkenflug, der dabei entstand, verwandelte sich in eine gewittrige Hitze, die sich jeden Moment entladen konnte: unerträglich intensiv, höchst erregend – und völlig fehl am Platz.

Maries leises Seufzen war das wundervollste und zugleich unfairste Geräusch, das sie machen konnte, da er sich geschworen hatte, auf Distanz zu bleiben – egal, wie sehr es ihn körperlich umbrachte. Doch Steffen spürte, wie seine eiserne Disziplin immer mehr zu bröckeln begann. Er musste hier raus.

Seine Füße jedoch verweigerten jeden Befehl.

Dann hob Marie unbewusst ihre Hand und fuhr sich am Ausschnitt ihrer Bluse entlang bis hinunter zum verborgenen Dekolleté – wie in seiner Vision. Das war der Moment, in dem es in Steffens Gehirn aussetzte und er die Kontrolle verlor. Er musste ein heiseres Geräusch von sich gegeben haben, denn er konnte sich nicht mehr daran erinnern, wer den ersten Schritt getan hatte. Plötzlich lag Marie in seinen Armen und er konnte sie küssen …

Endlich …

In dem Moment, als seine Lippen auf ihre trafen, fegte ein Wirbelsturm durch sein Inneres – und ein gewaltiger Hunger befreite sich in Steffens Brust. Lust explodierte in seinem Bauch und schoss zielgerichtet bis in die Lenden. Maries köstlicher Mund katapultierte ihn direkt in den Himmel – und er hatte das Gefühl, nach jahrelanger Irrfahrt endlich den heimatlichen Hafen erreicht zu haben.

Bereitwillig teilten sich ihre Lippen und seine Zunge glitt in ihre warme Mundhöhle, um ihre zu necken. Ihr süßer Geschmack kitzelte seine Zungenspitze und elektrisierte jeden Nerv in seinem Körper.

Und ihr Duft … Keine duftete wie sie.

Ihre Locken fühlten sich berauschend weich in seinen Händen an und waren wie ein verführerischer Irrgarten für seine langen Finger. Und dann drückte sich ihr Oberkörper verlangend an seinen und ließ einen Teil seiner geheimsten Sehnsüchte in Erfüllung gehen. In ihm wuchs der unvernünftige Wunsch nach völliger Vereinigung von Körper und Seele.

Ja!!! Das war es, was ihre verkümmerte Weiblichkeit in den letzten Jahren vermisst hatte: Eine verwandte Seele, die sich schnurrend an ihr rieb und sie zum Schmelzen brachte.

Hitze schoss zwischen Maries Schenkel und intensivierte sich mit jedem Lecken und Saugen ihrer Lippen zu einem noch heißeren Prickeln, das sie alles vergessen ließ. Dieser erotische Tanz bildete einen erregenden Kontrast zu dem leichten Kratzen, das Steffens Kinn auf ihrer Haut verursachte. Ihr Körper vibrierte vor Lust und ihr Atem wurde schneller.

Marie legte den Kopf etwas schräger, damit sie mehr von seiner samtweichen Zunge spüren konnte.

Mmh … warm, feucht und köstlich!

Hinter ihren geschlossenen Augenlidern entlud sich ein buntes Farbenmeer der Sinnlichkeit.

Wie von selbst drängte sie sich an Steffen, der mit seinen großen Händen seitlich an ihrem Oberkörper emporfuhr fuhr, jedoch ihre Brüste nur knapp verfehlte. Das ließ ihre Knospen sich wie in einem Hilfeschrei aufstellen und nach Aufmerksamkeit betteln. Doch dieser gemeine Kerl zog lediglich den Saum ihrer Bluse heraus und ließ seine heißen Hände bis hoch zu den Schulterblättern gleiten.

Dann wurde sie wieder von seiner Zunge abgelenkt …

Der Duft seiner Haut machte sie schwindelig, weil er wie ein berauschendes Aphrodisiakum auf ihre Pheromone wirkte. Ihre Hände wanderten über seinen Rücken und kneteten die feste Muskulatur. Schnell fanden sie den Weg zu seinem durchtrainierten Hintern.

Whoa! Das fühlte sich so gut an.

Marie versuchte, nicht zu stöhnen. Irgendein Teil ihres Gehirns verbot ihr, überhaupt einen Laut von sich zu geben. Warum, konnte sie nicht sagen. Sie wusste nur, dass sich alles genau richtig anfühlte und sie und Steffen einfach schon viel zu lange darauf gewartet hatten.

Mittlerweile lehnte sie an ihrem Besprechungstisch - wie auch immer sie da hingekommen waren. Steffen schob sie auf die Kante und sie schlang wie schon im Hof hinter der Bar ein Bein um seine Hüfte. Als sie sein Becken nachdrücklich an ihren pochenden Schoß zog, stöhnte er leise in ihren Mund. Bei diesem Geräusch richteten sich ihre Nackenhärchen vor Wonne auf und sie verlor sich in diesem berauschend sinnlichen Gefühl der Verbundenheit.

In dem Moment wusste sie mit einer Klarheit, die ihr fast Angst machte, wie Steffen im Bett war: auf das Wichtigste fokussiert, gründlich, geduldig und sehr intensiv.

Eine Gänsehaut überlief ihren ganzen Körper.

Dann fasste sie nach einer seiner Hände und legte sie zielgerichtet auf ihre Brust, denn ihre Knospen flehten darum, von seinen langen Fingern liebkost zu werden. Dieser Einladung schien Steffen nicht lange widerstehen zu können. Seine Hand glitt in ihren Ausschnitt und umschloss eine ihrer Brüste unter dem spitzenbesetzten Körbchen, nur um ihre Spitze zu reizen, bis sie sich noch mehr aufrichtete. Und dabei küsste er sie um den Verstand, bis von ihrem Gehirn nur eine matschige Pfütze übrig blieb.

Steffen schmeckte und genoss ihren Mund, als wäre er ein zum Tode Verurteilter und Marie seine Henkersmahlzeit.

Wie hatte er sich nur so lange zurückhalten können?

Überwältigende Gefühle durchströmten ihn: Feuer und Leidenschaft; Besitzanspruch und Rücksichtnahme; Hoffnung und Wärme.

Ihm war schleierhaft, wie er ohne diese Frau nur ein glückliches Leben hatte führen können.

Er hatte längst jede berufliche Distanz verloren, jegliche Besonnenheit ... aber das war ihm in diesem Moment völlig egal. Alles, was zählte, war Marie hier in seinen Armen, mit der er zu einer

Einheit verschmolz, die ihn stärker machte.

Gerade, als er meinte, sterben zu müssen, wenn er nicht mehr von ihr bekam, hörte er eine Tür klappen und verdächtige Geräusche aus dem Vorzimmer. Die Realität holte ihn ein und wirkte wie ein Kübel mit eiskaltem Wasser.

Er fuhr zurück und merkte, dass Marie sich ebenso erschrocken zurückzog. Ihre dunklen Augen waren weit aufgerissen und ihre Lippen rot geschwollen von seinen Küssen. Sie sah erhitzt und unglaublich erotisch aus.

Sie schlug sich die Hand vor den Mund und flüsterte: „Frau Schneider!"

Steffen stieß stumm einen deftigen Fluch aus. Dann fuhr er sich mit beiden Händen übers Gesicht und machte sich schwere Vorwürfe. Wie hatte er die Situation nur so eskalieren lassen können? Er strich sich die verwuschelten Haare aus der Stirn und das Hemd über dem Bauch glatt.

Maries Miene war genauso entsetzt, wie er sich fühlte. Sie hätten es beinahe mitten in ihrem Büro getrieben – wo *jederzeit* jemand hätte hereinkommen können. Steffen wollte sich nicht ausmalen, was dann passiert wäre. Riesenskandal, Peinlichkeit und Gerede ohne Ende – und dann hätte man sie auf die Straße gesetzt.

Er nickte Marie ernst zu und hoffte, dass man ihm seine Erschütterung nicht zu sehr ansah und niemandem beim Verlassen des Büros auffiel, wie sehr er sich hatte hinreißen lassen. Dann griff er als improvisiertem Sichtschutz zu der leeren Dokumentenmappe auf Maries Schreibtisch und verließ den Raum mit nagenden Gewissensbissen und einem Mordsständer.

Oh Gott, was hatten sie getan?!

Maries Körper loderte wie das Fegefeuer – vor Lust und gleichzeitiger Scham. Steffen stand ihr gegenüber – und sein Blick bohrte sich in ihre Augen, als wollte er sagen: *Das hätten wir nicht tun dürfen!*

Widersprüchliche Gefühle huschten wie Gespenster über sein Gesicht. Dann nickte er nur und Marie konnte sehen, wie schwer es ihm fiel, eine neutrale Miene aufzusetzen, als er sich zur Tür wandte.

Im Vorzimmer hörte sie ihn dann mit ruhiger Stimme sagen: „Hallo Frau Schneider. Frau Berg möchte in nächster Zeit nicht gestört werden. Sie muss noch etwas durcharbeiten."

Marie schloss die Augen und dachte: *Was für ein Mann!*

Selbst in solch einer Situation nahm Steffen auf sie Rücksicht und schützte sie wie auch ihren Ruf und ihre Stellung in der Firma.

Dennoch …

Marie bemühte sich verzweifelt, ihre in Aufruhr geratenen Gefühle zu beruhigen, während sie hastig die Bluse in den Rock steckte und Ordnung in ihre Erscheinung brachte.

Sie atmete tief durch, wobei sie die in ihrem Kopf umherschießenden Gedanken abzustellen versuchte. Wie sollte es jetzt weitergehen?

Kontrolle! Das war das A und O.

Marie musste wieder die Kontrolle über ihre Geschäftsbeziehung zu Steffen bekommen. Die Kontrolle über ihr verdammtes Privatleben. Sie konnte es sich nicht leisten, ihre Sachlichkeit und Objektivität zu verlieren. Sonst würden Arbeitsentscheidungen von persönlichen Aspekten beeinflusst.

Die Grenzen mussten neu gezogen, der berufliche Schutzschild vor ihrem Herzen wieder hergestellt werden. Deshalb musste sie Steffen zu einem Gespräch in ihr Büro bitten.

Verflucht noch mal!

Wieso gefiel ihr dieser Gedanke überhaupt nicht?!

Vielleicht, weil sie damit etwas ganz Wunderbares zunichtemachte, was ihr viel bedeutete? Etwas als nicht-existent definierte, das mittlerweile eine sehr wichtige Rolle in ihrem Leben spielte und ihr Herz mit großer Hoffnung befeuerte?

Es war wirklich eine Schande.

Okay, bevor sie überhaupt irgendeine Konsequenz folgen lassen würde, musste sie sich erst einmal selbst in den Griff bekommen.

Kapitel 25

Als die Tür zu seiner Wohnung im Erdgeschoss eines Vier-Familien-Hauses hinter Steffen zufiel, steuerte er wie auf Autopilot sein Schlafzimmer an, um sich eine Trainingshose anzuziehen.

Nur nicht denken, nur nicht fühlen, nur nicht …

Heillose Verwirrung, ein heftiger Widerstreit der Gefühle und eine schmerzhafte Zerrissenheit tobten in seiner Brust. Sein Kopf schien zudem platzen zu wollen von dem Kampf, den seine rotierenden Gedanken gegeneinander austrugen.

Er musste Marie aus dem Kopf kriegen, ihren Geschmack von seiner Zunge, das Gefühl ihrer anschmiegsamen Weichheit von seinen Händen.

Die einzige Lösung, die ihm einfiel, war, joggen zu gehen. Im Büro hatte er es nicht mehr lange ausgehalten. Er hatte – so schnell es eben ging – seine Siebensachen zusammengepackt und war heimgefahren. Und nun war er in Knopfheim unterwegs Richtung Baggersee und angrenzendem Wald.

Er würde so lange laufen, bis er jeden Gedanken an Marie ausgeschwitzt hatte. Bis wieder Ruhe in seinen Kopf kam – und er sein inneres Gleichgewicht gefunden hatte.

Es blieb nur zu hoffen, dass sie nicht ebenfalls früher heimgegangen war und ihm über den Weg lief.

Weil sie jetzt auch in Knopfheim wohnte.

Weil er sie ja unbedingt zu sich in seinen Heimatort hatte holen müssen.

Das hatte er nun davon. Das war genau die Katastrophe, die er befürchtet hatte. Aber er hatte ja nicht auf seine innere warnende Stimme hören wollen …

Selbst schuld!

Als Steffen völlig verschwitzt wieder zuhause ankam, hatte er es wenigstens geschafft, die Anspannung im Körper zu lockern und seine Erregung zu bändigen.

Immerhin.

Unter der Dusche genoss er ausgiebig das heiße Wasser und ließ es mit dem Massagestrahl auf seinen Nacken herunterprasseln. So konnte er noch ein Stückchen mehr entspannen. Der Abend würde vielleicht doch nicht so verzweifelt werden, wie es noch vor zwei Stunden für ihn ausgesehen hatte.

Er trocknete sich ab und war gerade in eine bequeme Jogginghose geschlüpft, als es an der Haustür klingelte.

Verwundert hielt er inne. Das war jetzt aber nicht Marie, oder?

Er schnappte sich ein Handtuch für sein tropfnasses Haar. Dann ging er barfuß zur Haussprechanlage und fragte, wer da sei.

„Paketdienst“, erklang es durch den Hörer – und Steffen atmete die angehaltene Luft aus. Er drückte auf den Türöffner und machte die Wohnungstür auf, um dem Lieferanten die vier Stufen zur Haustür entgegenzukommen. Doch dann erstarrte er.

Helena stand vor ihm mit einem strahlenden Lächeln auf ihren glänzenden, roten Lippen. Sie trug einen leichten schwarzen Damen-Trenchcoat und ihre obligatorischen High Heels. Das lange Haar war etwas in Unordnung geraten, als ob sie unbewusst mit den Fingern durchgefahren wäre.

„Äh, …", begann Steffen wie ein Idiot.

„Ich weiß, ich weiß … ich habe geschwindelt, was den Paketdienst angeht." Sie lächelte und drückte sich – geschmeidig wie eine Katze – an ihm vorbei in die Wohnung, ohne dass er so schnell hätte reagieren können. „Aber ich wollte dich überraschen. Ich habe mir in den letzten Tagen unser Gespräch durch den Kopf gehen lassen und festgestellt, dass du Unrecht hast. Und dann hatte ich eine Idee."

Sie drehte sich mit einem siegessicheren Lächeln um und öffnete im selben Schwung ihren Mantel. Darunter trug sie … nichts.

Na ja, nicht wirklich nichts, was Steffen trotzdem sprachlos machte, als er einen kurzen Blick auf ihr Angebot warf und sofort wegschaute.

Sie hatte hauchzarte, schwarze Dessous an. Ihr formvollendeter Bügel-BH hatte durchscheinende Körbchen, dass man ihre dunklen aufgerichteten Knospen erkennen konnte. Ihre vollen Brüste boten sich ihm in einer Pracht dar, dass die meisten Männer vor Erregung geschielt hätten. Vom schwarzen durchsichtigen Nichts zwischen ihren Schenkeln brauchte er gar nicht anzufangen. Es diente nur dem einen Zweck, einen Mann in einen sabbernden Idioten auf Knien zu verwandeln, und wurde lediglich von zwei Bändern gehalten, die steil nach oben über ihre Hüftknochen verliefen und ihre Beine mit den hochhackigen Schuhen endlos wirken ließen.

„Helena, was soll das?", fragte er ärgerlich, während er zur Seite blickte. Er verschränkte die Arme vor seiner nackten Brust. Natürlich hatte sie ihn auch noch in einer Situation erwischt, in der er selbst fast nichts anhatte.

So etwas nannte man perfektes Timing.

„Da schau, Steffen, das ist alles für dich."

Aus dem Augenwinkel sah er, wie sie den Trenchcoat von ihren Schultern gleiten ließ und sich in Positur stellte.

„Du weißt", fuhr sie fort, „wie sich das anfühlt – und wie genussvoll du dich damit beschäftigt hast. Seit damals hat mich kein anderer Mann berührt."

Steffens Blick schnellte überrascht hoch und traf auf ihren. Sie lächelte ihn verführerisch an, wobei aber irgendetwas falsch ... unecht daran war. Außerdem wirkte sie unruhig, fast zappelig. Das war ihm vorher gar nicht aufgefallen.

„Du bist immer noch der Einzige für mich", hauchte sie und strich mit ihren Händen lustvoll an ihrem kurvigen Körper entlang. „Wir werden sehr glücklich miteinander sein."

Eine Gänsehaut rieselte über Steffens Rücken. Oh Mann, ging das schon wieder los?!

„Helena, ich habe dir doch bereits vorgestern gesagt, dass ich dich nicht liebe und dass es mit uns beiden nichts wird. Wir sind zu verschieden ..."

„Das stimmt gar nicht ...", widersprach Helena und er merkte, dass sich ein leicht verzweifelter Unterton in ihre sonst so souveräne Stimme geschlichen hatte. Sie kam zwei Schritte auf ihn zu – er stand immer noch mit dem Rücken zur offenen Wohnungstür –, was hieß, zwei Schritte näher zum Ausgang. Gut.

„Helena", begann er erneut und versuchte, vernünftig zu argumentieren. „Gefühle lassen sich nicht erzwingen, das musst du verstehen. Es ist aus zwischen uns. Akzeptiere das bitte. Nimm deinen Mantel und verlass jetzt meine Wohnung."

Während er sprach, merkte er, wie sich Helenas Gesichtszüge sukzessive veränderten. Das glückliche Strahlen war einer Verbitterung gewichen, wie er sie bei seiner Ex noch nicht gesehen hatte. Er versuchte, um sie herumzugehen, um den Trenchcoat vom Boden aufzuheben.

„Es liegt an ihr, habe ich recht?", fauchte sie und begann, mit ihren langen Nägeln über ihren Unterarm zu kratzen ... weiter zu kratzen, schneller zu kratzen. Dabei wiegte sie sich leicht hin und her.

„Wen meinst du?", stellte sich Steffen dumm und versuchte, das beginnende ungute Gefühl in seiner Brust zu ignorieren. Er hob ihren Mantel auf, während Helena sich nun neben der Küchentheke befand, die als Raumteiler zum Wohnzimmer fungierte. Gut. Dann waren es nur noch ein paar Schritte bis zum Ausgang.

„Diese blöde Schlampe aus deiner Firma. Auf die hast du es doch abgesehen, habe ich recht?“ Helenas sonst so schönes Gesicht hatte sich zu einer Fratze verzerrt. Ihre Stimme hatte einen schrillen Ton angenommen.

Steffen war von der Verwandlung mehr als schockiert und spürte, wie ihm grausiger Schrecken kalt den Nacken hochkroch. So kannte er Helena nicht. Was war nur mit ihr los? Verwandelte sich seine Ex hier vor seinen Augen in Glenn Close aus *Eine verhängnisvolle Affäre*?

Am Rande nahm er wahr, dass in der Wohnung gegenüber vorsichtig die Tür aufging, weil sein Nachbar vermutlich nach dem Rechten sehen wollte.

„Nein“, wiegelte Steffen ab, „wie kommst du nur …“

Doch sie hörte ihm gar nicht zu, sondern schimpfte mit hoher durchdringender Stimme weiter: „Es lief alles super mit uns beiden, bis die sich zwischen uns gedrängt hat … Aber du liebst sie nicht. Das habe ich genau gespürt. Du hast sie nicht *so* angesehen, wie du *mich* immer ansiehst.“

Sie machte einen schnellen Schritt auf ihn zu und griff nach dem Bund seiner Jogginghose. Ihre Finger waren wie Klauen fest in den Stoff verkrampft.

Steffen schreckte aufgrund dieses unerwarteten Übergriffs mit einem Keuchen zurück.

Doch sie hielt ihn mit erstaunlicher Kraft fest. „Ich gebe dich nicht her …“

„Lass mich los, Helena“, erwiderte er mit scharfer Stimme und versuchte, ihre Hand wegzuziehen.

„… jetzt, wo ich dich endlich wieder gefunden habe.“ Mit großen verzweifelten Augen blickte sie zu ihm auf. „Du bist die Lösung für meine Probleme … ich will dich wieder zurück. Weil … du willst nur mich … und wenn du ehrlich zu dir bist, weiß du, dass ich die Wahrheit sage … dass ich die Wahrheit sage.“ Ein Zittern durchlief ihren Körper. „… Wahrheit sage.“

Abrupt ließ sie ihn los und schwankte leicht. Dann hielt sie inne, weil sie etwas entdeckt hatte. Mit einer schnellen Bewegung griff sie nach einem langen Messer, das in einem Holzblock auf der Küchenabtrennung steckte.

Steffen machte einen erschrockenen Satz rückwärts in Erwartung eines Angriffs. Das durfte doch nicht wahr sein!

Das Herz schlug wie ein Schmiedehammer in seiner Brust und er fühlte sich schweißgebadet. Gleichzeitig kribbelten seine Hände wie verrückt. Was würde jetzt passieren? Und wie sollte er darauf reagieren?

Doch Helena blieb breitbeinig stehen und hielt sich das scharfe Messer an ihren eigenen Hals. Nun flossen Tränen über ihre Wangen. „Du musst mich wieder zurücknehmen … weil du *mich* liebst. *Ich* bin die Liebe deines Lebens“, sie schluchzte und ihre Stimme überschlug sich, „das hast du mir tagtäglich gezeigt, als wir zusammen waren. Wir waren früher so glücklich.“ Verzweiflung machte sich auf Helenas verzerrten Gesichtszügen breit. „Bitte lass mich wieder glücklich sein.“

Steffen blickte entsetzt in ihre vom Irrsinn verschleierten Augen. Das wurde ja immer besser. Er hatte das Gefühl, für Helena zur fixen Idee geworden zu sein. Hilflosigkeit breitete sich in seinem Inneren aus wie zähflüssiger Teer, während eine erdrückende Furcht ihn wie mit eiskalter Hand packte. Ihm war klar, dass sie ihn emotional erpresste. Aber jetzt ging es nur noch darum, dass sie das Messer weglegte und zur Ruhe kam.

Er überlegte fieberhaft, wie er am besten reagieren sollte. Instinktiv hob er beschwichtigend die Hände und trat einen vorsichtigen Schritt auf sie zu in der Hoffnung, ihr das Messer ruhig abnehmen zu können. In dem Moment schluchzte sie jedoch auf und drückte sich die Klinge fester gegen die Halsschlagader. Steffens Augen wurden riesengroß, als er sah, wie sich unter der Schneide ein kleines Rinnsal Blut sammelte und ihren schlanken Hals hinablief.

„Helena, alles wird gut. Aber leg das Messer jetzt weg“, bat er mit ruhiger Stimme - er hoffte jedenfalls, dass sie auch in Helenas Ohren ruhig klang.

Steffen nahm wahr, dass sein Nachbar auf der anderen Seite des Treppenhauses in seiner Wohnungstür stand und auf ein Telefon in der Hand zeigte. Dann machte er eine Geste, die Steffen fragte, ob er die Polizei anrufen solle.

Daran hatte Steffen zehn Minuten zuvor noch nicht gedacht. Doch das Messer an Helenas Hals hatte die Situation schlagartig verändert.

Er kaschierte sein Nicken mit einem Räuspern und hob erneut beschwichtigend die Hände. „Helena, lass uns zusammensitzen und die Sache gemütlich bei einer Tasse Tee besprechen, okay? Wie hört sich Tee für dich an?“

„Du kommst wieder zu mir zurück?“, fragte seine Ex zitternd.

In dem Moment hätte Steffen ihr alles versprochen. „Lass uns in Ruhe darüber reden, wie es weitergeht.“

Helena machte ihm eine Scheißangst. Er fühlte sich wie in einem Psychothriller von Tess Gerritsen. Er konnte nur hoffen, dass die Polizei bald da war und nicht mit Sirene vors Haus fuhr. Sonst würde Helena vielleicht wieder überschnappen und dann sich oder ihn verletzen.

„Komm, gib mir das her und wir machen uns einen schönen Tee.“ Er hatte keine Ahnung, ob es etwas half, ständig von Tee zu sprechen, der immerhin warm, beruhigend und wohlschmeckend war. Aber er hatte ja auch keinerlei Erfahrung mit vom Wahn befallenen Frauen!

Er nahm ihr vorsichtig das Messer aus ihrer zitternden Hand und legte ihr den Mantel über die Schultern. Als er sie zu einem Stuhl am Esstisch führte, schmiegte sie sich an seine Seite. Er ließ das alles geschehen, weil er auf Zeit spielen musste. Dann füllte er den Wasserkocher und schaltete ihn ein. Dabei verräumte er den Messerblock unauffällig in die hinterste Ecke der Küche und achtete ganz bewusst darauf, seiner Ex nicht den Rücken zuzuwenden.

In der Zeit erging sich Helena in Tagträumen, wie es wäre, wieder mit Steffen zusammen zu sein. Wie glücklich sie ihn machen würde und dass sie beide bald schon einen langen ausgedehnten Urlaub unternehmen könnten. „Ich war noch nie auf Hawaii. Was hältst du von Hawaii, Steffen?“

„Hawaii ist eine gute Idee“, bekräftigte er ihren Vorschlag und goss den Tee in einer großen Kanne auf. Dabei merkte er, wie kalt und zittrig seine Finger waren.

„Sonne, delikates Essen und ein glasklares, warmes Meer“, Helena seufzte, „und wir zwei unter einer Palme an einem einsamen Strand, wo wir uns den ganzen Tag lieben können.“

Steffen stellten sich bei dem grausigen Gedanken die Nackenhaare auf. Er versuchte trotzdem, ruhig zu bleiben, stellte zwei Tassen auf den Tisch und holte aus dem Wohnzimmerschrank eine Kerze, die er anzündete.

Hauptsache, Helena war zufrieden.

Als er sich ihr gegenüber setzte, warf er einen kurzen Blick auf den Schnitt an ihrem Hals. Er musste ärztlich versorgt werden. Aber er hatte scheinbar aufgehört zu bluten. Gut. Er wollte nicht

Helenas Aufmerksamkeit darauf lenken. Vermutlich war ihr in ihrem aufgewühlten Zustand nicht bewusst gewesen, dass sie sich verletzt hatte.

Als sie den ersten Schluck Tee getrunken hatte, seufzte sie und drückte fest seine Hand. „Du bist ein außergewöhnlicher Mann und kümmerst dich so gut um mich. Du weißt immer, was ich brauche."

Während sie von ihrer gemeinsamen Zeit redete und Pläne für die Zukunft schmiedete, betete Steffen erneut darum, dass die Polizei ohne Sirenen vorfuhr. Helenas Zustand konnte vermutlich jederzeit wieder kippen – und er wusste nicht, ob er dann dieser Situation gewachsen war.

Plötzlich bemerkte er, wie ihr strahlender Blick überrascht zur Wohnungstür schnellte und sie mit Wut verzerrter Miene vom Stuhl aufsprang. „Polizei?!!" Helenas Augen bohrten sich siedend heiß in Steffens.

Und dann ging alles ganz schnell.

Steffen saß wie gelähmt auf seinem Platz und beobachtete die uniformierten Polizisten bei ihrer Arbeit. Während Helena noch herumtobte, wie Steffen sie nur habe so hintergehen können, trat ein Polizeibeamter mit seiner Kollegin heran und sprach beruhigend auf sie ein. Doch sie ließ sich nicht so schnell besänftigen, sondern begann, mit den Armen herumzuschlagen, um die Beamten auf Abstand zu halten.

Steffen bemerkte bestürzt, dass sie sich dabei immer weiter auf ihn zubewegte. Bevor er jedoch von seinem Stuhl aufspringen – oder sich Helena sogar auf ihn stürzen – konnte, ergriff der Polizist ihre Arme, hielt sie fest und brachte sie damit unter Kontrolle. Währenddessen redete die Polizistin beschwichtigend auf sie ein.

Sobald Helena den Ernst der Situation realisierte, brach sie schluchzend zusammen und stammelte unter Tränen: „Ich liebe ihn so … ich wollte nur wieder bei ihm sein …"

Plötzlich tauchte ein weiterer Polizeibeamter neben Steffen auf und bat ihn, für eine Befragung die Wohnung zu verlassen. Beim Hinausgehen bemerkte Steffen einen Notarzt, der gerade das Haus betrat, und warf einen Blick zurück. Er spürte großes Mitleid mit Helena, die wie ein Häufchen Elend auf einem Stuhl saß. Deshalb fühlte er sich verpflichtet, dem Beamten mitzuteilen: „Sie hat mich nicht bedroht. Auch nicht mit dem Messer."

Der ältere Polizist wies ihm den Weg in die Wohnung seines Nachbarn, der dort bereits von einem vierten Polizeibeamten im Wohnzimmer befragt wurde. „Ja, das klären wir gleich", antwortete er mit einem beruhigenden, fast schon gütigen Lächeln. Vermutlich wusste er ganz genau, wie zittrig sich Steffens Knie anfühlten – auch wenn er selbst es wahrscheinlich erst in einigen Minuten realisierte, sofern sich sein Adrenalinspiegel jemals wieder auf ein normales Niveau senkte.

Puh, so etwas wollte er nie wieder erleben. Es war schrecklich mit anzusehen, wie ein selbstbewusster Mensch völlig den Boden unter den Füßen verlor und sowohl geistig als auch körperlich wie ein Kartenhaus in sich zusammenfiel.

Als nach der ganzen Aufregung mit Polizei und Krankenwagen dann alle weg waren und nur noch sein Nachbar bei ihm im Wohnzimmer stand, spürte Steffen, wie wacklig er sich fühlte und wie flau ihm wurde. Er goss den Tee weg und dachte bei sich, dass er nicht mehr so schnell Appetit auf dieses Heißgetränk haben würde.

Marie gähnte, als sie am nächsten Morgen das Vorzimmer betrat.

„Oh, da hat aber jemand wenig geschlafen", begrüßte sie Frau Schneider mit einem warmen Schmunzeln.

Marie nickte nur und schenkte ihrer Sekretärin ein schiefes Lächeln. *Wie wenig* sie geschlafen hatte, durfte sie nicht erzählen, sonst wäre die große Frage, *warum* sie so wenig Schlaf abbekommen hatte.

Sie konnte schließlich schlecht antworten: *Herrn Thies' leidenschaftliche Küsse sind schuld.*

Denn immer wenn sie am Eindösen gewesen war, war sie von Erinnerungsbruchstücken überschwemmt worden, die sie wachgehalten hatten: Steffens weiches, goldenes Haar; die Glut in seinen Augen; dieser sinnliche Mund; seine heißen Hände, die auf ihrer Haut fast schon Brandspuren hinterlassen hatten.

Allein das hatte wilde Lust wie Wellen durch ihren Körper gejagt.

… und dann waren da noch seine Küsse gewesen …

Mein Gott, konnte der Mann küssen!

Seine Lippen hatten sich nicht einfach nur unfassbar sinnlich angefühlt, sondern zudem ein Feuer in ihrem Inneren entzündet, das sie in dieser Intensität noch nie erlebt hatte. Es hatte nicht nur ihren Schoß in Brand gesetzt, sondern sich gnadenlos durch ihre Adern gefressen und jede einzelne Körperzelle ins Lodern gebracht, bis nur ein Häufchen Asche zurückgeblieben war.

Zwischen ihren Erinnerungen hatte Marie immer wieder eine kalte Dusche der Verzweiflung abbekommen, wenn ihr klar wurde, dass Steffen und sie keine Zukunft haben durften. Und dennoch ...

Dieses kurze Erlebnis hatte einem verheerenden Feuersturm geglichen, der ungebrochen nachglühte. Erneut spürte Marie, wie ein intensives Beben ihren Körper durchlief, das sie zu unregelmäßigen Zeiten ergriff und einem erregenden Nachklang glich.

Sie stellte ihre Handtasche in den Garderobenschrank und hängte ihren Mantel auf. „Ich wäre Ihnen sehr dankbar, wenn Sie mir einen Kaffee machen könnten."

„Bin schon dabei", erwiderte Frau Schneider mit einem mütterlichen Lächeln, während sie nach einer Tasse griff.

„Danke." Marie ging in ihr Büro und machte die Tür zu.

Als sie am Schreibtisch saß, stützte sie den Kopf in die Hände und schloss die Augen. Sie musste mit Steffen sprechen. Je früher, desto besser.

Am gestrigen Nachmittag war zu viel anderes auf sie eingestürmt. Nicht nur hatten ihre wild feiernden Hormone ihr rationales Denken in Bezug auf Steffen behindert. Auch eine Unmenge von Telefonanrufen hatte sich gegen sie verschworen, überhaupt mal durchatmen - und nachdenken - zu können.

Daheim war dann alles über sie hereingebrochen. Sie hatte jeden Moment mit Steffen erneut durchlebt.

Doch sie hatte nicht bei ihm zuhause vorbeigehen wollen, um mit ihm über Professionalität und Grenzen zu sprechen. Dort herrschte eine viel zu private Atmosphäre. Wenn überhaupt musste sie das in den nüchternen Räumlichkeiten ihres Büros tun.

Nicht *Wenn überhaupt*. Sie *musste*. Punkt.

Sie griff zum Telefon und wählte Steffens Durchwahl.

Als er sich mit „Thies" meldete - obwohl er im Display gesehen haben musste, wer anrief -, wusste Marie, dass er die Notwendigkeit ihrer Grenzen verstehen würde. „Hättest du kurz Zeit, zu mir ins Büro zu kommen?"

„Bin gleich da." Dann legte er auf.

Als Steffen vor ihr saß und sie ruhig anblickte, musste sich Marie zwingen, nicht wieder in den Tiefen seiner sündhaft schönen Augen zu versinken. Sie räusperte sich und begann: „Was gestern zwischen uns vorgefallen ist ... Ich habe mich sehr unprofessionell verhalten und möchte mich bei dir dafür entschuldigen. Als Chefin hätte ich es nie so weit kommen lassen dürfen. Ich hoffe, dieser Vorfall beeinflusst nicht unsere gute Zusammenarbeit."

Steffen saß immer noch seltsam ruhig da. Fast teilnahmslos. Dann schüttelte er leicht den Kopf und meinte: „Nein, natürlich nicht."

Kein Lächeln. Kein schelmisches Zwinkern. Nur kühle Sachlichkeit.

Mmh ... Das war jetzt leichter – und definitiv enttäuschender – gelaufen, als sie gedacht hatte.

Steffen saß vor Marie und spürte, wie sein Herz in tausend Stücke zersprang.

Sie *musste* das sagen, rief er sich ins Gedächtnis. Sie *musste* so handeln. *Sie* war die Vorgesetzte und musste auf berufsbedingte Distanz bestehen, sonst ...

„Ich denke, wir sollten uns in nächster Zeit auch privat nicht mehr sehen", fügte sie noch leise hinzu.

Steffens Herz schrie auf. Das durfte nicht sein! Es hatte sich doch alles so richtig angefühlt!!

Er liebte Marie.

Das wurde ihm in diesem Augenblick klar. Nun, wo sie eine Grenze gezogen hatte und ihn aus ihrem Privatleben ausschloss. Jetzt, wo sie mit ein paar wenigen Worten alles das ausradierte, was für ihn der Mittelpunkt seines Lebens geworden war.

Es schmerzte so sehr. Denn er hatte das Gefühl, etwas Unersetzliches aufgeben zu müssen. Und er konnte nichts dagegen sagen, weil alles stimmte, was Marie angeführt hatte.

Doch tief in seinem Herzen wollte er hören, dass sie auch so empfand wie er. Dass sie ihm ihre Liebe gestand, in seine Arme sank und sie glücklich bis an ihr Lebensende wurden.

„Es tut mir leid, Steffen." Maries leise gemurmelten Worte ließen ihn nicken. Zu mehr hatte er keine Kraft.

Er erhob sich und ging aus ihrem Büro. Legte eine immer größer werdende Distanz zwischen sich und die Frau, die er so liebte wie noch keine Frau zuvor, weil sie etwas wirklich Besonderes für ihn war.

Er brauchte jetzt erst einmal Abstand.

Die letzten vierundzwanzig Stunden hatten es wahrlich in sich gehabt. Diese wilde Karussellfahrt seiner Hormone wegen Maries verführerischer Ausstrahlung, dann die verbotene Knutscherei in ihrem Büro - und als krönender Abschluss in seiner Wohnung die wahnsinnige Helena in Reizwäsche mit einem Messer am Hals. Gerade Letzteres hatte ihn mehr erschüttert, als er wahrhaben wollte.

Da konnte er sich weiß Gott nicht beschweren, dass er ein langweiliges Leben führte.

Kapitel 26

Marie versuchte, sich zu konzentrieren. Endlich hatte sie - hoffentlich - alle Unterlagen von Frau Metzger beisammen. An diesem Morgen war der Rest geliefert worden, gerade nachdem Steffen ihr Büro verlassen hatte.

Das sehr kurze Gespräch mit ihm setzte ihr mehr zu, als es dürfte. Er war so abweisend gewesen. In Gedanken versunken. Fast beleidigend schnell einverstanden mit ihrem Vorschlag, sich privat vorläufig nicht mehr zu sehen.

Aber was erwartete sie?

Sie hatte in dieser Situation das Sagen. Und er war nicht in der Position, ihr zu widersprechen.

Also … alles gut, Marie!

Oder doch nicht?

Ihr Gefühl sagte - verlangte - etwas ganz anderes. Doch das war jetzt im Moment einfach nicht möglich. Marie musste Fuß in der Firma fassen. Sie musste ihr Leben hier in Mannheim nach der langen Zeit im Ausland geregelt kriegen. Und sie musste endlich diese Berichte von Frau Metzger durcharbeiten, um einen Knopf an die Angelegenheit zu machen und sie abhaken zu können. Zeit genug hatte es sie bereits gekostet.

Also schob sie dieses verletzte Gefühl in ihrer Brust rigoros beiseite und griff mit einem Seufzen nach den Unterlagen. Sie schlug die Mappe auf und vertiefte sich in die Zahlenkolonnen, Kommentare und Rahmenbedingungen der Testreihe.

Eine Stunde später wusste Marie, dass das, was sie hier vorliegen hatte, hochexplosives Material war, das ihnen zum falschesten Zeitpunkt um die Ohren fliegen konnte. Sie unterstellte Frau Metzger nicht, dass sie die nachgereichten Daten absichtlich unterschlagen hatte, um Marie hinters Licht zu führen und der Firma Winter zu schaden. Doch die intrigante Eifersucht der Entwicklungschefin ihr gegenüber hätte einen Super-GAU herbeiführen können, wenn Marie nicht so hartnäckig geblieben wäre. Zudem waren ihr die neuen, folgenschweren Erkenntnisse der nachgereichten Unterlagen noch aus ihrer US-amerikanischen Zeit schrecklich vertraut.

Doch bevor sie Alarm schlug, musste sie erst ein paar Dinge prüfen.

Steffen saß in seinem Büro und hatte viel stupide Arbeit zu erledigen, was ihm sehr gelegen kam. Seine Gedanken kreisten nicht nur um das Gespräch mit Marie am Morgen, sondern auch um Helena.

Er fragte sich, wo sie sich jetzt aufhielt. Was passiert war, als die Polizisten sie mitgenommen hatten. Wie es ihr ging und woran sie schlussendlich litt. An Depressionen - oder einer Psychose?

Ob sie sich gerade in einer psychiatrischen Einrichtung befand? Natürlich kannte er Klischee behaftete Klapsmühlen aus vielen Filmen, die schreckliche Zustände beschrieben. Doch Steffen hoffte, dass Helena von einem guten Arzt behandelt wurde und es ihr bald besser ging. Ihre Aggression gegen sich selbst hatte ihn sehr erschreckt. Er hatte sich so hilflos gefühlt. Zum Glück war alles gut gegangen und die Polizei schnell dagewesen.

Seinen Nachbarn hatte der Vorfall ebenfalls ziemlich mitgenommen. Sie waren am Abend noch eine Weile zusammengesessen und hatten ihre Eindrücke verarbeitet - wie Männer das eben taten: mit einem ordentlichen Schnaps auf den Schrecken hin, wenigen Worten und viel einvernehmlichem Schweigen.

Und dann war Steffen nachts im Bett gelegen und hatte sich nicht getraut, seine Augen zu schließen. Denn immer, wenn er das tat, tauchte Helenas vom Wahn verzerrtes Gesicht auf und ihre motorischen Auffälligkeiten, die ihm eine Gänsehaut über die Arme jagten.

Wer hätte gedacht, dass hinter dieser starken Frau eine so instabile Persönlichkeit steckte?

Marie schloss die Augen, als sie den Telefonhörer auflegte.

Ihr Verdacht hatte sich bestätigt. Sie hatte mit dem Mitarbeiter gesprochen, der die Tests ausgewertet hatte und für den Bericht verantwortlich war. Die Testreihe war genau mit den beschriebenen Rahmenbedingungen durchgeführt worden. Die wichtigen, die Maries Erfahrung nach fehlten, waren unberücksichtigt geblieben.

Sie hatte sich bedankt und aufgelegt.

Die unvollständigen Ergebnisse könnten sich nun zu einem großen Problem entwickeln, das unbedingt durch eine neue Versuchsreihe inklusive der fehlenden Kriterien auf Herz und Nieren geprüft werden musste.

Dann rief sie die Entwicklungschefin an. Das würde jetzt nicht angenehm werden, aber es ließ sich nicht vermeiden.

„Frau Metzger, Sie müssen sofort eine neue Testreihe wegen des Akkus veranlassen. Die Unterlagen, die ich heute Morgen von Ihnen bekommen habe, haben meinen Verdacht bestätigt, dass die Gefahr einer Überhitzung besteht, was sich besonders in wärmeren Regionen, in die wir exportieren, zu einem Riesenproblem entwickeln kann."

Die Entwicklungschefin schnalzte abschätzig mit der Zunge. „Das glaube ich kaum, Frau Berg. Die Testreihen sind so durchgeführt worden, wie sie sein sollten, und mit *den* Rahmenbedingungen, wie wir das schon immer gemacht haben. Das klappt, ich verstehe was von meinem Job, Sie können mir vertrauen."

Eine solche Reaktion hatte Marie erwartet. „Frau Metzger, ich weiß, dass Sie in Ihrem Fachbereich kompetent sind. Jedoch hatte ich bei meiner alten Firma schon mit genau diesem Problem zu tun. Dort sahen die Zahlen auch erst gut aus, weil bestimmte Randbedingungen nicht in die Standard-Testreihen miteinbezogen worden waren. Und dann wurde plötzlich klar, dass mit dem Akku etwas nicht stimmt. Bereits bei einer Stunde Einsatz in warmen Regionen wie Kalifornien, Texas und Florida gab es Probleme. Ein Viertel der Geräte wurde reklamiert. Das müssen wir unbedingt vermeiden, auch wenn die Entwicklungskosten dadurch teurer werden. So haben wir aber einen enormen Marktvorteil gegenüber unserer Konkurrenz, wenn wir in der Beziehung zuverlässiger sind. Oder möchten Sie, dass in der Zeitung zu lesen ist, dass unsere Akkus nicht sicher sind und die Werkstatt der Kunden zu brennen anfängt? Schlimmer noch deren Wohnhaus?"

Schweigen schallte an Maries Ohr.

„Ich sage nicht, dass das Problem wirklich am Akku liegt", fuhr sie ruhig fort. „Vielleicht hängt es auch mit der Kühlung zusammen. Wir müssen nur schnellstmöglich wissen, ob die Zahlen tatsächlich auf ein Überhitzungsproblem hindeuten. Und wenn ja, wo genau die Schwachstelle liegt und wie wir sie beheben können."

„Das wird den Chefs nicht gefallen. Das kostet uns Zeit und Ressourcen, die wir eigentlich für andere Dinge nutzen sollten", wandte Frau Metzger ein.

„Da haben Sie vollkommen recht, das wird den Chefs nicht gefallen. Aber noch schlimmer wäre es, wenn wir die Geräte produzieren und die Hälfte der Ware zu brennen anfängt und die Presse sich auf unsere Firma stürzt. Von Regressansprüchen ganz zu schweigen. Sie wissen ja, was bei den Siemens-Handys passiert ist. Siemens musste damals wegen eines Produktfehlers dieses Geschäftsfeld komplett einstellen. Eine so große Firma kann die Umsatzeinbußen in einem so kleinen Produktbereich noch verkraften. Wie es einem mittelständischen Unternehmen wie der Firma Winter ergehen würde, will ich mir gar nicht ausmalen."

„Also gut", lenkte die Entwicklungschefin ein. „Ich nehme an, wir sollen gleich morgen früh mit der Testreihe beginnen?"

„Ja. Wenn sie die nächsten Tage durchläuft, wissen wir vermutlich am Montag Bescheid. Tut mir leid, dass für Ihre Mitarbeiter das Wochenende ausfällt. Aber das hat jetzt leider absolute Priorität."

„Da kann man nichts machen", meinte Frau Metzger überraschend pragmatisch. „Worauf genau sollen wir bei den Testreihen achten?"

„Ich schicke Ihnen gleich eine E-Mail mit den betreffenden Angaben."

Gerade, als Steffen seine Sachen zusammenpacken und heimgehen wollte, klingelte das Telefon.

Es war Marie.

Er verfluchte seinen schnelleren Herzschlag, als er sich meldete. Sie würde ganz sicher nicht ihre Entscheidung vom Morgen revidieren. Da brauchte er sich gar keine Hoffnungen zu machen.

„Hallo Steffen", begrüßte sie ihn. „Ich wollte dir nur Bescheid geben, dass wir …"

... doch zusammensein können. Ich liebe dich und mir ist scheißegal, was die Firma dazu sagt, flüsterte Steffens Herz und seine nicht totzukriegende Hoffnung.

„... eventuell ein riesengroßes Problem mit dem Akku haben", beschloss Marie ihren Satz.

Steffen glaubte, sich verhört zu haben. „Wir haben *was*?!"

„Wenn sich mein Verdacht bestätigt, haben wir ein Überhitzungsproblem beim Wechsel-Akku unserer Maschinen." Sie erklärte ihm, was sie entdeckt und welche Erfahrungen sie in den USA damit gemacht hatte.

„Ach du Scheiße", brach es aus ihm hervor.

„Das kannst du laut sagen. Ich habe Frau Metzger angewiesen, gleich morgen mit einer neuen Testreihe zu beginnen und mir zwischendurch Bericht zu erstatten. Am Montag wissen wir dann mehr. Wenn sich mein Verdacht bestätigt, müssen wir schnell handeln und eine Krisensitzung mit allen Verantwortlichen einberufen, damit wir uns realistische und zeitsparende Lösungswege überlegen können."

Mittlerweile hatte Steffen komplett auf Arbeitsmodus umgeschaltet. „Kann ich heute noch irgendetwas tun?"

„Nein, heute nicht mehr. Aber ich würde gern morgen früh mit dir die Daten durchgehen, die mich stutzig haben werden lassen. Dann gehen wir zu unseren Chefs und besprechen mit ihnen das weitere Vorgehen."

Sie erörterten noch ein paar Details, bevor Steffen auflegte.

Oh Mann, das wäre eine Katastrophe, wenn zum jetzigen Zeitpunkt tatsächlich noch etwas mit dem Akku wäre! Die Vorverhandlungen mit Asien waren bereits abgeschlossen. Und der Einkauf hatte seinen Job sehr gut gemacht. Falls man nun alles umschmeißen und neu verhandeln müsste, wäre das mehr als verheerend.

Steffen fuhr heim, betrat seine Wohnung und überlegte, ob er nicht doch auf der Arbeit hätte bleiben sollen. Dann hätten Marie und er die Berichte heute schon durchschauen können und morgen mehr Zeit für andere Dinge, die jetzt in Angriff genommen werden mussten.

Als er gedankenverloren seine Aktentasche abgestellt und das Jackett ausgezogen hatte, klingelte es an der Haustür. Der Klang weckte ungute Erinnerungen. Deshalb meldete er sich am Haustelefon.

„Ich bin's, Nina", antwortete seine Sandkastenfreundin.

Er betätigte den Öffner und machte die Wohnungstür gerade noch rechtzeitig auf, dass Nina mit energischen Schritten in seine Wohnung stürmen konnte. Mit Schwung drehte sie sich zu ihm um und fragte ihn mit großen Augen: „Marie ist deine *Chefin*?! Und du sagst *kein Wort*?!!"

Steffen blinzelte, weil er die Frage nicht erwartet hatte. „Ja, wieso …?"

„So was muss man doch *wissen*!!"

„Warum? Was macht das für einen Unterschied?"

„Es macht *den* Unterschied", begann Nina immer noch ziemlich erbost, „dass ich dich ihr dann nicht wie eine wertvolle Ware angepriesen hätte!" Sie warf ihre Hände in die Luft und stöhnte. „Warum passieren nur immer *mir* diese peinlichen Dinge?!"

Steffen runzelte erstaunt die Stirn. „Wann soll das gewesen sein?"

„Als ihr von IKEA gekommen seid und wir alles ausgeladen haben. Da hat Marie dir auf den Hintern gestarrt, als hätte sie noch nie etwas so Leckeres gesehen. Und später hat sie dir Blicke zugeworfen, als wärst du ein Lolli, an dem sie am liebsten den ganzen Tag lecken würde."

Steffens Stirn legte sich noch mehr in Falten.

„Und dir ist den ganzen Abend über die Zunge herausgehangen wie einem hechelnden Hund, wenn du sie nur angeschaut hast."

„Jetzt übertreib' mal nicht." Er zog ärgerlich seine Augenbrauen zusammen. „So weit habe ich mich schon noch im Griff."

Mann, Nina konnte echt nerven!

„Das ist echt ein Scheiß", fuhr Nina fort, als hätte Steffen gar nichts gesagt, „dass ihr im Geschäft keine Liebelei haben dürft. Und dann ist es nicht mal eine Kollegin, sondern gleich die Chefin, in die du dich verknallst." Nina schüttelte den Kopf. „Du warst noch nie ein Typ für halbe Sachen."

Steffen stöhnte auf. „Ich kann's echt nicht mehr hören. Erst Maximilian, dann Kai und jetzt du." Zu diesem Zeitpunkt hatte er wahrhaft andere Sorgen, als sich mit seiner besten Freundin über sein nicht vorhandenes Liebesleben zu unterhalten. „Und woher weißt *du*, dass sie meine Chefin ist? Hat Kai es dir erzählt?" Kai war wohl doch nicht so zuverlässig, wie Steffen gehofft hatte.

„Nein. Der hat dichtgehalten." Sie schnaubte empört wegen der vielbeschworenen Loyalität unter Männern. „Ich habe es erraten, weil ich etwas über Marie und dich gesagt habe, was bei Kai einen ganz komischen Gesichtsausdruck erzeugt hat. Das hat mich natürlich neugierig gemacht. Und wenn ich neugierig bin, weißt du, wie hartnäckig ich sein kann."

Oh ja, das hatte Steffen schon am eigenen Leib erfahren.

„Ich habe Kai gefragt, was los sei. Weil er jedoch nichts sagen wollte, habe ich herumgeraten und anhand von Kais Reaktion die richtige Schlussfolgerung gezogen", meinte sie stolz.

Dann taxierte sie ihn mit ihren schönen blaugrauen Augen. „Aber irgendwie bist du heute nicht wirklich auf der Höhe, kann das sein? Hast du dich bei Marie angesteckt, als ihr das letzte Wochenende mit Doktorspielchen beschäftigt wart?"

Nach diesen Worten platzte Steffen der Kragen. „Sag mal, musst du immer so respektlos daherreden und mit der Tür ins Haus fallen?!"

Nina blickte ihn konsterniert an und strich sich hoheitsvoll eine dunkle Haarsträhne hinters Ohr. „Du meine Güte, da ist heute aber jemand empfindlich. Kriegst du deine Tage oder was?"

Steffen stöhnte. „Nina, halt einfach deine große Klappe. Mir ist heute nicht nach irgendwelchem Geplänkel. In jedem Bereich meines Lebens ist die Kacke am Dampfen und ich stehe mittendrin."

Nun wurde Nina hellhörig. „Welche Kacke meinst du? Die, in die du dich mit Marie geschaufelt hast? Oder ist noch was Berufliches?"

Steffen winkte ab. „Seit gestern ist die Hölle los."

„Erzähl." Sie griff nach zwei Gläsern und einer Flasche Wasser, die auf der Küchenabtrennung standen. Dann setzte sie sich an den Esstisch und klopfte mit der flachen Hand einladend auf den Stuhl neben sich. „Muss ich wieder losziehen und ein paar böse Jungs verprügeln, weil sie gemein zu dir waren?" Sie grinste. „Diesmal hätte ich sogar noch Verstärkung, wenn ich Kai mitnehme." Sie wiegelte ab. „Nicht, dass ich ihn bräuchte."

Steffen musste wider Willen grinsen. Das war seine Nini.

Schwer ließ er sich auf den Stuhl fallen und schüttelte den Kopf. „Nein, du brauchst diesmal niemanden zu verkloppen." Er schenkte ihnen die Gläser voll und begann zu erzählen: „Dieses Brizzeln zwischen Marie und mir geht schon seit Anfang September.“ Er erzählte Nina kurz von ihrem Kennenlernen in der Bar und dem äußerst heißblütigen Zusammentreffen im Hof. Dann vom Herzinfarkt seines Vaters, von dem Nina natürlich wusste, und dem überraschenden Wiedersehen an Maries erstem Arbeitstag.

Nina machte runde Augen. „Heilige Scheiße!!“

„Das kannst du laut sagen“, nickte Steffen und nahm einen Schluck Wasser. „Wir haben die Wochen seit damals mit Anstand hinter uns gebracht - auf der Arbeit und auch privat. Immer wenn es bei einem von uns gefühlsmäßig kritisch wurde, hat der andere es gemerkt und die Situation entschärft.“ Er rieb sich mit beiden Händen frustriert übers Gesicht und strich sich dann die langen Haare nach hinten. „Und dann hat sich das Schicksal gestern gegen uns verschworen. Den ganzen Tag über befanden wir uns immer wieder in Situationen, die mehr als anregend waren. Die meine Fantasie beflügelten, wie ich es noch nie zuvor erlebt hatte.“ Er beugte sich leicht vor und blickte Nina tief in die Augen. „Stell dir vor, ich hatte mitten in einer Besprechung die Vision, wie Marie vorne steht und für mich strippt, kannst du dir das vorstellen?“

Nina keuchte überrascht auf. „Ist nicht wahr?!“

„Doch. Und ich war auch noch so in dieser Fantasie gefangen, dass mir in Anwesenheit aller Kollegen ein Stöhnen herausgerutscht ist, das ich mit einem Hustenanfall kaschieren musste.“

„Oh mein Gott!“, lachte sie laut auf. „Da hätte ich gern Mäuschen gespielt.“

„Du wärst auf deine Kosten gekommen, das kann ich dir versichern.“ Steffen schüttelte fassungslos den Kopf. „Als ich Marie mittags einen Prototyp vorbeibringen sollte, platzte ich in eine höchst delikate Situation. Sie war gerade dabei, einen halterlosen Strumpf zu wechseln.“

Diesmal grunzte Nina sogar vor Lachen. „Ich sag's doch: Du machst keine halben Sachen!“

Steffen nickte gottergeben. „Und dann standen wir uns gegenüber und schauten uns an und schauten uns an und keiner von uns brachte ein Wort heraus.“

„Ah, das kenne ich auch von Kai“, stimmte Nina zu. „Während der Musikfreizeit gab es bei uns immer wieder Situationen, bei denen ich dachte, ihm bis auf den Grund seiner Seele sehen zu können - so faszinierend waren seine Augen für mich.“

Steffen nickte ebenfalls. „Ja, so ging es mir auch. Jedenfalls hatten wir kaum ein paar Worte gewechselt, als wir uns schon in den Armen lagen und wie hormongesteuerte Teenager knutschten."

Nina grinste bis zum Anschlag. „Das hätte ich gern gesehen. Marie strahlt – so warmherzig, lustig und freundlich sie auch ist – eine natürliche Autorität aus. Aber wenn sie die mal beiseite schiebt, bricht ihr Vulkan sicher mit einer feurigen Macht aus, die einen ziemlich überrascht", mutmaßte Nina.

„Du hast ja keine Ahnung", seufzte er. „Na jedenfalls, bevor es zum Äußersten kommen konnte, sind wir erschreckt auseinandergefahren, weil die Tür zum Sekretariat geklappert hatte. Erst da wurde uns bewusst, was wir gerade im Begriff waren zu tun. Es hätte uns jederzeit jemand überraschen können. Ich will mir nicht ausmalen, was dann passiert wäre." Steffen schloss die Augen. „Und damit nicht genug. Als ich abends heimkam, klingelte es an der Tür und Helena stand plötzlich in meiner Wohnung."

„Helena?! Was wollte *die* denn?", fragte Nina überrascht.

„Sie trug unter ihrem Trenchcoat nichts als Reizwäsche, um mich zu verführen."

Nina machte noch größere Augen.

Steffen erzählte von den kurzen, sehr seltsamen Treffen davor, bei denen sie jedes Mal aufgekratzter und ruheloser gewirkt hatte. „Und dann das Finale gestern mit allem, was in einen guten Thriller gehört: reizvolle Dessous, ein Messer am Hals, erschreckender Irrsinn, Polizei und Krankenwagen. Nur, dass es kein Film war. Das Ganze hat mich mehr erschüttert, als ich sagen kann."

Nina legte ihre Hand warm und tröstend auf die ihres Freundes. „Das hört sich alles an wie aus einer schlechten Telenovela."

Steffen schnaubte kurz auf. „Heute Morgen hat Marie natürlich mit mir noch das obligatorische Gespräch über Grenzen zwischen Chefin und Angestelltem geführt, das ich zwar schon erwartet hatte, das aber mehr geschmerzt hat, als ich gedacht hätte. Und dann ruft sie ein paar Stunden später an und sagt mir, dass wir vermutlich ein Riesenproblem mit unserem neuen Produkt haben, von dem ich dir jetzt nix erzählen darf."

Mitfühlend schnalzte Nina mit der Zunge. „Das wird schon", beruhigte sie ihn. „Marie ist doch so eine Clevere, die wird sicher eine Lösung finden."

„Clever ist sie tatsächlich. Sie hat den Denkfehler heute in den

Unterlagen der Entwicklungschefin entdeckt."

„Uh, dann war die vermutlich ziemlich angepisst."

Steffen nickte nur.

„Hast du das mit Helena schon deinen Eltern erzählt? Nicht, dass unsere Tratschmäuler in Knopfheim das splattermäßig aufbauschen und die beiden dann eine Blut spritzende Hardcore-Version zu hören bekommen, die sie zu sehr aufregt."

„Nein, aber ich wollte gleich rübergehen und es ihnen erzählen."

Nina betrachtete ihn schweigend - ein höchst seltener Zustand bei ihr. „Und wie läuft das mit Marie und dir weiter? Du magst sie sehr, oder?"

Steffen nickte und drehte sein Glas verlegen in den Händen. „Sie ist wundervoll. Wenn ich mit ihr zusammen bin, fühle ich mich ... vollständig. Zufrieden. Im Reinen mit mir und der Welt."

„Du liebst sie", stellte Nina leise fest.

Steffen nickte wieder.

„Eigentlich ist es schon lustig", überlegte sie. „Marie und ich sind uns in vielen Dingen ähnlich. Wir haben beide kurze braune Haare, sind beide pragmatisch und haben einen Humor, der dir liegt. Wir sind direkt und aufgeschlossen ... und doch hast du dich nie für mich interessierst, obwohl du mich schon dein Leben lang kennst."

Steffen schaute sie prüfend an und schüttelt sich. „Nein, keine Chance. Ich kann mich nicht in meinen besten Kumpel verknallen."

Nun wurde Nina doch neugierig. „Aber findest du mich auch nur ansatzweise attraktiv?"

Er überlegte: „Ja, schon. Aber da brizzelt bei mir gar nix."

„Aber bei Marie ...?"

„... fahren meine Hormone Achterbahn", seufzte Steffen und grinste wie ein liebestoller Idiot.

Kapitel 27

Der Freitag war für Marie ziemlich anstrengend.

Morgens hatte sie sich früh mit Steffen zusammengesetzt, um die Daten durchzugehen. Schon bald hatte er ihr zugestimmt, dass es tatsächlich ein Problem geben könnte, wenn man Maries Erfahrung aus ihrer alten Firma zugrunde legte. Ihm selbst wäre diese Unregelmäßigkeit jedoch nicht aufgefallen, gab er zu.

Marie war froh, dass Steffen sich während der ganzen Zeit so sachbezogen und routiniert verhielt. Der heißblütige Zwischenfall zwei Tage zuvor schien völlig vergessen, da es jetzt wichtigere Themen zu bereden gab, als in der gegenseitigen Anziehung zu schwelgen.

Im Anschluss daran waren sie beide zu ihren Chefs gegangen und hatten ihnen berichtet, was sie herausgefunden hatten und was in den nächsten Tagen zur Überprüfung des Verdachts geplant war. Dann wurde die weitere Vorgehensweise besprochen – unter anderem ausgewählten Mitarbeitern Bescheid zu sagen, dass in der kommenden Woche eventuell eine Krisensitzung anstünde.

Danach war Marie bis spätnachmittags beschäftigt mit diversen Telefonaten, Unterlagen wälzen und Recherchen in Fachdatenbanken.

Die nächste Zeit würde sehr arbeitsintensiv werden.

Es war ihr wichtig, sich in der Firma Winter zu beweisen. Sich Respekt zu erarbeiten. Außerdem hatte sie ein großes persönliches Interesse, die Firma mit all ihrer Kompetenz und Energie zu unterstützen, die sie zu bieten hatte.

Um zwanzig Uhr war Marie dann ziemlich fertig – im doppelten Sinn des Wortes. Sie überlegte … An diesem letzten Abend der Arbeitswoche würde sie niemanden mehr telefonisch erreichen oder überhaupt noch etwas ausrichten können. Was sie an dem Tag hatte tun können, hatte sie erledigt.

Während sie ihre Sachen zusammenpackte, merkte sie, wie ihre Gedanken beständig rotierten. Sie musste sich mit irgendetwas ablenken, sonst würde sie in der Nacht nicht schlafen können.

Dann erinnerte sie sich daran, dass die *Wildcats* an diesem Abend ein Heimspiel hatten. Das wäre doch eine willkommene Abwechslung!

Als sie kurz darauf in der Nebenhalle der SAP-Arena stand, spürte sie, wie alle Anspannung von ihr abfiel. Ihre Schultern lockerten sich, ihre Gedanken wurden vom spannenden Spielverlauf gefesselt – und sie konnte wieder befreit durchatmen.

Ihr fiel auf, dass verhältnismäßig viele Zuschauer anwesend waren, um die Wildkatzen in diesem emotional aufgeheizten Spiel anzufeuern. Normalerweise war das Grüppchen der Frauen-Eishockey-Fans bei vielen anderen Vereinen der Liga sehr überschaubar, da die meisten doch lieber die Spiele der Herren verfolgten.

Nicht so in Mannheim, die Eishockey-Stadt seit 1938 war, mit seinen eishockeyverrückten Einwohnern.

Zwar kam die Zuschauerzahl nicht an die der *Pitbulls* heran, dennoch erkannte Marie immerhin einen der beiden Trommler, der auch hier mit vielen Vollblut-Fans in einem Meer von Trikots für richtig gute Stimmung und tosenden Jubel sorgte.

Da würde jede andere Damen-Mannschaft der Liga vor Neid erblassen!

Schnell ließ sich Marie in die wirbelnde Faszination aus Schnelligkeit, explosiver Leidenschaft und tänzerischer Eleganz hineinziehen. Sie bewunderte die leichtfüßige Wendigkeit und meisterhafte Balance einzelner Spielerinnen, aber auch die disziplinierte Kraft, die das ganze Mannheimer Team auszeichnete.

Genau diese Stärken frustrierten die gegnerische Mannschaft, denn sie waren von der offensiven Gewalt der *Wildcats* massiv angefressen.

Nur wenig später gab es in der neutralen Zone einen kontrollierten Körpereinsatz durch eine der Wildkatzen, die eine angreifende Gegnerin stoppen wollte. Diese verlor dabei nicht nur den Stock mitsamt Puck am Schlägerblatt, sondern auch einen Handschuh. Doch bevor sie wegen unvollständiger Ausrüstung zügig vom Eis ging, griff sie aus Frust mit der bloßen Hand zum Pferdeschwanz der Wildkatze, der unter dem schützenden Helm herausschaute. Sie zog kurz und heftig daran, dass es die Mannheimerin von den Kufen holte. Strafe wurde angezeigt und die Gegnerin zur Kühlbox geschickt.

Marie schüttelte nur den Kopf. So etwas hatte sie auch noch nicht erlebt.

Das Spiel ging weiter und sie fieberte mit, feuerte die Mädels auf dem Eis an und stöhnte auf, wenn der Puck das Tor nur um Zentimeter verfehlte.

Dann schoss eine Mannheimer Spielerin wie ein geölter Blitz über die Eisfläche und startete einen Angriff. Marie drückte die Daumen. Nach wenigen Metern jedoch wurde sie von einer Gegnerin seitlich bedrängt, die mit Schläger und Körper versuchte, die Wildkatze von ihrem Vorhaben abzubringen.

Nun war Marie mal gespannt, wie sich die Stürmerin aus ihrer misslichen Lage befreite und ob sie den Angriff noch zu einem positiven Abschluss bringen konnte.

Die Wildkatze ließ sich tatsächlich nicht so schnell entmutigen und wehrte sich, indem sie die Gegnerin mit dem linken Arm auf Abstand hielt und mit dem Schläger in der rechten Hand den Puck nach links zum Tor schlenzte.

Die gegnerische Torhüterin schien mit einer anderen Art von Angriff gerechnet zu haben, denn sie schob sich in die falsche Ecke, wodurch die Hartgummischeibe gute Chancen hatte, durch einen schmalen Spalt zwischen Stange und Schlittschuh zu rutschen.

Marie hielt - wie das gesamte Publikum - den Atem an.

Die Torhüterin versuchte noch, ihren Irrtum zu korrigieren, kam jedoch mit der Kufe an den Puck und schob ihn unabsichtlich ins Tor.

Die Halle glich einem Tollhaus. Es stand vier zu zwei für die *Wildcats*. Ein fantastischer Motivationsschub für die Mannheimer Ladys!

Marie jubelte und schrie und pfiff, weil sie sich so für die Mädels freute. Auf dem Eis bildete sich eine riesige Traube von Spielerinnen, die sich beglückwünschten und begeistert auf der Stelle hüpften - in deren Mitte die Torschützin.

Als das Spiel dann zu Ende war und die Wildkatzen noch mal aufs Eis kamen, um sich von ihren Fans feiern zu lassen, wusste Marie zufrieden, dass sie genau hierher gehörte.

Nachdem Steffen am Samstag früh mit Maximilian Tennis gespielt hatte, fuhr er nach dem Duschen zu seinen Eltern und half seiner Mutter im Garten.

Normalerweise war das das Steckenpferd seines Vaters. Dem war aber seit dem Herzinfarkt schwere körperliche Anstrengung strikt untersagt. Immerhin ging er regelmäßig zum Training einer Herzsportgruppe, wodurch ihm die normale Belastung im Alltag schon leichter fiel. Doch immer noch hatte Steffens Mutter ein strenges Auge darauf, dass er sich nicht übernahm. Und da er an diesem Vormittag bereits das Erdgeschoss ihres Hauses hatte staubsaugen dürfen, lag er jetzt dementsprechend gemütlich und warm zugedeckt bei kühler Luft und Sonnenschein auf der Terrasse. Er durfte seiner Frau und Steffen zusehen, wie sie die Bäume und groß gewachsenen Büsche im Garten in Form schnitten und die Äste auf einen Anhänger luden. Dabei unterhielt sich Steffen angeregt mit seiner Mutter, unterbrochen von kurzen Kommentaren seines Vaters.

Als Steffen das Grünzeug bei einem Sammelplatz für Gartenabfälle abgegeben hatte, gab es ein spätes Mittagessen. Es war wirklich erstaunlich, wie gut seine Mutter ihre Neugierde, was Marie betraf, im Griff hatte. Steffen wollte nämlich nicht lang und breit über sie reden, wenn zwischen ihnen im Moment eh alles auf Eis gelegt war. Denn seine Mutter hatte feine Antennen, was Zwischentöne anging. Sie würde seiner Stimmung sofort anmerken, dass etwas im Argen lag.

Glücklicherweise fragte sie nur, wie es Marie ginge und ob im Geschäft alles in Ordnung sei. Nachdem Steffen seinen Eltern nur kurz von den neu aufgetretenen Problemen in der Firma erzählt hatte, unterhielten sie sich über Helena.

Da Steffen leider gar nichts über den aktuellen Stand der Dinge wusste – er hatte zwar bei der Polizei nachgefragt, hatte aber aus Datenschutzgründen natürlich nichts erfahren –, war das Thema auch schnell abgehandelt.

„Die arme Frau", seufzte seine Mutter. „Wenn sie Depressionen haben sollte, ist das eine ganz heimtückische Krankheit. Ich habe mal eine Frau hier in Knopfheim gekannt, die nach außen hin immer freundlich, lustig und engagiert gewesen war. Wenn es in der Kinder- oder Jugendmannschaft unseres Eishockey-Vereins etwas zu tun oder zu organisieren gab, war sie sofort zur Stelle. Und dann haben wir mitbekommen, dass sie sich irgendwo beim Waldpark in den Rhein gestürzt hat." Sie strich sich gedankenverloren das Haar nach hinten. „Auf der anderen Seite habe ich schon von einigen gehört, bei denen Medikamente und psychotherapeutische Sitzungen auf Dauer gut angeschlagen haben. Hoffen wir das Beste für Helena."

Nachdem Steffen seiner Mutter geholfen hatte, die Küche aufzuräumen, verabschiedete er sich und machte sich auf den Heimweg.

Er schlenderte die beschaulichen Straßen von Knopfheim entlang, die gesäumt waren von Bäumen mit großen Kronen, und genoss das sonnige Wetter. Knopfheim war ein gemütlicher Ort mit kleinen Häusern und nur wenigen größeren, wie das, in dem Steffen lebte. Die meisten Fachwerkhäuser gab es an der Hauptstraße. Doch auch in den Nebenstraßen fand man vereinzelt welche. Neben Kirche, Allgemeinmediziner und Zahnarzt gab es einen Lebensmittelladen, eine Tankstelle und noch so ein paar Angebote, die das Leben in einem kleineren Ort angenehm machten. Zudem eine Grundschule mit Sportplatz und insgesamt drei Kinderspielplätze. Ein Bolzplatz befand sich am Ortsrand.

Er nickte einer Frau zu, die im Vorgarten ihres Einfamilienhauses werkelte. Nebenan mähte jemand Rasen und in einem anderen Garten spielten zwei kleine Kinder Ball. Das goldene Oktoberwetter zog viele ins Freie.

Als ein entgegenkommender Mann ihn freundlich grüßte, konnte Steffen nicht anders, als sein Gegenüber zu veräppeln, weil er ihn schon eine ganze Weile nicht mehr gesehen hatte.

Er schaute den großen Mann befremdet an und meinte: „Und du bist *wer*?"

Der Mann reagierte irritiert und erwiderte: „Ich bin's doch, Sinan."

Steffen schlug sich mit der flachen Hand auf die Stirn. „Ach so, mein Gott! Sinan ‚der Metzger' Gökhan!! Ohne deinen Höhlenmenschenbart von der Zeit vor den Play-offs habe ich dich glatt nicht erkannt!" Dann machte er eine kurze Pause, um sich an Sinans verwirrtem Gesichtsausdruck zu weiden, und boxte ihn spielerisch gegen den Oberarm. „Spaß! Klar kenne ich dich."

Sinan schnaubte. „Du bist echt ein Kasper."

Kopfschüttelnd trollte er sich seines Weges und ließ Steffen grinsend zurück.

Auf einmal hörte er den hänselnden Singsang zweier Mädchen, der ihm allzu vertraut in Mark und Bein fuhr. Er blickte nach links zum Spielplatz und sah, wie sich zwei etwa zehnjährige Mädchen über ein anderes lustig machten, das auf einer Federwippe saß, die durch sein Gewicht fast bis zum Boden gedrückt wurde. Dick war das Kind nicht, aber etwas fülliger und dadurch schwer genug.

Ein altbekannter Knoten bildete sich in Steffens Magen.

Kurz beobachtete er, welche Sticheleien und gedankenlose Gemeinheiten noch abgeschossen wurden und wie das mollige Mädchen mit gesenktem Kopf auf der Federwippe saß und alles kommentarlos über sich ergehen ließ. Dann konnte er nicht anders, betrat den Spielplatz und stellte sich neben das Opfer der Hänseleien. Er wusste, er durfte kein großes Theater um dieses Thema machen. Aber irgendetwas *musste* er einfach sagen.

Die beiden anderen Mädchen verstummten und blickten Steffen neugierig an.

„Hat euch das Mädchen etwas getan, dass ihr so gemeine Sachen zu ihr sagt?", fragte er mit ruhiger Stimme.

Sie schüttelten den Kopf. Dann meinte eine: „Das sieht halt so beknackt aus, wie sie da so tief runterhängt. Und alles nur, weil sie dick ist."

„Eine solche Federwippe ist dafür da, dass man sich weit auf eine Seite beugen kann", gab er zu bedenken. „Und wenn du denkst, das Mädchen sei zu dick, glaubst du dann auch, sie wird schlanker, wenn du sie deswegen verspottest?" Er machte eine kurze Pause, um die Wirkung seiner Frage zu verstärken. „Mit Sicherheit nicht. Das bewirkt eher das Gegenteil. Versetzt euch mal in ihre Lage."

Die beiden Mädchen schwiegen betreten. Das Kind auf der Wippe riskierte einen vorsichtigen Blick in Steffens Richtung.

„Behandelt andere Kinder so, wie ihr auch *von ihnen* behandelt werden wollt."

Dann wandte er sich ab und ging davon. Als er gerade ein paar Meter zurückgelegt hatte, hörte er schnelle leise Schritte hinter sich. Er drehte sich um und sah das mollige Mädchen auf sich zukommen.

Sie blieb vor ihm stehen und druckste herum: „Danke ..." Sie blickte zu ihm hoch. „Die beiden machen das immer wieder, ich weiß nicht, warum."

„Ich hoffe, es wird ab jetzt besser. Aber erfahrungsgemäß macht es solchen Kindern zu viel Spaß, als dass sie aus Einsicht damit aufhören." Er betrachtete das Mädchen und fragte: „Du bist doch die Tochter von Martina Gehl, oder?" Martina Gehl arbeitete im örtlichen Supermarkt an der Wursttheke.

Das Mädchen nickte und erwiderte: „Und du bist der, der kein Eishockey spielt."

Er grinste. Das war hier in Knopfheim das Maß aller Dinge. „Genau. Ich heiße Steffen."

„Saskia", stellte sich das Mädchen vor. „Woher weißt du, dass sie nicht aufhören?"

„Ich habe da als Kind meine eigenen Erfahrungen gemacht. Ich wurde von zwei Jungs aus meiner Klasse jahrelang gehänselt, weil ich ziemlich mollig war."

Steffen spürte den ungläubigen Blick des Mädchens, der an

seinem Körper entlangglitt, aber keine Speckpolster entdeckte.

„Es ist einfach, aber nicht leicht", beantwortete Steffen die unausgesprochene Frage. „Einfach, weil du bald wachsen wirst und dein Körper sich in die Höhe reckt. Nicht leicht, weil man zusätzlich noch die Ernährung umstellen und Sport treiben sollte. Aber es ist durchaus machbar. Dennoch muss jeder seinen eigenen Weg finden." Er machte eine einladende Handbewegung in Richtung einer Holzbank, auf die sie sich niederließen. Dann erzählte er ihr von seinem ganz persönlichen Teufelskreis und den weltbesten Schneckennudeln als Trostessen.

Steffen grinste. „Doch irgendwann wollte ich was ändern. Da war ich vielleicht ein kleines bisschen älter als du. Und was soll ich sagen? Meine ganze Familie und meine beste Freundin haben mich in allem unterstützt. Es hat zwar ein paar Jahre gedauert, aber ich habe es geschafft."

„Und dann war es gut?" Saskia blickte ihn hoffnungsvoll an. Sie hatte ein hübsches Gesicht mit seelenvollen, großen runden Augen und einem niedlichen Grübchen in der Wange.

Steffen zögerte, da er sie nicht anlügen wollte. „In manchen Situationen denke ich immer noch wie ein kleiner dicker Junge."

Enttäuschung machte sich auf Saskias Miene breit. „Dann hat sich *gar* nix geändert? Ist alles gleich geblieben?"

Er schüttelte den Kopf. „Nein, es hat sich vieles zum Positiven verändert – und die Selbstzweifel von damals werden auch immer leiser." Steffen sprach Saskia noch mit ein paar Worten Mut zu und verabschiedete sich dann.

Kaum war er um eine Ecke gebogen und fast zuhause, sah er – wie vom Schicksal heraufbeschworen – jemanden von Weitem auf sich zukommen, den er bereits seit Jahren nicht mehr gesehen hatte – und den er auch nicht mehr so schnell sehen wollte.

Jannis.

Was machte *der* denn hier in Knopfheim?

Wenn Steffen ihn so betrachtete, musste er feststellen, dass sich Jannis gar nicht sehr verändert hatte. Er war für seine Größe immer noch schlaksig, hatte fast dieselbe Frisur wie damals und den gleichen schlendernden Gang. Nur dieses hämische Grinsen, das er permanent zur Schau getragen hatte, fehlte. Er blickte ernst und nachdenklich vor sich hin, während er sich Steffen beständig näherte.

Dass Steffen mittlerweile stehen geblieben war, schien er nicht zu registrieren.

Steffen jedoch spürte ganz deutlich, wie sich alles in seinem Inneren verkrampfte. Wie die Jahre der schrittweisen Befreiung vom Martyrium *Jannis-und-Peter* zusammenschrumpften, als wäre es erst gestern gewesen. Wie auch Steffen wieder zu diesem kleinen dicken Jungen wurde, der den beiden immer aus dem Weg gehen wollte.

Was hatte er Saskia vorhin gesagt? Die Selbstzweifel von damals würden immer leiser werden?

Im Moment hatten sie sich erneut mit einem lauten Brüllen aus der Versenkung erhoben.

Er hasste dieses Gefühl der Schwäche und Machtlosigkeit.

Jannis blickte kurz auf und erstarrte in der Bewegung, als er Steffen entdeckte. Offenbar musste er einen zweiten Blick auf ihn werfen.

Er kam langsam auf Steffen zu, der immer noch wie festbetoniert an derselben Stelle stand und auf die Dinge harrte, die da kamen.

„Bist du nicht Steffen?", fragte Jannis mit gerunzelter Stirn.

„Ja, bin ich." Na, immerhin hatte er das jetzt mit fester Stimme herausgebracht.

Jannis stand schweigend vor ihm und betrachtete ihn mit neutralem Blick. Dann räusperte er sich und meinte: „Du hast dich ziemlich verändert." Er räusperte sich noch einmal, als wenn er einen Kloß im Hals hätte. Dabei huschte sein Blick verlegen zur Seite. „Es tut mir leid, dass ich als Kind so fies zu dir war."

Diese Entschuldigung kam für Steffen so unerwartet wie ein abgelenkter Tennisball, der ihn an der Stirn traf. Da er Jannis offenbar reichlich überrascht anstarrte, erklärte dieser: „Die Nichte meiner Frau ist auch etwas dicker und wird in der Grundschule gemobbt. Ich bekomme aus erster Hand mit, wie sich ein Kind in der Situation fühlt. Das hat mir ziemlich zu denken gegeben und mich an unsere gemeinsame Schulzeit erinnert. Für Peter kann ich nicht sprechen, den habe ich seit dem Abi nicht mehr gesehen. Aber mir tut es wirklich leid."

Steffen nickte zum Dank nur knapp mit dem Kopf. „Besuchst du jemanden hier in Knopfheim?"

„Ja, meine Eltern. Meine Frau und mein Sohn sind auch mitgefahren. Wir übernachten und fahren morgen dann wieder nach

Bielefeld zurück."
„Schön", erwiderte Steffen. „Glückwunsch zu deiner Familie."
„Danke. Hast du auch Kinder?"
Steffen schüttelte den Kopf.
„Ich wünsche dir alles Gute, Steffen, und hoffe, du nimmst meine Entschuldigung an." Jannis streckte ihm die Hand hin, die er ergriff und drückte.
Na, das war doch ein ereignisreicher Heimweg gewesen, dachte Steffen bei sich, als er die letzten Meter zu seinem Mehrfamilienhaus zurücklegte. Nie hätte er gedacht, dass er an diesem Tag dem Schrecken seiner Kindheit über den Weg laufen würde - und dass aus diesem Schrecken ein völlig normaler, einfühlsamer Familienvater geworden war.
So wurde man im Leben manchmal überrascht.

Kapitel 28

Als Steffen am Montag früh aufs Firmengelände fuhr, wusste er schon Bescheid. Er hatte Marie am Sonntagabend - rein geschäftlich natürlich - angerufen, weil er wissen wollte, was bei den Tests herausgekommen war.
Fazit: Es gab ein Überhitzungsproblem.
Woran es tatsächlich lag, würde man noch eruieren müssen.
Nun würden viele, viele Mitarbeiter den ganzen Tag damit beschäftigt sein, Unterlagen zu sichten, Konstruktionspläne zu analysieren, Erfahrungen und Wissen auszutauschen und Ideen zu sammeln. Denn am nächsten Tag würde eine ganze Delegation der Firma Winter für zwei Tage nach Speyer in ein großes Hotel fahren, um in einer Krisensitzung die Ursache mit einer umsetzbaren Lösung zu erarbeiten, dass der zeitliche Verzug und der zusätzliche Kostenaufwand so klein wie möglich gehalten wurden.
Steffen war den ganzen Tag im ständigen Kontakt mit der Entwicklungs-, Versuchs- und Produktionsabteilung, aber auch mit Marie, um sich informationstechnisch abzustimmen. Der Stapel Unterlagen, den er für die zweitägige Sitzung mitnehmen würde, wuchs stündlich.
Abends war er dann ziemlich aufgedreht, als er sich fertigmachte

heimzufahren. Gedanken kreisten in seinem Kopf und lieferten sich Prioritätsgefechte. Immer wieder notierte er auf einem Zettel einen wichtigen Punkt oder speicherte im Handy eine Sprachnotiz ab. Zuhause setzte er sich dann an seinen Geschäftslaptop und arbeitete alles in die Unterlagen ein. Im Anschluss daran versuchte Steffen, endlich zur Ruhe zu kommen.

Kurz nach zehn gab er es auf und tigerte wieder durch die Wohnung. Es kam selten vor, aber heute konnte er einfach nicht abschalten. Lag es nur an der bevorstehenden Sitzung? Am Problem, das sie zu lösen hatten, da ihre Firma sonst ein *wirkliches* Problem hatte?

Oder lag es schlicht und ergreifend an allem, was in den letzten Tagen passiert war – und sich immer mehr aufgeschaukelt hatte?

Nachdenklich betrachtete er das Handy in seiner Hand.

Am liebsten würde er …

Konnte – durfte – er das tun?

Noch einmal warf er einen Blick auf die Uhr. Zweiundzwanzig Uhr achtzehn.

Scheißegal.

Er wählte Maries Kontakt an und wartete, bis es klingelte.

Noch konnte er auflegen.

Doch er tat es nicht.

Nach dem ersten Klingeln hob Marie ab. „Ist etwas passiert?"

Steffen schmunzelte. „Nein. Außer es zählt, dass mich die Arbeit so beschäftigt, dass ich nicht zur Ruhe komme. Lust auf einen Spaziergang?"

„Den Gedanken hatte ich auch schon", gab sie zu. „In fünf Minuten beim großen Spielplatz? Dann können wir um den Baggersee gehen."

Als Steffen dort ankam, wartete Marie bereits. Sie war in einen warmen Mantel gehüllt, der ihr bis zu den Waden reichte. Die Nächte Mitte Oktober waren schon empfindlich kalt, besonders wenn der Himmel sternenklar war.

Wortlos setzten sie sich in Bewegung und gingen an Wohnhäusern vorbei in Richtung Baggersee.

„Ich weiß", begann Steffen, „du hast gesagt, wir sollten privat keine Zeit mehr miteinander verbringen – und ich akzeptiere das auch. Nur heute war ich zu rastlos, weil mir so viele geschäftliche Punkte im Kopf herumgingen, dass mein Anruf fast schon dienst-

licher Natur war."
„Kein Problem. Danke, dass du angerufen hast. Mir ging es ähnlich." Sie vergrub ihre Hände tief in den Manteltaschen und versteckte ihr Kinn im Schal. „Obwohl ich heute eigentlich alles vorbereitet habe, was ich für die Sitzung vorbereiten kann, habe ich vor morgen eine Scheißangst. Es hängt so viel davon ab."

„Du machst das schon. Ich habe vollstes Vertrauen in dich und deine Fähigkeiten", beruhigte Steffen sie und merkte, dass Marie ihm einen erstaunten Seitenblick zuwarf. Er stupste sie mit dem Ellenbogen an und lächelte ihr zu. „Kuck nicht so überrascht. Ich war schon von deinem Wissen beeindruckt, als ich dich damals in der Bar kennengelernt habe."

Sie erreichten den See, auf dem in früheren Wintern immer Eishockey gespielt worden war. Vor Kurzem hatten sie für die Knopfheimer Nachwuchsarbeit eine Kunsteisfläche gesponsert bekommen, auf der sie wetterunabhängig trainieren konnten.

„Das ist so schön", murmelte Marie, die zum sichelförmigen Mond aufblickte, der den See in eine schummrig-silberne Fläche verwandelte.

Genau wie du, hätte Steffen ihr am liebsten gestanden, biss sich aber auf die Zunge.

Sie schlenderten am Ufer entlang, als Marie fragte: „Du warst in den letzten Tagen sehr kühl und abweisend. Lag das an dem, was ich am Tag nach … du weißt schon … gesagt habe?"

Steffen schwieg ein paar Sekunden, um zu überlegen, wie er antworten sollte. Doch in seinem Kopf überschlugen sich seine gefühlsbeherrschten Gedanken und endeten in einem großen wirren Knäuel. „Argsl", war das Einzige, was er herausbrachte. Dann lachte er laut auf und blieb stehen. „Ich bin echt ein Trottel."

Marie drehte sich zu ihm um und blickte ihn fragend an.

„Noch mal langsam: Zuerst muss ich dir voll und ganz recht geben. Solange es in unserer Firma ein ungeschriebenes Gesetz gibt, das Liebesbeziehungen missbilligt, sind für unser beider Überleben Distanz und Grenzen absolut notwendig." Bildete es sich Steffen ein oder wirkte Maries Gesicht im Mondlicht eine Spur resignierter? „Denn seit ich dich das erste Mal gesehen, das erste Mal deinen Humor und deine Intelligenz miterlebt habe, fühle ich mich in deiner Gegenwart absolut lebendig – im schlimmsten Fall bekloppt wie ein hormongesteuerter Teenager."

Nun begann sie zu lächeln. Sie war so schön, wie sie da in der Nacht stand, obwohl er ihre Gesichtszüge nur schemenhaft erkennen konnte.

„Der Zwischenfall in deinem Büro", fuhr Steffen fort, „hat mich heftig aus der Bahn geworfen. Allerdings hatte ich dann an dem Abend in meiner Wohnung ein ziemlich schlimmes Erlebnis, das mir noch immer nachhängt. Deshalb war ich am nächsten Morgen so wortkarg."

Marie zog fragend die Augenbraue hoch und wartete einfach ab.

Dann erzählte er ihr von dem ganzen albtraumhaften Abend mit Helena und seinen Bedenken, inwieweit er durch die Trennung einen Teil der Verantwortung für ihren Zustand trug. Maries Augen wurden bei jedem Satz, den er von sich gab, noch eine Spur größer.

„Es war so schrecklich, sie so zu sehen", gab er zu und unterdrückte eine Gänsehaut, „weil ich Helena völlig anders kenne." Marie griff nach seiner Hand und hielt sie fest. Dieser tröstende Kontakt ließ Steffen innerlich seufzen.

„Mach dir keine Vorwürfe. Sie muss schon eine ganze Vorgeschichte gehabt haben, um einen solchen Aussetzer zu bekommen." Sie machte eine kurze Pause. „Und auch wenn die Trennung von ihr und deine Weigerung, wieder mit ihr zusammenzukommen, vielleicht dazu beigetragen haben, hätte auch irgendetwas völlig anderes der Auslöser sein können. Zum Beispiel wenn ein Kollege ihr etwas verweigert hätte oder ein Verkäufer im Laden ihr dumm gekommen wäre."

Maries Worte waren sicherlich richtig und auch tröstlich, aber bei Weitem nicht so tröstlich wie seine Hand in ihrer. Händchenhalten war die beste Erfindung überhaupt, stellte er fest. Er wollte Maries Finger nie wieder loslassen. Zum Glück schien es ihr ebenso zu gehen, da sie seine Hand noch immer festhielt, als sie weitergingen.

„Ja, vermutlich hast du recht", lenkte Steffen ein. „Nur kam am nächsten Morgen auch noch das Gespräch mit dir dazu, das mich unendlich frustriert hat, obwohl ich die Notwendigkeit absolut einsehe – und dann zusätzlich das Problem mit dem Akku." Er schüttelte den Kopf. „Einfach zu viel auf einmal. Wahrscheinlich konnte ich heute Abend deshalb so schlecht abschalten."

Schweigend schlenderten sie Hand in Hand am Seeufer entlang.

Am liebsten hätte Steffen Marie an sich gezogen, um mehr von ihrem weichen Körper zu spüren. Und besonders gern hätte er sie mit zärtlichen Küssen beglückt, bis ihr schwindelig wurde.

Doch das durfte er nicht riskieren.

Er musste bescheiden bleiben und zufrieden sein mit dem, was er von ihr bekam.

Mehr, als ihre Hand zu halten, würde - nach dem heißen Intermezzo in ihrem Büro - seine Selbstdisziplin zudem auf eine nicht zu bestehende Probe stellen.

Und dann gestand ihm Marie etwas, das sein Herz ins Stolpern brachte.

„Mir geht es genauso wie dir", bekannte Marie leise. „Seit ich dich kenne, ist meine Welt aus den Fugen geraten." Sie erwiderte Steffens schnellen Seitenblick und lächelte. „Auf die positivste Weise, die ich mir nur denken kann."

Sie freute sich, als er wie zur Bestätigung ihre Finger drückte. Dann blieb er stehen und führte ihre Handfläche an seine Lippen, um einen zarten Kuss draufzuhauchen. Im silbrigen Mondlicht.

Gott, war das romantisch!

Spontan legte sie ihre Hand an seine Wange. Schon während des gesamten Spaziergangs hatte sie Steffens Duft eingehüllt und bezaubert. Nun konnte sie diese Erinnerung an ihrer Handfläche mit heimnehmen.

Ob er wohl etwas dagegen hätte, wenn sie ihre Nase an seine Halsbeuge drücken würde und ein bisschen an ihm schnupperte?

Ganz sicher nicht, so zärtlich und gleichzeitig liebevoll wie er sie gerade anblickte.

Doch sie durfte keinen Schritt weitergehen. Ein Kuss, so keusch er auch sein würde, wäre bereits zu viel. Er würde zu mehr - viel mehr - führen. Und wenn sie die Nacht miteinander verbrächten, könnte Marie am nächsten Tag an nichts anderes mehr denken - und das durfte sie sich zu diesem Zeitpunkt nicht leisten.

Eine so wichtige Sitzung nach einer gemeinsamen Nacht wäre *ohne* Steffen schon schwer zu bewältigen - *mit ihm* im selben Raum völlig unmöglich. Zu lebendig wäre die Erinnerung an die erlebten, sinnlichen Stunden, wenn sich ihre Blicke über den Konferenztisch hinweg begegneten. Zu sehr wäre sie von seiner Körpersprache und diesen Händen abgelenkt, die in der Nacht davor mit ihrem Körper beschäftigt gewesen waren. Und wenn er sprach, würde sie an seine Lippen denken, die viele empfindsame Stellen ihrer Haut liebkost hätten.

Also nein, es war einfach der falsche Zeitpunkt, denn sie brauchte ihre Konzentration im Moment für etwas Wichtigeres.

Okay, über Prioritäten ließ sich immer streiten, je nachdem ob sie ihr Herz oder ihren Verstand fragte.

Widerwillig nahm sie ihre Hand weg von seiner Wange, konnte sich aber nicht zurückhalten, doch noch kurz mit dem Daumen über seine Lippen zu streichen - und sich zu wünschen, es wäre ihr Mund.

Steffen stieß einen leisen Laut des Genießens aus, der Marie tief in ihrem Inneren berührte.

„Wir müssen auf jeden Fall warten", murmelte sie widerstrebend, „bis sich das mit dem Akku-Problem geklärt hat, und auch darauf, wie es im beruflichen Umfeld weitergeht."

Steffen nickte nur und hielt weiterhin ihre Finger zwischen seinen verschränkt, während er ihr tief in die Augen blickte.

Dann gingen sie schweigend bis zum Spielplatz zurück und trennten sich einvernehmlich, um jeder für sich allein nach Hause zu gehen.

Helmut Winter erhob sich und alle Gespräche verstummten.

Steffen saß mit fast einem Dutzend anderer Kolleginnen und Kollegen um Punkt neun im voll ausgestatteten Tagungsraum eines Speyerer Hotels. Es wurde von der Firma Winter gern für Klausur-Tagungen gebucht. Steffen war jedoch erst ein Mal hier gewesen. Er war schon gespannt, wie erfolgreich der heutige Tag werden würde.

„Ein herzliches Willkommen Ihnen allen", begrüßte Helmut Winter lächelnd die Anwesenden am großen Tisch. „Mein Bruder und ich freuen uns, dass es so schnell mit einem Termin für diese Krisensitzung geklappt hat und Sie es sich alle haben einrichten können."

Neben Steffen murmelte ein Kollege vor sich hin: „Hatten wir denn eine Wahl?"

Nach ein paar kurzen Worten zum Überhitzungsproblem und der dringenden Notwendigkeit einer praktikablen Lösung gab er das Wort ab an Marie, die die Sitzung leiten würde.

Marie erhob sich mit einem kurzen Nicken und lächelte in die Runde. „Vielen Dank, dass Sie heute gekommen sind, um an einer Lösung des Problems zu arbeiten. Albert Einstein hat schon gesagt: *In jeder Schwierigkeit lebt die Möglichkeit.* Lassen Sie uns für unsere unbequemen Schwierigkeiten einen soliden Lösungsweg finden." Marie lächelte allen aufmunternd zu. „Nur zur Erinnerung, obwohl ich mir sicher bin, dass Sie das alle wissen: Wenn man mit einem Produkt fünf Monate später als geplant auf den Markt kommt, ist es für die Firma viel teurer, als wenn man in die Entwicklung mehr Geld reinsteckt. Denn durch einen verspäteten Markteintritt hat man deutliche Umsatzeinbußen und läuft Gefahr, keinen Fuß mehr auf dem neuen Markt zu fassen."

Da konnte Steffen ihr nur recht geben.

Marie blickte schweigend in die Runde. „In unserem Fall: Wenn wir das Produkt nicht zum Termin X ansprechend verpackt in den Läden stehen haben, brauchen wir es nicht mehr, weil wir unseren Anteil auf dem amerikanischen Markt verschenkt haben." Wieder machte sie eine kurze Pause, um ihre Worte wirken zu lassen. „Wir sind bereits später dran als die amerikanische Konkurrenz – meine alte Firma –, die schon etwas in der Art auf den Markt gebracht hat. Die mussten allerdings bei eben diesem Akku-Problem nachbessern, dummerweise *nachdem* das Produkt längst eingeführt war." Sie beschrieb kurz das technische Problem und informierte über die prozentuale Menge an Rückläufern. „Als stellvertretende Vertriebsleiterin habe ich die Reaktionen der Kunden hautnah miterlebt. Ich kann Ihnen versichern, dass ich mir *das* für die Firma Winter *nicht* wünsche."

Bei diesen Worten blickte sie jeden in der Runde eindringlich an. Nur bei Steffen, so schien es ihm, verweilte sie deutlich kürzer – vermutlich, um sich nicht abzulenken.

„Unser Ziel muss es sein", fuhr sie fort, „uns von der amerikanischen Konkurrenz abzuheben – zum Beispiel mit einem langlebigeren Motor, längerer Akkuleistung oder eventuellen Zusatzfunktionen. In erster Linie jedoch müssen wir das Problem mit der Überhitzung lösen, auch wenn es etwas teurer wird. Wir haben dann der anderen Firma gegenüber den enormen Vorteil, dass wir von Anfang an in der Beziehung besser und zuverlässiger sind – ganz wie es der Ruf der Firma Winter verspricht. Lassen Sie uns also beginnen."

Nach dieser engagierten Eröffnungsrede verabschiedeten sich die beiden Firmenchefs und wünschten allen eine erfolgreiche Sitzung.

Als sie den Raum verlassen hatten, meldete sich der Kollege neben Steffen zu Wort: „Wenn ich das vorab mal so flapsig fragen darf: Dieses Problem besteht wirklich? Wir haben die Produkte schon immer mit den zuerst verwendeten Rahmenbedingungen getestet und hatten nie Probleme mit den Geräten."

„Ja, das Problem besteht wirklich, weil bei den neuen Akku-Werkzeugen ein paar Anforderungen anders sind als bei den alten mit Druckluft. Da muss man noch mal auf neue Bedingungen achten." Sie nickte dem Kollegen aufmunternd zu. „Es ist aber gut, dass Sie das jetzt gleich zu Beginn fragen, weil ich die Erklärung zum Stand der Dinge in meiner Präsentation vorbereitet habe."

Gewohnt routiniert stellte Marie anhand eines kurzen Vortrags die Ergebnisse der ersten Testreihe vor und verglich sie mit denen der aktuellen. Sie wies auf wichtige Unterschiede hin und erläuterte die sich daraus ergebenden Folgen, wie sie sie in den USA erlebt hatte. Zwischendurch stellten manche Teilnehmer Fragen, die Marie mit der nötigen Tiefe beantwortete. Andere machten sich Notizen, während wieder andere entspannt im Stuhl lehnten und sich alles einfach nur anhörten.

„Gemäß Johann Wolfgang von Goethe, der schon gesagt hat: *Ein Problem zu lösen heißt, sich vom Problem zu lösen*, gehen wir nun mental zwei Schritte zurück und betrachten die Sache von weiter weg – oder aus einer anderen Perspektive. Dann können wir sicher einige mögliche Ursachen sammeln." Sie wandte sich an den Akku-Verantwortlichen: „Ich nehme an, Sie haben geprüft, ob die Firma, die die Akkus herstellt, sich genau an unsere Spezifikationen gehalten hat?"

Der Kollege nickte und erklärte, dass das Unternehmen es sich bei der zu erwartenden Auftragsgröße nicht leisten könne, ein mangelhaftes Produkt abzuliefern. „Es könnte natürlich sein, dass unsere Spezifikationen unzureichend sind und wir sie jetzt nach der aktuellen Testreihe anpassen müssen."

Der Kollege vom Einkauf schaltete sich ein: „Das würde neue Verhandlungen mit dem Akku-Lieferanten nach sich ziehen, ob sie das überhaupt so fertigen und zum ausgemachten Datum ausliefern können – und natürlich zu welchem Preis."

„Und dann muss man das Ganze neu testen", gab jemand aus

der Versuchsabteilung zu bedenken. „Das braucht alles Zeit, die wir eigentlich nicht haben.“

Marie nickte. „Deshalb sind wir heute hier.“ Dann wandte sie sich an Frau Metzger: „Oder könnte es auch daran liegen, wie der Akku verbaut ist? Vielleicht können wir das Problem beheben, indem man die Kühlung modifiziert, um unseren jetzigen Akku doch nutzen zu können?“

Frau Metzger räusperte sich und erklärte, dass sie in ihrer Abteilung am Vortag auch schon über diese Möglichkeit gesprochen hätten. Sie seien die Konstruktionen durchgegangen und hätten etwas entdeckt, was als Ansatzpunkt für eine Überarbeitung dienen könne.

„Darf ich es Ihnen kurz vorstellen?“, fragte die Entwicklungschefin.

Als Marie nickte, ging Frau Metzger vor und erklärte den Mitarbeitern mithilfe einer Präsentation, was sie meinte.

Steffen war sehr angenehm überrascht. Frau Metzger verhielt sich sachlich und themenbezogen. Verschwunden war ihre schnippische, besserwisserische Art. Sie schien ganz auf das Problem und seine Lösung konzentriert zu sein – obwohl es sie mit Sicherheit wurmte, dass Marie das Überhitzungsproblem entdeckt hatte und nicht sie.

Bis zum Mittagessen wurden einige Lösungsansätze diskutiert, die von Spezialisten der einzelnen Abteilungen auf ihre Tauglichkeit und Umsetzbarkeit geprüft wurden.

In der Mittagspause saßen dann alle in einem Nebenraum beisammen, in dem sie mit ausgewählten leichten Gerichten bewirtet wurden. Steffen hatte sich zu Marie an den Tisch gesetzt und genoss – neben den angeregten Gesprächen mit vier weiteren Kollegen – ihren Anblick.

Sie trug einen hellgrauen Anzug, dessen Blazer sie fürs Essen abgezogen hatte. Die weiße Bluse war sicher ein Versuch, geschäftsmäßig zu wirken – versagte jedoch auf ganzer Linie. Vielmehr brachte sie ihren langen schlanken Hals zur Geltung und schmiegte sich eindrucksvoll an ihre Rundungen – ganz anders als so manche Blusen, die er schon früher an ihr gesehen hatte. Ihre dunklen Locken schienen am heutigen Tag zudem eine besonders unternehmungslustige Spannkraft zu besitzen, die Steffens Hände vor lauter Tatendrang zucken ließ.

Vielleicht hätte er am Abend zuvor doch seine Finger in dieser Pracht vergraben sollen, um seine Gelüste zu stillen?

Nein, dann wäre es ihm am heutigen Tag noch schwerer gefallen, sich vor Maries Attraktivität zu schützen.

Marie war nämlich eine Frau, die zu allen äußerlichen Vorzügen auch innere Schönheit besaß, die immer wieder unerwartet aufleuchtete und ihn bezauberte.

Als sie ihn wegen eines fachlichen Themas ansprach, fiel ihm das unterschwellige Strahlen in ihren Augen auf, das ihn an ihre gemeinsamen Geheimnisse erinnerte. An ihre schönen, sinnlichen und überwältigenden Geheimnisse.

Zum Glück konnte keiner in diesem Raum Gedanken lesen.

Da sich Maries zauberhaftes Lächeln genau in diesem Moment vertiefte, schien sie dieselbe Überlegung zu beschäftigen.

Stumme Botschaften wechselten heimlich die Besitzer.

Dann blickte sie in die Runde und fragte: „Ich nehme noch einen Espresso. Möchte jemand von Ihnen auch einen?“

Ein Kollege erhob sich mit Marie und Steffen schloss sich ihnen an, weil er sich ihrer Anziehungskraft nicht widersetzen konnte. Am Kaffee-Vollautomaten drückte der Kollege auf die Taste für Espresso und ging mit seinem Tässchen zurück an den Platz.

Während Maries Portion durchlief, fragte sie leise: „Wie geht es dir?“

„Gut. Noch besser, wenn ich mit dir allein wäre.“

Ein zustimmendes Lächeln huschte über ihre Lippen. „Ich habe heute Nacht fast nicht geschlafen. Der Spaziergang gestern hat mich zwar von meinen geschäftlichen Gedanken abgelenkt, aber auf eine andere Art ziemlich aufgewühlt.“

Steffen musste grinsen und kaschierte seinen vermutlich höchst zufriedenen Gesichtsausdruck mit einem Räuspern. „Ich habe sehr gut geschlafen, weil ich deinen Anblick und das Gefühl deiner warmen Hand an meiner Wange mit in mein Bett genommen habe.“

Marie blickte verlegen zur Seite. Dann riss sie sich wieder zusammen, stellte eine neue Espressotasse unter den Auslauf der Kaffeemaschine und drückte für Steffen auf den Knopf.

„Danke“, sagte er und fügte leise hinzu: „Du siehst heute übrigens bezaubernd aus.“

Maries Blick schnellte hoch und er konnte an ihren rosigen

Wangen erkennen, wie sehr sie sich über sein Kompliment freute – auch wenn sie es nach außen hin zu überspielen versuchte.

Steffen schmunzelte zufrieden: „*Erröten ist kleidsam*, meinte schon Oscar Wilde und ich kann ihm absolut zustimmen." Er war froh, dass sie im großen Raum etwas abseits von den Kollegen standen.

„*Ein Erröten zurückzunehmen, haben manche schon der Schande sich geopfert*," gab Marie zu bedenken.

„*Don Carlos?*", fragte Steffen.

Sie nickte.

„*Schelmisches Erröten ist nur ein schillerndes Entweichen des Gedankens.* Wie Thomas Moore frage ich mich natürlich jetzt, welcher Gedanke dich zum Erröten gebracht hat."

Doch Marie schüttelte nur leicht den Kopf und Steffen glaubte fast, ihren beschleunigten Pulsschlag zu hören. „*Weh dem Manne, den weibliches Erröten mutig macht!*, meinte schon Friedrich von Schiller."

„Ich weiß, das ist der völlig falsche Zeitpunkt für einen wagemutigen Schritt." Er grinste nur und nahm einen Schluck von seinem Espresso. „Aber immerhin freue ich mich, dass *ich* hier mit dir stehen darf und nicht Mischa."

„Wieso Mischa?" Maries kaffeebraune Augen sahen Steffen verständnislos an.

„Der hat bei der Renovierung echt gefährlich gelebt." Er senkte kurz und beschämt seinen Blick. „Ich muss gestehen, dass ich an dem Tag schrecklich eifersüchtig auf ihn war. Du hast dich so gut mit ihm verstanden – und er hat so heftig mit dir geflirtet. Am liebsten hätte ich ihn von dir weggezerrt und ihm eine verpasst. So kenne ich mich überhaupt nicht." Er lachte trocken auf. „Jetzt weiß ich immerhin, wie sich Kai den ganzen Sommer lang wegen Nina gefühlt hat."

Maries Lächeln wurde eine Spur wärmer. „Mischa ist ein Schnuckel, mehr aber auch nicht. Da kribbelt gar nichts bei mir – so ähnlich wie bei dir und Nina."

Steffen hatte nicht gewusst, wie dringend er diese Worte aus ihrem Mund hatte hören müssen – bis jetzt.

Marie zwinkerte ihm kaum merklich zu und schaute dann auf ihre Armbanduhr, um anschließend ihren Blick über die Kollegen schweifen zu lassen. Mit ein paar Schritten war sie in der Raummitte und begann mit erhobener Stimme: „Ich hoffe, Ihnen allen hat das Mittagessen geschmeckt. Wer noch einen Espresso nehmen möchte, kann dies jetzt tun. Wir treffen uns in zehn Minuten im Tagungsraum."

Sie drehte sich zu Steffen um und schenkte ihm ein kleines Lächeln, das ihm das Herz wärmte.

Kapitel 29

Nach dem Mittagessen kamen sie gut voran. Marie war wirklich zufrieden. Die Mitarbeiter waren engagiert dabei und dachten mit. Die Ursache für das Überhitzungsproblem wurde weiter untersucht und auf zwei Möglichkeiten eingegrenzt, um nun nach umsetzbaren und zeitlich akzeptablen Lösungen zu suchen.

Während der Kaffeepause am Nachmittag beobachtete sie Steffen unauffällig durch den Raum hinweg. Er wirkte schon den ganzen Tag so ausgeglichen. Zufrieden mit sich und der Welt. Immer wieder entdeckte sie ein ruhiges Lächeln auf seinen schönen Lippen, dessen Ursache sie gern wüsste.

Lag es am gestrigen Abend, der auch in ihr wie ein leises Echo einer wunderbaren Melodie nachschwang?

Sie wagte es nicht zu hoffen.

Dennoch wanderten ihre Gedanken in ruhigen Momenten immer wieder zu der romantischen Szenerie im Mondlicht, die sie verzaubert hatte. Zu Steffens zärtlichen Gesten und zu seinen Blicken, die mehr ausgesagt hatten, als es seine Worte hätten tun können.

Sie ließ ihre Augen kurz über ihn wandern und nahm seine Wirkung in sich auf, bevor sie wieder wegsah. Hellblaues Hemd, passende Seidenkrawatte und ein zufriedenes Lächeln auf den Lippen. Ein selbstsicherer Mann mit charismatischer Ausstrahlung, dem man definitiv einen zweiten Blick zuwerfen würde. Und das Schöne war, man bekam in diesem ansprechenden Paket auch noch kostenlos Freundlichkeit, Zuverlässigkeit, Toleranz, Lebensfreude und Intelligenz mit dazu.

Marie schnappte sich einen Fruchtspieß und ein Gläschen mit einer Dessertcreme, die sie zu ihrem Cappuccino löffeln wollte, und schlenderte zwanglos in Steffens Richtung.

Nur jetzt in der Pause, wenn sie in seiner Nähe war und seinen betörenden Duft einatmen konnte, durfte sie ihren Hormonen erlauben, ein heißes Prickeln durch ihre Adern zu jagen. Sie würde ihren Magen auch nicht davon abhalten, kleine Purzelbäume zu schlagen – ganz besonders nicht, wenn ihr Auftauchen an Steffens Seite seine Augen warm aufleuchten ließ wie sonnenüberflutete Erde.

Es stand schon schlimm um sie. Denn sie wurde von diesem Mann angezogen wie eine Verhungernde vom köstlichen Duft eines Feinschmeckerbuffets.

Bis zum Abendessen verging die Zeit wie im Flug. Steffen bewunderte Maries Art, die Mitarbeiter zu motivieren, zu bestätigen und Ideen aus ihnen herauszukitzeln, die sie wieder einen guten Schritt näher zur Lösung des Problems brachten. Es war offensichtlich, wie sehr sie ihre Arbeit liebte.

Selbst Herr Braun, der vor wenigen Wochen noch mit einem Kollegen auf der Herrentoilette der Firma so despektierlich über Marie geredet hatte, hatte Steffen durch seine Kommentare und Vorschläge zur Sachlage gezeigt, dass sein Respekt für Marie stetig gewachsen war.

Steffen wusste, dass man von jemandem in ihrer Position gewisse Dinge erwarten konnte. Dennoch schaffte sie es immer wieder, ihn damit zu beeindrucken, wie sie die Zügel aus allen Bereichen zusammenhielt und die Abteilungen in die richtige Richtung dirigierte.

Obwohl Steffen nichts mit SM am Hut hatte, keimte in ihm der Wunsch auf, an Maries Zügeln zu hängen und sie die Richtung ihres Liebesspiels bestimmen zu lassen.

Nach den vielen unerfüllten Jahren mit diesen idiotischen Männern sollte sie sich nehmen, was sie brauchte – und er würde sich mit Vorliebe zur Verfügung stellen, um ihr alles zu geben, was er nur konnte.

Verwirrt tauchte Steffen aus seinen unpassenden Gedanken auf und versuchte, den Anschluss an die Diskussion wiederzufinden.

Das durfte doch nicht wahr sein! War es wieder so weit wie letztens in der Besprechung, in der erotische Fantasien seine Konzentration torpediert hatten?

Himmel noch mal!

Aber Maries gekonnte Mitarbeiterführung, ihr Fachwissen und

ihre messerscharfen Schlussfolgerungen übten tatsächlich eine Faszination auf Steffen aus, die ihn scharf machte.

„Ich bedanke mich herzlich bei Ihnen allen für den heutigen Tag. Wir sind weiter gekommen, als ich erwartet habe.“ Marie lächelte den Mitarbeitern zu. „Morgen werden wir dann unsere beiden Lösungskonzepte mit Zeitplan noch detaillierter ausarbeiten, um gerüstet zu sein, egal, welcher sich schlussendlich als der richtige erweist.“ Sie schob ihre Unterlagen zusammen und fragte in die Runde: „Sind alle mit ihren Zimmern zufrieden?“ Die Kollegen nickten. „Durch die kurzfristige Buchung wurden wir, glaube ich, überall im Hotel verteilt. Auf welchen Stockwerken sind Sie untergebracht?“

Verschiedene Zahlen wurden genannt, die Maries Annahme bestätigten. „Jetzt kann jeder bis neunzehn Uhr seine Zeit selbst einteilen. Wir treffen uns dann zum Abendessen im Restaurant des Hotels. Dort wurden Tische für uns reserviert.“

Alle erhoben sich murmelnd und verließen mit Unterlagen unterm Arm den Tagungsraum, bis nur Steffen übrig blieb. Er war immer noch damit beschäftigt, sein Material zusammenzupacken. Marie hegte den Verdacht, dass er sich damit extra Zeit ließ.

Als er aufschaute und ihrem Blick begegnete, bestätigte sein strahlendes Lächeln ihre Vermutung.

Er trat zu ihr. „Na, *Wonder Woman*, wie fühlt man sich, wenn man dabei ist, unsere Firma zu retten?“

Marie musste bei seiner Wortwahl lachen. „*Wonder Woman*. Klar.“ Sie stupste ihm in den Bauch. „Wir sind ein *Wonder Team*, weil wir das alle gemeinsam schaffen werden.“

„Ja, aber ich habe dich heute beobachtet, wie du die Mitarbeiter motivierst. Die Firma Winter kann sich sehr glücklich schätzen, dich auf dieser Position zu haben. Sie hätten keine Bessere wählen können.“

Marie spürte, wie ihr bei Steffens Kompliment die Wärme in die Wangen schoss. Seine Augen blickten ehrlich und sein anerkennendes Lächeln war aufrichtig. „Danke, die lobenden Worte gebe ich gern zurück. Ich bin auch sehr froh, dass kein anderer mein Produktmanager ist als du, weil ich mir keinen besseren vorstellen kann.“

Steffen lächelte zufrieden und hielt ihren Blick.

Marie wusste, dass sie gefährlich nahe dran war, ihre selbstgesetzte Grenze – wieder – zu überschreiten. Immer begann die unvermeidbare Verführung mit diesem langen Blickkontakt, der wie eine zärtliche Annäherung auf sie wirkte und ihr Blut erhitzte. Bei dem sie beide ihre Gefühle ohne Worte austauschten und …

Erst als Marie mit ihren Fingerspitzen über Steffens Lippen gestrichen war, merkte sie, dass ihr Unterbewusstsein sich nicht an das halten wollte, was ihr Verstand diktierte. „Entschuldigung", flüsterte sie.

Plötzlich wandte sich Steffen abrupt ab und stöberte nach etwas in seinen Unterlagen. „… deshalb würde ich vorschlagen, dass wir uns morgen …" Scheinbar überrascht blickte er zur Tür und begrüßte einen Kollegen, der den Tagungsraum betreten hatte, mit den Worten: „Oh, Herr Arens, haben Sie etwas vergessen?"

Meine Herren! Steffen hatte die Situation bravourös entschärft. Marie wollte sich nicht ausmalen, welchen Wirbel es gegeben hätte, wäre der Mitarbeiter nur fünf Sekunden früher hereingekommen.

Herr Arens blickte unter den Tisch an seinem Platz und lachte: „Ah, da hat sich mein Füllfederhalter versteckt." Er bückte sich und ging mit einem kurzen Nicken wieder aus dem Raum.

Marie atmete vernehmbar aus und murmelte: „Das war knapp …"

Steffen zwinkerte ihr zu. „… aber das Geheime erhöht den Reiz."

Er nahm, was er von Marie kriegen konnte – und wenn es nur ihre Fingerspitzen auf seinen Lippen waren.

Er merkte ihr an, wie erhitzt sie war. Der Tag war nicht nur in beruflicher Hinsicht anstrengend gewesen, sondern auch in hormoneller. Jetzt, da sie sich ihre gegenseitige Anziehung eingestanden hatten, bekam jeder Blick und jede Geste eine erregend neue Bedeutung. Und dann spürte Steffen jedes Mal, wie sein Innerstes in sehnsüchtige Aufruhr geriet und sein Testosteronhaushalt verrückt spielte. Deshalb würde er vor dem Abendessen noch kurz unter die kalte Dusche springen, um sich abzukühlen.

Als er kurze Zeit später mit vier Kollegen an einem Tisch im hoteleigenen Restaurant saß, freute er sich, als Marie dazustieß und sich ein bisschen atemlos auf den freien Platz neben ihn setzte. Ihre rosigen Wangen deuteten darauf hin, dass sie sich beeilt hatte. Sie trug eine andere Bluse, musste sich also ebenfalls frisch gemacht haben. Und so kurz ihre letzte Nacht wohl gewesen war, war sie vermutlich auf dem Bett eingedöst. Tatsächlich war sie die Letzte der Belegschaft, die zum Abendessen erschien. Bei den anderen am Nebentisch wurden bereits Getränke serviert.

Während des Essens sprachen sie mit den Kollegen über belanglose Dinge, kehrten aber dann doch wieder zu einigen offenen, fachlichen Fragen zurück, die noch zu beantworten waren.

Die ganze Zeit über war sich Steffen Maries Gegenwart extrem bewusst. Ihr frischer Duft verzauberte ihn. Ihr offenherziges Lachen perlte wie Sommerregen über seine empfindlichen Nervenenden und brachte sie zum Vibrieren.

Wenn sie jetzt nur allein wären …

Marie hatte ihre Ellenbogen aufgestützt, während sie interessiert Herrn Arens Ausführungen folgte – und die Finger vorsorglich ineinander verhakt.

Am liebsten hätte sie ihre Hand auf Steffens Schenkel gelegt und ihn verwöhnt. Aber das ging nicht, weil es die anderen Mitarbeiter am Tisch bemerken würden. So blieb ihr nichts weiter übrig als ruhige Miene zum sinnlichen Spiel zu machen.

Sie hätte sich *doch* an den Nebentisch setzen sollen, um sich seiner verführerischen Ausstrahlung zu entziehen. Dort waren jedoch alle Plätze bereits belegt gewesen.

Dann ritt Marie das kleine freche Teufelchen, das sie immer zu Schandtaten anstiftete, die die vernünftige Marie nie tun würde. Sie schlüpfte aus ihrem Schuh und schob ihren Fuß etwas nach rechts, wo sie Steffens Fuß spürte, an den sie sich schmiegte. Er reagierte natürlich überhaupt nicht auf ihre Annäherung, so gut, wie er sich immer im Griff hatte. Aber er würde es sicher, wie sie ihn kannte, im Stillen genießen …

Gerade als sie überlegte, ihre Zehenspitzen in seinen Hosenaufschlag wandern zu lassen, wurde auf einmal der Fuß weggezogen und Herr Arens entschuldigte sich bei Steffen: „Oh, tut mir leid, ich habe meine langen Haxen zu weit ausgestreckt und bin in Ihr Revier geraten."

Sie erstarrte.

Steffen schien nur leicht verwirrt zu sein. Marie jedoch fühlte sich wie vor den Kopf geschlagen – was sie tunlichst überspielte, indem sie mit den anderen mitlachte.

Sie hatte mit Herrn Arens gefußelt, der Steffen gegenübersaß.

Wie peinlich war das denn?!

Als Steffen ihr einen kurzen Seitenblick zuwarf, merkte sie, dass er eine Vermutung hatte. Eine richtige Vermutung, wenn sie vom Schmunzelgrad seiner Mundwinkel ausging.

Sie schenkte ihm nur ein bestätigendes Lächeln und zuckte leicht mit einer Schulter.

Die Erkenntnis in seinen Augen gepaart mit einem hungrigen Aufblitzen jagte ihr ein heißes Kribbeln über den Rücken.

Dieses Kribbeln wurde nicht besser, als sie nach dem Essen mit ihm und zwei Mitarbeitern bei einem gemütlichen Gespräch in der Bar saßen. Die anderen hatten sich in den Tagungsraum verabschiedet, um noch einige Dinge für den nächsten Tag auszuarbeiten.

Steffens Blick, der gelegentlich auf ihr ruhte, ließ sie Stunde um Stunde mehr in Flammen aufgehen – wobei sie den Verdacht hegte, dass es weniger an der sich steigernden Intensität zwischen ihnen, sondern an Maries temperamentvollen Hormonen lag, die immer heißer für Steffen brannten. Dieses Knistern zwischen ihnen erinnerte sie an eine Wunderkerze, die exzessiv Funken schlug und Maries leicht entflammbares Inneres in Brand setzte.

Und in ihr wuchs der dringende Wunsch, Feuer mit Feuer zu bekämpfen.

Die Glut, die bereits den ganzen Abend zwischen ihnen schwelte, war nicht mehr auszuhalten. Und das Schlimmste, dachte Steffen bei sich: Marie war nicht einmal klar, dass bestimmte kleine Bewegungen und manche Laute, die sie von sich gab, seine Lust noch mehr befeuerten.

Sie war sich ihrer sinnlichen Wirkung absolut nicht bewusst.

Steffen beobachtete, wie Marie einen kleinen Schluck ihres Rotweins nahm und ihn andächtig auf der Zunge genoss. Der kurze genießerische Laut wäre fast im Gespräch der anderen untergegangen. Doch Steffen hatte ihn gehört – und spürte nun, wie sich sein Blut erhitzte.

Ob sie im Bett auch diese leisen Laute von sich geben würde, wenn sich Steffens Lippen mit leidenschaftlicher Begeisterung um jeden Zentimeter ihrer seidigen Haut kümmerten? Und was wäre, wenn sie *mehr* brauchte und er tief in ihre Hitze eintauchte, um ihr eine nie erlebte Euphorie zu schenken?

Wie würde sie sich dann anhören?

Zu allem Überfluss leckte sich Marie gerade kurz, aber genießerisch über die Unterlippe und Steffen konnte nicht umhin zu bemerken, wie feucht und appetitlich sie danach glänzte … Als ob sie …

Er verbot sich jeglichen Gedanken an Oralsex.

Mann-o-Mann! Das ging jetzt schon eine ganze Stunde so.

Marie schien keine erfahrene Weintrinkerin zu sein. Sie trank langsam und in kleinen Schlucken, weshalb ihr Glas nach dieser langen Zeit nicht mal halb leer war.

Da hatte er ja noch so einiges vor sich!

„Herr Thies“, sprach ihn Herr Arens von der Seite an, dass Steffen wie ein ertappter Pennäler aus seiner versunkenen Betrachtung auffuhr. „Sie stieren ja richtiggehend Löcher in die Luft. Sie sind vermutlich genauso müde wie ich.“ Er schmunzelte. „War ein langer, aber auch vielversprechender Tag.“

Steffen nickte nur, zu mehr waren seine Stimmbänder gerade nicht fähig. Er räusperte sich. „Ja, es war ein langer Tag.“

Wie auf Kommando musste Marie gähnen und hielt sich noch rechtzeitig die Hand vor den Mund. „Ich glaube, mein Bett ruft auch. Das halbe Glas Wein hat mich müde gemacht.“ Sie stand auf, während sich Steffen und die beiden Kollegen ebenfalls aus ihren Sesseln erhoben.

Plaudernd gingen sie zum Fahrstuhl und drückten die jeweiligen Stockwerke. Steffen stand mit Marie an der Rückwand, die Kollegen mit dem Rücken zu ihnen davor. Als sich die Fahrstuhltüren schlossen, merkte er, dass Marie heimlich seine Hand ergriff.

Jaaa!!

Steffen spürte, wie sein Herz heftig zu hämmern begann. Dieser überraschende Hautkontakt elektrisierte jede seiner Nervenzellen und gab ihm ein intensives Gefühl von vertrauter Nähe. Durch einen unauffälligen Seitenblick wusste er, dass es ihr ebenso ging.

So fuhren sie bis in den zweiten Stock, wo Marie seine Hand losließ, als beide Kollegen ausstiegen und eine gute Nacht wünschten. Dann schlossen sich die Türen wieder und sie waren allein.

Steffen drehte den Kopf im selben Moment wie Marie. Diesmal ergriff er ihre Hand, während sie zu sprechen begann: „Magst du noch in mein Zimmer kommen, um dich an meiner Minibar gütlich zu tun? Ich bin nämlich am Verhungern."

Da Maries dunkle Augen vor Leidenschaft glühten, konnte sich Steffen denken, welche Minibar und welchen Hunger sie meinte.

Gott steh ihm bei, wenn Marie im Bett mit einer ebensolchen Zielstrebigkeit ans Werk ging wie in ihrem Beruf!

Im Flur zu ihrem Zimmer blickte sich Steffen vorsichtig um, ob irgendein Kollege zu sehen war. Doch Marie beruhigte ihn: „Auf dieser Etage hat von unserer Gruppe keiner ein Zimmer."

In dem Moment fiel bei ihm der Groschen. „Deshalb hast du nach den Stockwerken gefragt …"

Sie lächelte verschmitzt und Steffen konnte sie nur bewundernd ansehen, während sie ihn an der Hand hinter sich herzog.

Schweigend gingen sie mit großen Schritten bis zu Maries Zimmertür, beide in prickelnder Erwartung, was folgen würde. Marie hielt die Karte an den Sensor und drückte nach dem leisen Klicken die Tür auf. Dann drehte sie sich zu Steffen um und legte eine Hand auf seine Brust. „Ich weiß nicht, wer die Krawatte in dieser Form erfunden hat, aber es muss eine Frau gewesen sein, denn für eine Sache ist sie einfach ideal." Mit diesen Worten griff sie nach seiner Krawatte, schlang sie sich um die Hand und zog ihn ins Zimmer.

Diese Entschlossenheit ließ Steffens Blut schlagartig ein Stockwerk tiefer rutschen.

Noch bevor die Tür ins Schloss gefallen war, lagen auch schon ihre Lippen aufeinander und waren in einem feurigen Kuss verschmolzen. Jeder vernünftige Gedanke und jeder Vorbehalt wurden aus Steffens Gehirn gelöscht, als Marie seine Zunge in die seidige Höhle ihres Mundes sog.

Das war der Wahnsinn!

Ungezügelte Lust wallte heiß und intensiv in ihm auf. Er drückte sie neben der Tür an die Wand und glitt mit den Händen in fiebriger Eile über ihren Körper. Er wollte ihre Kurven spüren, sie mit der Zunge verwöhnen und sich dann tief in ihr vergraben.

Als er spürte, wie sie mit flinken, gierigen Fingern sein Hemd aus der Hose zog und leicht über seinen nackten Rücken kratzte, war es vorbei mit seiner Beherrschung. Er packte sie und trug sie auf den Armen zum Doppelbett, das die eine Seite des Zimmers dominierte.

„Übrigens", knurrte er mit vor Leidenschaft belegter Stimme.

„Die Krawatte, wie wir sie heute kennen, wurde Mitte der zwanziger Jahre von dem New Yorker Jesse Langsdorf erfunden. Und ich bin verdammt froh, dass ich eine zum Abendessen angezogen habe. Das war nämlich rattenscharf, wie du mich ins Zimmer gezogen hast."

Als Antwort grinste Marie nur selbstzufrieden.

Kaum lag sie auf dem Bett, fiel Steffen wie ein Verhungernder über ihren Mund her, was ihr scheinbar mehr als willkommen war. Während sie mit ihren Fingern durch seine Haare wühlte, hatte er zügig ihre Bluse aufgeknöpft und zur Seite geschoben. Was darunter zum Vorschein kam, ließ Steffen leise aufstöhnen. Zarte cremeweiße Spitze umfasste ihre vollen Brüste und drückte sie in der Mitte zu einem verlockenden Spalt zusammen. Davon ausgehend spannte sich feiner Stoff über ihren Bauch, der im Bund ihrer Hose verschwand. Steffen konnte nicht anders und vergrub seine Lippen in ihrem weichen Dekolleté.

Schnell hatte er ihre Hose geöffnet und strich sie mit ihrer Hilfe über das Dreieck ihres Spitzenhöschens und ihre endlosen Beine – die wieder von halterlosen Strümpfen bedeckt waren.

Gott sei ihm gnädig!

„Oh Mann, du bringst mich noch ins Grab. Trägst du immer diese Strümpfe?"

„Ja, mich drückt die normale Nylonstrumpfhose in den Bauch", erwiderte sie atemlos vor Erwartung. „Das kann ich nicht leiden."

„Du weißt, dass du mit so etwas Verruchtem ziemlich gefährlich lebst?", knurrte er.

„Wieso? Spiele ich etwa mit deinem Feuer?", fragte sie mit kokettem Augenaufschlag. Sie schien in frecher Stimmung zu sein.

Wie er das an ihr liebte!

„Du könntest dich an mir verbrennen", murmelte Steffen mit heiserer Stimme und zupfte neckend an einer ihrer Locken, die keck über ihr Auge fiel.

„Dieses Risiko nehme ich gern in Kauf", versicherte Marie. Die anschließende laszive Bewegung ihrer Hüften löste ein kurzzeitiges Schwindelgefühl bei ihm aus.

Er schwang sich rittlings auf ihre Unterschenkel und betrachtete sie voll Verlangen. Das Hemdchen endete knapp über ihrem spitzenbesetzten Slip und ließ einen schmalen Streifen weiche Haut frei.

Genüsslich strich Steffen mit seinen großen Händen von ihren Strumpf bedeckten Beinen nach oben, über ihre geschwungenen Hüften, die schlanke Taille bis zu ihren vollkommenen Brüsten. Er wusste, er würde diese Nacht nicht überleben. Aber wenn er abtrat, dann mit einem glückseligen Lächeln.

„Du bist wunderschön", flüsterte er ehrfürchtig und ließ seinen Blick über ihren Körper wandern, bis er bei ihren schokoladenbraunen Augen ankam.

Kapitel 30

Steffens anerkennender Blick machte Marie fast ein wenig verlegen. Sie wusste nicht, welchen Typ Frau Steffen normalerweise bevorzugte. „Du magst Kurven?", fragte sie deshalb und räkelte sich ein wenig, um ihn zu provozieren.

„Da kannst du drauf wetten. Kennst du den Spruch: *Echte Männer stehen auf Kurven. Nur Hunde spielen mit Knochen*? Ich würde dir gern beweisen, dass das voll und ganz auf mich zutrifft."

Er schob den Stoff ihres Hemdchens nach oben und strich mit den Lippen über den nackten Bauch bis hin zu ihren Hüften und runter zu dem spitzenbesetzten Strumpfrand auf ihren Schenkeln.

Wie von selbst gruben sich Maries Finger in Steffens seidiges Haar. Am liebsten hätte sie seinen Kopf zwischen ihre Schenkel dirigiert und seine langen Haare als Zügel missbraucht. Sie stöhnte bei der erotischen Vorstellung auf. Doch jetzt war erst etwas anderes dran.

„Zieh dich aus, du hast viel zu viel an", keuchte sie atemlos.

Steffen richtete sich auf und lockerte den Krawattenknoten. Das Blitzen in Maries Augen ließ ihn innehalten. Ah, sie wollte mehr. Deshalb zog er mit beiden Händen in aller Seelenruhe die Krawatte auseinander, bis er sie träge wegwerfen konnte.

„Ja!", flüsterte sie und fraß ihn schier mit Blicken auf, als er die Knöpfe seines Hemdes langsam – sehr langsam – einen nach dem anderen öffnete und das Hemd über seine Schultern gleiten ließ.

Verschwunden waren die Jahre der Unsicherheit, die immer noch als kleiner Nachhall in Steffen schlummerten. Maries bewundernder Blick ließ ihn die Erinnerung an seine früheren überflüssigen Pfunde und sein schlechtes Selbstwertgefühl vergessen.

„Oh ja, genau so", murmelte sie mit belegter Stimme und griff zu seinem Hosenknopf. Innerhalb kürzester Zeit lag Steffen auf dem Rücken und Marie schälte ihm die Hose von den Beinen.

So, wie sie in ihrem BH-Hemdchen, den Strümpfen und ihrem Höschen auf allen vieren über ihm kniete, übertraf ihr Anblick seine kühnsten Fantasien.

Sein ganzer Körper schmerzte vor Begierde.

Herrgott, sie war so unfassbar sexy, dass Steffen allein schon vom Hinschauen fast gekommen wäre.

Marie leckte sich über die vom Küssen empfindlichen Lippen und blickte auf Steffen hinunter. Er hatte einen überaus attraktiven Körper. Lang, sehnig, athletisch. Ein fester Bauch. Die Brust wenig behaart. Dafür war er mit einer prachtvollen Erektion gesegnet, die ihr bewies, wie sehr er sie begehrte. Für Marie schlicht männliche Perfektion.

Sie strich seine langen Beine nach oben und umfasste ihn. Ein wilder Glanz trat in Steffens Augen, als er verzweifelt aufstöhnte und sein Becken anhob, um einmal nachdrücklich in ihre Faust zu stoßen.

Er war hart wie Eichenholz.

Süße Gier fraß sich durch ihren Körper. Ihre Vernunft schmolz dahin wie Eis in der Sonne. Übrig blieb eine verzehrende Glut, die sie noch mehr entzündete und sich als unerträglich heißes Pochen zwischen ihren Schenkeln sammelte. Sie spürte, wie sie noch feuchter wurde.

„Scheiße! Kondome ... Hast du welche?" Sein verschleierter Blick bohrte sich in ihren. „Sag bitte, dass du ..."

„Ja, natürlich." Ihre Stimme war rau vor Erregung. Sie griff nach einem Päckchen auf dem Nachttisch.

„Dem Himmel sei Dank!", keuchte Steffen erleichtert.

Er setzte sich so auf, dass Marie nah an seinem erwartungsvoll zuckenden, besten Stück saß. Ungeduldig ergriff er ihr BH-Hemdchen und zog es ihr über den Kopf. Und dann wurde er ganz still. Voll Ehrfurcht legte er seine großen Hände um die Rundung ihrer Brüste und liebkoste ihre hart aufgerichteten Spitzen.

Ein gutturales Stöhnen entrang sich ihrer Kehle.

Dieser Mann war noch ihr Tod.

Dunkelrosa, fest und süß lockten ihn Maries reife Knospen, die auf ihren runden Brüsten thronten und seinen Körper vor Vorfreude vibrieren ließen.

Er strich sanft und genussvoll über die Kurven und Täler ihres Oberkörpers. Dennoch wurden seine Hände immer wieder von den weichen Rundungen ihrer Brüste angelockt, deren Brustspitzen er mit den Lippen verwöhnte, bis Marie ungeduldige Seufzer ausstieß.

Dann verschloss er ihren Mund mit einem tiefen, unersättlichen Kuss, der ihr den Atem rauben sollte. Doch der umgekehrte Fall trat ein: Ihre samtige Zunge verhexte ihn so, dass er alles um sich herum vergaß.

Nur seine Hände strichen wie von selbst über ihren nackten Rücken bis hinunter zu den festen Pobacken unter ihrem Spitzenhöschen. Mit zwei Fingern fuhr er den Rand entlang bis zwischen ihre weit gespreizten Schenkel, wo der Stoff bereits durchtränkt war von ihrer Lust.

Whoa, wie ihm das gefiel!

Steffen seufzte zufrieden und glitt unter den Saum des Höschens, um sanft über ihre geschwollene Spalte zu streichen.

Ein Zucken durchlief Maries Körper, wobei sie eine weiche Hüftbewegung machte, dass er unabsichtlich mit den Fingerspitzen in sie hineinglitt.

Marie schrie überrascht auf vor Lust.

Himmel, sie war nass, so nass. Und heiß – und eng.

„Marie …“ Ihr Name prickelte wie Champagnerbläschen auf seiner Zunge und wollte ihn dazu verführen, von ihr zu kosten.

Steffen vergrub sein Gesicht an ihrem Hals.

Sie roch so süß.

Er stöhnte, während er sie mit den Fingerspitzen weiter verwöhnte … und ihre unverfälschte Reaktion genoss …

Er wollte in ihr sein … sich tief in ihrer unvergleichlichen Weichheit vergraben.

Ein frustrierter Laut entfuhr ihm an Maries Hals. Er hielt es nicht mehr lange aus. Er hatte sich eigentlich Zeit lassen wollen bei seinem ersten Mal mit ihr. Doch er schaffte es nicht mehr.

Blind griff er zu den Kondomen, riss eines auf und schob Marie seitlich von sich runter. Als er den Gummi übergezogen hatte, drehte er sich zu dieser wundervollen Frau, die atemlos auf der

Seite lag und ihn streichelte. Dann zog er ihr oberes Bein über seine Hüfte und positionierte sich. Er blickte ihr dabei tief in die Augen, um zu sehen, ob sie bereit für seine Inbesitznahme war. Denn wenn er einmal begonnen hatte, würde er nicht mehr aufhören können.

Niemals.

Als er spürte, wie sie ihm mit der Hüfte entgegenkam, sodass er unabsichtlich mit seiner empfindsamen Spitze in ihre feuchte Hitze glitt, war es um ihn geschehen.

Er ergab sich seinem Schicksal, als ob er einen harten Kampf verloren hätte, und versenkte sich stöhnend mit einem nicht enden wollenden Stoß – und genoss dabei, wie fest er von ihr umschlossen wurde.

Marie stieß einen Schrei der Erlösung aus, der in ein verzücktes Keuchen überging.

Endlich!

Endlich spürte sie Steffen heiß und hart in sich. Er war bereit, ihr selbstlos Freude zu schenken und ihre brennendsten Bedürfnisse zu befriedigen.

„Oh Steffen, das ist so gut", seufzte sie mit geschlossenen Augen. Mit kleinen lustvollen Bewegungen ihres Beckens begann sie, ihn mit ihrem Inneren zu massieren, während er ihr Bein auf seiner Hüfte festhielt.

Oh ja, sie wollte mehr. Sie wollte alles.

Alles, was er ihr zu geben bereit war.

Und dafür würde sie ihre kontrollierte Zurückhaltung ablegen. Sich ihm mit Körper und Geist hingeben und sich einfach fallenlassen. Denn nur so würde sie für sich – und ihn – den absoluten Genuss vergrößern, das spürte sie.

Erneut glitt sie auf ihn und umschloss fest seine eindrucksvolle Härte. Sie zog sich langsam zurück und genoss mit einem tiefen Seufzen, wie intensiv er sie von innen streichelte und über ihren empfindsamsten Punkt rieb. Dann nahm sie ihn wieder vollständig in Besitz.

War das herrlich!!

So hatte sie eine Vereinigung noch nie empfunden.

Bereits nach zwei-drei Stößen, die Steffen nachdrücklich erwiderte, begann sie, genussvoll zu stöhnen, was den Reiz für sie erhöhte. Sie spürte, wie sie sich fester um ihn schloss und die Reibung noch intensiver wurde.

Göttlich!

Was sie fühlte, war reine Glückseligkeit. Mit jedem Stoß steigerten sich ihre Gefühle unfassbarer Süße, die dem seligmachenden Höhepunkt immer näher kamen.

Der himmlischen Erlösung immer näher kamen.

Auch wenn sie noch nicht über die Klippe gesprungen war, wusste sie schon jetzt: All ihre sexuellen Erfahrungen in der Vergangenheit waren endgültig ausgelöscht.

Steffen hatte sie für alle Zeiten und für jeden anderen Mann verdorben.

Steffen verlor sich tief in ihrem flüssigen Feuer. Immer wieder.

Er genoss das Gefühl, wie sein Schwanz bei jeder Bewegung von ihrem Inneren liebkost, gestreichelt und massiert wurde. Sie war eine seidige Faust, die ihn fest umklammert hielt, alles von ihm forderte und ihn gleichzeitig zu einem Höhenflug antrieb, den er in dieser Geschwindigkeit noch nie erreicht hatte.

„Ja", keuchte sie. „Schneller. Härter!"

Das würde er sich nicht zweimal sagen lassen.

Er erhöhte sein Tempo und vertiefte seine Bewegungen, dass sie in kürzester Zeit mit einem Aufschrei kam und ihn in einer heißen Welle mit sich riss.

Steffens Höhepunkt war explosionsartig und ungeheuer intensiv, dass sein unglaublich glücklicher Freund ekstatisch in ihrer engen Höhle zuckte. Sein Körper glühte vor Befriedigung, während er noch mal und noch mal in sie stieß, um sie länger auf der berauschenden Woge der Lust reiten zu lassen, bis auch er mit einem tiefen Grollen in einem Flammenmeer verbrannt war – und schlussendlich beglückt und atemlos neben ihr lag.

„Mein Gott, war das schön", murmelte sie an seinem Hals.

„Mmh", gab Steffen nur zur Antwort.

Mit geschlossenen Augen genoss er Maries Nähe, den unverwechselbaren Duft ihrer Haut, die noch von ihrem Höhepunkt glühte, und die Vertrautheit, die sich wie eine seidige Decke um sie beide legte.

Nie zuvor hatte er ein solch starkes Bedürfnis gehabt, einen intimen Moment für immer festzuhalten. Die Zeit anzuhalten. Er fühlte sich von diesem Wunsch geradezu überrollt – und ihm wurde ganz eng in seiner Brust.

Und dabei ging es ihm gar nicht mal um diesen alles überwältigenden, lustvollen Höhepunkt. Nein. Es war genau dieser Augenblick des absoluten Friedens, wie er ihn nun mit Marie in seinen Armen und seinem Gesicht in ihrem seidigen Haar erlebte. Die vollkommene Zufriedenheit und Liebe, die seinen ganzen Körper durchströmte, bis sich das wilde Schlagen ihrer Herzen beruhigt hatte.

Steffen küsste Marie auf die Stirn. Da sie immer noch völlig entspannt an seiner Schulter – ihre Nase an seinem Hals vergraben – dalag, drehte er den Kopf leicht, um ihr ins Gesicht blicken zu können.

Sie war eingeschlafen.

Ihre weichen Lippen waren einen kleinen Spalt geöffnet und sie atmete ruhig und regelmäßig.

Mann, war das niedlich!

Marie hatte in der letzten Nacht wohl tatsächlich ziemlich wenig Schlaf abbekommen.

Vorsichtig zog er sich aus ihr heraus, ohne sie aus seiner Umarmung zu entlassen. Mit einer Hand entsorgte er das Kondom und zog das Ende der Decke über sich und Marie.

Steffen schlief tief und traumlos.

Dennoch merkte er unbewusst, dass ihm etwas fehlte, weshalb er im dunklen Hotelzimmer aufwachte.

Der Platz neben ihm war leer. Seine Hand spürte jedoch eine Restwärme, die von Maries Körper herrührte. Das Kissen trug noch den Duft ihres Haars, der ihm schlagartig all die Details ihres intimen Liebesspiels in Erinnerung rief.

Es war echt verrückt. Aber er vermisste sie schon jetzt.

Verwirrt überlegte er, wo sie sein konnte. Sie befanden sich schließlich in *ihrem* Hotelzimmer.

Dann hörte er die Spülung und anschließend den Wasserhahn. Ah, sie war im Bad.

Er stellte sich vor, wie Marie – nur bekleidet mit ihren weichen Locken und einem hinreißenden Lächeln – am Waschbecken lehnte. Das goldene Licht der Beleuchtung würde jede ihrer aufregenden Kurven appetitlich schimmern lassen.

Zum Reinbeißen.
Prompt regte sich sein Verlangen.
Steffen schob die Decke weg, weil ihm auf einmal sehr heiß war. Konnte das sein? Er verging schon wieder vor Lust auf Marie.
Was würde sie sagen, wenn er sie im Bad überraschte?
Würde sie ihm freudig entgegenlächeln oder ihn abweisen?
Er stand mit Schwung auf, denn er wollte es unbedingt herausfinden. Immerhin war er so geistesgegenwärtig, nach der Packung mit Kondomen zu greifen.

Marie wusch sich gerade die Hände, als es leise an der Badezimmertür klopfte. Im Spiegel sah sie, wie Steffen seinen Kopf hereinsteckte und ihr zulächelte. „*Da* bist du. Ich habe dich im Bett vermisst."
Steffen war so süß! Sein kleines Geständnis wärmte ihr Herz.
Dann trat er ein und sie entdeckte im Spiegel seine stolze Männlichkeit, die steil aufragte und um Zuwendung bettelte.
Schon spürte sie ein Kribbeln zwischen den Schenkeln.
Oh, Marie, du bist echt unersättlich!
Als Steffen sich mit verschränkten Armen an die geschlossene Tür lehnte, drehte sie sich zu ihm um. Die Art, wie er sie anblickte, ließ ihre Knie weich werden. Wieder einmal konnte sie nicht genug von Steffens Anblick bekommen. Mit seinen längeren blonden Haaren und diesem gewissen spitzbübischen Etwas in seinen Augen wirkte er wie ein Wikinger auf Beutezug.
Dann vertiefte sich sein kleines Lächeln. „Selbst mitten in der Nacht mit verwuschelten Haaren und verschlafenen Augen siehst du hinreißend aus." Seine raue Stimme glich einer Mischung aus Knurren und Schnurren. „Ein Pluspunkt ist sicherlich auch, dass du nichts außer einem Lächeln trägst."
Mit einem Schmunzeln meinte sie: „Ich habe mal von einer Studie gelesen, die besagt, dass Paare, die sich länger als eine Minute in die Augen sehen, sich entweder streiten oder Sex haben. So oft, wie wir uns in den letzten Wochen einfach nur angeschaut haben, wundert es mich, dass wir nicht schon viel früher miteinander geschlafen haben."
„Da kam sicher erschwerend hinzu, dass wir uns zurückhalten mussten, weil du meine Chefin bist." Er grinste. „Laut einer Umfrage würden wohl drei von vier Männern mit ihrer Chefin

schlafen, wenn es ihnen auf der Karriereleiter weiterhilft. Ich bin vermutlich der Einzige, der es aus Liebe tut."

„Aus Liebe?" Marie wagte kaum zu atmen, weil ihr Magen einen Salto schlug und ihr Herz in Jubel ausbrach.

Steffen nickte bedächtig. „Ja, ich habe mich in dich verliebt, Marie." Wie schwerer dunkler Samt streichelte seine Stimme ihre Sinne. „Schon lange. Bewusst ist es mir aber erst geworden, als ich in deinem Büro saß und du nach unserer Knutscherei die Grenzen neu ziehen musstest. Da hätte ich vor Frust laut aufheulen können - wenn ich die Notwendigkeit nicht absolut eingesehen hätte."

Marie richtete sich auf, während Steffen einen Schritt auf sie zu machte und nun fast direkt vor ihr stand. Sie schmiegte ihre Handfläche zärtlich an seine raue Wange und murmelte: „Ich habe mich auch in dich verliebt. In deine Freundlichkeit und Wärme, deine Zuverlässigkeit und deinen Humor. In deinen Wissensdurst ... Weißt du, was Ithyphallophobie ist?"

Als Antwort lächelte er nur und legte besitzergreifend seine Hände auf ihre Hüften. „Die Angst, eine Erektion zu sehen, zu haben oder an eine zu denken. Du leidest aber hoffentlich nicht unter dieser Phobie."

Marie schüttelte den Kopf. „Ganz und gar nicht." Mit diesen Worten umfasste sie seine Hoden und strich langsam nach oben über seine harte Länge, bis er leise stöhnte. „Weißt du, dass der Orgasmus eines männlichen Schweins anscheinend bis zu dreißig Minuten dauert?"

Steffen schloss bei Maries zärtlicher Berührung genüsslich die Augen. „Das glückliche Borstenvieh." Als sie ihn gerade ganz besonders hingebungsvoll streichelte, stieß er ein tiefes Schnurren aus. „Mmh, du machst das hervorragend."

Marie warf einen Blick nach unten auf ihre Finger, die Steffens prachtvolle Erektion verwöhnten. Er war beeindruckend in seiner Größe und Härte, dass allein das Gefühl, ihn in Händen zu halten, ihr heiße Blitze zwischen die Schenkel schießen ließ. Sie war jetzt schon klatschnass.

Sanft strich er über die Rundungen ihrer Brüste und murmelte: „Deine Brüste sind eine Offenbarung Gottes."

Marie seufzte und drückte ihren Rücken durch, um mehr von seiner Hand zu spüren.

Steffen gab ihr einen heißen feuchten Kuss, der ihr zeigte, wie sehr er sie wollte. Dann wanderte er mit den Lippen über ihren Hals und murmelte: „Wie habe ich dich nur verdient? Du könntest jeden haben …“

„… aber ich will nur dich“, erwiderte Marie mit einem genießerischen Seufzen.

Steffen saugte kurz an ihrem Hals, strich mit seinen heißen Fingern über ihre Kurven und drehte sie dann um, dass sie sich mit den Händen auf dem gemauerten Waschtisch abstützen konnte. Im Spiegel sah sie, wie er ihren Nacken küsste und dabei verzückt die Augen schloss.

„Marie“, murmelte er und der Klang ihres Namens aus seinem Mund erinnerte sie an flüssigen Karamell. Klebrig-köstlich und intensiv.

Steffen konnte sich stundenlang mit Maries Körper beschäftigen. Ihre seidige Haut, ihr berauschender Duft, die aufregenden Kurven – all das schürte sein Verlangen und ließ ihn noch härter werden.

Wieder strich er um sie herum zur Vorderseite ihres Oberkörpers und ließ dabei keine Rundung und keine Knospe aus.

Dann suchte er im Spiegel ihren Blick und genoss ihren entrückten Gesichtsausdruck. Sie verging vor Erregung – was sein männliches Ego aufs Angenehmste streichelte.

Er drückte sich von hinten an ihren Rücken mitsamt ihrem appetitlich runden Po und strich von vorne zwischen ihre Schenkel.

Jaaa!!

Seine Fingerspitzen rutschten wie von selbst in die glitschige Spalte, die eine geschwollene, höchst sensible Perle beherbergte.

„Oh-mein-Gott!“, keuchte Marie, als ihr fast die Knie wegknickten.

Steffen unterdrückte ein überaus zufriedenes männliches Grinsen, indem er sich mit seinen Lippen erneut ihrem Nacken widmete. Er liebte es, wie ihre zerzausten Locken seine Nasenspitze kitzelten!

Wieder strich er federleicht über ihren empfindlichsten Punkt. Er war benetzt von süßem Tau, den sie Tropfen für Tropfen für ihn verlor. Ihr Schoß bewegte sich auf seinem Finger, sodass er tiefer in sie hineinglitt – und sie verzweifelt aufstöhnte.

Erst als Marie hektisch mit irgendetwas hantierte, merkte er, dass sie nicht mehr warten konnte. Mit zitternden Fingern riss sie eine Kondompackung auf. Darauf wandte sie sich um und setzte seinem besten Stück das Hütchen auf, um es langsam, aber nachdrücklich herunterzurollen.

Schnell drehte sie sich wieder mit dem Rücken zu ihm, um sich auf dem Waschtisch abzustützen. Und dann wären Steffen fast die Augen aus dem Kopf gefallen, weil sie mit einer bewundernswerten Entschlossenheit ihr Kreuz durchdrückte und ihn ohne Worte bat, endlich Besitz von ihr zu ergreifen.

„Oh Marie, du bringst mich noch um“, ächzte er mit heiserer Stimme, umfasste ihre Hüften und drang langsam, fast schon quälend langsam in sie hinein. Dabei hielt er ihren Blick über den Spiegel und konnte sehen, wie das Entzücken sich einem Feuerwerk gleich in ihren Augen entlud.

Whoa!

Das gab ihm einen solchen Kick, dass er sich zurückzog und sich mit einer entschlossenen Bewegung tief in ihr versenkte.

Herr im Himmel!

Bunte Lichter flogen durch sein Gesichtsfeld und blendeten ihn. Heiße Blitze schossen durch seinen Schwanz, der einen eigenen Willen entwickelte und noch einmal nachdrücklich in sie stoßen wollte.

Die wonnigen Laute, die Marie dabei von sich gab, verblassten in den leidenschaftlichen Wogen, die über Steffen zusammenschlugen. Er musste sie besitzen. Sie zu einem Teil von sich machen, dass sie für immer zu ihm gehörte.

Für immer.

Kapitel 31

Marie spürte im fast unerträglich fiebrigen Gefühlssturm, wie Steffens Finger sich erneut ihren Weg zurück zu ihrem heißen Eingang suchten, der bereits vollkommen von ihm ausgefüllt wurde. Sie strichen über ihren höchst sensiblen Punkt und massierten ihn im gleichen Rhythmus, in dem er in sie stieß – und sich immer wieder quälend langsam aus ihr zurückzog.

Ihr Keuchen wurde lauter, ihre Hüfte drängender.

Sie musste mehr von ihm spüren, mehr von ihm aufnehmen.

Dieses Glücksgefühl, das sie erfüllte, sollte nie vergehen.

Sie liebte Steffen mit jeder Faser ihres Herzens. Er war ihre zweite Hälfte, von der sie noch nicht einmal gewusst hatte, dass sie ihr das ganze Leben lang gefehlt hatte.

Wieder kam Maries Hüfte seiner entgegen und sie merkte, dass nun ein Punkt erreicht war, an dem er sich anscheinend auch nicht mehr beherrschen konnte, denn er bewegte sich schneller und härter - was sie mehr als begrüßte. Mit einem langgezogenen Aufstöhnen warf sie den Kopf in den Nacken und streckte ihren Oberkörper durch, dass sie Steffen noch tiefer in sich spürte.

Rohe sexuelle Lust vermischt mit unendlicher Liebe überrollte sie wie eine Welle, in der sie hilflos unterzugehen drohte. Tief in ihrer Mitte begann der Höhepunkt, sich anzukündigen … und intensiver zu werden. Sie warf einen letzten Blick in den Spiegel und sah, wie Steffen mit zusammengepresstem Kiefer in sie stieß, wobei ihm seidige Strähnen seines langen Haars über die geschlossenen Augen fielen. Die Muskeln seiner Arme waren zum Zerreißen gespannt, während er ihre Hüfte in Position hielt. Er wirkte in seiner Entschlossenheit und Zielstrebigkeit so männlich wie Zeus im Kampf gegen die Titanen.

So erotisch - dass sie den süßen wie auch heftigen Orgasmus nicht mehr aufhalten konnte und mit einem heiseren Aufschrei der Erlösung kam.

Maries unverfälschte Reaktion zu spüren, war ein Aphrodisiakum, das ihn antrieb wie die Peitsche ein Pferd auf der Rennbahn. Bereits beim nächsten tiefen Stoß zerriss es ihn innerlich und sprengte alle Mauern der Zurückhaltung mit voller Wucht.

Steffen vergrub sein Gesicht in ihrem Haar und unterdrückte den dunklen kehligen Schrei, der sich in seiner Brust löste. Noch einmal stieß er in sie und wiegte seine Hüften sanft vor und zurück, um den letzten Rest dieses unglaublichen Gefühls auszukosten.

Da er spürte, wie ihr die Knie nachgaben, stützte er sie mit einem Arm um ihre Taille. Als sich ihre Blicke im Spiegel trafen, nahm Steffen mit Befriedigung Maries gelösten Gesichtsausdruck wahr. „Das war wundervoll. Danke", flüsterte er an ihrer Schulter und küsste sie auf den Nacken. „Lass uns schnell unter die Dusche springen."

Marie konnte nur nicken, da sie immer noch im Zauber ihres

Höhepunkts gefangen war.

Dann überraschte sie ihn, indem sie sich zu ihm umdrehte und seinen Mund mit einer sinnlichen Leidenschaft verschlang, die ihre ganze Dankbarkeit ausdrückte und ihn genussvoll seufzen ließ.

Sie gab ihm das Gefühl, sie küssen zu *müssen*, um am Leben zu bleiben.

Deshalb kümmerte sich Steffen in der Dusche besonders aufmerksam um seine geliebte Marie. Auch wenn er sich gern mehr Zeit gelassen hätte, wusste er, dass sie schnell ins Bett mussten. Ein arbeitsreicher Tag lag vor ihnen und wichtige Entscheidungen, die zu treffen waren.

Er würde sein Leben lang für diese Nacht mit Marie dankbar sein - egal, was noch auf sie zukommen würde. Denn an den Tatsachen hatte sich leider immer noch nichts geändert: Marie war und blieb für die nächste längere Zeit seine Chefin.

Als sie schließlich erfrischt in Maries Bett lagen, kuschelte sie sich an Steffens Schulter und schloss mit einem wohligen Seufzen die Augen. „Bei mir prickelt es immer noch zwischen den Schenkeln. Ich glaube, ich war da noch nie so gut durchblutet wie heute Nacht."

Steffen lachte leise, was Marie als behagliches Brummen in seiner Brust hören und spüren konnte. Ein tiefes Gefühl von Frieden und Erfüllung breitete sich in ihr aus - und ließ ihre Seele zufrieden schnurren.

„Du bist das Beste, was mir je passiert ist", murmelte sie und streichelte über seine nackte Brust. „Es ist so schön, mich im Privaten körperlich und geistig bei dir anlehnen zu können - weil ich weiß, dass du das nie ausnutzen würdest." Sie seufzte leise, als Steffen seine Finger auf herrlich besitzergreifende Art mit ihren verschränkte. „In meinem Leben musste ich bisher immer die ganze Last allein tragen, weil mir kaum jemand geholfen hat - und ich brauchte viel Kraft und Energie für meine Karriere, um in einer Männerdomäne die starke Frau zu markieren. Ich durfte mir keine Fehler erlauben und musste stets entschlossen und kompetent auftreten. Mit dir ist das ganz anders. Alles ist so einfach."

Fasziniert lauschte Steffen Maries Gedanken. Es stimmte. Er fühlte sich gebraucht, wenn sie so weich und anschmiegsam wie ein

Kätzchen war und sie die Rollen tauschten. Im Geschäft arbeitete sie im Vergleich zu ihm auf der machtvolleren Position und musste tagtäglich ihren Sachverstand unter Beweis stellen. Zuhause konnte Steffen mal derjenige sein, der sich um Marie kümmerte. Das genoss er mehr, als er sagen konnte.

„Du beruhigst und erdest mich", fuhr sie fort. „Das hilft mir im stressigen Alltag ungemein. Und ich fühle mich so verdammt glücklich, wenn ich Zeit mit dir verbringen kann."

Gerührt von ihren Worten, zog Steffen sie noch ein bisschen enger an sich: „Du machst mich auch unsagbar glücklich."

Dann hob er ihr Kinn mit einem Finger an und drückte ihr einen liebevollen Kuss auf ihre weichen Lippen, dass sie seufzte.

Nach der puren Leidenschaft ihrer letzten Begegnung berührte ihn dieser Kuss bis in die tiefsten Tiefen seines Herzens.

„Steffen", begann Marie zögerlich. „Ich möchte dir noch etwas sagen. Egal, wie es in der Firma mit uns weitergeht, sollst du wissen, dass du keine kurze Affäre für mich bist. Ich weiß nicht, wie wir das bewerkstelligen sollen, weil ich – ehrlich gesagt – kein ganzes Jahr warten will, bis wir uns in der Firma und der Öffentlichkeit zeigen können …"

Steffen unterbrach sie. „Jetzt muss ich aber doch was nachfragen – nicht, dass du denkst, ich will mich beschweren. Aber ich dachte, du wolltest mit uns eigentlich noch warten, bis das Akku-Problem beseitigt oder sogar die Produktlinie auf dem Markt ist. Und nun haben wir es schon zweimal getan."

Marie zog eine trotzige Schnute, die hinreißend aussah. „Ich wollte aber nicht mehr warten – ich habe in meinem Leben so viel Zeit der Arbeit gewidmet, dass ich ganz vergessen habe zu leben. Und überhaupt sind wir heute ja bereits einen großen Schritt vorwärts gekommen." Sie strich ihm zärtlich durchs Haar. „Ich wollte dir übrigens noch danken, dass du vorhin so viel Rücksicht auf meine Bedürfnisse genommen hast und mich auch so annimmst, wie ich bin – ohne mich verbiegen zu wollen."

„Das ist doch selbstverständlich", murmelte Steffen an Maries Schläfe.

„Nicht unbedingt. Manche Männer haben sich mir gegenüber nicht getraut, sich durchzusetzen. Sie haben sich von meinem beruflichen Erfolg einschüchtern lassen. Ein anderer war sehr dominant und wollte diesen *Fifty-Shades-of-Grey*-Mist mit mir abziehen. Nur wollte er meinen Willen so stark beugen, dass das für mich absolut nicht hinnehmbar war."

Steffen fluchte: „So ein Idiot."

„Ich kann mich einem Mann hingeben, das hast du heute hoffentlich gemerkt. Aber er muss auch mir etwas zurückgeben können. Und ich muss Vertrauen zu ihm haben ... Das war damals nicht der Fall. Außerdem hat einfach diese spezielle Chemie, die ich zwischen uns so genieße, gefehlt. Du hast zwar einen starken Willen, doch eben auch humorvolle Rücksichtnahme. Du akzeptierst mich, wie ich bin, was mich dazu bringt, auch mal freiwillig die Kontrolle über die Situation abzugeben. Bei dir fällt mir das so unglaublich leicht."

Steffen blickte sie schmunzelnd an. „Jetzt hast du dich wieder wachgeredet, kann das sein? Wir sollten aber wenigstens noch ein paar Stunden schlafen, damit wir heute bei der Besprechung einen klaren Kopf haben. Denn wenn wir beide vor Müdigkeit mit der Stirn die Tischplatte küssen, macht das die Kollegen misstrauisch."

Marie lachte leise und gähnte dann. „Eins muss ich dich aber noch passend zur Situation fragen." Steffen blickte sie erwartungsvoll an. „Wann wurde das erste Kondom aus Gummi produziert?"

Steffen grinste. „1855 vom Amerikaner Charles Goodyear, der davor die Vulkanisierung von Kautschuk entdeckt hatte. In Serienproduktion ging es aber erst 1870, das war nach seinem Tod."

„Genau", nickte Marie zufrieden. „Und heutzutage darf ein Kondom nach Deutscher Industrie-Norm erst bei achtzehn Litern Füllmenge platzen. So viel Sperma kann kein Mann produzieren."

„Na ja, vielleicht aber ein männliches Schwein, wenn sein Orgasmus tatsächlich dreißig Minuten andauern kann."

Diese Überlegung brachte Marie so zum Lachen, dass sie fast aus dem Bett purzelte.

Als Maries Wecker sich meldete, wollte sie nicht aufstehen. Mit einem leisen Stöhnen drehte sie sich im Dunkeln von der Bauchlage auf den Rücken und merkte, dass irgendetwas nicht richtig war.

Schlagartig spürte sie die Leere neben sich im Bett, die sich völlig falsch anfühlte.

Steffen war weg.

Sie richtete sich auf und machte das Licht an.

Das Durcheinander in ihrem Zimmer erinnerte sie an die wirbelnde Leidenschaft der letzten Nacht. Ein angenehmes Zittern durchlief ihren Körper.

Dann sah sie einen abgerissenen Notizzettel mit einem Herz darauf. Steffen musste sich wohl in den frühen Morgenstunden zurück in sein Zimmer geschlichen haben. „Vielen Dank für die wunderschöne Nacht", stand darunter. Sie drückte sich das Stück Papier an ihr Herz - wie ein Schulmädchen seinen ersten Liebesbrief - und schloss die Augen.

Sie hatte jahrelang mit einer kalten Leere in ihrer Brust gelebt, die ihr nie aufgefallen war. Erst seit sie Steffen kannte, wusste sie, dass er mit seiner Liebenswürdigkeit, seinem heiteren Wesen und seiner Menschlichkeit diesen Platz ausfüllte - und ein prickelndes Glücksgefühl hinterließ.

Die letzte Nacht mit Steffen war so viel mehr als unglaublich heißer Sex gewesen - auch wenn allein schon das sinnliche Verlangen, das zwischen ihnen pulsierte, sie bis ins Mark erschüttert hatte. Denn jeder Moment war von liebevollem Respekt, tiefer Freundschaft und Akzeptanz durchdrungen gewesen. Und der Liebe als loderndes Feuer, das sie innen und außen wärmte - schützte.

Marie hatte gedacht, dass es ihr schwerer fallen würde, einen Teil ihres Lebens in die Hände von jemand anderem zu legen. Ihn ihm zu überlassen. Doch bei Steffen war es verblüffend einfach gewesen. Er füllte ihr Herz und ihre Seele mit ... sich selbst und seiner Liebe zu ihr.

Sie liebte ihn so sehr. Deshalb fragte sie sich, ob diese Gefühle, die in ihrer Brust tobten, wirklich normal waren. Oder war sie durch die nüchterne Erziehung ihrer Mutter bereits völlig verkorkst? Jedenfalls war die vermeintliche Liebe, die sie früheren Männern entgegengebracht hatte, nicht mit ihren Gefühlen für Steffen vergleichbar, deren Intensität ihr fast die Luft raubte.

Sie fühlte sich mit Steffen lebendig - und erfüllt - wie noch nie.

Steffen steckte sich gerade einen Löffel Obstsalat in den Mund, als Marie den Frühstücksraum betrat. Ihr hübsches Gesicht strahlte eine glückliche Zufriedenheit aus, wie er es bei ihr noch nie gesehen hatte - obwohl sie nur ein kleines Lächeln auf den Lippen trug. Dennoch hatte er die Befürchtung, dass jeder im Raum bemerken müsste, was Marie in der letzten Nacht getan hatte.

Oder fiel nur ihm dieses besondere Strahlen auf, weil er hautnah mit dabei gewesen war?

Marie erblickte ihn, als sie durch den Raum schaute. Ihr Lächeln vertiefte sich, blieb jedoch auf kollegial-freundlichem Niveau. Sie nickte und registrierte offenbar die beiden freien Plätze an seinem Tisch.

Herr Arens, der im rechten Winkel neben Steffen saß, plauderte weiter über Qualitätssicherung und Zeitmanagement - und Steffen hörte mit halbem Ohr zu. Dabei biss er von seinem belegten Brötchen ab und ließ einen Teil seiner Gedanken zu Marie wandern.

Schon die ganze Zeit hatte er gewusst, dass es zwischen ihnen einfach stimmte. Aber nichts hätte ihn auf diese Lawine überwältigender Gefühle vorbereiten können, die er in der letzten Nacht erlebt hatte. So intensiv. So unvergleichlich. Er hatte Marie zu der Seinen machen - sie prägen wollen. Und es war ihm gelungen. Das wusste er tief in seinem Herzen.

Als Marie mit einem gut gefüllten Teller und einer Kaffeetasse zu ihnen trat, fragte sie: „Darf ich mich zu Ihnen setzen?"

„Natürlich, sehr gern", antwortete Herr Arens, der sich - wie auch Steffen - leicht von seinem Platz erhob.

„Vielen Dank", erwiderte sie und setzte sich mit einem zufriedenen Seufzen. „Ich habe einen Bärenhunger nach unserem erfolgreichen Tag gestern." Dabei warf sie Steffen einen ultrakurzen Seitenblick zu, in dem sinnliches Knistern aufblitzte.

Er musste innerlich grinsen. Ihr Hunger resultierte viel wahrscheinlicher von ihrer schweißtreibenden und Kalorien fressenden Beschäftigung der letzten Nacht.

Marie strich sich Butter auf ihr Vollkornbrötchen und fragte ganz unschuldig: „Ich hoffe, Sie hatten eine angenehme Nacht und haben gut geschlafen, meine Herren."

Während Herr Arens noch bejahte, konnte sich Steffen nicht verkneifen zu sagen: „Nein, in der ersten Nacht in einem fremden Bett bekomme ich nie viel Schlaf ab." Am liebsten hätte er sie mit einem Lächeln auf Nuklearfrequenz geblendet. Doch das ließ er lieber sein.

Marie nickte wissend und meinte mit einem kleinen Schmunzeln: „Ja, ich weiß, wovon Sie sprechen, Herr Thies."

Das Frühstück bekam er mit Anstand herum. Wie er aber, fragte er sich eine halbe Stunde später, den Tag überstehen - und sich gegen Maries verführerische Ausstrahlung wappnen – sollte, wusste er nicht. Sie strahlte gleichermaßen Kompetenz und Sex-Appeal aus wie ein Uranstab Radioaktivität.

Absolut tödlich.

Vermutlich musste er sich einen Knoten in den Schwanz binden, damit er den Abend erlebte.

Vormittags wurden weitere Detaillösungen erarbeitet. Der Akku-Verantwortliche gab auf Maries Bitte hin seine Einschätzung ab, ob eine neu gefundene Alternative umsetzbar war, genauso die Spezialisten aus der Entwicklung und Produktion.

Es wurde viel geredet, diskutiert und verworfen. Doch nachmittags zur Kaffeezeit hatte Steffen das Gefühl, sie seien einer erfolgversprechenden Lösung bereits sehr nahe und würden noch an diesem Tage abreisen können.

Als er sich vom Buffet ein kleines Dessert zu seinem Kaffee nahm, trat Marie neben ihn.

„Wir sind sehr gut vorangekommen, findest du nicht auch?“, begann sie in vertraulichem Ton, weil sie etwas abseits von den Kollegen standen.

Als er nur nickte, senkte sie die Stimme und raunte: „Ich vermisse dich.“

Steffens Blut schoss bei diesen Worten heiß durch seine Adern.

Ah, das durfte sie ihm nicht antun! Gerade war er auf seine Selbstdisziplin so stolz gewesen … Marie tat so, als würde sie sich bei der Wahl schwertun: Obstspieß oder Mascarpone-Creme.

Er räusperte sich und nahm einen Schluck Kaffee. „Ich vermisse dich auch. Sehr sogar.“

Sie warf ihm unauffällig einen innigen Blick zu.

Deine liebevollen Berührungen. Deine Wärme. Dein zauberhaftes Lächeln, das nur mir gilt – und das ich dir am liebsten von den Lippen lecken würde …

Steffen spürte, wie erotische Bilder mit der fatalen Wirkung von Gewehrkugeln durch sein Hirn schossen.

Oh Mann! Das war sein Untergang.

Da Maries Blick deutlich an Hitze zugenommen hatte, schien es ihr genauso zu gehen.

„Ich vermute, es ist völlig unangebracht zu fragen, ob ich heute Abend bei dir zuhause vorbeikommen soll?“, fragte Steffen murmelnd.

Marie nickte und schloss genussvoll ihre rosigen Lippen um eine Traube, die auf einem kleinen Spieß steckte. Als sie sie abzog, stöhnte er leise: „Das darfst du mir nicht antun. Nicht hier."

Als sie sich bewusst wurde, was sie da tat und wie es auf Steffen wirkte, verschluckte sie sich an der saftigen Frucht und musste husten … und husten … und husten.

Sie beugte sich dabei vor und stützte die Hände auf die Knie, während er ihr leicht und kollegial auf den Rücken klopfte. Er warf einen um Verständnis bittenden Blick in die Runde.

Als Marie sich beruhigt hatte und sich wieder mit hochrotem Gesicht aufrichtete, tränten ihre Augen und sie fächelte sich Luft zu. „Entschuldigung", krächzte sie an die neugierig blickenden Kollegen gewandt. „Die Traube war so saftig."

Nein!

Steffen durfte nicht an eine besonders pralle und saftige Traube denken, die er am liebsten …

Er unterdrückte mit aller Macht die Gänsehaut, die sich über seinem Rücken ausbreiten wollte, und wandte sich geschäftlichen Themen zu, die zu besprechen waren.

Kapitel 32

Als Marie nach diesen beiden ereignisreichen Tagen im Hotel wieder zuhause im Bett lag, konnte sie nicht schlafen. Sie vermisste Steffen mit einer herzzerreißenden Inbrunst, die ihr völlig fremd war. Nachdem sie eine halbe Stunde mit sich gerungen hatte, schnappte sie sich ihr Handy und schickte ihm eine kurze Nachricht: *Sorry, dass ich so inkonsequent bin, aber ich vermisse Dich.*

Keine dreißig Sekunden später kam die Antwort: *Du kannst wohl auch nicht schlafen, mh? Ich vermisse Dich auch fürchterlich. ;-)*

Marie lächelte, als sie das las, und antwortete: *:-) :-) :-) Wir sollten wenigstens warten, bis die neuen Versuche abgeschlossen sind und wir wissen, ob das die Lösung unseres Problems ist. Oder was denkst Du?*

Marie wartete mit Herzklopfen auf seine Antwort.

Was ich denke? Unfaire Frage … Mein Herz schickt mich zu Dir, um Dich jetzt sofort in meine Arme zu schließen und Dich um den Verstand zu küssen. XOXOX Meine Vernunft rät mir, grundsätzlich nichts mit meiner Chefin anzufangen, und will mich in Ketten legen. ;-)

Marie musste grinsen und tippte: *Scheiß Vernunft.* Dann fügte sie noch an: *Allerdings will ich auch nicht warten, bis wir in einem Jahr die Produkte auf dem Markt haben und ich womöglich nicht mehr Deine direkte Vorgesetzte bin. Vielleicht finden wir einen Kompromiss, indem wir die Versuchsreihe abwarten und uns dann erst privat treffen, wenn klar ist, wie es weitergeht.*

Steffen antwortete postwendend: *Dann haben wir aber immer noch ein Problem mit dieser einen speziellen Firmenregel …*

Marie war das mittlerweile egal. Sie war nicht bereit, etwas aufzugeben, das sie so glücklich machte … so erfüllte. *Scheiß drauf. Was soll schon passieren? Die schicken bestimmt nicht die Moralpolizei und lassen uns festnehmen.*

Steffen gab zu bedenken: *Nein, aber sie könnten uns feuern.*

Sie schüttelte den Kopf, obwohl er es nicht sehen konnte und tippte: *Sicher nicht, weil sie besonders in dieser wichtigen Phase auf uns beide angewiesen sind.*

Am liebsten hätte sie Steffen angerufen und persönlich mit ihm gesprochen. Doch sie traute ihrem Herzen nicht. Wenn sie seine warme Stimme hörte, würde ihr alles noch schwerer fallen und es würde damit enden, dass sie ihn doch für diese Nacht in ihr Bett einlud. Die anonymen sachlichen Buchstaben ihrer Nachrichten halfen ihr, Distanz zu wahren – auch wenn seine liebevollen Worte sie zum Gegenteil verführten.

Sie texteten noch eine ganze Weile, bis Steffen – eigentlich wäre das ja ihre Aufgabe gewesen – einen auf vernünftig machte und sich verabschiedete: *Es ist schon spät. Ich wünsche Dir eine erholsame Nacht voll süßer Träume. :-) Wir sehen uns morgen. Ich liebe Dich. :-) :-) :-)*

Marie drückte ihr Handy an ihre Brust und seufzte. Dann schickte sie ihm ebenfalls einen Gute-Nacht-Gruß, von dem er träumen konnte, und löschte das Licht.

Der Donnerstag war in sämtlichen Abteilungen erfüllt von geschäftiger Betriebsamkeit. Die Ergebnisse der Krisensitzung wurden nachbereitet und die Umsetzbarkeit geprüft. Am nächsten Tag trafen sich dann alle in der Firma zur Nachbesprechung.

Steffen fiel es schwer, seine professionelle Distanz zu Marie aufrechtzuerhalten. Doch irgendwie ging es. Dadurch, dass sie sich privat nicht trafen, sondern sich nur kurze Nachrichten schrieben, gab es weniger, das seinen Hormonhaushalt durcheinanderbringen konnte. Nicht auszudenken, wenn er jede seiner Nächte heimlich mit Marie verbringen würde und sich tagsüber dann mit unzähligen erotischen Erinnerungen herumschlagen müsste!

So war es definitiv leichter.

Am Freitagabend war er erst gegen sieben zuhause, weil es vor dem Wochenende noch viel zu besprechen gegeben hatte. Um nicht in eine frustrierende Marie-leere-Wochenend-Depression zu verfallen, plante Steffen für Samstag, mit Maximilian Tennis zu spielen, und für Sonntag, seine Eltern zum Mittagessen zu besuchen. Wenn auch sein Bruder mit Freundin kommen würde, wäre das eine gute Ablenkung für Steffen.

Zufrieden kochte er sich eine Kleinigkeit zum Abendessen.

Gerade, als er begonnen hatte, die Küche aufzuräumen, klingelte es an der Haustür. Mit einem vertraut mulmigen Gefühl meldete er sich über die Haussprechanlage und hörte, wie eine männliche Stimme antwortete: „Buck, guten Abend. Meine Tochter war vor Kurzem bei Ihnen …"

In Steffen wurde alles still.

Helenas Vater befand sich vor seiner Tür … um was zu tun?

Die Bilder, wie Helena in Steffens Wohnung gestanden und sich mit irrem Blick das Messer an die Halsschlagader gehalten hatte, kamen mit aller Gewalt zurück.

Würde er Steffen Vorwürfe machen, dass er schuld am Zustand seiner Tochter war?

Oder würde er gar handgreiflich werden und Steffen körperlich attackieren?

Seine Fantasie bekam eine eigenwillige Dynamik, da er dem Mann vorher noch nie begegnet war.

Aus Schaden klug betätigte er nicht den Türöffner, sondern ging die kurze Treppe zur Haustür hinunter und öffnete selbst, damit er die Kontrolle über die Situation behielt.

Doch der Mann, der vor ihm stand, strahlte absolut keine Aggressivität aus. Eher machte er – trotz guter Kleidung – einen zusammengefallenen Eindruck, mit grauer Haut und müden Augen. Er war Ende sechzig und einen halben Kopf kleiner als Steffen.

Er schien verlegen, als er zu sprechen begann: „Herr Thies, ich habe ihre Anschrift aus dem Adressbuch meiner Tochter. Sie hat ihren Namen öfter erwähnt. Ich wollte vorbeikommen, um mich auch im Namen meiner Frau bei Ihnen zu entschuldigen …"

Weiter ließ Steffen ihn nicht reden. Helenas Vater sollte nicht wie ein Bittsteller vor einer fremden Haustür stehen, wo er sich vor aller Augen erniedrigte. Deshalb bat er ihn herein.

Als sie am Esstisch saßen – der Vater ironischerweise auf dem Platz, auf dem auch seine Tochter noch vor Kurzem gesessen hatte –, bot er Herrn Buck etwas zu trinken an. Der lehnte jedoch ab und Steffen merkte ihm an, wie er sich sammeln musste.

„Herr Thies, ich weiß nicht, wie ich beginnen soll. Was hier bei Ihnen passiert ist, ist unverzeihlich und für uns immer noch unverständlich."

Steffen wiegelte ab, weil er den Kummer des Mannes nicht noch vergrößern wollte.

„Meine Frau und ich haben vermutlich einfach zu lang unsere Augen verschlossen vor den kleinen Auffälligkeiten, die unsere Tochter jahrelang begleitet haben. Wir wollten nicht wahrhaben, dass etwas nicht mit Helena stimmte. Aber diese leichten depressiven Phasen in den letzten zehn Jahren waren ja nie wirklich schlimm gewesen. Und es ging ihr danach auch immer wieder gut."

Herr Buck blickte ihn aus wässrig-blauen Augen um Verständnis bittend an. Dann senkte er den Blick und starrte auf die Maserung des Holztisches. Steffen ließ ihm Zeit, seine Gedanken zu sortieren und sein Herz zu erleichtern.

„Sie zeigte sich nach außen immer dynamisch und gut gelaunt, ging in ihrem Beruf auf und konnte schnell Kontakte knüpfen. Nach außen hat sie funktioniert. Jetzt wissen wir, dass sie sich einfach nur gut hatte zusammenreißen können. Meine Frau und ich haben ihren Zustand zu oft verharmlost oder sogar nicht wahrhaben wollen."

„Bin ich irgendwie an etwas schuld, dass sie so heftig reagiert und diese Grenze überschritten hat?" Steffen musste fragen. Dieser Gedanke hatte ihn in der letzten Woche ziemlich beschäftigt.

„Nein, jedenfalls nicht direkt." Herr Buck blickte ihn nachdenklich an und gab dann traurig zu: „Die Trennung von Ihnen vor über einem halben Jahr war aber vermutlich der letzte Tropfen, der das Fass zum Überlaufen gebracht hat. Ich mache Ihnen jedoch keinen Vorwurf, dass Sie mich nicht missverstehen." Er atmete tief durch. „Auf einmal stellte Helena ihr Leben infrage und bekam noch mehr Selbstzweifel. Sie suchte in ihrem rastlosen Alltag Beständigkeit und die Erfüllung von irgendwelchen Wünschen, die sie nicht benennen konnte. Sie verfiel in eine schwere Depression. Das letzte halbe Jahr war sie krankgeschrieben."

Jetzt war Steffen mehr als überrascht. Bei seinem ersten zufälligen Treffen mit Helena Ende September hätte er so etwas nie und nimmer vermutet. Da hatte sie souverän und aufgeschlossen gewirkt.

Stabil.

„Wir haben versucht, sie zu überreden, sich behandeln zu lassen", fuhr Herr Buck in seiner Erzählung fort. „Doch sie hat sich in den letzten Monaten zweimal selbst entlassen, weil sie nicht in der Klinik bleiben wollte." Er wirkte, wenn überhaupt möglich, noch etwas niedergeschlagener.

Steffen spürte einen leichten Druck in der Brust. Helenas Vater tat ihm schrecklich leid. Solche Schicksale waren immer schwer zu verkraften. Aber um wie viel schlimmer war es für Eltern, so etwas mit ihrem - wenn auch schon erwachsenen - Kind durchstehen zu müssen?

Herr Buck räusperte sich. „Nach dem Vorfall bei Ihnen war sie für die vorgeschriebene Dauer von drei Tagen zwangseingewiesen und hat danach glücklicherweise erkannt, dass sich etwas in ihrem Leben ändern muss." Auf Steffens fragenden Blick ergänzte er: „Sie ist noch in der Klinik und bekommt starke Medikamente. Wir müssen aber abwarten, welche Mittel bei ihr anschlagen. Das ist anscheinend bei jedem immer ein wenig anders, meinte der Arzt, und kann noch ein bisschen dauern. Immerhin hat sie sich mit einer Psychotherapie einverstanden erklärt." Er seufzte leise.

Nach einer kurzen Pause meinte Steffen: „Herr Buck, ich weiß nicht, was ich sagen soll. Mir tut das alles auch für Helena sehr, sehr leid. Wir waren ja nur so kurz zusammen, dass mir etwas in der Art nie in den Sinn gekommen oder bei ihr aufgefallen wäre. Ich wünsche Ihnen und Ihrer Frau für die nächste Zeit viel Kraft."

Herr Buck schenkte Steffen einen dankbaren Blick. „Danke, Herr Thies."

„Möchten Sie jetzt vielleicht etwas trinken?", fragte er. „Ein Glas

Wasser, Saft oder doch etwas Stärkeres?"

„Ein Glas Wasser wäre schön. Ich muss noch fahren."

Als Helenas Vater den ersten Schluck genommen hatte, blickte er Steffen fest an. „Wir hoffen, dass die Medikamente und die Psychotherapie bei ihr anschlagen und sie dann wieder in Ordnung kommt. Wir müssen einfach optimistisch sein, sonst ist das Leben nicht lebenswert." Er machte eine kurze nachdenkliche Pause. „Meine Frau und ich haben auch schon überlegt, zurück an den Bodensee zu ziehen, wo unsere ganze Verwandtschaft lebt. Dort ist der Alltag beschaulicher als hier in der Großstadt. Helena würde es ebenfalls guttun, gerade weil sie einen so stressigen Beruf hat. Aber wer weiß, ob sie den noch ausüben kann." Er seufzte und nahm einen Schluck Wasser. „Wir werden sehen. Eins nach dem anderen."

Steffen nickte. „Ja, ich denke, das ist eine gute Einstellung."

Als Helenas Vater gegangen war, setzte sich Steffen auf die Couch und dachte: *Armer Mann.*

So konnte das Leben spielen. Der eine fand die Liebe seines Lebens und war glücklich wie noch nie. Eine andere hatte eine fixe Idee von der Liebe ihres Lebens, die sie in die Psychiatrie brachte.

Steffen schüttelte den Kopf und nahm einen Schluck Wasser, um den bitteren Nachgeschmack von Herrn Bucks Neuigkeiten hinunterzuspülen.

Er würde Marie und Nina am Wochenende auf den neuesten Stand bringen. Das musste er tun, weil Helena – wenn auch nur für kurze Zeit – ein Teil seines Lebens gewesen war.

Während der ganzen Arbeitswoche war viel zu tun gewesen. Steffen hatte einige Termine mit Marie gehabt, um den Stand der Dinge zu klären und Informationen wie auch erste Zwischenergebnisse der neuen Versuchsreihe auszutauschen. Dabei hatte er sich hin und wieder, wenn sie allein in ihrem Büro gewesen waren, ein Küsschen gestohlen, das ihn nachts im Bett wärmte.

So weit, wie bei ihrer hemmungslosen Knutscherei war es jedoch nie wieder gekommen.

Beiden war der Grund klar – auch ohne, dass sie es direkt ansprechen mussten: Es war viel zu gefährlich, diesen Damm erneut brechen zu lassen. Noch sollten sie sich in Geduld üben.

Doch keiner hinderte sie, wenn sie allein waren, kleine Flirtereien auszutauschen, liebevolle Worte zu wechseln und sich abends zum Telefonieren zu verabreden.

Steffen kam sich vor wie ein Teenager – obwohl er als Jugendlicher nie solche Erfahrungen mit einem Mädchen geteilt hatte. Es war dennoch unglaublich schön.

Am Donnerstagnachmittag war klar, dass die Versuchsreihe des Prototyps mit der verbesserten Konstruktion der Luftkühlung sehr vielversprechende Ergebnisse erbracht hatte. Ein kollektives Aufatmen ging durch die Firma.

Erleichtert schritt Steffen den Gang zu den Chefbüros entlang. In einem kleinen Seitenzimmer, wo nicht nur der allgemeine Etagendrucker stand, sondern auch das Kopierpapier gelagert wurde, erblickte er Marie durch einen Türspalt. Sie kniete gerade auf allen vieren und versuchte, etwas unter dem Drucker hervorzuholen.

Er blieb stehen und betrat den Raum. „In so einer Position habe ich dich schon einmal überrascht, weißt du noch?"

Marie gab ein erschrecktes Geräusch von sich und atmete erleichtert auf, als sie Steffen erkannte. Dann griff sie ein letztes Mal unter den Drucker und rappelte sich auf. „Mir ist der Kugelschreiber aus der Hand gefallen und unter den Drucker gerollt."

„Das hat sehr hübsch ausgesehen", gestand Steffen und nickte in Richtung ihres Pos. Dabei schloss er die Tür, dass sie ungestört waren.

Nicht auszudenken, wenn mich ein anderer Mitarbeiter überrascht hätte!, dachte Marie und brachte Ordnung in ihre wirren Locken. „Ich bin nur froh, dass du es warst, der hereingekommen ist."

„Ich würde sehr gern öfter kommen, wenn du auf allen vieren vor mir kniest", bekannte Steffen mit einem kleinen frivolen Lächeln und schien sich zu freuen, dass sich ihre Wangen rosig färbten.

„Und wie stellst du dir das im Detail vor?", konnte Marie sich nicht zurückhalten nachzufragen. Fantasievolle Bilder überwältigten sie wie eine heiße Woge.

Ihre kokette Frage ließ Steffens Verstand scheinbar einen Takt aussetzen. Denn er schluckte erst, bevor er weitersprach: „So, dass du dabei voll auf deine Kosten kommst." Seine heiser gemurmelten Worte tropften wie flüssige Zartbitterschokolade von seinen sinnlichen Lippen. „Wie du aus erster Hand weißt, habe ich sehr geschickte Finger.“

Eine Gänsehaut überlief Maries ganzen Körper. Ja, sie war bereits in deren Genuss gekommen. Da sie diesen kleinen Flirt sehr genoss, machte sie einen Schritt auf ihn zu und gurrte leise: „Ich weiß, dass du tun wirst, was auch immer nötig sein sollte. Es ist durchaus praktisch, einen so talentierten Mann in seiner Nähe zu haben.“

„Einen allzeit bereiten Mann, der in deiner Gegenwart hart wie Stahl wird“, grinste Steffen und legte seine Hände auf ihre Hüften, um sie zum Beweis eng an seine Lenden zu ziehen.

Marie stupste ihn gegen die Brust und zog ihn auf: „Du denkst wohl, du bist ein richtig heißer Typ?“

„Heiß genug, um dein Blut zum Kochen zu bringen“, flüsterte er verheißungsvoll und strich mit seinen Lippen über ihre Wange.

Voll Genugtuung spürte er, wie ein Zittern Maries Körper durchlief.

Es war das erste Mal seit über einer Woche, dass er sie wieder richtig in seinen Armen hielt. Mmh, wie hatte er ihren Duft vermisst!

„Das würde ich gern erleben“, murmelte sie mit belegter Stimme an seinen Lippen. „Vielleicht wäre das kommende Wochenende ein passender Zeitpunkt - oder was meinst du?“

„Absolut“, stimmte er zu und begrub Maries willigen Mund unter seinem.

Das Feuer in seinem Inneren loderte hoch, überrollte ihn wie eine Walze und ließ ihn hilflos brennend zurück. Er war nur froh, dass es Marie ebenso ging. Ihr Körper drängte sich hungrig an seinen und zeigte ihm, worauf er sich freuen konnte. Sie ließen in diesem kleinen Raum alle Zurückhaltung und Vorsicht fahren und genossen diesen überaus intimen und leidenschaftlichen Moment, den sie nur kurz ausleben durften.

Und gerade, als er das Gefühl hatte, mit Maries brennendem Körper zu verschmelzen, klappte die Tür auf und jemand kam herein.

Steffen riss sich von Maries Lippen los und blickte in das überraschte und leicht konsternierte Gesicht von Udo Winter.

Super gemacht, Steffen! Wenn du dich erwischen lässt, dann nicht von einem unwichtigen Angestellten. Nein! Es muss natürlich dein Chef persönlich sein. Wie war das mit den halben Sachen …?

„Es ist anders, als Sie denken, Herr Winter …", begann Steffen wie ein Idiot zu stammeln, um Maries und seine Karriere zu retten. Dann gewann jedoch seine Ritterlichkeit Oberhand und er fügte mit fester Stimme hinzu: „Es ist alles meine Schuld. Frau Berg trägt keine Verantwortung."

„Frau Berg?", fragte Herr Winter mit hochgezogener Augenbraue.

Marie trat einen halben Schritt vor Steffen, als ob sie ihn in Schutz nehmen wollte, und meinte: „Jetzt mach mal nicht so einen Aufstand, Onkel Udo. Ich kenne die Regel, die Mama und Opa schon vor zwei Jahrzehnten aufgestellt haben. Aber mal ehrlich, denkst du nicht, die sollte man mal überdenken?"

Onkel Udo? *Onkel* Udo?!

Steffen starrte Maries Profil baff erstaunt an. Dann schwenkte sein Blick zu seinem Chef, der Marie mit einem warmherzigen Lächeln anblickte. „Vielleicht hast du recht. Vielleicht ist es wirklich Zeit, etwas an unseren inoffiziellen Vorschriften zu ändern." Er lächelte nun auch Steffen an. „Ich freue mich für euch. Sehr. Ich rede mit Helmut. Wir finden eine Lösung."

Mit diesen Worten wandte er sich um und verließ das Zimmer.

Dann herrschte Schweigen. Steffens Augen ruhten auf Marie. Wie festgewurzelt stand sie da und starrte auf die geschlossene Tür. Dann drehte sie sich langsam um und suchte seinen Blick. „Du wunderst dich sicher …"

Steffen lachte trocken auf und trat einen Schritt zurück. „Ja, ich wundere mich. Wer bist du, dass du dich mit unserem Chef duzt? Tatsächlich seine blutsverwandte Nichte oder jemand, der über Vitamin B als Quereinsteiger in die Firma gelangt ist?" Steffen blickte sie fassungslos an. „Und warum hast du mich über diese private Beziehung belogen?"

Oh Scheiße-Scheiße-Scheiße!!

Marie spürte, wie ihr Herz gegen ihre Rippen hämmerte. Auf diese Weise hatte sie es nicht gewollt: Ihr Coming-out, was die Verwandtschaft mit den Firmenchefs betraf.

„Steffen, du musst verstehen, dass wir es *allen* verschwiegen haben. Jedenfalls allen, die weniger als siebzehn Jahre hier arbeiten."

„Warum siebzehn Jahre?" Er blickte sie mit einem Ausdruck in den Augen an, der seine Überraschung und Enttäuschung mehr als deutlich machte, aber auch den Willen, alles verstehen zu wollen.

Marie konnte es nicht ertragen, dass Steffen schlecht – oder gar falsch – von ihr dachte. Deshalb versuchte sie zu erklären: „Vor siebzehn Jahren verunglückte meine Mutter. Sie leitete damals gemeinsam mit meinem Großvater die Firma. Bis dahin arbeitete ich hier oft als Ferienjobber, weil ich mit firmeninternen Themen aufgewachsen bin." Marie machte einen kleinen Schritt auf Steffen zu. Doch der blieb einfach stehen und hörte ihr ruhig zu. „Es kennen mich nur noch sehr wenige, unter anderem Helmuts Sekretärin, Frau von Altensteig. Viele von damals sind in der Zwischenzeit aus Alters- und Karrieregründen weggegangen. Helmut und Udo wussten, dass ich für diesen Job qualifiziert bin, als sie schnellstmöglich jemanden als Ersatz nach Herrn Jankowskis Schlaganfall brauchten. Wir wollten nur nicht, dass sich alle das Maul zerreißen, weil ich die Nichte der Chefs und womöglich nur *deshalb* auf dieser Position gelandet bin." Das war ihr ein großes Anliegen. „Es sollten sich alle Mitarbeiter auf das Wesentliche konzentrieren, nämlich den Karren aus dem Dreck zu ziehen und die Produkte für den amerikanischen Markt vorzubereiten. Ich wollte, dass ich durch meine qualifizierte Arbeit überzeuge und nicht, weil ich mit den Chefs blutsverwandt bin." Sie machte eine kurze Pause, um einzuschätzen, ob Steffen verstanden hatte, wie wichtig ihr dieser Punkt war.

„Deine Mutter war dann …" Marie konnte sehen, wie viele Querverbindungen in seinem Gehirn entstanden. „… Frau Winter-Berg." Steffen schlug sich mit der flachen Hand auf die Stirn. „Jetzt blick' ich's! Ich habe zu meiner Anfangszeit hier in der Firma natürlich viel von ihr gehört. Aber ich habe den Namen immer als ein Wort, Frau Winterberg, abgespeichert. Deshalb ist bei mir der Groschen auch nicht gefallen, als du mir vorgestellt wurdest." Steffen blickte sie prüfend an – und Marie konnte erkennen, dass seine Miene offener und verständnisvoller geworden war. „Du bist bei Helmut Winter und seiner Frau aufgewachsen?"

Marie nickte. „Und Udo war immer der lustige, warmherzige zweite Onkel."

„Und Helmut Winters Frau hat dich damals vor einer drohenden Magersucht gerettet, weil sie zum richtigen Zeitpunkt mit dir zum

Kinderarzt gegangen ist?“

Wieder nickte Marie. „Sozusagen.“

„Okay, ich muss das jetzt erst mal auf die Reihe kriegen.“ Steffen lehnte sich an einen Beistelltisch, als ob ihn seine Beine nicht mehr tragen würden. „Der Firmengründer, der noch lebt und alle Anteile an der Firma besitzt, ist also dein Großvater, Herr Winter Senior. Deine Mutter, seine Tochter, hatte die Firma bis zu ihrem Tod mit ihm zusammen geleitet, während ihre deutlich jüngeren Brüder Helmut und Udo sich noch ihre Sporen im Familien betrieb verdienen mussten.“ Steffen blickte Marie fragend an. „Soweit korrekt?“

„Genau.“ Sie merkte ihm an, dass er die Zusammenhänge verstehen wollte. Musste.

„Die Gebrüder Winter sind die angestellten Geschäftsführer, die dich geholt haben, um der Firma schnellstmöglich und äußerst kompetent aus der Misere zu helfen.“ Er sah sie prüfend an. „Ich nehme an, du hast nach deinem Studium deshalb nicht den bequemen Weg gewählt und bist gleich ins Familienunternehmen eingestiegen, weil ...“ Steffen blickte Marie konzentriert an und beantwortete seine Frage selbst: „... du wissen wolltest, wie die Konkurrenz arbeitet. Du wolltest breit gefächerte Erfahrungen sammeln.“

„Das stimmt“, bestätigte sie seine Vermutung.

„Der Vorteil für unsere Chefs, dich zurück in die Firma zu holen, besteht natürlich auch in folgendem: Sie sind sich – was ich logischerweise jetzt erst verstehe – deiner Loyalität wegen der familiären Bande sicher und können sich zu hundert Prozent darauf verlassen, dass du immer zum Wohle der Firma entscheidest.“

Marie hörte ihm fasziniert zu. Sie konnte fast selbst spüren, wie sich ein Puzzleteilchen in Steffens Gehirn ans andere fügte.

„Und wenn die beiden irgendwann die Anteile der Firma erben ...“ Steffens Augen wurden riesengroß, „erbst du als Einzelkind die Anteile deiner Mutter.“

Wieder nickte Marie.

„Und weil deine Onkel beide keine Kinder haben, wirst du irgendwann ... Alleinerbin sein.“

Da brat' mir einer 'n Storch!

Steffen starrte Marie fassungslos an. So etwas hatte er nun überhaupt nicht erwartet.

Marie zuckte jedoch nur mit den Schultern und meinte pragmatisch: „Na ja, ganz so dramatisch würde ich das nicht formulieren. Außerdem geht das hoffentlich noch ein paar Jahrzehnte."

Sie trat wieder etwas näher auf ihn zu und streckte vorsichtig eine Hand aus, um seine, die sich auf der Tischkante abstützte, zu umgreifen. Er ließ es zu, dass sie sie in beide Hände nahm und fest drückte.

„Steffen, du musst mir glauben, dass ich dich nie hintergehen wollte und dich auch nie belogen habe. In keinem Punkt. Meine Gefühle für dich sind echt und einzigartig und so überwältigend, dass ich heulen könnte." Sie drückte seine Hand an ihre Brust. „Ich liebe dich mit jeder Faser meines Herzens und hoffe, du kannst mir verzeihen, dass ich die Enkelin vom alten Herrn Winter bin."

Steffen schmunzelte über Maries beherzte Rede und stand auf. Er strich mit den Fingerspitzen seiner freien Hand über ihre Wange und blickte ihr tief in die Augen. „An diese Neuigkeit muss ich mich tatsächlich erst noch gewöhnen ... Aber ich glaube dir, dass du mich nicht hinters Licht führen wolltest. Dafür bist du viel zu ehrlich und aufrichtig. Das ist übrigens etwas, was ich besonders an dir schätze."

Er zog ihre Finger an seine Lippen und hauchte einen Kuss auf ihre Knöchel. „Außerdem bist du die schönste Frau, der ich je begegnet bin, so unglaublich sexy durch deine Wissbegierde und so stark. Ich liebe deine scharfe Intelligenz und deine Warmherzigkeit, die dich in allen Lebenslagen umgibt. " Er zog Marie enger an sich, dass er ihre umwerfenden Rundungen spüren konnte. „Ich habe mich schon in der Bar in dich verliebt. Wenn es nicht beim Zusammenprall mit der *Bloody Mary* passiert wäre, als du einen so hinreißenden Laut von dir gegeben und danach so herrlich über dich selbst gelacht hast, dann spätestens bei unserem Phobien-Wettstreit kurz darauf."

„Oh Gott, ich liebe dich so sehr", seufzte Marie und hauchte einen betörend süßen Kuss auf seinen Mund, während sich ihre schlanken Finger in seinem Haar vergruben.

Steffen ließ sich nicht lange bitten und erwiderte den Kuss mit all seiner Liebe und einer herzerwärmenden Inbrunst, dass Marie an seinen Lippen zu schnurren begann.

„Also", begann sie ein bisschen atemlos. „Ich bin mir sicher, dass Udo und Helmut eine gute Regelung für uns und die Firma finden.

Deshalb würde ich vorschlagen, wir ziehen unser geplantes Treffen vom Wochenende vor und du kommst schon heute Abend bei mir vorbei." Sie blickte ihm tief in die Augen und Steffen bekam fast ihre nächsten Worte nicht mit: „Du wirst dann sicher ziemlich ausgehungert sein. Und ich werde schauen, was ich dagegen tun kann."

Er stieß ein leises genussvolles Schnauben aus. „Ich finde Spitze sehr lecker - und ich liebe deine Strümpfe. Von denen kann ich nicht genug bekommen."

„Das kriege ich gebacken", schmunzelte sie - und verdrehte Steffen den Kopf mit einem heißen Kuss, der ihm einen Vorgeschmack gab, was ihn am Abend - und für den Rest seines Lebens mit Marie - erwartete.

Epilog

Marie nahm durch den Raum voller Menschen hinweg Steffens liebevollen Blick wie eine zärtliche Berührung wahr - und ließ sich von ihm einhüllen. Sie spürte, wie ihre tiefe Liebe zu diesem wunderbaren Mann ihr Herz überquellen ließ. Sie wusste nicht, womit sie Steffen in ihrem Leben verdient hatte, aber sie würde jede Minute mit ihm an ihrer Seite genießen - und dankbar von Herzen sein.

Er war ein erstaunlicher Mann und fantastischer Liebhaber.

Ihr Leben mit Steffen war so reichhaltig und erfüllt, wie sie es sich nie zu wünschen gewagt hätte - und dabei waren sie offiziell erst drei Wochen zusammen. Er schlief mittlerweile jede Nacht bei ihr - und sie hatte das Gefühl, seine Nähe wie das Atmen zum Überleben zu brauchen. Ihm schien es nicht anders zu gehen, denn er zeigte ihr in jedem Moment ihres Zusammenseins, wie sehr er sie bewunderte, begehrte, respektierte und liebte.

Wofür eine verschüttete *Bloody Mary* nicht alles gut war.

Marie schmunzelte und schaute wieder zu Steffen. Sie überlegte, dass er mit Sicherheit über kurz oder lang bei ihr einziehen würde. Nicht nur sie wollte ihn in keinem Moment des Alltags missen - deshalb würde er gleich Nägel mit Köpfen machen, wie es so typisch für ihn war.

In der Firma arbeiteten sie - wenn das überhaupt möglich war -

noch besser zusammen. Die Vorbereitungen für die neue Produktserie liefen wieder in geregelten Bahnen. Eine zweite Testreihe hatte die positiven Ergebnisse bestätigt.

Maries Onkel hatten die Lage, was ihre familiäre Verbundenheit mit der Firma anging, elegant geklärt, sodass nur wenig getuschelt wurde. Zudem war die alte Reglementierung zu firmeninternen Romanzen aufgehoben worden, worüber sich sicher manch heimliches Pärchen freuen würde.

Marie ließ ihren Blick über die gut gelaunte Gesellschaft in ihrem Wohnzimmer wandern. Sie hatte zum versprochenen Helferfest eingeladen – und alle waren gekommen: Mischa mit seinen Eltern, Nina und Kai, Rafael und Urs, Anne und Maximilian, Helga, Fiona und Ben. Natürlich war Steffens Familie auch mit dabei, die Marie sehr herzlich in ihrem Kreis willkommen geheißen hatte.

Ein Gutes hatte die verschüttete *Bloody Mary* noch gehabt: Anne war mit Maximilian zusammengekommen. Im Moment saßen sie eng zusammengekuschelt und zufrieden strahlend auf Maries neuem Sessel. Beide hatten durch die Renovierungsaktion unter den *Pitbulls* schnell Anschluss gefunden und alberten gerade mit Urs herum.

Marie selbst hatte noch zweimal ein Spiel der *Wildcats* besucht und sich vorgenommen, irgendwann im kommenden Jahr wieder mit dem Eishockeyspielen zu beginnen. Sie merkte einfach, wie sehr es ihr fehlte. Immerhin hatte sie bis dahin im *Bully* die Möglichkeit, die Spielerinnen besser kennenzulernen und neue Freundinnen zu gewinnen.

Als Marie eine leere Salatschüssel wegräumen wollte, hörte sie, wie Mischa Rafael unbekannte Informationen zur Entstehungsgeschichte der *Söhne Mannheims* erzählte und deren Bedeutung für die Mannheimer Kulturszene.

„Boah!", tat Rafael überrascht. „Bei deinen Ausführungen hast du ja richtig viele Fremdwörter benutzt. Hast du die etwa beim *Sesamstraße*-Schauen gelernt?"

„Ha-ha", gab Mischa trocken zurück. „Die Infos standen gestern in der Zeitung."

Jetzt riss Rafael seine ausdrucksstarken Augen noch weiter auf. „Du kannst lesen?! Oder hast du dir nur die Bilder angeschaut?"

„Ich kann lesen im Gegensatz zu dir, so oft wie *du* immer einen Puck an deinen Helm geschossen bekommst!"

„Gehirnzellen wachsen nach, das weißt du, oder?“, provozierte Rafael seinen Freund.

„Ja, genauso wie ein Jungfernhäutchen nachwächst, wenn man lange keinen Sex mehr gehabt hat“, schoss Mischa zurück. „Das habe ich mal im *Playboy* gelesen.“

Jetzt musste Marie lachen - wie alle anderen auch. Selbst Rafael konnte nicht mehr ernst bleiben, nahm seinen Freund in den Schwitzkasten und rubbelte ihm durch die sandfarbenen Haare. „Dann musst du schnellstmöglich Kais Platz als Freizeit-Casanova einnehmen, damit Knopfheim nicht überschwemmt wird von sexuell frustrierten Frauen, deren Jungfernhäutchen nachwachsen.“

Eine quer durch den Raum fliegende, zerknüllte Serviette traf Rafael am dunklen Haarschopf. „Hey!“ Er drehte empört den Kopf und machte Kai als Urheber des Geschosses aus.

„Ein bisschen mehr Respekt“, verlangte dieser, während Nina in seinem Arm Rafael angrinste. „An so vielen Honigtöpfen habe ich nun wirklich nicht genascht.“

Rafael verdrehte nur die Augen. „Wenn *du* das glaubst ...“

„Pass auf, was du über meinen Liebsten sagst“, drohte nun Nina. „Sonst verpasse ich dir eine, dass du eine neue Kauleiste brauchst.“

„Uuhhh!“ Rafael tat verschreckt. „Das ist natürlich etwas ganz anderes. Entschuldigen Sie bitte die diffamierenden Worte, Frau Engelhardt, es wird nie wieder vorkommen.“

Nina grinste zufrieden und verschränkte ihre Finger mit Kais. „So ist es schon besser, Rafael. Und jetzt sei ein braver Pitbull und bring mir noch ein bisschen von diesem leckeren Dessert, das Marie gemacht hat.“

„Sehr gern doch, Frau Engelhardt“, katzbuckelte er diensteifrig und verschwand in der Küche.

„Man muss nur wissen, wie man mit frechen Eishockeyspielern spricht, dann fressen sie einem aus der Hand.“ Nina grinste zufrieden in die Runde.

„Ja, ich habe eine Schwäche für deinen Feldwebel-Tonfall, mein liebes Ninchen“, murmelte Kai laut genug, dass es alle hören konnten und verschloss ihren Mund mit einem süßen Kuss.

Rafael kam mit Ninas Dessert zurück und stellte den Teller grinsend vor ihr auf den Tisch. Er wollte schließlich nicht stören. Dann trat er neben Marie und legte seinen langen Arm um ihre Schultern. „Du bist eine wunderschöne Frau und verstehst so viel von

Eishockey. Meinst du, du wirst mit einem *Tennisspieler* wirklich glücklich?" Er warf einen gespielt abschätzigen Blick quer durch den Raum auf den betreffenden Mann, der mit vor der Brust verschränkten Armen die Szene beobachtete. „Ich wäre doch eine weitaus bessere Partie für dich, findest du nicht?"

Bevor sie auch nur antworten konnte, rief Mischa vom Sofa her: „Rafael, lass Marie in Ruhe, sie ist Steffens Mädchen."

Marie lachte. Mischa war wirklich goldig.

Rafael ließ sich von Mischa natürlich nichts sagen. „Ich muss wenigstens mal fragen, da gibst du mir sicher recht. Außerdem versuche ich nur, höfliche Konversation zu machen", verteidigte er sich.

„Steck dir deine Konversation sonst wo hin!", gab sich Steffen gespielt knurrig und behielt den Intimitätsgrad von Rafaels Umarmung genau im Auge.

Marie lächelte ihrem Liebsten zu und entwand sich freundlich, aber bestimmt Rafaels vertraulicher Geste, um zu Steffen zu gehen, der sie mit offenen Armen empfing. Als sie sich an seine Schulter kuschelte, meinte sie: „Danke für dein Angebot, Rafael. Aber Steffen ist alles, was ich zu meinem Lebensglück brauche."

„Das will ich doch meinen", schnaubte dieser leise und drückte Marie noch ein kleines bisschen fester an seine Seite. Dann legte er zärtlich eine Hand an ihre Wange und blickte ihr tief in die Augen. „Du bist so viel besser als alles, was ich mir je gewünscht habe. Und deshalb liebe ich dich so sehr."

„Und ich liebe dich", flüsterte Marie an seinen Lippen und ließ ihn mit einem hingebungsvollen Kuss die Aufrichtigkeit ihrer Worte spüren.

Dass um sie herum lautstarker Jubel und Pfiffe aufbrandeten, nahm sie im tosenden Ansturm ihrer Gefühle gar nicht wahr.

– Ende –

Ein Hausmittelchen gegen Halsschmerzen

Salziges Kirschwasser

Ein in meiner Familie seit Jahren bewährtes Hausmittel gegen Halsschmerzen ist salziges Kirschwasser. Ich habe eine so präparierte Flasche immer im Küchenschrank stehen – natürlich deutlich beschriftet, damit es keine Verwechslungen mit einem „guten" Schnaps gibt. ;-)

Sobald jemand von uns merkt, dass im Hals das erste Kratzen oder Brennen beginnt, wird gegurgelt. Und was soll ich sagen?! Die Halsschmerzen werden gar nicht erst so schlimm und sind in kürzester Zeit weg. :-)

Schnaps-Salz-Mischung

Auf einen halben Liter Kirschwasser (40%) einen Esslöffel Meersalz (oder Stein-/Himalaja-Salz) mit dem Trichter einfüllen.

Achtung: Beim Präparieren einer frisch gekauften, vollen Flasche (0,75l) muss man vor dem Einfüllen des Salzes erst ½ Schnapsgläschen (z.B. für den ersten Gebrauch) abgießen, weil sonst die 1 ½ EL Salz nicht hineinpassen.

Vor dem Gebrauch

Unbedingt schütteln, damit sich das abgesetzte Salz mit dem Schnaps mischt.

Dosierung

1 Schnapsglas voll (wenn einem der Schnaps zu scharf ist, kann man ihn im Schnapsglas auch mit wenig Wasser verdünnen: ⅔ Schnaps, ⅓ Wasser).

Häufigkeit

Das hängt nicht nur von der Stärke der Symptome ab, sondern auch davon, wie schnell der Schmerz wiederkehrt. Möglich ist 1x pro Stunde (bis es besser wird) oder auch nur 3x täglich.

Danksagung

Auf die Idee mit den Akku-betriebenen Elektrowerkzeugen in den USA hat mich Markus Maier gebracht und mir für meinen Roman auch so einige Zusammenhänge erklärt. Vielen Dank dafür!

Viele, viele Informationen zu einem mittelständischen Unternehmen und dessen Abläufe betreffend Entwicklung wie auch Produktion habe ich von meinem Mann Thomas erhalten, der mir alles so detailliert erklärt hat, dass ich die Informationen in meinen Roman einarbeiten und ein geschäftliches Umfeld kreieren konnte. Zudem habe ich ihn über die Monate des kreativen Schaffens immer wieder mit Fragen „nerven" dürfen, wobei er aber nie genervt reagiert hat. Dir und deiner Geduld gehört meine größte Dankbarkeit! Wenn es im geschäftlichen Bereich irgendwelche Unstimmigkeiten gibt, liegt der Fehler ganz allein bei mir.

Außerdem hatte ich noch so einige hilfsbereite Menschen an meiner Seite, die mich bei der Entstehung dieses Romans sehr unterstützt haben. Herzlichen Dank euch allen!

* Gliederung und Charaktere: Dr. Birgit Schön
* Gesundheitliche Aspekte: Dr. Birgit Schön, Lilli Wall
* Alles Technische: Thomas Maier, Lothar Maier, Gerd Hertkorn
* Abläufe in einem Sekretariat: Lilli Wall
* Eishockey: Shanice Rösinger, Rainer Kassel, Denis Machein
* Korrekturlesen: Lilli Wall, Angelika Gillich, Dr. Birgit Schön, Edith App

Ich hatte für den Handlungsstrang mit Steffens Ex Helena fachkundige Beratung im Bereich Polizeiarbeit und Psychologie und bedanke mich bei meinen drei Bekannten sehr herzlich, dass sie ihr Wissen mit mir geteilt haben. Falls irgendetwas in diesen Bereichen falsch dargestellt ist, ist das allein mein Verschulden. ☺

Das ganze (unnütze) Wissen, die Zitate und Weisheiten für Maries und Steffens Wissensduelle habe ich in erster Linie von diesen Seiten: *https://www.aphorismen.de/*, *http://www.mademyday.com*, *http://sprueche.net/*, *http://zitate.net/*, *https://www.lovescout24.de/magazin/unnuetzes-sex-wissen/*

Zum Schluss: Ich hoffe, Sie hatten eine schöne Zeit mit Marie und Steffen. Wenn Ihnen die Geschichte gefallen hat, würde ich mich über Ihre Beurteilung bei Amazon sehr freuen. Herzlichen Dank! ☺

Eine hinreißende Eishockey-Romanze,
deren sympathische Figuren man sofort ins Herz schließt.
Wunderbar sinnlich und tiefgründig – einfach unwiderstehlich!

Regina Wall

Auf die Plätze, Kuss – und Tor!

(Die *Pitbulls* – heiß auf Eis! / Band 1)

Sein bester Freund aus Kindheitstagen und ehemaliger Kollege seines Mannheimers Eishockey-Teams ist tot! Ben Kowalczyk kann es immer noch nicht fassen. Während er noch seine Trauer zu bewältigen versucht, meldet sich eine aufdringliche Stimme in seinem Hinterkopf zu Wort: „Jetzt ist sie endlich frei!“
Seit Jahren schon steckt Ben in einer tückischen Zwickmühle, da er die Frau seines besten Freundes Julian liebt. Selbst seine mehrjährige berufliche Flucht nach Kanada hat nichts an seinen Gefühlen für die schöne und warmherzige Fiona ändern können, die nichts von seiner tiefen Liebe zu ihr ahnt. Deshalb quält Ben nach seiner Rückkehr in sein Heimatdorf die Frage: Wird er sich Jahre nach Julians Tod endlich aus der unliebsamen Freundezone befreien können? Oder sollte er sich doch lieber mit dieser Rolle zufriedengeben?
Während er mit seinem immer zu Späßen aufgelegten Eishockey-Team noch Jagd auf entscheidende Punkte für den Meistertitel macht, hofft er auf die Erfüllung seiner geheimsten Wünsche.

Amazon-Leserstimmen:
„Ich habe gerade dieses Buch verschlungen! Wow, war das ein Fest für die Sinne! Wer romantische Geschichten mit einer guten Portion Erotik und Humor liebt, kommt hier voll auf seine Kosten. Selbst wenn man wie ich noch kein Eishockey-Spiel gesehen hat ;-)“ (Delta27)

„Die Charaktere sind authentisch, lebensecht mit vielen Ecken und Kanten und daher schlichtweg überzeugend, sodass man sie sich in einem lebendigen Kopfkino sehr gut vorstellen kann.“ (Pegasus)

Erhältlich bei Amazon:
ISBN 978-3-941101-21-0 (E-Book)
ISBN 978-3-941101-22-7 (Taschenbuch)

*Wenn das Herz etwas anderes will als der Verstand …
Eine charmante Beziehungskomödie voller Wortwitz,
Sinnlichkeit und Herzenswärme*

Regina Wall

Heiße Küsse eisgekühlt

(Die *Pitbulls* – heiß auf Eis! / Band 2)

Das Geschenk Gottes an alle Frauen hat einen Namen: Kai Messner. Ein begnadeter Eishockeyspieler im Winter und – wie Nina Engelhardt erstaunt feststellen muss – kompetenter Übungsleiter einer Musikfreizeit für Jugendliche im Sommer. Nina soll nun während dieser musikalischen Woche als Ersatz für eine kranke Kollegin am Klavier einspringen, hat aber die größten Zweifel. Denn Kai und sie haben eine gemeinsame Vergangenheit: Er war damals für Nina die Liebe ihres Lebens gewesen, beging aber einen schändlichen Verrat. Daraufhin schwor sie sich, nie wieder einen Eishockeyspieler – und damit ein hirnloses Anabolikamonster – in ihr Leben zu lassen. Die sorglosen Tage im idyllischen Waldheim versprühen allerdings ihren eigenen Zauber – und Nina spürt, wie sie Kais unwiderstehlichem Charme erneut verfällt.
Haben ihre tiefen Gefühle für diesen gut aussehenden, charismatischen Mann etwa all die Jahre nur auf Eis gelegen? Ist er vielleicht sogar ihr Seelenverwandter – oder doch nur ein talentierter Freizeit-Casanova? Eins ist für Nina aber ganz sicher: Sie darf ihre brodelnden Hormone nicht von der Leine lassen, denn dieser wunderbare Mann ist verlobt …

Amazon-Leserstimme:

„Tolles Kopfkino! Beschreibung der Gefühle, Empfindungen, erotischer Gedanken zweier Personen, die sich gerade ineinander verlieben. Körperbetont, heiß und, was ich sehr schätzte, ‚alltagstauglich'. Sehr ansprechend!!" (Sb)

Erhältlich bei Amazon:

ISBN 978-3-941101-25-8 (E-Book)
ISBN 978-3-941101-26-5 (Taschenbuch)

Erotisch prickelnd, witzig und warmherzig.
Eine wunderbare Liebeskomödie.

Regina Wall
Elementarteilchen küssen besser

Was tun, wenn man auf einer Kreuzfahrt durch die Karibik permanent einem fremden, aber höllisch attraktiven Mann - wortwörtlich - über die Füße stolpert, weil einem die peinlichsten Missgeschicke passieren?
Die leidgeprüfte Quantenphysikerin Linda Martin hat aufgrund schlechter Erfahrungen schon lange den Männern abgeschworen. Doch dieses Prachtexemplar kann sie einfach nicht ignorieren, da sie durch einen versehentlich vertauschten Koffer einen kurzen Blick in dessen Gepäck voll pikantem Chippendales-Zubehör werfen konnte. Seither quält sie die Frage, ob Philipp Graf wirklich nur ein seriöser Rechtsanwalt auf Gratifikationsfahrt ist oder doch eine verruchte, dunkle Charakterseite vor seinen Kollegen verheimlicht.
Umso mehr irritiert sie, dass er in ihr anscheinend mehr als nur eine graue Maus mit Figurproblemen sieht. Das zeigen ihr seine geduldigen, wenn auch äußerst charmanten Annäherungsversuche. Soll sie darauf eingehen oder doch lieber das Feld für seine attraktive, aber sehr ehrgeizige Kollegin Desirée räumen? Die macht nämlich hartnäckig ihre Ansprüche aus einer früheren Affäre auf ihn geltend und versucht, mit intriganten Mitteln seine damalige Leidenschaft zu ihr wieder anzuheizen ...

Amazon-Leserstimme:
„Ich habe mit den Charakteren mitgefiebert und das Buch in einem Rutsch durchgelesen. Ein Buch mit viel Spannung, Spaß, Gefühl und prickelnder Erotik. Das sollte man sich als Frau nicht entgehen lassen, ein echter Geheimtipp!“ (Tammy)

Erhältlich bei Amazon:
ISBN 978-3-941101-19-7 (E-Book)
ISBN 978-3-941101-20-3 (Taschenbuch)

Eine zauberhafte Liebeskomödie mit herzerwärmender Story, witzigen Dialogen und einer gehörigen Portion Sexappeal.

Regina Wall
Sommersprossen zum Dessert

Zu geheimnisvoll, *zu* männlich und *zu* sexy - so wirkt Nikolas Wulff bei ihrer ersten Begegnung auf Yvonne. Ganz klar: Kein Mann für sie!
Denn eigentlich hat sie sich von ihrer Schwester nur zu diesem sorglosen Kurzurlaub mit deren sympathischen Freunden überreden lassen, um ihre geplatzte Verlobung zu vergessen. Dumm nur, dass sie mit diesem Prachtexemplar von Mann wegen einer Fehlbuchung für fünf Nächte ein Zimmer in einem romantischen Landhotel teilen muss. Und während die ausgelassenen Freunde noch die sorglose Studentenzeit mit alten Geschichten wiederaufleben lassen, bringt Nikolas als personifizierte Versuchung neben ihr im Himmelbett - unabsichtlich - Yvonnes Blut zum Brodeln.
Doch trotz der verwirrenden erotisch-knisternden Spannung zwischen den beiden weiß Yvonne nur eins mit Sicherheit: Sie wird nie, nie, nie etwas mit einem Frauenhelden wie Nikolas anfangen!
Aber wie jeder weiß, sollte man niemals nie sagen, denn das Leben trifft seine eigenen Entscheidungen und hat so manch eine Überraschung in petto!

Amazon-Leserstimmen:
„Dieses Buch ist für mich ein perfektes Sommerbuch. Der tolle Schreibstil, die knisternden Momente und auch die witzigen Stellen sind wirklich gelungen. Es wird einfach nicht langweilig und man fliegt nur so durch die Seiten." (Kuhni77)

„Die Autorin Regina Wall hat ein unglaubliches Talent, Dialogen und Charakteren Humor zu verleihen." (Amazon Kunde)

Erhältlich bei Amazon:
ISBN 978-3-941101-23-4 (E-Book)
ISBN 978-3-941101-24-1 (Taschenbuch)